Die Gefangenen des Tartaros

Nicole Schmidt

Die Gefangenen des Tartaros

Bibliografische Information der Deutschen Nationalbibliothek:
Die Deutsche Nationalbibliothek verzeichnet diese Publikation in der Deutschen Nationalbibliografie; detaillierte bibliografische Daten sind im Internet über http://dnb.dnb.de abrufbar.

© 2017 Nicole Schmidt

Herstellung und Verlag: BoD – Books on Demand, Norderstedt

ISBN: 978-3-7431-7738-8

Inhaltsverzeichnis

Niemandsland	7
Titanen und Olympier	24
Ordnung und Chaos	43
Eros	58
Seltene Erden	84
Kleingeld	114
Die elysischen Gefilde	136
Elysium	156
Gerichtstag in der Unterwelt	178
Jäger gegen Märchenprinz	220
Hundert Arme	244
Die fünfzehnköpfige Hydra	265
Die geteilte Unsterblichkeit	291
Die Rache des Unterweltjägers	309
Liebesgott gegen Sohn des Todes	332
Die Wahrheit	353
Offener Vollzug	359

Niemandsland

Der Jäger keuchte. Es handelte sich um kein normales Keuchen, nicht das „hech, hech" eines bis an die Grenzen seiner Leistungsfähigkeit geforderten Mannes, sondern um den Protest eines zusätzlich noch über alle Maßen ärgerlichen Kerls, der seiner Frustration Ausdruck verleihen musste.

„Kch! Kch!" presste der Jäger hervor. Das war sein Fehler.

Wenn man gegen eine Kampe antrat, brachte es nicht den geringsten Vorteil, das Monster wissen zu lassen, was man dabei fühlte. Kampen kamen in der Unterwelt des Tartaros in den verschiedensten Arten vor und ihnen allen war eines gemeinsam: Sie standen sehr weit oben in der Hierarchie der Raubtiere. Das mochte daran liegen, dass sie sich ebenso lüstern gebärdeten wie der durchschnittliche Olympier oder in ihrem Körperbau begründet sein.

Der Jäger befand sich in der unangenehmen Position, „seine" Kampe aufs Genaueste studieren zu können. Die spezielle Art konnte mit einer harten Schuppenhaut aufwarten, die ihren Bärenkörper einhüllte. Und obwohl der Jäger gelehrt bekommen hatte, dass höhere Tiere sich auf der Jagd nicht mehr auf Gift verließen, schien diese Erkenntnis irgendwie an den Kampen vorbeigegangen zu sein. Sie waren so giftig wie Hera und sahen dabei so abscheulich aus wie alle Hekatoncheiren zusammen. Selbst der Speichel, welcher der Kampe aus dem Maul troff, vermochte einen normalen Krieger zu lähmen, die Bewegungen eines Olympiers zu verlangsamen oder aber einen Bauern sofort zu töten.

In der ewigen Finsternis des Tartaros ließen sich keine Farben ausmachen. Der Jäger stellte sich das Monster grau vor. Und das war sein zweiter Fehler. Tagträume waren hier unten ebenso tödlich wie Gefühle. Noch tödlicher war nur... nun ja, eine Kampe zum Beispiel.

Der Jäger trug keinen Schild bei sich. In der rechten Hand hielt er sein kurzes Schwert, mit dem linken Arm sorgte er für Balance bei allen seinen Manövern. Noch hatte seine Klinge die Rüstung des Monsters nicht berührt, geschweige denn durchdrungen. Aber sie hätte es gekonnt. Die Kampe befand sich in weniger als einer Armeslänge Entfernung von dem Jäger-

sie war zu nah. Viel zu nah!

Und hinter ihm eine solide Felswand...

Fallen und Pfeile, das war der Weg des Jägers. Sich der *Beute* Auge in Auge zu stellen, machte sie zum *Gegner* und dann wurde aus der Jagd ein Kampf. Nicht, dass der Jäger nicht auch einen guten Krieger abgegeben hätte, darum ging es gar nicht. Aber ein Kampf war einfach nicht das, worauf er sich in dieser Nacht eingestellt hatte. Das Monster hatte ihn unvorbereitet erwischt, in ein Duell gezwungen, mit dem der Jäger nicht gerechnet hatte. Überrumpelt befand er sich trotz all seiner Kampfeskunst mehrere Sekunden lang im Nachteil. Sekunden aber glichen Jahrtausenden, wenn man die Zeit von innerhalb eines Zweikampfes aus betrachtete.

Hinzu kam der Zorn. Der Jäger fühlte sich in seiner Ehre beschnitten, nicht rechtzeitig bemerkt zu haben, was da auf ihn zukam. Er hatte versagt und musste nun die Konsequenzen seiner Unaufmerksamkeit tragen.

Wieder einmal nicht aufgepasst...

Wieder einmal seiner Umwelt ausgeliefert!

Der Jäger schien sein Leben lang dazu verdammt zu sein, immer nur zu reagieren. Das ließ die Wut in ihm kochen! Doch diese Wut verlieh der Klinge des Jägers nicht etwa zusätzliche Wucht. Ganz im Gegenteil ließ sie die Bewegungen seines Körpers fahrig und seinen Geist ein klein wenig langsamer werden, als der Jäger es normalerweise gewohnt war.

Zu sehr auf sich selbst fixiert, kassierte der Mann einen Treffer durch die Klauen seines Gegners. Viel mehr als Klauen und Schuppen nahm er ohnehin nicht von der Kreatur wahr. Ihr Bild entstand in seinem Kopf, nicht auf der Netzhaut. Das Hirn des Jägers musste die aus fünf Sinnen geschöpften Eindrucke verarbeiten, um zu einer

Vorstellung seiner Umgebung zu gelangen. Auf der Oberfläche hätte diese leichte Verzögerung einen erheblichen Nachteil dargestellt, hier unten im Tartaros jedoch orientierten sich alle Lebewesen auf diese Weise. In einer größtenteils lichtlosen Umwelt mussten sich die Bewohner dieser Umwelt neue Überlebensstratgien einfallen lassen, die Eingeborenen wie auch die von der Erdoberfläche Zugewanderten. Jäger und Kampe waren einander ebenbürtig. Doch ein Kampf mit ausgeglichenen Chancen war das Letzte, was der Jäger riskieren wollte. So etwas schickte sich für Athleten in ihren Wettkämpfen, aber nicht auf dem Schlachtfeld und schon gar nicht auf der Jagd!

Die Kampe holte mit ihrer Tatze aus. Sie gab sich keine Mühe zu zielen. Anderthalbmal so hoch wie der Zweibeiner musste sie einfach nur durch die Luft wischen, um mit hoher Wahrscheinlichkeit irgendeinen Teil des Jägers zu treffen.

Dieser „sah" den Angriff kommen. „Hah!" brüllte er, damit das Monster auch ja mitbekam, in welcher Höhe sich sein Kopf befand. Einen Sekundenbruchteil später warf er sich zur Seite.

Doch die Kampe fiel nicht auf den Trick herein. Sie richtete ihre zweite Attacke nicht auf die Stelle, von der aus der Ruf erklungen war, sondern dorthin, wo ihr der Luftzug verraten hatte, dass ihre Beute sich tatsächlich befand. In blinder Panik hielt der Jäger mit seinem Schwert gegen. Es gelang ihm, die auf ihn zurasende Pranke zur Seite zu schlagen.

Die Kampe hatte einen leichten Kratzer erlitten, der Arm des Jägers hingegen schmerzte wie nach einer Prellung. Dem Mann war zum Heulen zumute, doch durfte er sich jetzt keinerlei Schwäche leisten. Er rappelte sich auf und stürmte vor, direkt auf die Kampe zu.

So nah an seiner Gegnerin bestand die Gefahr, von dieser liebevoll in die Arme genommen und zu Tode gequetscht zu werden. Der Jäger musste es darauf ankommen lassen.

Mit voller Wucht rammte er sein Schwert in den Leib des Monsters. Hier am Bauch war die Haut der Kampe wesentlich dünner. Dünner und von feinen Äderchen durchzogen. Doch floss in diesen Adern kein Blut, sondern Lebenssaft einer anderen Art. Kampen gehörten zu jenen Kreaturen aus uralter Zeit, die ihre Nachkommen bereits mit Milch versorgten, aber noch keine Euter besaßen, das den Jungen als Zapfhahn dienen konnte.

Der Jäger rammte seine Klinge in das weiche Gewebe hinein. Schon begann der Stahl der Waffe zu glühen. „Nein..." flüsterte der Jäger. „Bitte nicht!"

Mit schier unmenschlicher Willenskraft gelang es dem Mann, seinen Stoß mitten in der Bewegung abzubrechen. Lediglich die Spitze seines Schwerts ritzte die Milchdrüsen der Kampe. Sofort, als der Jäger die Klinge zurückzog, erlosch das Glühen der Waffe.

Schon wollte der Jäger erleichtert aufatmen, als eine zähflüssige, säureartige Flüssigkeit seinen Kopf traf. Er beging nicht den Fehler, mit der Hand in den Schleim zu greifen, um ihn fortzuwischen. Stattdessen schüttelte er seinen Haarschopf, so heftig es ihm möglich war und sprang wieder zurück zur Felswand. Gänzlich unschädlich machen konnte er den Kampenspeichel auf diese Weise zwar nicht, doch die Gefahr war fürs erste minimiert, wenn schon nicht gebannt.

Erneut hieb die Kampe auf ihren Gegner ein. Und nun begriff der Jäger, was das Monster plante, weshalb es nicht sein Maul senkte und ihn einfach der Länge nach durchbiss: Er sollte lebendig gefangen werden. Offenbar wies dieses Exemplar nicht nur Milchdrüsen auf, sondern zog gerade einen Wurf Jungtiere groß, die dringend ein Jagdspielzeug benötigten.

„Nicht - mit - mir!" presste der Jäger hervor.

Er stemmte seine Füße in den Boden, hielt seinen Körper so steif wie möglich und erwartete erneut die Pranke des Untieres. Sein Schwert packte er fest mit beiden Händen und rechte es nach oben. Wieder lies der Schlag ihn bis in die Knochen erzittern. Doch diesmal blieb es nicht bei einem Kratzer. Diesmal drang die Klinge des Jägers in die Handfläche des Monsters ein. Blut floss.

Begierig nahm die Blutrinne des Schwerts die Flüssigkeit auf. Krieger unter- und oberhalb der Erdoberfläche nannten diese unterhalb des Heftes verlaufende Rinne spaßeshalber so. In Wirklichkeit diente sie der Verbesserung der Balance und machte die Waffen leichter. Doch was das Schwert des Jägers anbetraf, durfte man den Spitznamen wörtlich nehmen. Aus diesem Grund war es keine gute Idee gewesen, vorhin auf die Milchdrüsen zu zielen. Wer vermochte schon vorauszusagen, was passiert wäre, hätte die magische Klinge Muttermilch anstatt von Blut eingesogen? Der Jäger war nicht bereit, das auch nur an einer zahmen Ziege oder einer der wertlosen Titanin auszuprobieren. Dafür war ihm seine Waffe zu kostbar.

Viel mehr Blut, als durch einen einfachen Schwertstreich hätte vergossen werden dürfen, floss in die Rinne. Doch um sein Schwert vollständig zu füllen, musste der Jäger es mehrere Sekunden lang gerade halten. In dieser Zeit hielt das Monster nicht still. Mit seiner zweiten, unverletzten Pranke, schlug es wieder zu, diesmal nicht, um zuzugreifen, sondern, um dem Zweibeiner die Klauen in den Rücken zu graben.

Der Jäger schrie auf!

Von der Wucht des Schlages zu Boden geschleudert, gelang es ihm nur mit knapper Not, sein Schwert nicht aus der Hand zu verlieren. Der Jäger ging in die Knie. Über ihm stieß die Kampe ihr Kampfgeheul aus.

Der Mann begriff, seine relative Immunität verspielt zu haben. Er hatte sich als eine Spur zu gefährlich erwiesen. Seine Gefangennahme war keine Option mehr in den Augen der Kampe.

In dem Augenblick, in dem die Klauen der Kampe das Gewand des Jägers zerfetzten und seinen Rücken blutig schrammten, begann auch das Blut in seinem Kopf zu rasen. Der Schmerz und der Überlebenswille verdrängten jeden Gedanken, jedes Gefühl aus dem Geist des Kämpfers.
Der Name des Jägers lautete Outis - „Niemand". Und obwohl der Mann die Gründe für seine Benennung bis ins Kleinste hätte darlegen können, so war jetzt einfach nicht der richtige Moment dafür. Seine Persönlichkeit tief in sich vergraben, ließ sich der Jäger allein durch seine Erfahrung leiten. Er ging ganz in seiner Funktion auf.

Die Kampe wusste, *was* sie war, aber nicht, *wer*. Outis musste ihr gleich werden, wollte er aus diesem Kampf als der Sieger hervorgehen. Fort von seinem Namen, fort von seinen persönlichen Erinnerungen, die früheren Siege und Niederlagen allein auf die aus ihnen gezogenen Lehren reduziert, schwang Outis sein Schwert.

Andere Kämpfer an Niemands Stelle hätten möglicherweise die Sonne Hellas vor ihrem geistigen Auge aufsteigen lassen. Sie hätten sich die schattigen Olivenhaine, den Duft des Harzes der Wälder und die Musik der Schäferflöten verinnerlicht, den Frieden eines Ortes, an dem sie sich in diesem Moment viel lieber aufgehalten hätten. Doch sich darauf zu konzentrieren, wofür er kämpfte, hatte Outis noch nie dabei geholfen, zu wissen, wie er es tun musste.

Der Jäger umfasste sein Schwert fester. Beinahe meinte er, die Lederbänder, die um den Griff gewickelt waren, atmen spüren zu können. Outis Erinnerung daran, wie genau er an dieses spezielle Leder gelangt war, blockierte sein Geist derzeit. Wichtig war nur, dass sie da war und für einen sicheren Griff sorgte.

Outis Schwert war Zyklopenarbeit und bestand aus einer Adamaslegierung, doch noch nicht einmal dieses Kompositmaterial war hart genug, um den Schutzpanzer einer Kampe zu durchdringen. Es bedurfte schon zusätzlicher Magie (oder natürlich eines gehörigen Abstandes und einer sicheren Hand am Bogen, aber das hatte der Jäger ja vermasselt) um die Kreatur niederzustrecken. Zu Outis Glück stand ihm diese Magie zu Gebote. Der Jäger veränderte den Druck der obersten Schicht der Hautzellen seiner Fingerkuppen ganz leicht. Mehr war nicht nötig. Die Lederbänder wurden unmerklich in Vibration versetzt, das Metall darunter reagierte und in einem mächtigen Strahl schoss das vorher eingesaugte Blut wieder aus der Klinge heraus.

Der Aufenthalt darin hatte den Lebenssaft verändert. Anstatt zu gerinnen, war er verdünnt worden und obwohl er sich noch genau daran erinnerte, woher er kam, hatte er sich in einen Fremdkörper verwandelt. In der gesamten Natur der Ober- und der Unterwelt existierte nichts Bedrohlicheres als das absolut Fremde, das alle deine Geheimnisse kennt, weil es aus dir hervorgegangen ist. Auf diese Weise hatten ihre Schöpfer dem Jäger die Macht seiner Waffe erklärt. Dieser hatte sich von all dem nur gemerkt: Es steckte Titanenmagie in der Klinge.

Das magisch verwandelte Blut tat sein Werk. Die Kampe jaulte auf, als Outis Geschoss unter sein Schuppenkleid drang und die darunterliegende Haut verletzte. Das Monster taumelte, wich einen halben Schritt von seinem Kontrahenten zurück.

Der Jäger gestattete sich kein Aufatmen. Er führte eine weitere Bewegung aus, die er nicht anders als „Ich ziehe meine Fingernägel zurück" zu beschreiben vermochte. Andere Kriegsmänner hätten ausgefeilte Diagramme in den Boden gekratzt. die erklärten, wie das Wunder zustande kam. Outis hatte diese Anleitungen nie verstanden. Er handelte einfach und meisterte seine Waffe auf diese Weise.

Ein klein wenig Blut war in der Titanenklinge zurückgeblieben. Nun trat auch dieser Rest hervor. Gelartig verdickt, gleich dem Wachs der Bienen, lagerte es sich auf dem Stahl ab. Die Schärfe der Schneide blieb unberührt, nein, wurde durch den magisch aufgeladenen Überzug sogar noch verbessert.

Endlich fühlte sich Outis in der Lage, den Kampf zu beenden. Um seinen Hieben mehr Kraft zu verleihen, führte er seine Waffe nun mit beiden Händen.

Klauen und Füße der Kampe arbeiteten. Sie konnte ihren Kopf nicht senken, um an den Zweibeiner zu gelangen, ohne gegen die Felswand zu stoßen, daher wich sie ein Stück zurück.

Outis schwang seine Waffe erneut, doch der Streich ging ins Leere. Da der erwartete Widerstand ausblieb, stolperte der Jäger nach vorn. Es gelang ihm nicht mehr, sich rechtzeitig zu fangen. Der Jäger schlug lang auf dem Höhlenboden hin. Über ihm lauerte weiterhin die Kampe und sie fühlte sich ihrer Sache sicher.

Outis lag auf seinem schmerzenden Rücken, halb besinnungslos vor Pein, unfähig, sich auch nur auf die Seite zu rollen. Das war der Nachteil seines geistigen Zustandes, der ihn auf Augenhöhe mit den Tieren brachte: Das Beutetier wusste, wann es verloren hatte und kämpfte nicht weiter. Es mochte seine Jungen auffressen, bevor es aus dem Bau flüchtete, um dem Räuber diese Nahrungsquelle vorzuenthalten, aber wenn es keinen Ausweg mehr gab, dann blieb nur die letzte, geistlose Starre.

Doch Outis war kein einfaches Beutetier. Allein der Gedanke daran, seinen Kindern die Kehlen aufzuschlitzen, bevor es die Titanen tun konnten, widerte ihn an. Jagen würde er die Mörder, sie bis ans Ende der Welt und darüber hinaus verfolgen, um Rache zu nehmen!

Der Jäger ließ seine so hart erworbene professionelle Kühle wieder fahren. Seine Gefühle kehrten zurück und mit ihnen die Angst. Wie immer sein Ende aussehen mochte, er malte sich jede einzelne Möglichkeit und noch einige zusätzliche in den schlimmsten Details aus, noch bevor sie Wirklichkeit werden konnten. Doch diese Eigenart seiner Art kam dem Mann zu Hilfe. Indem er vorwegnahm, was passieren könnte, erlangte er die Kraft, sich dagegen zu stemmen.

Der Kopf der Kampe senkte sich. Das Monster hatte sich Zeit gelassen, sich in die bestmögliche Tötungsposition zu bringen. Outis Herz schlug bis zum Hals. Er ließ das Kinn und die Kehle der Kampe nicht aus den Augen. Doch erst, als die Kreatur ihr Maul öffnete, streckte er ihr trotzig seine Klinge entgegen. Der Zyklopenstahl drang ins Maul des Monsters ein, durchstach den Gaumen und durchbohrte das Hirn der Kampe von unten.

Mit einem lauten Schrei warf die Kampe ihren Kopf in den Nacken. Outis wurde mit nach oben gerissen. Er ließ sein Schwert nicht los, auch nicht, als seine Füße in der Luft zappelten.

Mit letzter Anstrengung nahm der Jäger sein ganzes Geschick zusammen. Er brachte seine Füße nach vorn, stützte sie gegen den Leib der Kampe und riss an seinem Schwert. Blut und Fleischfetzen spritzten ihm entgegen.

Als das Monster nach hinten umkippte, landete Outis auf seinem Bauch. Noch immer schlugen die Pranken der Kampe wild um sich, noch immer ging von ihnen das Potential aus, den Jäger mit in den Tod zu reißen.

Outis ließ sich am Leib der Kampe herunterrutschen. Er kam auf seinen Knien auf, zog einen Fuß hoch und stieß sich ab. Mehr krabbelnd als springend manövrierte er sich aus der Gefahrenzone heraus.

Das Monster verfolgte seinen Bezwinger nicht. Tödlich verwundet erwartete es den Gnadenstoß. Doch diesen letzten Schlag führte Outis nicht aus.

Der Jäger hatte bereits vor Beginn des Kampfes die Präsenzen weiterer Jäger in den Tunneln gespürt. Keiner zweibeinigen, sondern Monstrositäten wie jener, die er gerade besiegt hatte. Ein anstrengender Tag und ein harter Kampf lagen hinter Outis. Er verspürte nicht das geringste Bedürfnis nach weiteren Herausforderungen.

Die sterbende Kampe stellte ein verlockende Beute für sämtliche Raubtiere dar, die sich in der Nähe aufhielten. Alles, was Outis tun musste, war, es in seinen Todeszuckungen zurückzulassen. Die Kreatur brauchte noch nicht einmal zu kreischen. Der Geruch des vergossenen Blutes allein würde die anderen Fleischfresser anlocken. Möglicherweise würden sie zuerst untereinander um die leichte Beute kämpfen. Wie dem auch sei, Outis konnte sich zurückziehen, ohne befürchten zu müssen, selbst erneut zum Ziel zu werden.

Der Jäger suchte die Stelle in der Höhle, an der er seine Falle für die Kampe hatte aufbauen wollen, ein Unternehmen, das gründlich schiefgegangen war. Hier fand er auch die Tasche mit seiner Ausrüstung wieder. Hastig zerrte der Mann einen Verband aus seinem Vorrat und wickelte ihn gleichermaßen um seinen Rücken und die Reste seines Gewandes. Solange die notdürftige Binde nur fest saß und die Blutung stoppte, erfüllte sie ihren Zweck.

Der Jäger nahm seinen Rucksack mit den früher in dieser Nacht erbeuteten Trophäen auf, hängte sich das um des leichteren Transports willens bereits ausgenommene Fleisch darüber, und trat den Heimweg an. Doch bereits nach wenigen Schritten nahm er die Gurte wieder ab und schleifte sein Gepäck hinter sich her...

*

Outis bahnte sich seinen Weg durch die Tunnel der Unterwelt. Von Zeit zu Zeit kreuzten sich die unterirdischen Wege, dann wieder galt es, tiefe Felsspalten oder Wasserläufe, die sämtlich dem Styx entsprangen, zu überqueren. Ohne erkennbares System öffneten sich die Tunnel in Höhlen. Nicht wenige dieser Höhlen mussten als bewohnt bezeichnet werden, doch hütete sich der Jäger, diesen

Begriff mit „belebt" gleichzusetzen. Wer hier hauste, waren die Schemen, die Schatten der verstorbenen Menschen, die von Hermes in die Unterwelt geleitet zu werden pflegten. Alte, Junge und Kinder gingen hier ihrer fortgesetzten Existenz nach. Sie waren sich ihres Zustandes kaum bewusst, doch behaupteten die unsterblichen Bewohner des Tartaros gern, dass dies keinen Unterschied zum menschlichen Leben auf der Erdoberfläche darstellte. Der endlose Aufenthalt der Menschen in der Unterwelt war von denselben stets wiederkehrenden Tätigkeiten geprägt, die sie bereits im Leben ausgeführt hatten: Sie bauten Nahrung an, konsumierten diese und wunderten sich kein bisschen darüber, nichts mehr ausscheiden zu müssen, das der nächsten Ernte als Dünger hätte dienen können. Lediglich die Lust hatte sie verlassen.

Nur die kühnsten unter den Verstorben wagten sich an eine Viehzucht. Lebendige Tiere lockten die Monster der Unterwelt an. Jäger, welche dennoch Fleisch, Felle und Knochen heranschafften, wenn sie benötigt wurden, standen in hohem Ansehen. Outis glaubte sich über diesen Dingen stehend. Seine Abenteuer nahm er nicht auf sich, um Bedürfnisse zu stillen, welche tote Menschen glaubten, noch zu besitzen.

Der Jäger passierte mehrere ihrer Wehrdörfer. Er fragte sich kurz, was eigentlich geschah, wenn die steinernen Wälle, die Fallen und die primitiven Waffen nicht ausreichten, um die Bewohner der Ansiedlungen vor Klauen und Zähnen der Kampen zu schützen. Wohin verschwand ein von Monstern verschlungener Schatten? Er war doch schon tot!

Outis schüttelte den Gedanken ab. Solcherlei Grübeleien führten zu nichts. Er beeilte sich, sein eigentliches Ziel zu erreichen.

Auf dem Weg dorthin durchquerte der Jäger eine Höhle, in der die Schemen an vielversprechenden Stellen Bergbau betrieben. Es handelte sich um eine mühselige Arbeit, die keiner von ihnen nötig gehabt hatte. Doch war dies nun einmal der Tartaros, das innerste und auswegloseste Gefilde in Hades Reich. Und dafür, fand der Jäger, erging es den geistig betäubten Bergleuten noch ziemlich wohl.

*

Endlich erreichte Outis das riesige Tor, hinter dem sich die Asphodeloswiesen erstreckten. Er konnte schon das Rauschen des Stroms dahinter hören. Direkt vor seinen Augen hingegen spielte sich ein Anblick ab, der den Jäger trotz seiner Erschöpfung und Schmerzen zum Lächeln brachte: Fünfzehn Köpfe, zwanzig Pfoten, fünf Schwänze und eine Unzahl an Haaren bildeten ineinander verschlungen ein Knäuel, von dem zwischen Bellen und Quieken wechselnde Geräusche ausgingen. Beinahe hätte man glauben mögen, es mit einem besonders exotischen Monster zu tun zu haben, welches das Tor bewachte. Vorausgesetzt natürlich, man hätte noch nie Höllendhundwelpen beim Balgen zugesehen.

Schwanzwedelnd rannten die fünf Jungtiere auf den Jäger zu. Outis musste sich zwingen, nicht zu blinzeln. Zwar wusste er, es mit Verbündeten zu tun zu haben, doch begriffen das die Welpen ebenfalls? Oder würde sie früher oder später der Geruch des Blutes, das seine Verbände tränkte, überwältigen?

Nacheinander jeden einzelnen Höllenhund hinter den Ohren kraulend rang sich Outis ein „Ja, ist ja gut, meine kleinen Racker." ab. Bemüht, seinen Besuch so kurz wie möglich zu halten, drängte er sich dann durch die Bande hindurch zum Tor. Die Welpen ließen sich nicht abwimmeln. Sie tollten neben dem Besucher her.

Outis blickte sich um. Außer ihm und den Tieren war niemand zu sehen.

„Briareos!" brüllte der Jäger. „Verdammt, wo steckst du schon wieder?"

Von irgendwo innerhalb des Felses antwortete ihm eine tiefe Stimme: „Ich bin hier."

Die Stimme verriet den Sprecher als alt. Doch was hatte das in einem Land der Unsterblichen zu bedeuten? Eigentlich nur, dass die Alten den Jungen Kampferfahrung voraus hatten. Alt bedeutete hier alles andere als harmlos.

Glücklicherweise musste sich der Jäger weniger Gedanken über eventuelle Feindseligkeiten des Briareos als über die Hundewelpen machen. Der einzige Instinkt, der den Riesen kontrollierte, war Dankbarkeit. Das mochte merkwürdig anmuten, denn Briareos´ Dankbarkeit galt Zeus, der den zu Unrecht in den Tartaros eingekerkerten Hekatoncheiren dereinst befreit hatte. Im Anschluss an diese Befreiung hatte der Riesenhafte in einem brutalen Krieg mitkämpfen und anschließend einen Posten als Kerkermeister im Tartaros annehmen müssen. Das bedeutete eine Rückkehr in das alte Gefängnis! Und dennoch blieb Briareos dem Zeus in Dankbarkeit verbunden? Nun gut, überlegte Outis, niemand hatte je behauptet, dass die Kinder des Uranos mit überragender Intelligenz gesegnet gewesen seien...

Ungeduldig schnarrte Outis den Riesenhaften an: „Öffne mir die Pforte, Arme genug besitzt du doch, oder etwa nicht?"

Wortlos gehorchte der Hekatoncheire. Aus beiden Seiten des Tores fuhren Arme aus dem Fels. Outis zählte zwei, drei, vier, fünf Stück - gerade einmal ein Bruchteil der wirklichen Macht des Riesenhaften. Zehn Arme, fünf auf jeder Seite, zogen das Tor auf. Dahinter erwarteten den Jäger die Wiesen, das elysische Gefilde. Nicht, dass er in dieser Höhle mehr als in den Tunneln hätte sehen können, dafür wurden die durch seine anderen Sinne übermittelten Eindrücke intensiver. Outis zögerte nicht, das Tor zu durchqueren. Er ließ die Höllenhundwelpen hinter sich zurück und schritt zügig weiter aus. Erst als er hörte, wie Briareos hinter ihm das Tor wieder fest verschlossen hatte, gestattete sich der Mann ein Aufatmen - und ein amüsiertes Grinsen über seine übertriebene Vorsicht.

Outis Weg durch die Höhle wurde von einem mächtigen Fluss blockiert. Der Styx selbst, der Hauptstrom der Unterwelt, stürzte in Form eines riesigen Wasserfalls aus der linken Höhlenwand. Er umschlang die Asphodeloswiesen in einem langen Bogen, um dann in den Tiefen des Tartaros zu verschwinden, den restlichen Hades zu durchqueren und wieder hierher zurückzukehren. Outis wusste, dass das Flusswasser, welches direkt neben dem Wasserfall in den Tiefen der Erde verschwand, mit der Durchquerung dieser Höhle erst einen Bruchteil seiner Reise hinter sich hatte. Es würde eine weit längere

Strecke zurücklegen, bevor es als der Wasserfall wieder ins Freie träte - ein geschlossener Kreislauf, wenngleich einer mit vielen Windungen.

Die eigenwillige Fließrichtung des Styx hatte eine Halbinsel in der Höhle geschaffen. Auf dieser Insel erhob sich die Stadt Elysium - das Ziel des Jägers.

Nicht immer war der Weg des Jägers ein einsamer. Die Bewohner Elysiums waren im Gegensatz zu den Schemen der verstorbenen Menschen auf Nahrungs- und Werkzeuglieferungen angewiesen. Wasser spendete ihnen der Fluss großzügig, solange sie darauf achteten, es nicht gerade am Lethe-Wasserfall zu schöpfen...

Die Schatten der Menschen waren in regen Handel mit den Stadtbewohnern verwickelt. Er wurde durch diejenigen unter ihnen abgewickelt, die noch Ansätze eines Bewusstseins besaßen. Die Toten belieferten die Städter mit Rohstoffen, welche diese wiederum verarbeiteten. Mit den Produkten ihrer Handwerkskunst bezahlten die Stadtbewohner die Nahrungsmittel, die sie so dringend benötigten.

Um diese Tageszeit vermieden es die Schatten allerdings, noch außerhalb ihrer Wehrdörfer unterwegs zu sein. Selbst die gleichförmig dahinrollenden Asphodeloswiesen vermochten mit Gefahren aufzuwarten, denen die Toten nicht gewachsen waren. Für den Jäger Outis stellten nur wenige Kreturen, die diesen Ort ihren Lebensraum nannten, eine Gefahr dar, gänzlich sicher würde allerdings auch er erst in der Stadt sein.

„Ich beeile mich besser", sprach der Mann zu sich selbst. In der Tat ebbte die Magie bereits ab. Der Hades kannte weder Tag noch Nacht, dennoch richteten seine Bewohner sich nach einem diesen Phänomenen nicht unähnlichen Lebensrhythmus. Wenn Helios mit seinem Kahn auf dem Styx unterwegs war, wenn die Gefährten des Ra in ihrem eigenen Boot auf Schlangenjagd in den unterirdischen Strömen gingen und wenn Ereschkigal mit Hel zusammen an einem geheimen Ort tat, was Göttinnen ohne ihre Männer so zu tun pflegten (Outis wollte es nicht genauer wissen), dann strotzte die Unterwelt vor Magie. In diesen Stunden waren die Götter stark und dann konnten sich auch die Schemen sicher fühlen. Doch sobald Helios seinen Sonnenwagen bestieg und die Kemetengötter irgendetwas taten, an das sich Outis vage als mit einem Mistkäfer in Verbindung stehend erinnerte, wenn die Anunnaku und die Asen sich unter die Sterblichen mischten, um mit ihnen ihr Spiel zu treiben, dann herrschte im Hades nicht mehr das Licht der Götter, sondern die ursprüngliche Natur. Diese Macht wurde bei vielen Namen genannt: Chaos, Apophisschlange, Tiamat... besonders erfinderisch waren die Menschen in dieser Hinsicht. Doch wie immer sie hieß, diese Kraft kam den Unkreaturen zu Hilfe, schärfte ihre Sinne, stärkte ihre Leiber und machte sie gefährlicher als sie es bei Nacht waren.

Outis beeilte sich daher, die Fähranlegestelle zu erreichen, die ihn innerhalb weniger Minuten auf die andere Seite des Flusses und nach Elysium bringen würde.

Mürrisch wie stets reagierte der Fährmann nicht auf den freundlichen Gruß des Jägers. Charon war und blieb eben Charon, dachte der Mann bei sich. Aber wenigstens hatte er einfach nur geschwiegen, nicht geknurrt oder gezetert. Verdrießlich mochte der Gott sein, doch es war nichts Böses in seinem Wesen.

Wie genau es Hades Dienstmann schaffte, stets an exakt der Stelle des Flusses zu warten, an der ihm Hermes Tote vorbeibrachte oder jemand anderes Überfahrt begehrte, blieb ein Geheimnis, das Outis eines Tages zu erfahren hoffte. Aber nicht heute... nicht mehr heute morgen...

Der Jäger tastete in den lumpigen Resten seiner Kleidung nach einer Münze. Er benötigte eine ganze besondere Münze, um Charon zu entlohnen. Jene steinernen Exemplare, welche die Schatten aus dem Fels der Unterwelt fertigten, genügten nicht. Die Toten erinnerten sich daran, wie Geschäfte in der Oberwelt getätigt wurden. Sie benötigten das Konstrukt Geld, um den Rest dessen zu bewahren, was hier unten als geistige Gesundheit durchging. Vielleicht waren sämtliche Münzen, die die Menschen erfunden hatten, nur der letzte Rest einer Erinnerung an jene von der Art, wie sie Charon einforderte. Obolus wurden diese Währung genannt und sie hatte bereits lange vor der Entstehung der Menschen existiert.

„Lass dir ruhig Zeit beim Suchen", brummte Charon. „Taxameter ist aus."

Outis knirschte mit den Zähnen. Zum einen wusste er nicht, wo sich Taxameter aufhielt, kannte er ja noch nicht mal eine Göttin dieses Namens, zum anderen war es ihre eigene Schuld, wenn sie um diese frühe Uhrzeit noch ausgegangen war und zum dritten konnte er seinen Obolus einfach nicht finden.

„Andererseits biete ich auch keinen Gruppenrabatt an", meinte Charon. „Also musst du mich hier nicht aufhalten, bis Hermes weitere Kundschaft vorbeibringt."

Outis Finger erstarrten unter seinen Lumpen. Tränen des Entsetzens rannen seine Wangen herunter. „Charon...", flüsterte der Jäger. „Charon, ich habe meinen Obolus nicht mehr!"

Übergangslos wurde auch der Fährmann ernst. Er strahle eine Aura tiefer Betroffenheit aus.

Outis sackte an der Anlegestelle zusammen.

Er hatte seine Obolusmünze verloren! Und es gab nur zwei Orte, an denen man an neue gelangen konnte. Der eine war die Oberwelt - aus dem Herzen des Tartaros heraus unmöglich zu erreichen. Der andere war Elysium, jene Stadt, die in Sichtweite vor Outis am anderen Ufer des Flusses aufragte.

„Das darf doch nicht wahr sein", brachte er unter Schniefen hervor. „Nicht ausgerechnet heute! Charon, ich..." Der Jäger hob seinen Kopf. „Ich kann nicht mehr!" klagte er.

„Ich kann dir helfen... Nimmst du meine Hilfe an?"

Outis nickte. Der Fährmann verließ sein Boot. Mit einem einzigen Gedanken sandte er es in die Mitte des Styx. Niemand durfte die Gelegenheit nutzen, sich der Fähre zu bemächtigen, während der Bootsmann sich an Land anderen Geschäften widmete.

Doch Charon vermochte lediglich Outis körperliche Leiden zu lindern. So gewissenhaft er sich auch um die Wunden des Jägers kümmerte, vermochte er dem Mann doch nicht bei dessen eigentlichem Dilemma zu helfen. Die Gesetze des Hades waren hart. Und sie galten für jeden.

„Die Gesetze unseres Herrn Hades sind hart", erklärte Charon. „Und er macht für niemanden eine Ausnahme."

„Charon!" Outis lächelte. „So viel hast du lange nicht mehr gesprochen."

Der Fährmann nickte. Die Geste sorgte dafür, dass sich die Kehle des Jägers zuschnürte. Sein Schicksal bedeutete dem anderen also etwas. Wie viel mehr musste sein Ende dann erst denjenigen nahe gehen, die ihn liebten?

„Es tut mir leid!" schluchzte der Jäger. „Ich wollte niemanden verletzen! Schon gar nicht mich selbst! Und zuallerletzt Persephone!"

„Noch ist nicht aller Tage Abend", meinte Charon.

„Nein", zischte Outis. „Jetzt ist erst mal bald helllichter Tag. Und dann gar nichts mehr. Für mich."

Wieso der Fährmann plötzlich ein Ruder in der Hand hielt, obwohl er doch soeben seinen Kahn fortgeschickt hatte, konnte sich der Jäger nicht erklären. Dennoch war es so. Charon hatte das Holz einfach so manifestiert und wies damit nun über den Kopf des Jägers hinweg in die Wiesen hinein. „Schau, wer da kommt!" sagte die Geste.

Outis folgte der Richtung, in die Charon wies, mit dem Kopf.

Ein anderer Jäger näherte sich der Anlegestelle. Wie bei Outis selbst handelte es sich um ein Wesen aus Fleisch und Blut, wenngleich den Vertreter eines völlig anderen Volkes. Eines, das mit dem das des Outis nicht unbedingt auf gutem Fuß stand.

Hünenhaft, kräftig und dabei nicht grobschlächtig, sondern in allen Belangen wohlgeformt und mit attraktiven Gesichtszügen ausgestattet, marschierte der Fremde über die Asphodeloswiesen. Im Gegensatz zu Outis begnügte er sich mit dem Nötigsten an Kleidung und auch er hatte sich nur mit leichter Rüstung, gerade einmal einem Helm und je einem Paar Arm- und Beinschienen, den Gefahren der Unterwelt gestellt. Seine Bewaffnung fiel primitiver aus, weil diesen Kreaturen zwar die Herstellung, nicht aber das Führen sämtlicher vorstellbarer Jagd- und Kriegsutensilien erlaubt war.

Dennoch fürchtete Outis, dass ein einziger Schlag mit den kräftigen Flügeln des anderen ihn in einem Kampf mühelos von den Beinen gerissen hätte.

Der Ankömmling war einer der Titanen, ein Häftling des Tartaros. Zeus selbst hatte ihn und sein gesamtes Volk am Ende eines langen

Krieges begnadigt und anstatt es zu vernichten lediglich hierher verbannt.

Der Altersunterschied des alten Gottes zu seinem Bruder Uranos fiel so gering aus, dass er nicht der Erwähnung wert war. Doch auch dieses Wesen kannte die Furcht vor dem Ende, denn es konnte getötet werden. Vielleicht nicht gerade durch Outis Hand, wohl aber durch eine Verkettung unglücklicher Umstände.

Der Titan neigte den Kopf zur Begrüßung Charons und des Jägers.

Charon erwiderte den Gruß nicht, Outis aber streckte seine Arme vor. Noch bevor der indignierte Fährmann protestieren konnte, hatte sich der Jäger an dessen Kutte wieder auf die Beine gezogen. „Verzeih mir, guter Fährmann", grinste Outis, „ich mache es wieder gut!"

An den Titanen gewandt erkundigte er sich, in welcher Region der Unterwelt dieser gejagt habe.

„Ich habe den Schatten der Sphinx verfolgt", erwiderte der andere.

„Oh." Outis verschränkte die Arme vor dem Körper. „Seit ihrer Niederlage war sie nur noch ein Schatten ihrer Selbst, wie man so sagt. Aber wer hätte damit gerechnet, dass sie es wahr macht und sich in einen Schatten verwandelt?"

„Ich weiß nicht", erwiderte der Titan ausweichend. „Ich kann dir nicht sagen, was an Selbstmord so attraktiv sein soll, denn wenn ich es täte, käme mein Schatten ohnehin nur dort heraus, wo ich mich jetzt schon befinde: Im Tartaros."

Outis wischte die im Tonfall des anderen Jägers mitschwingende Anklage beiseite. „Genug der Plaudereien", erklärte er. „Ich bin meiner Münze verlustig gegangen. Charon verweigert mir die Überfahrt!"

„Tja. Eines Tages musstest du ja einmal lernen, dass der Tartaros keine Spielwiese für *deine* Art ist", erwiderte der Titan. „Dieser Tag ist wohl heute gekommen. Fragt sich nur, ob du ihn überleben wirst, um eine Lehre daraus ziehen zu können?"

Titanen und Olympier

Am Anfang aller Dinge war das Chaos, die wirbelnde Urleere. Manche behaupten, dieser Zustand habe sich inzwischen geändert, aber das zeigt nur, dass unser Geist noch immer von den Chaosstrudeln verwirrt ist. Wie sieht sie denn aus, die Ordnung der Welt, die wir sorgfältig in unseren Schriftrollen und auf steinernen Tafeln festgehalten haben?

Eurynome, die weiße Taube, legte ein Ei, dem Uranos mit seinen Geschwistern entsprang. Jeder von ihnen verkörperte einen Teil der Welt, wie wir sie heute kennen. Nun war der Kosmos geboren, eine Struktur mitten im Chaos, welches der Kosmos immer weiter zurückdrängte.

Doch die Trennung dessen, was einst im Ei zusammengelegen hatte, in Einzelteile war zu schwer zu ertragen. Erneut zog es die Teile zueinander. Uranos lag mit seiner Schwester Gaia zusammen. Aus ihrer Verbindung gingen die Zyklopen hervor.

Kaum, dass sie entstanden waren, fühlte sich ihr Vater durch die Existenz dieser Wesen bedroht. Es hatte Gaia Kraft gekostet, sie zu gebären. Wann würde der Tag kommen, an dem die Nachkommen auch ihn in seiner Macht beschneiden würden? Denn daran, dass dies geschehen würde, zweifelte Uranos keine Sekunde lang. War es nicht genau das, was er und seine Geschwister mit der Urleere taten, aus der sie hervorgegangen waren? Sie verkleinern und von sich stoßen?

Und so verbannte Uranos seine ersten Kinder, die Zyklopen, in die Unterwelt. Und die Hekatoncheiren gleich mit - sie gefielen ihm nicht.

Das Rascheln einer Toga verriet dem Erzähler, dass einer seiner Zuhörer sich voreilig erhoben hatte.

„Sht!" zischte jemand. Eine Kinderstimme erklärte: „Da fehlt noch ganz viel!"

Der Sprecher schmunzelte. Welcher der Knaben genau gesprochen hatte, vermochte er anhand der Stimme nicht zu sagen. Wie stets, wenn er eine der ältesten Geschichten wiedergab, hielt der Erzähler seine Augen geschlossen. Zu groß wäre sonst die Versuchung gewesen, auf die Reaktionen der Zuhörer einzugehen, der Erzählung mehr Spannung, Humor oder welchen Wunsch auch immer er in ihren Gesichtern las, zu verleihen.

Uranos und Gaia zeugten zwölf weitere Kinder und diese lernten, es ihren Eltern nachzutun.
Iapetos zeugte Prometheus mit Klymene. Er zeugte weitere Kinder und Kindeskinder.
Kronos zeugte Kinder mit Rheia, die er sofort nach ihrer Geburt verschlang, damit ihm keines seinen Thron streitig machen konnte.
Sein jüngster Sohn Zeus entkam. In einem fernen Land wurde er von der Ziege Amaltheia großgezogen. Dort wuchs Zeus heran. Als er ausgewachsen war, tötete er seine Amme und fertigte aus ihrer Haut einen magischen Schild.
Zeus besiegte Kronos und befreite seine Geschwister aus dessen Leib. Dann holte er die Zyklopen aus den Tiefen der Unterwelt. Und damit hätte alles wieder gut sein können.
Doch Zeus und seine Gefährten sagten nun sämtlichen Titanen den Krieg an. Sie alle sollten dafür büßen, was ein einziger von ihnen seinen Nachkommen angetan hatte.
Die Zyklopen schmiedeten ihren Befreiern allerlei mächtige Waffen und wundersame Hilfsmittel. So ausgestattet, konnten die Olympier den Krieg gar nicht verlieren und einige der unseren verstanden das... rechtzeitig... rechtzeitig genug, um die Seiten zu wechseln...
Alle überlebenden Titanen wurden in den Tartaros verbannt.

Das heftige Einatmen eines seiner Zuhörer verbannte das Lächeln aus dem Gesicht des Erzählers. Es war ohnehin bereits seit geraumer Zeit dort eingefroren.

Zeus teilte das Lager mit Metis. Als er erfuhr, dass sie mit einer Tochter schwanger war, die ihm ebenbürtig werden sollte, verschlang er seine Gefährtin mitsamt dem ungeborenen Kind.
Danach nahm Zeus seine Schwester Hera zur Frau. Hera ließ alle Kinder ihres Mannes mit anderen Frauen verfolgen oder ermorden.
Dionysos lockte einen menschlichen König in eine Falle und ließ ihn zerreißen, bevor dieser seine Geheimnisse ergründen konnte.
Ares tötete seinen Vetter Halirrhothios und wurde freigesprochen.

Der Erzähler hielt inne. Er streckte seinen rechten Arm aus. Mit traumwandlerischer Sicherheit fand er die Stele an der Rückwand des Raums, in welche die Namen der Alten eingraviert waren.

Eurynome... Uranos... Kronos... Zeus... So lauteten die Namen der Herrscherlinie, die er und sein Volk sich einzuprägen hatten, die sie ehren mussten, wollten sie selbst überleben.

Seit unzähligen Generationen lebten die Titanen nun schon in ihrem Exil in den unterirdischen Höhlen des Tartaros, ein unsterbliches Leben, das durch die in der Unterwelt ansässigen Monster kurz gehalten wurde. Hades wachte als Kerkermeister über die Gefangenen. Er hielt davon Abstand, ihnen ihre Existenz noch mehr zu erschweren, zeigte aber auch nicht das geringste Entgegenkommen. Solange die Titanen keinen Ausbruchsversuch wagten, wurden sie in Ruhe gelassen. Sie waren frei, ihre eigenen Gesetze aufzustellen, Städte und Dörfer anzulegen und sogar einfache Waffen anzufertigen, um sich gegen die Kreaturen der Unterwelt zu behaupten.

Sie hätten sogar vergessen dürfen, warum sie so lebten, wie es sie es taten, solange sie weiterhin die Oberherrschaft der Olympier anerkannten. Doch der Erzähler und seine Verwandten wollten nichts von dem vergessen, was geschehen war. Sie hielten die Erinnerung in Rede und Schrift lebendig.

Die Namenstafel im Schulgebäude der Stadt gefiel allen Olympiern, denen Hades von ihr berichtete. Die neuen Götter begriffen sie als ein Zeichen der Ehrerbietung, die ihre reuigen Gegenspieler ihnen nun entgegenbrachten, doch für den Erzähler stellte die Tafel das genaue Gegenteil dar: Eine in Stein gemeißelte

Chronik des Neides und der Eifersucht, in Gang gehalten durch Blut. Blut, das weitergegeben wurde und Blut, das man vergoss.

Die Titanen waren die Gefangenen des Tartaros, die Olympier aber waren Gefangene ihrer Machtkämpfe.

Der Erzähler brachte seine Rede zum Ende:

Die Namensfolge auf der Tafel hier - ist das Ordnung? Ja, vielleicht. Im Sinne wiederkehrender, unabänderlicher Strukturen handelt es sich ganz sicher um „Ordnung". Aber ist Ordnung besser als Chaos? Wie kann ein Phänomen, das Leid verursacht, besser sein, als ein anderes, das ebenfalls nur Leid verursachte? Aus diesem Grund haben wir uns dafür entschieden, beide Seiten der Münze in uns auszuprägen, in der Hoffnung, dadurch zu einer Balance zu gelangen, die unseren Vorfahren nicht gegeben war.

Nun öffnete der Mann seine Augen. Elf Kinder, acht Knaben und drei Mädchen, blickten ihn erwartungsvoll an. Wenn auch ein oder zwei zusammengezuckt waren, als die Rede wieder einmal auf die Verbannung in den Tartaros gekommen war, so waren die Gedanken der Jüngsten an diesem Tag doch nur auf eine Sache gerichtet: Die Übergabe der Münze. Wenn ihnen ihr Lehrer in wenigen Minuten die Münzen ausgeteilt haben würde, dann durften sie sich Erwachsene nennen. Und das war den Zuhörern viel wichtiger, als sich Gedanken über falsch und richtig, Ordnung und Chaos zu machen.

Der Erzähler, ein Halbtitan mit Namen Perses, löste einen kleinen Beutel von seinem Gürtel. Dieser und ein Lendenschurz genügten dem Mann als Gewandung. Nur selten einmal verließ er sein Haus und selbst dann begab er sich nie über die Stadtgrenze hinaus. Er hatte weder wärmende Kleidungsschichten noch Rüstung nötig.

Perses schüttelte den Beutel, klimperte mit den Münzen darin. Die versammelten Kinder saßen jetzt kerzengerade auf ihren Kissen. Sie strahlten vor Aufregung und einer boxte seinen Sitznachbarn in die Seite.

„Also gut, Kinder", seufzte der Lehrer. „Es ist Zeit für euch, die Münze entgegenzunehmen, die es euch erlaubt, den Fluss zu überqueren, die

Stadt zu verlassen und euch draußen herumzutreiben. Aber diese Münzen haben eine weitere wichtige Funktion: So, wie sie es euch erlauben, nach Belieben zu gehen, ermöglichen sie euch die Rückkehr nach Hause."

„Ja, wissen wir!" rief ein Knabe namens Reos in die Runde. Perses nickte. „Ich weiß. Ebenso, wie ihr wisst, dass ihr besser nicht allein gehen solltet, worauf es draußen zu achten gilt und lauter Dinge, über die ich dankbar wäre, wenn ihr sie nicht nur wüsstet, sondern auch beherzigt!"

Doch diesen frommen Wunsch erfüllt zu bekommen, hielt der Lehrer für nicht sehr wahrscheinlich. Warum saßen denn diese Kinder vor ihm? Weil es immer wieder Tote gegeben hatte. Titanen waren verschwunden. Vielleicht hatten sie Schatten hinterlassen, wie es die Menschen taten, wenn sie starben. Doch wo immer sich ihre Schatten jetzt aufhielten, sie waren nicht mehr Teil der Gemeinschaft Elysiums.

Der Tartaros vermochte keine endlose Zahl von Bewohnern aufzunehmen. Luft, Nahrung, Wasser und, in geringerem Maße, Raum standen nicht unbegrenzt zur Verfügung. Im Laufe der Zeit hatten die Titanen gelernt, ihre Fruchtbarkeit zu kontrollieren. So oft sie sich dem Liebesspiel hingaben, blieb es ohne Frucht, es sei denn, das Paar spürte, dass ihre Heimat in der Lage war, ein neues Lebewesen aufzunehmen.

„Das ist der erste Lohn, den ihr in eurem Leben erhaltet", verkündete der Lehrer den Kindern, wobei er die erste Münze aus seinem Beutel zog und für alle sichtbar hochhielt. „Ihr erhaltet ihn für eure Existenz. Dafür, dass ihr ins Leben eurer Eltern - in unser aller Leben - eingetreten seid. Mit der Übergabe der Münze werdet ihr gleichberechtigter Teil unserer Gemeinschaft."

Was für eine Gesellschaft das war! Welch exotischer Quelle so mancher dieser neuen Mitglieder der Gemeinschaft entsprungen war! Der Erzähler kannte die Geschichte jedes einzelnen seiner Schützlinge längst auswendig. Was immer die Zukunft für sie bereithalten würde, sie waren bereits jetzt Teil seines Erinnerungsschatzes.

Nacheinander rief der Mann die Kinder auf, damit sie vorträten und ihren Obolus in Empfang nähmen:

„Hexametra, Tochter der Klymene!"
Eine etwa zwanzigjährige junge Frau erhob sich, eine Frau, die nie im Leib ihrer Mutter Klymene geschwommen war. Bei Hexametra handelte es sich um die Inspiration eines sterblichen Dichters, welcher von diesem Form verliehen worden war. Als das Theaterstück, in dem eine in Wirklichkeit nie gezeugte Tochter Klymenes vorkam, erstmalig aufgeführt wurde, war das Mädchen auch im Tartaros erschienen. Lange Zeit an ihr kindliches Erscheinungsbild im Stück gebunden, hatte Hexametra erst mit dem Tod des Dichters zu altern und zu reifen begonnen. Niemand verstand, wieso das so war, doch alle freuten sich für die Titanin.
„Tschefer aus der Ferne, Tochter der..." Der Erzähler nahm nicht die Mühe auf sich, die unvertrauten Silben auszusprechen, welche den Namen der Göttin korrekt wiedergaben. Er nannte sie in seiner eigenen Sprache: „...Sothis."
Die siebzehnjährige Tschefer vermochte nicht mehr zu sagen, wie sie in die Unterwelt der Titanen gelangt war. Eines Tages hatte man sie nach einem Erdbeben schwer verletzt in den Tunneln gefunden, beraubt jeglicher Erinnerung außer der an ihren Namen und ihre Abstammung. Bei den Gefangenen des Tartaros hatte sie eine neue Heimat gefunden.
„Vin, Tochter der Mänaden."
„Tochter" war hier nicht ganz der passende Ausdruck, fand der Erzähler. Bei Vin handelte es sich um das Bruchstück einer Mänade, die sich in Ekstase selbst zerrissen hatte.
Die Knaben und jungen Burschen wiesen gewöhnlichere Geburtsgeschichten auf.
„Merxeton, Sohn des Hermes."
Der vierzehnjährige Merxeton verzog das Gesicht. Da er selbst ein Junge war, trug er den Namen seiner Erzeugers und nicht seiner Mutter, doch was wusste er schon von diesem Mann? Wenn der Olympier gerade einmal nicht auf dieser oder jener Mission für seine Herrschaften unterwegs war, dann verbrachte er die Zeit nicht im Tartaros, sondern bei seinem eigenen Volk. Vermutlich hatte er die

Titanin, mit der eine einzige Nacht verbracht hatte, längst wieder vergessen.

„Korykios, Sohn des Typhon."

Korykios, fünfzehn Jahre alt, glühte förmlich von innen heraus. Wenn sich der Junge verletzte, verlor er Magma statt Blut. Jegliches mindere Feuer gehorchte seinem Willen.

Aus den Todeszuckungen Typhons und dem Vulkan, in den Zeus seinen Widersacher geschleudert hatte, geboren war dieser Junge ein Gigant, kein Titan. Doch handelte es sich hier um eine Unterscheidung, die nur wenige vornahmen. Die beiden Rassen Titanen und Giganten unterschieden sich nur in geringem Maße, waren doch beide aus der gemeinsamen Urmutter Gaia hervorgegangen.

„Reos, Sohn des Briareos."

Reos Vater gehörte zu den Hekatoncheiren, den herausragendsten Kriegern unter Uranos Nachkommen. Er hatte den Olympiern in ihrem Kampf gegen die Titanen und danach die Giganten beigestanden. Briareos hätte alles getan, um dem Tartaros zumindest für eine Weile entkommen zu dürfen. Für diese Gnade erklärte er sich sogar bereit dazu, für Zeus gegen Kronos zu kämpfen, seinen kleinen Titanenbruder, der die Hekatoncheiren in grauer Vorzeit als einziger gegen den grimmigen Uranos verteidigt hatte - und mehr. Doch Dankbarkeit und geschwisterliche Zuneigung verblassten gegen die Schrecken des Tartaros. Briareos war nun ein loyaler Gefolgsmann des Zeus.

Damals, zu Zeiten der Gefangenschaft der Hekatoncheiren, hatte die Stadt, die den Eingekerkerten heute Schutz gewährte, noch nicht existiert. Die Stadt Elysium hatten erst nach dem endgültigen Sieg der Olympier Titanen und Giganten gemeinsam errichtet. Perses erinnerte sich noch sehr gut an jene Tage - und an die Opfer, die damals gebracht werden mussten, um das Werk zu vollenden.

Einer, der während der Bauzeit unermüdlich mit seinem Bogen und Scharfblick Wache gestanden hatte, betrat gerade in diesem Moment das Haus des Lehrers. Perses spürte seine Anwesenheit, noch bevor sie ihm Auge oder Ohr bestätigten. Erfreut darüber, dass der alte Freund die frisch zu Erwachsenen ernannten Kinder begrüßen wollte, wandte sich der Hausherr zu dem Besucher um. „Eros, willko..."

„Guten Abend, Perses."

Der Halbtitan erstarrte in seiner Bewegung. Seine dem Ankömmling entgegengestreckte Hand zitterte. „Du!" brachte er hervor.

In der Tür stand nicht Eros. Wer da durch den Perlenvorhang eingetreten war, zählte weder zu Perses Freunden noch zu den Kindern Gaias.

„Outis!" entfuhr es Vin. Die Mänade schlang die Arme um ihren Körper, als müsse sie auch diesen daran hindern, zu zerplatzen. Tschefer nahm die Freundin in ihre Arme, doch musterte auch sie die den Fremdling skeptischen Blickes. Sie kannten den Namen als den eines mutigen Abenteurers, und es gab kein Mädchen und keine junge Frau in Elysium, die Outis männliche Reize nicht zum Träumen veranlasst hätten, doch blieb der Mann bei allen seinen Erfolgen einer der verachtenswerten Olympier!

Verwirrt verharrte Perses an Ort und Stelle, unfähig, auch nur seine Hand zu senken. Wieso fühlte sich Outis plötzlich wie der Jäger Eros an? Und was, bei Typhons in alle Ewigkeit glühender Asche, hatte er überhaupt hier zu suchen?!

„Wie kannst du einfach so hier hereinplatzen?" fuhr der Erzähler den Eintretenden an. „In unser heiligstes Ritual? An einem Festtag, auf den sich die Kinder freuen, seit sie hören und sehen können? Müsst ihr Olympier uns denn alles verderben? Macht euch das vielleicht Spaß?!"

Outis hob nun seinerseits seine Hand. Er griff nach der des Erzählers, doch der schlug die Begrüßung aus.

„Perses..." Der Ankömmling schüttelte den Kopf.

In Perses Rücken sanken die sechs bereits zu Erwachsenen ernannten Stadtbewohner indessen vor dem Besucher auf die Knie. Von den Kindern hingegen wurden die Geste noch nicht erwartet und freiwillig würden sie diese auch nie ausführen.

Der Lehrer selbst deutete lediglich eine leichte Verbeugung an. Sie bezog kaum die Schulerpartie mit ein.

„Haben wir denn im Leben nie Ruhe vor euch?" fauchte er. „Nicht mal in unserem Kerker! Selbst hier peinigt ihr uns!"

Outis zuckte die Schultern in einer halb wegwerfenden, halb entschuldigenden Geste. „Es lag nicht in meiner Absicht, eine Veranstaltung zu stören", erklärte er.

„Aber du hast es auch nicht für nötig gehalten, dich im Vorfeld zu informieren, ob du in eine eindringst, Sohn des Hades", entgegnete Perses.

Die Kinder wechselten sorgenvolle Blicke. Der junge Olympier bekleidete innerhalb seines eigenen Volkes einen der niedrigsten Ränge, im Tartaros jedoch stellte er immerhin die zweithöchste Autorität dar. Outis war der legitime Sohn ihres Kerkermeisters, die unerwartete Frucht der Verbindung des Hades mit Persephone. Persephone wiederum war die Tochter der Demeter, einer jener Göttinnen, die Kronos dereinst verschlungen hatte und wieder ausspeien musste. Wie dieses Rettungswunder zu vollbringen war, hatte die Nymphe Metis ihrem Geliebten Zeus verraten. Perses verehrte seine Mutter für ihre Schläue und ihre Güte, die Hand in Hand miteinander gegangen waren. Metis hatte dem jungen Burschen Zeus helfen wollen, seine Geschwister zu retten, ohne zu ahnen, mit ihren Taten einen Krieg in Gang zu setzen. Am Ende war sie aus Liebe zu ihm sogar bei dem Kriegstreiber geblieben. Sie war seine Gefährtin geworden und hatte es mit dem Leben bezahlen müssen. Mit dem eigenen und dem ihres ungeborenen Sohnes! Lediglich die gemeinsame Tochter Athene war der Vernichtung entkommen und lebte nun als eine der ihren unter den Olympiern, dem Volk ihres Vaters. Perses fand, dass seine Halbschwester dort durchaus hingehörte.

„Was willst du hier?" schnarrte er Outis an. „Und ihr, Kin... äh, Bürger, erhebt euch wieder! Ihr habt diesem hier den Gesetzen angemessen Ehre bezeugt. Es besteht kein Grund, euch länger als nötig vor dem Olympier auf dem Boden herumzuwälzen."

„In Ordnung", seufzte Outis. „Kommen wir also zum Geschäft. Das hält eine Stadt am Leben, während die Höflichkeit hier tot zu sein scheint, ohne die geringste Hoffnung, betrauert zu werden."

Hades Sohn holte eine Münze aus einer Tasche seines notdürftig geflickten Jagdgewandes hervor. Sie bestand aus purem Gold. Während eine Seite vollständig mit Schriftzeichen bedeckt war, zeigte die andere die Abbildung eines geflügelten Humanoiden in sehr stilisierter Form.

„Irgendetwas stimmt nicht mit der", gestand er dem Halbtitanen. „Sie fühlt sich wie ein Fremdkörper an, belastet mich, als trüge ich einen schweren Stein vor meiner Brust. Perses, die meisten Oboli, die im Tartaros im Umlauf sind, stammen aus deiner Fertigung. Du kennst dich mit den Dingern besser aus als selbst Midas. Kannst du diesen hier wieder in Ordnung bringen?"

Perses streckte seine Hand nach der Münze aus. Er berührte sie nur kurz mit den Fingerspitzen, bevor er zurückzuckte. Der Erzähler und Meister der Münzen ballte seine Hand zur Faust! Bereit, sie Hades Sohn ins Gesicht zu schmettern, schrie er: „Das ist nicht deine! Diese Münze gehört Eros! Er hat sie am selben Tag aus der Hand deines Onkels Zeus entgegengenommen, an dem auch ich die meine annehmen musste!"

Outis nickte. „Das ist alles wahr. Aber was stimmt denn nun nicht mit der Münze? Wenn sie doch noch von Zeus kommt, sollte sie..."

Perses ließ den Olympier nicht ausreden. „Sie *sollte*?" brüllte er. „Was genau sollte sie? Ich sage es dir: Diese Münze sollte sich im Besitz Eros' befinden! Wo hast du sie gefunden? Und wieso vertrödelst du deine Zeit hier, anstatt den Eigentümer zu suchen? Ihm könnte da draußen sonst was zugestoßen sein! Vielleicht liegt er irgendwo verwundet!"

„Ja, und ohne die Münze lässt ihn Charon nicht über den Fluss!" mischte sich Korykios ein. „Wir müssen sie sofort zur Anlegestelle bringen, damit der Fährmann weiß, dass Eros Passage bezahlt ist!"

„Das wird nicht möglich sein, mein Junge", schmunzelte Outis. „Eros Münze gehört jetzt mir. Ich habe die meine auf der Jagd verloren und dafür seine an mich genommen."

Perses schluckte hart. „Der Jäger hat dir seine Münze aushändigen müssen?" erkundigte er sich.

Outis nickte. „So ist es. Dein Freund befindet sich in einem der Dörfer - wenn er vernünftig ist."

„Dorf oder Wiese", erwiderte Perses tonlos. „Er ist da draußen. Und das bedeutet nur eines: In Lebensgefahr."

Reos packte Vins Hand mit seiner rechten und Hexamatras mit der linken. Korykios stand bereits neben dem Erzähler, nun gesellten sich ihm die drei hinzu. Zögerlich traten Merxetos und Tschefer ebenfalls hinzu.

„Wir müssen sofort losgehen", erklärte Reos. „Und den Fluss überqueren!"

„Lieb von euch", entgegnete Outis. „Ich muss zugeben, dass ich meine richtige Münze vermisse. Diese hier mag ihren Zweck erfüllen, aber sie bereitet mir doch unziemliche Umstände."

„Ihr bleibt hier!" ordnete Perses an. „Erwachsen mögt ihr nun sein, aber ich habe noch immer mehr zu sagen in dieser Stadt!"

„Ja, Perses, das wissen wir", erwiderte Reso ungeduldig. „Du hast die mitgebaut und so. Aber wir müssen Outis Münze rasch finden, damit Eros seine eigene zurückbekommen kann!"

„Dort, wo Outis zu jagen pflegt, ist es zu gefährlich für euch", meinte Perses. „Jeder von euch würde mit dem fertig, was auf unseren Feldern im Umland herumkriecht. Aber nicht einmal ihr sechs zusammen wärt ein angemessener Gegner für die Wesen, die in den weiter entfernten Tunneln und Höhlen ihr Unwesen treiben."

„Och, Perses, ich will aber helfen", ließ sich Korykios vernehmen. Sein Beitrag zum Leben in der Stadt bestand darin, mit seinen Kräften dafür zu sorgen, dass das Feuer in der Schmiede stets genau die richtige Temperatur aufwies. Doch Korykion war wie der Vulkan, der ihn geboren hatte: In der Lage, lange Zeit ruhig zu verharren, um dann umso heftiger auszubrechen. Typhons Sohn brannte darauf, die Jagdwaffen, die er herstellen geholfen hatte, auch selbst zum Einsatz zu bringen. Daher erklärte der junge Erwachsene: „Richtig helfen, nicht nur, indem ich etwas bastle, als wäre es ein Geburtstagsgeschenk für meine Zieheltern!"

Outis legte dem jungen Giganten seine Hand auf den Kopf. Es hätte nicht viel gefehlt, da hätte Hades Sohn Korykios das Haar gewuschelt wie einem klugen Knaben.

„Dein Einwand bringt mich zu einer interessanten Frage, mein Junge. Stört es die Münze, dass ich nicht ihr Eigentümer bin oder reagiert sie generell auf meine falsche Volkszugehörigkeit?"

Mühsam beherrscht ging Perses auf die Frage des Olympiers ein: „Welches hältst du denn für dein Volk, Sohn des Hades? Hades Vater war ein Titan! Wieso nennt ihr euch Olympier? Das Kind eines Titanen ist auch ein Titan. Selbst Prometheus der Verräter ist ein Titan. Nur Kronos Kinder behaupten, etwas anderes zu sein. Was glaubt ihr eigentlich, was es ist, das euch so anders macht?!"

Ein überlegenes Lächeln auf den Lippen gab Outis seine Antwort unverzüglich: „Das Kind einer Titanin kann auch Zyklop sein, vergiss das nicht."

„Weißt du, dass ich mit so einer naseweisen Antwort gerechnet habe?!" fuhr der Erzähler auf. „Ihr wollt euch immer nur aus allem herauswinden! Alles bekommen wollen, nichts teilen müssen! Ihr seid wahrhaftig Kronos Söhne!"

Perses hielt sich nicht länger zurück. Er stürzte sich auf den Olympier, bewaffnet allein mit seiner über Jahrtausende angestauten Wut.

„So geht das natürlich auch", kommentierte Merxeton das Geschehen. „Ihm Eros Münze wieder abzunehmen, anstatt Outis seine zu suchen."

Tschefer hatte nur eine Kopfnuss für den jungen Mann parat.

„Nein, lass mich!" beschwerte sich Hermes Sohn. „Vor den Monstern draußen habe ich Schiss, aber nicht vor dem da! Der ist einfach nur erbärmlich!"

Doch erbärmlich oder nicht, der Olympier gehörte unleugbar zu den Machthabern. Ein Angriff auf Outis stellte unabhängig vom Ausgang des Handgemenges eine schwerwiegende Straftat dar. Tschefer wusste das. Merxeton wusste es ebenfalls, doch es war ihm gleichgültig. Und so entbrannte unter den Jugendlichen parallel zum Duell zwischen Titan und Olympier ihr eigener Kampf. Merxeton,

Hexametra und Reos versuchten, zu den Älteren vorzudringen und ihren Lehrer zu unterstützen. Tschefer, Vin und Korykios bemühten sich, eben das zu verhindern. Sie warfen sich ihren Freunden in den Weg. Doch die an diesem Tag aufgrund der Störung durch Outis Eintreten nicht zu Erwachsenen ernannten Kinder kochten ebenfalls vor Wut und so sahen sich die drei Verteidiger des Olympiers bald einer Übermacht entgegen.

Als es Reos gelang, die lebendige Drei-Personen-Barrikade durchzubrechen, gerade als der Jüngling schon zu einem Tritt gegen Hades Sohn ansetzte, streckte Perses seine Hand in Richtung der Jüngeren aus! Er vollführte einen Handkantenschlag in der Luft, der auf niemanden speziell gerichtet war. Dennoch fühlte sich jeder, ob er nun auf Outis oder Perses Seite in den Kampf hatte eingreifen wollen, getroffen und zurückgeschleudert. Unterschiedslos jaulten alle vor Schmerz auf.

Perses brachte seine Hand wieder nach vorn und nach oben. Outis hatte nicht damit gerechnet, dass der Titan seinen Fokus so schnell verlagern konnte. So fand er sich unerwartet im Griff des Älteren wieder.

„Meine Schüler entzweien sich", zischte Perses. „Diese Zwietracht hast du gesät! Mich hast du gezwungen, den Kindern Schmerz zuzufügen! Eros stirbt vielleicht in diesem Moment in der Wildnis! Und das alles nur wegen dir!"

„Perses..." Outis weit aufgerissene Augen verrieten seine Bestürztheit. „Perses, das hätte jedem passieren können! Ich bin nicht der erste, der eine Münze irgendwo verliert."

„Ein Titan hätte Verantwortung für seinen Fehler übernommen!" versetzte Perses. „Ihr mögt den Krieg gewonnen haben, aber wir haben daraus Lehren gezogen!"

Metis Sohn schüttelte sein Opfer. „Vielleicht brauchst du einfach mal eine Niederlage, die deine Perspektive zurecht rückt", klagte er den Jäger an. „Dabei bin ich gern behilflich!"

Keiner der Anwesenden wagte sich zu rühren, während ihr Lehrer Hades Sohn hemmungslos zusammenschlug. Die jungen Männer und

Frauen hielten selbst ihre Atemzüge so flach und leise wie möglich. Sie vermochten nicht, ihren Blick von dem Spektakel zu lassen.

Schließlich war es vorbei. Perses trat noch einmal gegen den Kopf des Bewusstlosen, der aus mehreren Wunden blutete. Die schwerste davon hatte nicht er, sondern die Kampe dem jungen Olympier erst vor wenigen Stunden zugefügt.

„Er wird leben", erklärte der Halbtitan seinen Schülern.

Merxeton trat auf seinen Lehrer zu. Er hielt ihm die Münze entgegen, die zu Beginn des Kampfes Outis Fingern entschlüpft war. „Hier! Um die ging es doch die ganze Zeit!"

Perses lächelte. „Ich danke dir."

„Und nun?"

„Nun wird einer von euch zur Anlegestelle laufen und Charon bezahlen", erklärte Perses.

„Ja, ich!" Reos strahlte! „Und wenn ich Eros nicht am anderen Ufer warten sehe, bringe ich ihm sein Eigentum in die Ebene!"

Perses zuckte zusammen. Er sandte dem gesamten Kosmos, den vermissten Jäger Eros eingeschlossen, stumm seinen Dank dafür, dass sich Jünglinge auch dann noch wie Jünglinge verhielten, nachdem man sie zu Erwachsenen ernannt hatte. Sie prahlten, bevor und nachdem sie eine Verrücktheit in Angriff nahmen - rechtzeitig für Perses, um seine Schützlinge davon abzuhalten, es zu tun.

„Nein, Reos, das halte ich für keine gute Idee", erklärte der Lehrer. „Ich werde selbst gehen. Aber ihr dürft mich dabei begleiten, ihr alle! Denn jetzt werden wir ersteinmal das Ritual beenden, damit sich wirklich jeder hier im Raum einen Mann nennen kann."

Die noch nicht volljährig gesprochenen Kinder wären ihrem Lehrer am liebsten um den Hals gefallen. Doch stattdessen eilten sie auf ihre Plätze zurück.

Ohne dem bewusstlosen Outis weitere Beachtung zu schenken, wandte sich der Lehrer Reos und den anderen bereits mit Münzen bedachten Jugendlichen zu. „Ihr anderen - raus hier! Diese Weihefeier ist nur für die bestimmt, die es betrifft. Erwachsene haben hier nichts zu suchen."

Sichtlich stolz verließen die so geehrten jungen Leute das Haus. „Wir sind keine Kinder mehr!" jubelte es in ihren Herzen, ob diese nun aus Fleisch und Blut waren, aus glühender Magma bestanden, sich im Sekundentakt neu zusammensetzten oder lediglich aus der Erinnerung an den Kuss einer der Musen bestanden.

„Outis geht es schlecht", meinte Korykios, als die sechs wieder in den Straßen Elysiums standen. „Jemand müsste seine neuen Wunden versorgen."

„Ja, irgendjemand", erwiderte Merxeton wegwerfend. „Irgendwann mal."

Hexametra lachte! „Nein, Korykios hat Recht!" erklärte sie. „Die Verletzungen müssen vor allem gewaschen werden. Dafür benötigen wir Wasser. Aber Outis ist immerhin der Prinz der Unterwelt. Er ist etwas Besonderes. Also benötigen wir auch ganz besonderes Wasser! Versteht ihr?"

Doch Korykios hatte nicht verstanden. „Wie meinst du das, das er was Besonderes sei?" erkundigte er sich. „Glaubst du vielleicht, mir liegt der Mistkerl irgendwie am Herzen? Ich will bloß nicht, dass wir Ärger bekommen, wenn er in Perses Haus bis in alle Ewigkeit verblutet."

„Lieber das, als Wasser trinken müssen", warf Vin ein. Die Mänade schüttelte ihr Haar. Die einzelnen Strähnen flogen in alle Richtungen. Haarwurzeln lösten sich vom Kopf und kehrten erst nach sekundenlangem Umkreisen desselben wieder zurück, um sich erneut in die Kopfhaut zu versenken. Eines Tages würde die Frau dazu in der Lage sein, den ihrer ungewöhnlichen Geburt geschuldeten Prozess zu kontrollieren. Derzeit unterlag ihre Fähigkeit sich zu zerteilen allerdings noch ihren ureigensten Gefühlen anstatt dem Willen.

„Ärger bekommen wir ohnehin", flüsterte Tschefer. „Ob Outis nun gepflegt wird oder nicht. Perses hat ihn angegriffen... und besiegt... Das vergisst der stolze Kerl nicht so schnell." Die Kemeterin stockte. Sie blickte Hexametra an. „Das *vergisst er* nicht so schnell!" wiederholte sie, doch in völlig anderem Tonfall als vorher.

Klymenes Tochter nickte. „Und damit es auch der letzte begreift - ich gucke hier niemand im Speziellen an, Korykios..." Die junge Frau wies tiefer in die Allee hinein. Die eine Richtung, jene, der sie den Rücken zukehrte, führte zu einem kleinen Platz, von dem wiederum mehrere Straßen Richtung Stadtmitte fortführten. Lief man hingegen in die andere Richtung, so erreichte man nach weniger als hundert Metern den Stadtrand. Und wiederum nur wenige Gehminuten von dort entfernt trat der Lethewasserfall aus dem Fels heraus. In diesem dem Lethe so nahen Stadtviertel bildete sein Rauschen ein konstantes Hintergrundgeräusch.

„Natürlich! Wie konnten wir nicht daran denken?!" entfuhr es Typhons Sohn.

Vin zuckte die Schultern. Sie erhoben sich dabei nur ein klein wenig über den Rest des Körpers hinaus, ohne sich gänzlich von diesem zu lösen. „Das ist eben die Magie des Lethewassers", meinte die Mänade leichthin. „Man muss schon wie Hexametra Klio zur Patin haben, um dagegen immun zu sein."

Typhons Sohn nickte entschlossen. „Wenn Outis Lethewasser auf seine Haut bekommt, und er noch einen käftigen Schluck von dem Zeug nimmt, dann wird er vergessen, wer ihm seine Wunden zugefügt hat. Er wird sich nicht mehr an Perses Angriff erinnern!" Korykios suchte Reos Blick. „Und, Reo? Du hast noch gar nichts gesagt! Was meinst du zu dem Einfall?"

Der andere klatschte in die Hände. „Na, was werde ich schon meinen? Dass ich das Zeug holen werde!"

Mit diesen Worten schoss der Jüngling davon.

Lachend folgten ihm seine Freunde.

*

Die sechs Schüler rannten die Allee entlang. Mit großem Abstand zueinander reihten sich links und rechts Häuser aneinander. Nur die wenigsten davon waren bewohnt. Bei manchen handelte es sich um Gästehäuser. Sie standen leer, wenn gerade keiner der jüngeren Götter zu Besuch in Hades Reich weilte. Andere Residenzen warteten noch darauf, von beliebigen Entitäten in Besitz genommen zu werden. Korykios hatte sich bereits eines ausgesucht, das er beziehen wollte.

Solange genügend Wohnraum zur Verfügung stand, würde niemand von dem Jüngling Geld dafür fordern. Die Bewohner Elysiums handelten mit den Schatten und den Göttern, jedoch nur in den seltensten Fällen untereinander. Nur, wenn zwei Titanen ihr Auge auf dasselbe Grundstück oder den selben Gegenstand geworfen hatten, spielte es eine Rolle, wer das größere Vermögen aufzubieten hatte. Dann würde Kronos eine Versteigerung einberaumen und der Verlierer mochte sogar einen Teil der Kaufsumme in seinem eigenen Geldbeutel wiederfinden. Im Regelfall zogen die Häftlinge des Tartaros es jedoch vor, ihre Differenzen durch rituelle Duelle zu lösen. Darunter fiel auch, einen Wettbewerb zwischen zwei Menschendörfern anzustacheln. Derartige Schauspiele stellten als angenehmen Nebeneffekt auch noch die wettfreudigen Olympier zufrieden.

Korykios konnte sich sicher sein, das Haus seiner Wünsche beziehen zu können, sobald ihm der Sinn danach stand. Jedoch scheute er sich, seine Auszugspläne daheim zu verkünden, aus Furcht, seine Pflegeeltern, die er liebte, damit vor den Kopf zu stoßen.

Anstelle von Bäumen säumten Wurzeln die Allee. In beinahe jeder Höhle des Hades ragten die verschiedensten Wurzeln aus der Decke. Dort, wo sie bis zum Boden reichten, hatten sie nicht mehr viel mit dem Phänomen gemeinsam, das die Menschen der Eroberfläche als „Wurzeln" bezeichneten. Zum ersten waren sie dermaßen stark verholzt, dass man sie wie Bäume mit einer Axt schlagen und verfeuern konnte.

Zum zweiten wuchsen Samen an ihrer Rinde, von denen es vierundsechzig verschiedene gab. Kundige Landwirte vermochten diese zu ernten und wenn sie die richtige Kombination wussten, all die Getreideähren und Obstbäume daraus züchten, auf welche die Bewohner des Tartaros zu ihrer Versorgung angewiesen waren. Wer jedoch von den Samen selbst probierte, ob Gott oder Schatten, der musste sterben und verschwand.

Zum dritten, doch das würden die jungen Gefangenen der Unterwelt nie nachprüfen können, verschwanden diese Wurzeln irgendwann im Fels. Sie brachten weder Stängel noch Blüten hervor und erreichten die Erdoberfläche nie. Dennoch wäre ohne diese

Gebilde kein pflanzliches Leben auf der Erde möglich. Erdwurzeln, Finsterwurzeln oder auch Lebensbäume nannten die Götter sie. Die wenigen Stellen, an denen sich doch einmal eine in die Erdkruste hineinbohrte und sie gar durchbrach, standen unter strengster Bewachung. Nicht immer erwiesen sich diese Wächter ihrer Aufgabe gerecht oder dem Erfindungsreichtum der Menschen gewachsen. Gerade die Schlange und die Hesperiden waren Beispiele für diese beiden...

„Nein!" Reos hielt mitten in seinem Lauf inne. Er stützte sich mit den Händen auf die Oberschenkel, obwohl er längst noch nicht erschöpft war.

Ohne seine Freunde anzuschauen, die nach und nach zu ihm aufschlossen, klagte der junge Titan: „Was ist los mit mir? Ich spule die gesamte botanische Lehre in meinem Kopf ab, als säße ich in Perses Unterricht. Nein, schlimmer! Als säße ich in Perses Unterricht und hörte auch noch zu!"

„Echt?" grinste Korykion. „Aber jetzt, wo du´s erwähnst, so war ich auch gerade in Gedanken verloren. An meine Kindheit nämlich."

„Vermutlich ist das wieder das Wasser", erwiderte Vin. „Von Wasser kann nichts Gutes kommen, deshalb ist es ja auch völlig untrinkbar."

„Vin!" Tschefer versetzte der Freundin eine Kopfnuss.

„So Unrecht hat sie gar nicht", meinte Hexametra. „Wir spüren die Nähe des Lethewassers. Sein Rauschen dringt bereits in unsere Ohren. Die Luft ist feuchter, das schmecken wir, und bald wird das Spritzwasser unsere Haut benetzen. Da wir wissen, was ein Schluck dieses Wassers anrichten kann, klammern wir uns umso fester an unsere Erinnerungen, zu denen eben auch auch unser Schulwissen gehört." Die junge Frau legte eine Kunstpause ein. Auch dieses Verhalten hatte sie sich von den Musen angewöhnt, welche Ihre Patentanten waren. „Es tut mir leid, Reos, aber ich glaube, ich sollte besser allein weitergehen."

Der Sohn des Riesen schüttelte den Kopf. „Nein, Hexametra", widersprach er.

„Aber..."

Reos richtete sich auf. Von seinem Gürtel löste er einen Weinschlauch, den er Hexametra überreiche. Mit einem Grinsen auf dem Gesicht erklärte er: „Du solltest allein weiter *rennen*!"

„Alles klar!" lachte die junge Frau. „Verlasst euch auf mich!"

Hexametra setzte sich wieder in Bewegung. Die Zurückbleibenden schauten ihr nach, bis sie durch das Stadttor verschwand. Sie sprachen nicht miteinander. Lediglich Korykios pfiff anerkennend durch die Zähne „Dafür, dass ein weltfremder Dichterling Hebamme bei unserer Freundin gespielt hat", erklärte er, „hat er ihr einen prächtigen Hintern verpasst!"

„Lasst uns umkehren", knurrte Merxeton. „Bevor noch jemanden auffällt, was wir vorhaben."

Korykios nickte. Er ergriff die Hand des anderen, bevor dieser sich abwenden und mürrisch davon stapfen konnte. „Tut mir leid, dass ich das gesagt habe. Du hast dasselbe gedacht, nicht? Und es nur nicht ausgesprochen?"

Hermes Sohn brummte seine Zustimmung.

„Hexametra ist die Älteste in der Klasse und sie ist jetzt offiziell erwachsen", erinnerte Korykios seinen Freund. „Sie wird keinem von uns ihre Gunst schenken. Nicht dir, nicht mir und auch nicht Reos."

„Ja, mag sein", gab Merxeton zu. „Aber mir wird keine jemals „ihre Gunst schenken", wie du das nanntest, wenn ich es nicht fertig bringe, sie anzusprechen."

„Dafür hast du aber Freunde, die dir rechtzeitig einen Tritt in den Hintern verpassen, wenn wir sehen, dass du sprechen solltest. Merxeton, wir sind die Häftlinge des Tartaros, oder solltest du das schon vergessen haben? Wir halten zusammen!"

Ordnung und Chaos

Hexametra hatte die Stadt verlassen und folgte nun dem Styx an seinem Ufer bis zur Quelle. Der Unterweltfluss war hier nicht fischreicher oder -ärmer als anderswo, dennoch war es untersagt, so nah am Wasserfall zu fischen. Das Wasser des Lethefalls verlor zwar nach und nach seine erinnerungszerstörende Wirkung, doch löste es noch über eine weite Strecke Verwirrung in den Kreaturen aus, die den Fluss ihre Heimat nannten - oder hineinfielen. Die Fische hier verbachten ihr Leben in einem zufriedenen Dämmerzustand, der sie nur allzu leicht zur Beute der Angler werden ließ. Innerhalb kürzester Zeit hätten die Stadtbewohner den Bestand komplett abgefischt.

Aus diesem Grund brach kein vernünftiger Olympier, keine Nymphe, kein Riese und was dergleichen noch im Hades umherging, das Fischfangverbot. Auch keiner der Schemen wagte es, hier zu angeln, nicht aus Vernunftgründen, sondern, weil die Götter es verboten hatten.

Die Titanen hingegen brachen das Verbot nicht öfter als zu verantworten war, was einen feinen Unterschied zu den anderen beiden Gruppen darstellte. Oft genug regierte nicht Kronos, sondern der Hunger in Elysium. Die Asphodeloswiesen waren nun einmal keine saftigen Weiden und die von den Schatten der Verstorbenen bewirtschafteten Felder brachten ohne die Sonne nur einen geringen Ertrag hervor. Fische, die beinahe von selbst in die Pfanne hüpften, stellten eine zu willkommene Nahrungsquelle dar, um von den Häftlingen des Tartaros ignoriert zu werden. Eben weil sie so wertvoll war, achteten die Titanen darauf, sie zu erhalten. Hexametra erinnerte sich an eine Reihe von Gelegenheiten, zu denen sie und die anderen Schüler mit Perses Erlaubnis einen großen Fisch heimgebracht hatten, den sie am Ende einer Lektion gemeinsam verspeisten.

Je näher die Tianide dem Wasserfall kam, umso machtvoller verstärkte dessen Magie ihre Assoziationen. Doch als einzige der sechs Freunde lief Hexametra zu keimen Moment Gefahr, sich in ihren Erinnerungen und Tagträumen zu verlieren. Sie erreichte die Lethequelle im Vollbesitz ihres Bewusstseins, bereit, sich zu holen, was sie benötigte, und unbehelligt damit davonzukommen.

Dort, wo das Wasser aus dem Fels herabstürzte, hatten die Erbauer der Stadt das Ufer befestigt. Der Wasserfall füllte ein rechteckiges, gemauertes Becken, dessen Boden mit Mosaiksteinen ausgekleidet war. Hexametra bewunderte den Mut der Handwerker, die diese gefahrvolle Aufgabe auf sich genommen hatten. Vielleicht hatten sich einige von ihnen erhofft, die Schrecken des Krieges oder sogar ihre Niederlage gegen die Olympier vergessen zu können, wenn sie beständig dem Spritzwasser ausgesetzt waren...

Die junge Frau zog die Kappe von Reos Weinschlauch ab. Schon wollte sie das Leder unter den Wasserfall halten, als sie bemerkte, wie schwer das Behältnis noch war.

„Jungs!" kicherte die Titanin. „Ständig muss man ihnen hinterher räumen!"

Hexametra leerte den Weinschlauch in den Fluss. Die Strömung war hier sehr stark. Bereits nach wenigen Handbreit war nichts mehr vom Rot des Traubensaftes zu sehen.

Klymenes Tochter presste noch den letzten Tropfen aus dem Schlauch. Anschließend reinigte sie das Behältnis gründlich im Becken. Mehrfach füllte sie es, verkorkte es und schüttelte kräftig, entleerte es und begann von Neuem, bis der Weinschlauch mehr als sauber war. Er enthielt nun nicht mehr nur keinen Tropfen Wein mehr, sondern hatte vergessen, jemals welchen in sich getragen zu haben.

Lethewasser, fand Hexametra, war das beste Putzmittel, das es im ganzen Hades gab!

Wie nützlich sich diese Substanz doch im Haushalt machen könnte! Klymenes Tochter nahm sich vor, öfter herzukommen. Nicht nur sie, auch die Mutter und die Freunde würden ihre Entdeckung zu schätzen wissen. Ganz Elysium sollte daran teilhaben! Titanen handelten in der Regel nur selten untereinander. Man tauschte zwar

Waren, Gefallen und Dienstleistungen aus, hielt sich aber damit zurück, diesen Geldwert zuzuschreiben.

Hexametra mit ihrem menschlichen Vater jedoch bereitete das Geschäftemachen nicht nur Vergnügen, es lag ihr regelrecht im Blut. Was die junge Frau den Titanen aufgrund ihrer Einbindung in deren Kultur an Preisnachlass würde zugestehen müssen, wollte sie sich schon von den anderen Bewohnern der Unterwelt wieder zurück holen! Schatten, Bewohner des benachbarten Hades und erst recht die Olympier würden sich das Lethe-Reinigungswasser etwas kosten lassen.

Hexametra lachte ausgelassen: „Das lässt sich sicher gut verkaufen!"

Kaum hatte die junge Frau ihren Mund geöffnet, gerieten einige Tropfen Spritzwasser hinein. Einem Reflex folgend schluckte Hexametra, anstatt auszuspucken. Sekunden später hockte sie mit dem gereinigten Weinschlauch am Beckenrand und stutzte.

Wieso saß sie hier und zögerte? Worüber hatte sie eben gelacht? Sie vermochte es nicht mehr zu sagen. Die wundervolle Geschäftsidee war aus ihren Gedanken verschwunden, jede Erinnerung daran ausgelöscht.

Hexametras eigentliche Mission und alles, was sich vor der Säuberung des Weinschlauchs ereignet hatte, standen hingegen noch klar in ihrem Geist. Zügig füllte die Titanin den Schlauch, setzte den Stöpsel ein und erhob sich wieder.

„So, Outis", flüsterte sie vor sich hin. „Es soll niemand behaupten, wir böten unseren Gästen nichts zu trinken an!"

*

In einem der Stadthäuser im Wasserfallviertel saßen Rhadamanthys und seine Gattin Alkmene zu Tisch. Lange war es her, dass die beiden als Sterbliche die Erdoberfläche bewohnt hatten. In Hades Reich verlor Zeit ihre Bedeutung. Nur Kinder zählten die Tage bis zu ihrer Volljährigkeit. Alle anderen verbrachten ihre Existenz in einer endlosen Gegenwart, in welcher sich zwar bisweilen Sekunden zu Jahren dehnen konnten, Vergangenheit und Zukunft aber keine Rolle spielten. All die Jahrtausende, die seit Rhadamanthys und Alkmenes Erdenleben möglicherweise vergangen waren, blieben irrelevant. Es mochte ebensogut erst gestern geschehen sein.

Anders als die Schatten lebten diese beiden allerdings nicht *im* Moment, sondern *für* den Moment. Sie, die als Halbgötter in der Hierarchie der Bewohner des Hades gewissermaßen dem bürgerlichen Mittelstand angehörten, besaßen mehr als nur einen Funken Bewusstsein. Sie vermochten ihre Sinne ebenso zu nutzen, wie die Titanen und die Schwerverbrecher, die zu besonderen Strafen verurteilt waren.

Zwischen Mann und Frau stand auf einem Tisch ein kärgliches Mahl bereit. Ein Apfel und zwei Scheiben Wurst lagen in einer Schale, dazu für jeden ein filigranes Essmesser aus Silber.

Rhadamanthys und seine Gemahlin gehörten zur privilegierten Oberschicht, sie waren nicht nur Halbgötter, sondern Günstlinge der Olympier. Die ihnen aufgetischte Speise mochte kaum sättigen, doch war es bereits mehr, als so mancher andere zu sich nahm. Die Unterwelt brachte nur wenig Nahrung hervor, so sehr sich die Schemen auch auf den Feldern abplagten und die Jäger ihr Leben nach dem Tod riskierten. Mehr als eine Mahlzeit am selben Tag zu sich zu nehmen, war nicht üblich. Nicht für die Verstorbenen, die ihren Tagesablauf lediglich nachspielten, und nicht für die meisten der Häftlinge, die noch lebendige Körper besaßen.

Rhadamanthys hingegen diente den Göttern als Richter. Er leistete sich für sich und seine Frau zusätzlich zur Hauptmahlzeit noch ein Frühstück wie das vor ihm stehende, sowie ein Abendmahl.

Das Ehepaar zelebrierte die Mahlzeit. Alkmene zerteilte den Apfel in hauchdünne Scheiben, die ihr Gatte aufnahm und seiner Gemahlin in den Mund schob. Während der Mann die Wurst in ebensolche Streifen schnitt, tauschten die Liebenden verbale Zärtlichkeiten aus. Doch die Zweisamkeit der Halbgötter wurde durch Vorgänge draußen in der Stadt gestört.

Rhadamanthys horchte auf. „Ich höre Schritte! Sicher schon wieder diese Kinder! Und das so früh am Morgen, wo so mancher bereits zu Bett gegangen ist und schlafen möchte!"

„Die Gruppe, die wir vorhin in der Allee gesehen haben? Ich dachte, sie wären umgekehrt?"

„Offensichtlich nicht alle. Einer von ihnen scheint sich zum Wasserfall durchgeschlagen zu haben."

Alkmene legte ihre Hand vor den Mund. Mit einem Mal war ihr der Appetit vergangen.

„Ich gehe mal nachschauen, was sich da vor unserem Haus abspielt", verkündete Rhadamanthys. „Als Unterweltrichter bin ich zwar nur für die Schatten der Menschen verantwortlich, aber ich finde keine Ruhe, bis ich nicht weiß, ob der Narr dort draußen noch weiß, er wer ist. Nicht, dass ich dem Bengel nicht gern eine Dosis Letehwasser einflößen würde, damit er seine Streiche vergisst. Aber dann wiederholt er sie am Ende, weil er auch gleich die darauffolgende Strafe mit vergisst."

„Denkst du an jemand Bestimmten, Liebling?" wunderte sich Alkmene.

„Nein. Was das betrifft, sind die Burschen alle gleich."

Rhadamanthys schritt unter weiterem Brummen auf die Tür zu. Dennoch konnte sich Alkmene des Verdachtes nicht erwehren, dass ihrem Gatten eine ganze Menge an den Kindern der Stadt lag. Tatsache blieb, dass Rhadamanthys Ehe kinderlos blieb, während es selbst der Tod geschafft hatte, Leben hervorzubringen. Hades, der Gott der Unterwelt, hatte einen Sohn gezeugt! Eigentlich ein Ding der Unmöglichkeit, was den Eltern auch sehr wohl bewusst war. Aus diesem Grund hatten sie das Kind, das eigentlich nicht hätte existieren dürfen, ja auch Outis, also „Niemand", genannt.

*

Hexametra eilte durch die Allee zurück zur Schule. Die junge Frau stoppte in ihrem Lauf, als ihr plötzlich einer der Unterweltrichter in den Weg trat. Sie hatte Rhadamanthys zwar aus den Augenwinkeln heraus gesehen, wie er den Vorgarten seines Anwesens durchquerte, aber nicht damit gerechnet, dass der Mann dieses verlassen würde - oder dass sie selbst sein Ziel sein könnte.

„Herr Richter, oh, Ihr..." stammelte die junge Frau. „Ihr seid aber nur für die Toten zuständig!"

Rhadamanthys ernste Miene verzog sich kein bisschen, als er antwortete: „Ich bin nicht hier, um eine Schandtat zu richten, sondern um eine zu vereiteln, Kind. Du trägst Wasser der Lethequelle bei dir!"

Hexametra knabberte an ihrer Unterlippe - in den Augen des älteren Mannes war das Schuldeingeständnis genug. Er schüttelte verständnislos den Kopf. „Lethewasser für euren Lehrer, was für ein Lausbubenstreich! Nach allem, was ihr Perses verdankt!"

„Ich bringe das Wasser schon zur Schule", gab Hexametra zu, „aber es ist nicht für den Lehrer gedacht."

„So? Dann erhelle mich bezüglich deines Vorhabens und deiner Motive!"

Hexametra seufzte. Jetzt durfte sie nicht zuviel preisgeben, aber auch nicht zu wenig. Daher erklärte sie: „Prinz Outis hat auf der Jagd eine Niederlage einstecken müssen, an die er sich nicht erinnern möchte. Perses pflegt seine Wunden."

„Wieso geht der Prinz mit seinem Leiden ausgerechnet zu Perses?" Rhadamanthys hatte allen Grund, Verwunderung zu zeigen. Wenn jemand die Olympier oder alles, was von ihnen kam, von ganzem Herzen hasste, dann war das Metis erstgeborenes Kind.

„Hades Sohn war auf dem Weg zum Wasserfall", antwortete Hexametra rasch. „Als er vor der Schule zusammenbrach, holten wir ihn herein. Du kannst dir sicher vorstellen, wie gern Perses ihn wieder loswerden würde!" Klymenes Tochter bediente sich nun wieder des „du" gegen ihr Gegenüber, hatte Rhadamanthys ja selbst angegeben, heute als Privatperson und nicht in seiner Richterfunktion vor ihr zu stehen. Sich ihrer Geschichte - das Wort „Lüge" erschien Hexametra zu harsch - zunehmend sicherer werdend, sprach die junge Frau weiter: „Na, und wir haben uns eben bereiterklärt, das Wasser für Prinz Outis zu besorgen. Wir konnten uns nicht einigen, wer..."

„Genug!" Rhadamanthys ließ die junge Frau nicht ausreden. „Den Rest haben meine Frau und ich gehört. Ihr seid durch die Straßen Elysiums getobt, als seien zwölffüßige Kampen in die Stadt eingedrungen! Vertrödel jetzt keine Zeit und beende deinen Auftrag!"
Hexametra knickste vor dem Unterweltrichter.
„Sehr wohl!"
„Und ich werde dich dabei begleiten!"
Ihre Silberzungen ließ Hexametra im Stich. Was sie zu hören bekommen hatte, war einfach ungeheuerlich. Sie durfte nicht zulassen, dass der Richter sein Vorhaben in die Tat umsetzte! Denn dann würde er ja erfahren, was sich wirklich in der Schule zugetragen hatte!

Um das zu verhindern, legte Hexametra das Erbe ihres Vaters ab und griff auf das Talent zurück, dass ihr die Titanen vererbt hatten: Der Wille, zu überleben. Aus ihrer Schreckstarre heraus sprintete sie los. Sie musste doch nur das Schulgebäude vor dem alten Mann erreichen. Dann rasch den Weinschlauch an Outis Lippen gesetzt und wenn Rhadamanthys einträfe, wäre Hades Sohn längst von der Wahrheit der Geschichte überzeugt, die sich Hexametra gerade selbst ausgedacht hatte.

Doch so leicht war Rhadamanthys nicht abzuschütteln. Er ergriff die im Flüchten Begriffene und ließ sie nicht wieder los! „Wieso diese unziemliche Hast? Man sollte meinen, dass dein Volk es nicht unbedingt eilig damit habe, das Leiden eines Olympiers zu lindern."

Tränen der Verzweiflung schossen Hexametra in die Augen.
„Du verschweigst mir etwas!"
„Nein, das tue ich nicht!"
„Und jetzt lügst du mich an!"
„Ich..."
„Welcher Natur ist diese Niederlage, die Prinz Outis erleiden musste?" verlangte Rhadamanthys zu wissen. „Nein, antworte nicht, ich würde wieder nur eine Lüge zu hören bekommen. Deswegen, Mädchen, gehen wie jetzt zusammen zu deinem Lehrer."
„Aber..."

Der Unterweltrichter packte Hexametra fester. „Ich nehme an, es geht um einen Streich, den ihr dem jungen Herrn gespielt habt", überlegte er dabei laut. „War Perses überhaupt anwesend? Vermutlich. Er wird weggeschaut haben, glaube ich doch nicht, dass selbst er so kühn gewesen sein sollte, euch dazu aufzustacheln. Mädchen, Mädchen... was habt ihr euch nur dabei gedacht? Ich fürchte, mit ein wenig Lethewasser ist das nicht wieder gut zu machen. Zu versuchen, sich den auf eure Tat folgenden Konsequenzen zu entziehen, verschlimmert eure Lage bloß."

Hexametra schluchzte weiter, während sie an Rhadamanthys Seite zum Haus des Erzählers trottete. Der Richter wusste ja nicht einmal die Hälfte! Aber gleich würde er alles erfahren. Es sei denn...

Klymenes Tochter warf sich in Rhadamanthys Griff herum. Sie versuchte nicht, ihn abzuschütteln, soviel merkte der Mann sofort. Stattdessen vergrub Hexametra ihr Gesicht im Gewand des Richters.

„Tut mir leid, mein Kind, aber da kann ich nichts machen", sprach Rhadamanthys. „Der Fall geht vor Hades - oder auch nicht. Das kann ich erst beurteilen, nachdem ich mit Prinz Outis gesprochen habe."

„Aber dann erfährst du von seiner Schande und das wird er nicht wollen!"

Der Richter lächelte. „Wo wir ja nun schon einmal Lethewasser dabei haben, kann ich ja hinterher einen Schluck nehmen. Damit wäre dann die Ehre des Jägers wiederhergestellt. Und jetzt komm mit! Zur Schule! Natürlich wird es nicht angenehm für euch werden, doch müsst ihr bedenken, dass jede Strafe der Alternative vorzuziehen ist. Wenn Hades erfährt, dass sein Sohn in seinem eigenen Reich verspottet wurde, und ihr euch auch noch der Verantwortung zu entziehen versucht habt, dann sehe ich schwarz für Elysium. Kein Stein würde mehr auf dem anderen bleiben. Oder er verbannt die Gefangenen aus der Stadt."

Hexametra riss ihre Augen weit auf.

„Das könnte passieren?"

Rhadamanthys nickt weder, noch bestätigte er seine Worte in anderer Weise.

Aber er widersprach auch nicht.

*

Rhadamanthys verschlug es die Sprache gänzlich, als er mit der jungen Frau in Perses Haus eintrat. Gleich hier unten, im Unterrichtszimmer, wand sich Outis der Jäger auf einem improvisierten Krankenlager. Der Olympier wurde von Perses Lieblingsschülern versorgt. Die fünf brachten ihm Kissen und weitere Decken, doch Outis zuckte selbst unter der Berührung der leichten Wolle zusammen. Er stöhnte, schlug nach Tschefer, die ihn hatte zudecken wollen, und stöhnte erneut, diesmal lauter. Outis Augen waren beinahe geschlossen, sein Gesicht angeschwollen wie nach einer Schlägerei. Das genaue Ausmaß seiner Wunden vermochte Rhadamanthys nicht zu erkennen. Er sah nur, wie sie dem Jäger unsägliche Pein bereiteten. Weder auf der Seite noch auf dem Bauch liegend, vermochte Outis Ruhe zu finden.

Und in diesem Zustand war Hades Sohn nichts Besseres eingefallen, als zum Lethefall zu marschieren, um seine Niederlage gegen welches Monster auch immer zu vergessen?! Ein Mensch hätte zuerst nach einem Heiler verlangt...

Rhadamanthys näherte sich dem Lager. Er beugte sich über den stolzen Jäger.

„Prinz Outis! Welche Kreatur der Unterwelt hat euch so zugerichtet?"

Hades Sohn blinzelte. Die Decke seines Lagers hob sich mehrfach unter seinen Atemzügen, bevor der Verwundete genügend Kraft geschöpft hatte, um zu antworten.

„Titanen..." wisperte der Jäger.

Perses, der Herr dieses Hauses, trat vor. „Nur einer", erklärte er. „Ich."

Rhadamanthys suchte den Blick des Lehrers. Augen stellten in der Unterwelt nicht die besten Ratgeber dar. Draußen in den Höhlen waren sie nutzlos. In ihrer Stadt aber zündeten die Bewohner Elysiums Lichter an, um sich gegenseitig auch mit den Augen erkennen zu können. Sie galten als „Spiegel der Seele". In dieser Eigenschaft vermittelten sie Gefühle sanfter und eindringlicher als es Sprache und Tastsinn möglich war.

Der Unterweltrichter hatte nur mit Angeklagten zu tun, die nicht mehr über Augen verfügten. Dennoch hatte er nicht verlernt, in den Augen einer Person zu lesen.

Perses Augen gaben seine Schuld preis. Sie verrieten dem Richter ebenso, dass der Titan weder Reue noch Furcht empfand. Besorgnis, ja, auch Trotz und ein Stolz, der sich mit dem des Jägers Outis messen konnte.

Rhadamanthys bebte unwillkürlich unter dem Blick des Titanen. Er blickte in die Augen einer Kreatur, die wesentlich älter als er selbst war. Älter und mächtiger. Sein Erdenleben lang hatte der Mann nie von einem Perses, Metis Sohn gehört. Als unwichtigen Geist hatte er den Sohn der Nymphe und eines Titanen abgetan, nachdem er von seiner Existenz erfahren hatte. Doch bereits das erste Aufeinandertreffen zwischen dem Toten und dem Gefangenen des Tartaros hatte Rhadamanthys eines Besseren belehrt. Der Lehrer war gefährlich. Seine Mutter hatte ihm Intelligenz und Weisheit vererbt, doch ohne den Nachteil der Weltfremdheit, der oft mit diesen Gaben einherging, wenn Athene sie verschenkte. Ganz im Gegenteil handelte es sich bei Perses auch um einen geschickten Handwerker und Krieger. Wenn er bei irgendeiner Tätigkeit zögerte, dann nur, weil er wusste, dass - und wann - ein besserer Moment sich präsentieren würde.

Heute jedoch schien seine Weisheit den Lehrer verlassen zu haben, hatte er doch gerade einen Olympier angegriffen und blutig zusammengeschlagen.

„Perses, wieso?" ächzte der Unterweltrichter.

Metis Sohn lachte bitter.

„Seit wann spielt das eine Rolle? Haben die Gefühle anderer Personen die Nachkommen des Kinderfressers jemals interessiert? Sie berührt?"

„Kronos ist dein Herrscher! Du solltest nicht so respektlos über ihn sprechen!"

Perses schüttelte den Kopf. Die kriecherische Unterordnung der Menschen unter Autoritäten, ungeachtet ihres tatsächlichen

Anspruchs auf Respekt, löste jedes Mal aufs Neue Trauer in ihm aus. Doch dieses Thema mit einem Menschen zu diskutieren würde stets fruchtlos bleiben. Sie waren nun einmal so geschaffen. Wären sie in der Lage, die Taten ihrer eigenen Herrscher objektiv zu bewerten, verfielen sie womöglich auch auf die Idee, die Oberhoheit der Götter anzuzweifeln. Das aber durften die Olympier nicht riskieren.

In diesem Wissen lenkte der Lehrer das Gespräch auf einen anderen Aspekt: „Kronos leitet das tägliche Leben der Bewohner Elysiums, mehr nicht. Zeus, Hades und selbst Hermes können seine Befehle außer Kraft setzen oder ihn anweisen, diejenigen zu geben, die euch Olympierkriechern genehm sind. Also tu schon, was du tun musst und nimm mich fest!"

Rhadamanthys neigte seinen Kopf. „Das muss ich wohl", erklärte er, „wenn ein tätlicher Angriff vorliegt. Lege deine Waffen ab und folge mir!"

„Münze..." ächzte Outis von seinem Lager aus. „Nimm... ihm... die Münze ab!"

Wortlos brachte Perses seinen Obolus hervor und händigte ihn dem Richter aus. Doch diese Geste stellte den Jäger noch nicht zufrieden. „Beide!" forderte er.

„Wie bitte?" Rhadamanthys schrieb es zuerst Fieberphantasien zu, dass Hades Sohn behauptete, der Lehrer besäße gleich zwei Münzen. „Ich dachte, man könne stets nur einen Obolus bei sich tragen?"

„Das gilt nur für Schemen", erklärte Perses nachsichtig lächelnd. „Für euch ist es eine Sache von möglich und unmöglich, für uns eine von erlaubt und verboten."

Outis nahm alle seine Kraft zusammen. „Der Titan hat mich nicht nur verprügelt, sondern beraubt! Er hat meinen Obolus!"

An diesem Punkt verstand Rhadamanthys die Welt nicht mehr. Ausgerechnet Perses sollte den Obolus eines anderen widerrechtlich an sich genommen haben? Wozu hätte der Titan das wohl nötig? Stellte er die Münzen nicht selbst her?

„Gib ihm meinen", flüsterte der Lehrer. Als Rhadamanthys zögerte, fügte er eindringlich „Bitte!" hinzu.

„Also gut..."

Perses wartete, bis der Unterweltrichter Outis den Obolus in dessen zitternde Finger gelegt hatte. Und tatsächlich, als Rhadamanthys zu Perses zurückkehrte, hielt dieser eine zweite Münze zwischen den Fingern.

„Danke", sprach Perses. „Der Jäger hat seine Münze verloren, musst du wissen. Er hat Eros Obolus eingefordert, der sich diesem Ansinnen natürlich nicht entziehen konnte. Als ich davon erfuhr, nahm ich Outis sein Diebesgut ab. Hier, Rhadamanthys, nimm! Diese Münze gehört rechtmäßig Eros. Er soll sie wiederbekommen! Outis steht ja nun die meine zu seiner Verfügung und ich erwarte Hades Richtspruch, ob ich eine neue für mich anfertigen darf oder nicht."

Der Unterweltrichter nahm den Obolus an. „Herrn Hades Richtspruch wirst du wohl erwarten, doch so einfach, wie du die Dinge hinstellst, sind sie nicht. Du kannst nicht einfach Outis deine Münze schenken und glauben, damit sei alles wieder im Lot. Perses, Sohn der Metis, Lehrer aus Elysium, ich verhafte dich im Namen des Herrn Hades! Die Anklage lautet auf Raubüberfall und Aufruhr gegen die herrschende Ordnung."

Nachdem er diese Worte gesprochen hatte, begab sich Rhadamanthys erneut an Outis Lagerstätte. „Mein Prinz, verzeih mir, ich benötige die Münze des Angeklagten zurück."

„Ja", murmelte Outis. Im Tausch gegen Eros Obolus gab er den des Lehrers wieder frei. „Danke", flüsterte er danach. „Jetzt... endlich... schlafen..."

Der Unterweltrichter nickte. „Alle Anwesenden werden das Haus mit mir verlassen. Ich schicke nach Gyes, damit er über dich wacht, bis es dir besser geht, mein Prinz."

Rhadamanthys ließ seinen Blick über Perses Schüler schweifen. Unabhängig von ihrer Volkszugehörigkeit nannten sich die Häftlinge des Tartaros „die Titanen". Der Richter würde sie nie verstehen.

„Wieso, Kinder? Perses? Warum musste das heute geschehen? Ihr Titanen seid doch nun schon in den Tartaros verbannt! Wieso fahrt ihr fort, Missetaten zu begehen? Was müssen wir denn tun, damit ihr endlich damit aufhört?"

Merxeton öffnete seinen Mund. Als sein Lehrer ihm mit einer Handbewegung zu schweigen gebot, presste der Jugendliche seine Lippen fest aufeinander.

Perses antwortete dem Unterweltrichter lediglich mit seinen uralten Augen. Was er darin las, erschreckte Rhadamanthys bis ins Mark der Erinnerung an seine längst zerfallenen Knochen: Mitleid.

Hexametra jedoch fehlte die Abgeklärtheit des Erzählers. Sie war auch nicht so leicht zum höflichen Schweigen zu bringen wie Hermes Sohn. Und sie fühlte sich schuldig an allem, was in den vergangenen Minuten geschehen war. „Bist du jetzt stolz?!" fuhr sie den Unterweltrichter an. „An dieser Verhaftung bist allein du schuld! Ich hasse dich! Dich und alle Menschen! Von euch kommt nur Übel!"

Angesichts dieses Ausbruchs vermochte Merxeton nun doch nicht mehr an sich zu halten. „Ja!" schloss er sich der jungen Frau an. „Ihr seid schlimmer als die Olympier!"

Mit den Worten „Kein Wunder, dass ihr die Olympier anbetet" schlug Vin in die selbe Kerbe. „Im Vergleich zum Menschen sind selbst die leuchtende Vorbilder!"

Korykios winkte ab. „Es sind doch bloß dumme Tiere", behauptete er. „Die Olympier verhalten sich oft böse, aber die Menschen verstehen den Unterschied zwischen gut und böse überhaupt nicht."

Der Lehrer gebot seinen Schülern erneut zu schweigen. „Ihr irrt euch", erklärte er mit ernster Stimme. „Die Menschen sind nicht einfach so dem Boden entsprungen wie die anderen Tiere. Sie sind..."

An dieser Stelle zögerte Perses. Was es über die Menschen zu sagen gab, gehörte nicht zum Lernstoff, den ein Elysier beherrschen musste, um sich Bürger nennen zu dürfen. Es handelte sich um eine Information, die mit keinerlei Vorteil verbunden war. Genaugenommen brachte sie demjenigen, der sie erlangte, nur Kummer. Daher oblag es dem Leben, nicht dem Lehrer, diese Erfahrung in den Schülern zu verankern.

„Eine letzte Lektion, Erzähler?" erkundigte sich Rhadamanthys. „Äh, ich meine natürlich, eine letzte Lektion vor Antritt deiner Strafe. Hinterher kannst du wieder... hinterher..."

Vin drückte Tschefers Hand. „Es wird kein Hinterher geben, nicht wahr?" wisperte sie der Freundin zu.

Perses überging diese Frage einfach. „Die Menschen also", holte er aus. „Die meisten von uns wissen beinahe ebenso wenig über die Menschen, wie diese über uns. Es gibt weit mehr Titanen, als die Schemen in ihren Überlieferungen namentlich erwähnen. Doch einst waren wir noch um ein Vielfaches zahlreicher. Am Ende des Krieges gegen Zeus und seine Helfer existierten von vielen unserer gefallenen Freunde nur noch ihre Gebeine. Sie lagen überall in dem Gebirge, das uns als Festung gedient hatte, und auch darunter. Sie bewegten sich nicht. Sie sagten nichts mehr. Sie hörten nicht, was man zu ihnen sprach. Es waren nur noch Dinge. Objekte, die einmal Gefühle besessen hatten. Der Gedanke allein war unfassbar für uns, der Anblick unerträglich. Nun, ein Jüngling namens Prometheus ersparte ihn uns, indem er die Gebeine einsammelte. Wir glaubten, er wolle auf diese Weise wieder gut machen, dass er im Krieg nicht mit uns zusammen gekämpft hatte, doch der Verräter verfolgte eigene Pläne. Welche genau, das erfuhren wir nicht sofort. Auf uns wartete ja die Verbannung. Wir mussten die Erdoberfläche verlassen, wurden in den Tartaros verbannt. Erst viele Jahrzehnte später begegneten wir dort unten den ersten Schemen. Weitere Zeit verging, bis sich erstmalig welche darunter befanden, die Teile ihrer Erinnerung bewahrt hatten und auf Ansprechen reagierten. Was sie uns preisgaben, war verwirrend. Mnemosyne und ich hielten alles fest. Wir versuchten, die Informationen zu ordnen, doch wir vermochten uns keinen Reim darauf zu machen. Erst mit Heranwachsen der jüngeren Götter des Olymp erhielten wir in Hermes einen erzählfreudigen Besucher. Der Bote bestätigte das meiste, das die Schatten vor sich hin brabbelten. Er brachte es in den richtigen Zusammenhang. Und so erfuhren wir, dass Prometheus aus den Knochen unserer Brüder und Schwestern das Menschengeschlecht geschaffen hatte. Wenn er es nicht im Auftrag Zeus getan haben sollte, dann mit dessen Billigung. Für den Olympierfürsten sind die Menschen mehr als nur Spielzeuge, mehr als Objekte zur Stillung seiner Lust - auch, wenn es nicht immer danach aussieht."

„Ich dachte immer, Zeus kann die Menschen nicht leiden", warf Reos ein.

„Nein, ganz so einfach ist das nicht. Wenn sie ihn wirklich stören würden, er hätte sie längst alle von der Erde gefegt. Seht euch Rhadamanthys an, der mich verhaftet hat, bevor wir Eros helfen konnten. Konzentriert euch auf die Gefühle, die seine Tat in euch auslöst! Denkt daran, dass sein Körper aus dem eurer Ahnen gefertigt wurde! Unser ermordeten Verwandten werden zum Instrument, das uns Leid zufügt. Und dann stellt euch folgendes vor: Genau das ist es, was Zeus möchte. Auf diese Weise foltert er uns in unserem Kerker. Indem er uns mehr und mehr von der sterblichen Menschenbrut heruntersendet!"

Rhadamanthys räusperte sich.

„Aufwiegelung, Perses. Ich füge es der Anklage hinzu."

Der Lehrer verwehrte sich nicht dagegen. Er brachte seinen Kopf sehr nah an den des Unterweltrichters und flüsterte: „Das sagst du vor den Augen und Ohren der Kinder? Einen besseren Gefallen hättest du mir nicht tun können, Mensch."

Eros

Eros wusste, dass er nicht zu lange an der Anlegestelle verweilen durfte. Auf den ersten Blick erschien sie als der einzige sichere Ort in der Asphodelosebene, doch das war ein fataler Irrtum. So ziemlich jede Kreatur der Unterwelt hatte mittlerweile gelernt, dass Charons Kai die Stelle war, an der sich Schemen und Götter in regelmäßigen Intervallen sammelten. Wenn man es auf Beute abgesehen hatte, so zahlte es sich aus, in der Nähe der Fährstation zu lauern. Befand sich auch nur ein einziger Passagier an der Anlegestelle, so stellte das eine Einladung an sämtliche Raubtiere dar, dass das Büffet eröffnet sei.

Eros der Jäger schulterte seine Ausbeute. Er warf dem Fährmann einen knappen Gruß hin, den dieser nicht erwiderte, und begann, am Ufer des Styx entlang wandernd die Halbinsel zu umrunden.

In der Welt der Menschen kamen allenfalls die großen Ströme Amazonas oder Nil dem Unterweltfluss gleich. Sie gruben sich nicht wesentlich weniger tief in die Erdkruste als der Styx, ihre Strömung war mit seiner vergleichbar und das andere Ufer war, in reinen Metern gemessen, nicht viel näher als die Halbinsel, auf der sich Elysium befand. Doch den Nil, den Amazonas, den Euphrat und wie sie alle hießen, hätte Eros problemlos fliegend überqueren können. Die Flüsse in der Menschenwelt waren eben nicht von Magie erfüllt. Styx hingegen, oh, die Dame Styx war mehr als ein Fluss, war eine Göttin, die keine anthropomorphe Erscheinungsform besaß!

Die in der Unterwelt herrschenden Gesetze waren uralt, viel älter als Zeus und selbst als Kronos. Nicht immer ergaben sie einen Sinn, zumindest nicht, wenn man die Maßstäbe der Gegenwart anlegte. Doch Eros gehörte zu jenen, die dabei gewesen waren, als die ersten Gesetze in Kraft gesetzt worden waren. Damals hatten sie keinen mit den Regeln der Vernunft erklärbaren Sinn ergeben müssen. Es genügte, dass sie da waren. Allein durch die Existenz einer Ordnung, wie immer diese geartet war, unterschied sich der Kosmos von Chaos. Auch Eros gehörte zu den Mächten des Kosmos. Auch er hatte Konzepte erfunden, um seine Andersartigkeit gegenüber dem Chaos zu betonen. Er hatte dieses Hilfsmittel benötigt, um mit dem am schwersten verständlichen Phänomen von allen fertig zu werden: *Ich existiere.*

Nach und nach hatten die frühen Götter einander entdeckt. Von diesem Moment an war ein jeder dem anderen das Andere gewesen, das sie zur Definition ihres Selbst benötigten. Und weil das Chaos ihnen allen gleichermaßen wesensfremd war, besaßen sie trotz ihrer Unterschiedlichkeit etwas Gemeinsames. Die Urgötter wie Eros hatten die von ihnen geschaffenen Konzepte verglichen und sie miteinander in Einklang gebracht. Erst zu diesem Zeitpunkt war die Erschaffung der Welt vollendet gewesen.

Manche der Urgötter, wie Tartaros und später die junge Styx, hatten sich damit zufrieden gegeben. Sie wussten, *dass* sie waren, wussten überdies, *was* sie waren und ruhten in diesem Wissen.
Andere erinnerten sich daran, dass die Welt einmal anders ausgesehen hatte. Mit diesem Wissen ging die Ahnung einher, dass sie später einmal wieder anders aussehen könnte. Die Möglichkeiten waren schier endlos! Um sich in den unzähligen denkbaren Zukünften nicht zu verlieren, strebten die Einzelteile wieder zusammen.

Insofern traf die vereinfachte Schöpfungslehre, die der Historiker Perses den Kindern vermittelte, zu. Eurynome an den Anfang zu stellen, wen störte es? Sicher keinen der um einiges älteren Urgötter. Eros und seine Geschwister nannten sie „kleine weiße Taube" oder einfach nur Taube und zählten sie zu ihresgleichen, da die erste Titanenkönigin einen Akt ausgeführt hatte, der ihrem eigenen Austritt aus dem Chaos glich: Die Begründung der Zivilisation auf der Erde. Ausgerechnet die sanfte Taube stand damit am Anfang der Herrscherlinie des Olymps, jener Kette aus Eifersucht, Neid, Verrat und Leid.

Auch der Rest des Schulwissens eines Bürgers Elysiums stimmte zumindest im Grundsatz: Gaia, Uranos, Pontos, Aither und die Myriaden von Nymphen hatten sich tatsächlich geliebt und fortgepflanzt. Doch dazu waren Körper notwendig gewesen, eine in Eros Augen recht neue Erscheinung, die gerade deswegen einen Reiz auf den Gott ausübte. Körperliche Tätigkeiten ermöglichten es auch ihm, sich weiterhin jung zu fühlen. Eros hätte nie wie Tartaros in einen Dämmerschlaf verfallen mögen, der ihn nicht mehr von einer bloßen Naturkraft unterschied und seiner Individualität beraubte. Aber der andere hatte sich nun einmal für diese Existenzform entschieden. Und weil Tartaros und Styx sich am Leben befanden, behielten auch ihre Regeln Bestand und daher existierte nun im Erdinneren ein Fluss, den zu überfliegen es Eros nicht möglich war, nur, weil ihm eine metallene Münze fehlte!

„Ich könnte jederzeit Golderz aus dem Fels klopfen und ihm Münzenform geben", schimpfte Eros vor sich hin. „Aber es wäre nicht dasselbe, wäre nur ein Modell ohne Funktion. Tartaros Segen steckte nicht darin. Sein Reich, seine Regeln. Was waren wir eigentlich in unserer Jugend für Narren? Nacht! Sinne! Wassermoleküle! Alles da! Nur für die Vernunft hat sich keiner von uns zuständig gefühlt..."

Mittlerweile hatte Eros die Halbinsel einmal komplett umrundet. Er stand nun an der Felswand, in welcher der Styx donnernd versank, um am Ende einer langen Reise durch die Unterwelt am anderen Ufer der Halbinsel als Lethefall wieder aus derselben Feslwand auszutreten.

Eros ballte wütend seine Hände zu Fäusten! Seine Welt erschien ihm so lächerlich! Die Gottheit wollte nicht aufgrund einer in seinen Augen längst überholten Kosmogenie sterben. Er wollte überhaupt nicht sterben!

Die Körperlichkeit, die Eros so liebte, war eine böse Falle. Würde er zu seiner früheren Existenzform zurückkehren, wenn er stürbe? Der Gott bezweifelte es.

Eros trommelte mit seinen Fäusten gegen den blanken Fels.

„Tartaros!" schrie er die Wand an. „Bruder! Ich weiß, dass du da bist! Hör mir zu! Bitte hör mir zu! Ich habe solche Angst! Dir mag es genügen, was du gefunden hast, aber ich leide aufgrund deiner Sturheit! Ist es das, was du willst? Wartet ihr vielleicht einfach nur, bis ihr als einzige von uns übrig seid, du und Nacht und alle ihr, die ihr nie körperlich geworden seid? Was wäre denn so schlimm daran, jetzt und hier so eine dämliche Münze für mich erscheinen zu lassen?"

Chaos.

Eros zuckte zurück.

Für einen kurzen Moment hatte der Fels unter ihm vibriert. „So ist das also", dachte der Urgott. Wenn er schon keine Hilfe erhielt, so schien er seinem Bruder zumindest noch eine Antwort wert zu sein. Sein Problem, wenn ihm die Antwort nicht gefiel.

„Eine gebrochene Regel ist in deinen Augen schlimmer als ein gebrochenes Herz?" flüsterte Eros ungläubig. „Oder Genick?"

Eros legte seine Flügel um seinen Körper. Er hockte sich auf die Wiesen am Flussufer, seinen Rücken gegen den Fels gelehnt, und kämpfte gegen die Tränen. Tartaros lief nicht Gefahr, von Kampen gefressen zu werden. Er würde weiterbestehen, wenn es Eros nicht mehr gab. Wie würde die Welt dann aussehen? Ohne die Sinnlichkeit gäbe es für die Menschen weniger Anreize, sich zu vermehren. Sie würden früher oder später aussterben. Das herzuleiten war leicht. Sich allerdings eine Welt ohne die von ihm geschaffenen Sinne auszumalen, wollte Eros nicht gelingen. Sicher würden andere Gottheiten nach seinem Tod neue Wahrnehmungs- und Kommunikationskonzepte erschaffen, um die Lücke zu füllen.

„Wenn die Welt ohne mich wenigstens eine Bessere wäre...", klagte Eros.

*

Gesenkten Kopfes schlich Eros dieselbe Strecke zurück, die er gekommen war. Dass es ihm nicht helfen würde, einen Übergang über den Fluss zu finden, war dem Urgott klar. Er wusste allerdings ebensogut, dass es ihn getötet hätte, wäre er einfach nur sitzengeblieben und hätte sich seinem Kummer ergeben.

Das Geräusch gegen einen Bootsleib schlagender Wellen ließ den Gott aufhorchen. War ihm der Fährmann gefolgt, ihm entgegengefahren? Doch, nein, in diesem Fall hätte Eros das Einsinken einer Stakestange ins Wasser gehört. Dieses Boot hingegen bewegte sich ohne Ruder fort.

Viele Boote waren regelmäßig auf dem Styx unterwegs. Erst, als er die Stimme des Schiffers vernahm, erkannte Eros, um wen es sich handelte: „Na, Eros? So niedergeschlagen? Kein Glück auf der Jagd? Sieht doch ganz ordentlich aus, der Haufen..."

Der Jäger schaute auf die toten Leiber seiner Beutetiere. Die hatte ihm Outis gelassen, als er Eros Obolus requirierte. Er sei ja kein Dieb, hatte der Olympier gesagt...

Eros hob den Kopf. „Gruß dir, Helios", begrüßte er den Mann im Kahn.

Dieser Gott war ein Wanderer wie er selbst, nie zufrieden damit, an einem Ort zu verweilen. Tag für Tag überquerte er in seinem Wagen den Himmel von Ost nach West und in der Nacht fuhr er dieselbe Strecke auf dem Styx wieder zurück. Helios vermochte die Unterwelt nach Belieben zu betreten und zu verlassen. Zeus Verbannungsurteil hatte seinen Vater Hyperion getroffen, nicht den Sohn. Dennoch blieb er über das Blut seiner Eltern ein Titan und der Gedanke daran ließ Eros wieder Hoffnung schöpfen. Seine Miene hellte sich auf.

„Helios! Du musst mir kurz aus der Patsche helfen! Lass mich bitte an Bord kommen!"

„Ein etwas plumper Versuch, dem Tartaros zu entkommen", entgegnete Helios. „Daher nehme ich an, dass es gar kein Fluchtversuch ist. Was liegt dir wirklich am Herzen?"

„Ich muss hinüber auf die Insel."

Der Sonnengott schüttelte den Kopf.

„Das ist gegen die Regeln. Für den Fährverkehr ist Charon zuständig. Allerdings ist die Nacht fast um. Der Weg hinüber zur Anlegestelle könnte schon nicht mehr ganz so gefahrlos sein, gerade, wenn man von einem langen Jagdausflug erschöpft ist. Ich könnte dich zur Fährstation mitnehmen."

„Nein, das würde mir nichts nützen. Ich trage keinen Obolus bei mir. Charon verweigert mit die Überfahrt."

„Ja, dann... Dann gibt es scheinbar nichts, das ich für dich tun kann."

„Gar nichts?!" keuchte Eros. „Und wie es das gibt! Du besitzt ein Boot! Du könntest mir helfen! Es wäre eine gute Tat!"

Helios korrigierte das Segel seiner Schaluppe ein wenig. Obgleich keine Luftdruckunterschiede innerhalb des Tartaros bestanden, existierte hier unten Wind. Die Bewegungen der Unterweltgötter durch ihre Domäne, ihre Sprache, das Seufzen der Schatten, all diese Kleinigkeiten summierten sich zu einem beständigen Luftzug. Eros Wutausbruch war ebenfalls von einem kleinen Sturm begleitet gewesen, der Helios Boot ein wenig zum Schwanken gebracht hatte.

„Wie könnte ein Regelbruch eine gute Tat sein?" schnaubte der Sonnengott. Ohne sich auf eine weitere Diskussion mit dem Unterwelthäftling einzulassen, steuerte er seinen Kahn weiter auf den Eintrittspunkt des Styx in den Fels zu.

„Phaeton hätte mir geholfen!" brüllte der Gefangene dem Schiffer nach. „Er ist tot, aber du Olympiergeschmeiß lebst? Jeder in eurer Bande, der etwas wert ist, wird von Zeus niedergestreckt!"

Helios fühlte sich weder veranlasst, umzukehren, noch, in irgendeiner Art und Weise zu antworten.

Eros setzte sich in Bewegung. Er lief neben dem Boot her und ließ sich trotz der Strapazen der zurückliegenden Nacht nicht abschütteln.

„Ordnung ist euch doch egal!" schrie der Gott. „Wisst ihr überhaupt, was das wirklich bedeutet, Ordnung? Ihr benutzt sie wie ein Werkzeug! Ihr benötigt sie nur, damit ihr eure Macht behaltet! Aber das ist es nicht, was wir damals geschaffen haben! Wir haben Das Andere erfunden, aber ihr Jüngeren habt besser und schlechter, wert und unwert daraus gemacht! Alles verdreht habt ihr! Chaos und Ordnung hätten zusammen existieren können!"

Helios hatte sein Ziel nun beinahe erreicht. Schon fiel das Wasser unter dem Bug seines Schiffes. Gleich würde er sich ins Dunkel senken.

Für den Fluss - wie auch für Eros, hätte er sich zum Sprung in die Tiefe entschlossen - war dieser unterirdische Wasserfall nur ein Punkt auf seiner endlosen Rundreise, die keinen Anfang und kein Ende kannte. Helios hingegen diente dieser Ort als Ausgang aus der Unterwelt. Für Eros Augen stürzte sich der Schiffer in die Tiefe, doch der Gott wusste, dass Helios stattdessen in den Himmel der Oberwelt aufsteigen würde, wo sein Wagen auf ihn wartete.

„Ich hoffe, Apophis holt sich noch heute Morgen einen fetten Happen von deinem Arsch!" rief Eros dem Sonnengott hinterher. Selbst in seiner schlimmsten Wut war er nicht fähig, jemand den Tod zu wünschen. Leid, ja, aber nicht das Ende.

Und nun erwartete es ihn selbst. Der Tod würde...

„Nein!" zischte Eros. „Noch ist nicht gesagt, dass dies das Ende ist! Ich bin einfach nur abgespannt. Ich brauche ein wenig Ruhe. Ich spreche ja schon mit mir selbst..."

So leicht würden die Unterweltkreaturen den uralten Gott nicht bekommen. War er nicht einer der versiertesten Jäger des Tartaros? Eros musste sich nur wieder daran erinnern.

Der Jäger raffte sich auf. Alle seine Sinne - immerhin sein eigenes Werk innerhalb der Schöpfung - zusammennehmend, begann Eros seine Wanderung durch die Asphodeloswiesen. Sein Ziel war das von Kotos bewachte Tor und das Menschendorf in einer der Höhlen dahinter. Aus dem Elysium ausgeschlossen mochte sich Eros Leben von nun an schwerer gestalten, doch es würde weitergehen!

*

Eros ließ auf seinem Weg zum Dorf der Schemen äußerste Vorsicht walten. Er besaß keinen magischen Schild wie der junge Zeus, der diesen unverwundbar machte. Er hatte ja auch nie seine Amme ermordet!

Im Nachhinein betrachtet waren es Gedanken wie diese, die es dem Jäger ermöglichten, sein Ziel mit heiler Haut zu erreichen. Noch stärker als sein Überlebenswille war die Verachtung, die Eros den Olympiern entgegenbrachte. Nein, er durfte nicht sterben! Dann gäbe es wieder einen Titanen weniger und damit im Umkehrschluss einen Olympier mehr auf der Welt! Elternmörder, Geschwistermörder, Kindermörder und wenn einmal etwas überlebte, dann nur, weil es den Olympiern in irgendeiner Weise dienlich war. Was waren das nur für Kreaturen, die solche Dinge taten?

Erst, als Eros bereits über die von den Schatten angelegten Äcker schritt, schoss ihm eine neue Frage durch den Kopf: Was sind wir für Kreaturen, dass wir die Welt so eingerichtet haben, dass derartige Gräueltaten überhaupt möglich sind? Die schonungslose Antwort lautete „Idioten", doch tröstete sich Eros mit dem Gedanken, dass derjenige, der eine so düstere Welt wie die derzeit existierende weiter bestehen ließ, ebenso schuldig war wie der, der sie aus mangelnder Weitsicht hatte entstehen lassen.

Eros hielt in seiner Wanderung inne. Er ließ seinen Blick über den Acker schweifen. Keine einzige Krume Mutterboden existierte im Tartaros, jedenfalls nicht auf natürliche Weise. Persephone besaß wohl ein wenig des aus der Oberwelt importierten Luxusgutes und es hieß, dass sie damit selbst in der lichtlosen Unterwelt die schönsten Topfpflanzen zöge. Zu Gesicht bekommen hatte das noch niemand, dessen Aussage Eros vertraute.

Die Asphodeloswiesen waren mit Unterweltgras bewachsen, doch kam dieses direkt aus dem Stein hervor und nährte niemand. Man konnte es allerdings abmähen. Die Bewohner Elysiums hatten gelernt, aus den Fasern Kleidung zu spinnen.

Hauptnahrungsquelle der Gefangenen waren und blieben die Produkte der Finsterwurzeln. Persephone hatte die Schatten der Menschen gelehrt, dass man eine abhacken und zerkleinern musste, wollte man die Erträge vergrößern. Mit dem solcherart gewonnenen Häcksel, dem Tartaroasmulch, legten die Schatten direkt unter den restlichen Wurzeln Felder an. Zu solchen Feldern strebten die Finsterwurzeln gern hernieder. Sie gruben sich tief in den darunter liegenden Fels hinein, wuchsen in die Breite und warfen ihre Samen bisweilen sogar freiwillig ab, so viele wuchsen an ihnen.

Die restlichen Äcker bedurften nicht weniger Pflege als jene, die Eros einst auf der Oberwelt gesehen hatte. Damals hatten sie allerdings noch die Götter selbst bestellt. Vielleicht hatten die Knochen der im Krieg gefallenen Titanen ja die Erinnerung an die Feldfruchtpflege bewahrt und in ihrer neuen Menschengestalt einfach mit dem weitergemacht, was ihren früheren Besitzern Freude bereitet hatte...

Eros sah sich um. Würde sich um diese Uhrzeit noch ein Mensch auf den Feldern aufhalten? Oder taten sie bereits so, als schliefen sie, ganz so, als sei nicht ihre gesamte fortgesetzte Existenz nur ein endloser Schlaf?

Fernes Rumpeln ließ den Jäger aufhorchen. Dem Geräusch nach bewegte sich etwas Massives durch die Tunnel der Unterwelt. Was immer es war, es kam auf ihn zu. Eros blieb ruhig. Lange, bevor was immer die Geräusche verursachte, in Reichweite seines Bogens gelangte, konnte der Gott bereits Schritte identifizieren. Ein Zweibeiner lief hinter einem großen Felsen her, was darauf schließen ließ, dass er diesen voranschob. Mehr brauchte Eros nicht zu wissen, um zu verstehen, was hier vor sich ging. Freudestrahlend setzte er sich in Bewegung auf die Quelle der Geräusche zu.

Der Jäger verließ die Höhle mit den Feldern durch einen der Tunnel, bog in einen Nebenarm ein, lief weiter auf das Rumpeln zu und drückte sich in eine Nische, als es schon ganz nahe war. Ein beinahe den gesamten Gang ausfüllender, grob zu einer Kugel behauener Fels rollte an ihm vorbei. Dann kam ein Mensch in Sicht. Kein Schatten, aber auch kein Lebender. Der Mann befand sich in annehmbarer körperlicher Verfassung. Er ging barfuss, trug nur einen von einem dünnen Gürtel gehaltenen Schurz. Unermüdlich, und doch stets am Rande der Erschöpfung stehend, bewegte er den Felsen vorwärts. Während der Arbeit fielen ihm immer wieder Haarsträhnen ins Gesicht, die den Mann behinderten. Genau aus diesem Grund war es unmöglich, sein Haar dauerhaft zu kürzen. Es wuchs innerhalb weniger Minuten wieder zu seiner alten Länge, aus dem einzigen Grund, den Mann weiter zu plagen.

Eros schlich auf Zehenspitzen aus seinem Versteck. Er machte sich einen Spaß daraus, den Mann eine Weile zu verfolgen, dann rief er ihn bei seinem Namen: „Sisyphos!"

Der Menschenmann hielt in seiner Arbeit inne. Zwar war er dazu verdammt worden, sie bis in alle Ewigkeit auszuführen, doch gab es Ausnahmen. Wenn ein Gott, selbst einer wie Eros, den Verurteilten ansprach, so hatte er Folge zu leisten, was immer dieser von ihm verlangte.

Eros trat auf den Toten zu. Er umarmte Sisyphos nie verwesenden Körper freundschaftlich. Wer im Leben erfolgreich die Olympier an der Nase herumgeführt hatte, der hatte sich Respekt und Freundschaft der Titanen verdient.

„Wenn du nur plaudern willst..." begann Sisyphos. Er blickte sich - mehr aus Gewohnheit, als dass es ihm etwas genützt hätte - verstohlen um. „Ich meine, Hades könnte hier irgendwo stehen und uns beobachten. Er wäre sicher ungehalten!"

„Nein, da mach dir mal keine Sorge", erwiderte Eros. „Sein Zyklopenhelm macht Hades lediglich unsichtbar. Das mag ihm auf der Erdoberfläche einen Vorteil verschaffen, doch im Tartaros wäre es nützlicher, er besäße etwas, das ihn un*wahrnehmbar* werden ließe. Vor allem, so lange ich hier unten eingekerkert bin. Glaub mir, mein Freund, soviel Zeit kann Kronos gar nicht schaffen, um den Tag kommen zu sehen, an dem sich jemand unbemerkt an mich heranschleicht."

„Deswegen trägst du auch diesen Verband nicht um deinen linken Oberarm", grinste Sisyphos. Sein Tastsinn hatte ihm während der Umarmung verraten, dass sich sein Gegenüber mit einer Wunde herumschlug. Der Sicherheit seiner Bewegung nach musste es sich um eine ältere, beinahe vollständig ausgeheilte Verletzung handeln.

Eros winkte ab. „Ach, das! Da war ich einfach abgelenkt! Aber sag, was treibst du hier? Was ist aus dem Berg geworden, an den du mit deiner Arbeit gebunden warst?"

Sisyphos deutete in die Richtung, in der sich das nächstgelegene Menschendorf befand. „Zeus lässt mit den Schatten dort Gnade walten", erläuterte er. „Damit sie sich in Zukunft etwas sicherer fühlen, hat er mich beauftragt, den großen Tunnel jeden Morgen mit einem Felsbrocken zu verstopfen. An jedem darauffolgenden Abend haben die dahinter lebenden Monster den Stein wieder zerstört. Aber sie greifen dann nicht an, weil des Nachts die Magie stark ist. Die treibt sie zurück in ihre Löcher. Ich jedoch beginne meine Arbeit von vorn."

„Dir wird erlaubt, das für die Schatten zu tun?" überlegte Eros laut. „Dann müssen sich dort außergewöhnlich viele ehemalige Gläubige aufhalten, die zudem noch außergewöhnlich klar denken können."

„Mag sein", stimmte Sisyphos zu. „Es könnte daran liegen, dass sich so viele Menschen auf der Erde an die Namen der Dorfbewohner erinnern. Du weißt ja, oft, wenn Neue gebracht werden, erinnern diese sich an die Namen längst verstorbener Mitmenschen."
Eros nickte bedächtig. In letzter Zeit allerdings waren schon lange keine Menschenseelen mehr in den Tartaros gebracht worden. Als Hermes vor vierzehn Jahren den Dichter abgeliefert hatte, war dies der erste seit langem gewesen. Der Seele von Hexametras Vater war allerdings kein Aufenthalt im Tartaros beschieden gewesen. Hermes hatte sie woandershin geleitet, nachdem er ihr ein einziges Mal seine Tochter gezeigt hatte.
Der Schatten hatte nicht viel über sein zurückliegendes Leben berichtet, doch stellten sich die Häftlinge des Tartaros vor, dass die Menschen einfach zu einem besseren Volk geworden waren, da ja keiner von ihnen mehr in die finsterste Region des Hades reisen musste. Besser, das hieß in ihrem Fall: Den Olympiern noch höriger als bisher.
„Oder Zeus möchte die Schatten bewahren, weil die Menschen in der Oberwelt aussterben", gab Sisyphos zu bedenken. „Es gab Kriege, Vulkanausbrüche..."
„Früher oder später werden wir es erfahren", knurrte Eros. „Und zwar in der Weise, die Zeus als die geeignetste empfindet."
Sisyphos dem Trickreichen entging nicht der Unteron in den Worten des Gottes. „Wenn ihr Titanen mich dann brauchen solltet, und sei es nur zum Zuhören, dann weißt du ja, wo du mich findest", bot er an.
„Viel mehr als Zuhören werde ich ohnehin nicht können. Eros, es tut mir leid, aber ich muss weitermachen. Ich habe Angst, hier mit dir plaudernd angetroffen zu werden. Nur eines noch: Du solltest mit was immer du vorhast dein Glück vielleicht nicht in einem Dorf versuchen, das in Zeus Gunst steht. Dort würdest du nur auf taube Ohren stoßen."
„Ja, da magst du Recht haben."
Eros ließ sich von dem Toten den Weg zum nächsten Dorf weisen. Der Jäger war dankbar für den kleinsten Fingerzeig des Freundes. In dieser Region der Unterwelt kannte er sich zwar aus, was die Jagdreviere der

Kampen anging, nicht aber bezüglich der Einstellung der Menschendörfer zu den Göttern oder einander.

*

Sich den mächtigeren Kreaturen der Unterwelt zu stellen, wagten nur die kühnsten und erfahrensten Krieger, das war ein Fakt. Ebenso blieb es wahr, dass selbst die geringeren Monster für Schemen, selbst jene, die im Leben als Soldaten ausgebildet worden waren, eine tödliche Gefahr darstellten. Am Klügsten erschien es daher, diesen Wesen einfach fernzubleiben, nur hielten sich diese nicht gern an diese Vereinbarung. Eros erwartete daher, dass die Bewohner der Menschendörfer rings um ihre Niederlassungen Fallen aufgestellt hatten, um sich zu schützen. Er bewegte sich mit aller gebotenen Vorsicht durch die Tunnel, prüfte den Untergrund vor jedem Schritt und achtete auf verräterische Anzeichen, dass sich jemand an den Höhlenwänden zu schaffen gemacht hatte. Der kleinste Kratzer, die winzigste Rinne oder Vertiefung, die nach einem künstlichen Ursprung aussah, ließen ihn innehalten.
Auf diese Weise kam er zwar nur langsam voran, vermied aber peinliche Zwischenfälle.
Die Geduld des Jägers wurde belohnt, als er gegen Mittag eine Fallgrube entdeckte. Die Grube war mit den durcheinander liegenden Stämmen gefällter Finsterwurzeln abgedeckt. Aus der Decke wuchsen weitere Exemplare, so dass ein wirklich dummes Monster glauben mochte, es handle sich einfach nur um abgestorbene, herabgefallene Wurzeln und nicht etwa um die Tarnung einer Falle. Eros hielt sich weder für ein Monster noch für dumm. Er lächelte in sich hinein. Selbst, wenn er auf den kleinen Trick der Schatten hereingefallen wäre, seine Flügel hätten es ihm ermöglicht, noch im Sturz der Grube zu entkommen. Für den Sprung über die Grube würde er seine Schwingen noch nicht einmal benötigen, selbst nicht mit dem Gepäck, das der Jäger bei sich trug. Eros stemmte seine Füße auf den Untergrund, neigte seinen Körper vor und nahm einige Schritte Anlauf. Leichtfüßig, als sei er nicht mit der Jagdbeute einer ganzen Nacht

beladen, rannte er los und stieß sich ab. Doch kaum hatten seine Fußsohlen den Boden verlassen, da spürte der Jäger eine Luftbewegung über sich. Etws bewegte sich dort oben! Sekundenbruchteile später berührte etwas den Urgott an seinen Schwingen. Eros blinzelte verwundert. Hatte er eine der Wurzeln gestreift? Unmöglich! Sein Sprung war viel zu flach ausgefallen, um an die Höhlendecke zu stoßen. Und doch hatte dort oben etwas auf ihn reagiert. Kein Tier, ein Tier wäre Eros´ geschulten Sinnen nicht entgangen. Dann vielleicht die Wurzeln? Seit wann bewegten sich Finsterwurzeln aus eigenem Antrieb?!
Eros Gedanken nahmen weit weniger Zeit in Anspruch als ein Herzschlag. Kaum, dass er die Berührung gespürt hatte, reagierte er auch bereits. Ein Schlag mit seinen schweren Flügeln genügte in der Regel, kleinere Angreifer davonzustoßen oder zu betäuben. Doch diesmal stellte sich die erste, instinktive Handlung als genau die Falsche heraus. Eros´ Schwingen boten dem, was es da oben auf ihn abgesehen hatte, bloß eine noch größere Angriffsfläche als zuvor! Objekte, teils aus aus Holz, teils aus Metall gefertigt, bohrten sich in seine Flügel. „Autsch!" zischte der Jäger, als die Bolzen in sein Gefieder eindrangen. Es zu durchschlagen vermochten sie nicht.
Gleichzeitig griffen ebenfalls aus Metall gefertigte Klauen nach Eros. Sie packten ihn bei dessen rechter Schulter. An der linken erlangten die künstlichen Finger keinen Halt und bohrten sich stattdessen tief in das Fleisch ihres Opfers.
Über der vermeintlich schlecht getarnten Fallgrupe zappelnd begriff Eros: Diese Falle diente dazu, fliegende Kreaturen einzufangen. Solche wie ihn, die überheblich lächelnd über die offensichtliche Grube hinwegzuschweben versuchten.
„Toll gemacht, Jäger", knurrte der Urgott. „Sinne sind was Tolles, aber wenn man sie ohne Verstand einsetzt..." Eros kam nicht umhin, die ausgeklügelte Falle, in der er steckte, zu bewundern. Selbst wenn sich das gefangene Tier befreien konnte, würden die vorher auf es abgeschossenen Bolzen seine Flügel derartig stark verletzt haben, dass es längere Zeit nicht mehr zum Fliegen in der Lage sein würde. Eros war kein Tier. Käme er hier erst wieder heraus, würde er, unter

Schmerzen zwar, weiterfliegen können. Freizukommen stellte das größere Problem dar.

Der Gefangene nahm Bewegungen im Gang war. Mehrere Personen näherten sich seiner Position. „Schatten", wisperte der Jäger. Selbst körperlos verursachten diese Menschen noch mehr Wirbel als er selbst, wenn er auf die Pirsch ging! Dennoch – es war nicht zu leugnen, dass er in ihrer Falle steckte und die eisernen Haken Haut und Sehnen seiner linken Schulter aufzuschlitzen drohten.

Vorsichtig, die Speere nach vorn gerichtet und einander mit ihren Schilden deckend, traten die Menschen näher. Es handelte sich um eine Gruppe von vier Personen. Jeder einzelne hatte sein Erdenleben als Krieger verbracht, nun hielten sie Tagwache über ihre neue Heimat in der Unterwelt. Aufgrund ihres soldatischen Hintergrunds leitete die vier gesunde Furcht anstelle von Abenteuerlust, zumal die Männer ja nicht wissen konnten, was genau sie da gefangen hatten.

„Kein Raubtier", stellte einer Männer fest. „Aber ein Monster dennoch: Ein Titan."

Die Äußerungen der Schatten glichen einem Wispern. Sie hauchten bestenfalls Andeutungen gesprochener Sprache. Nur, wenn sie die Stimme einmal erhoben und zu brüllen glaubten, erreichten sie eine normale Gesprächslautstärke. Eros jedoch verfügte über scharfe Sinne. Er musste nicht raten, was die Toten da untereinander flüstern mochten, er hörte jedes Wort deutlich.

„Lediglich ein Verbündeter der Titanen", widersprach ein zweiter Krieger. „Ich erinnere mich an diesen…" Die Andeutung eines Lächelns huschte über das Gesicht des Toten. Doch es war von Traurigkeit unterlegt und wich so rasch aus seinen Zügen, wie es entstanden war. „Er heißt Eros", teilte der Mann seinen Gefährten mit. „Und ich verdanke ihm manch schöne Stunde. Lasst uns ihm helfen!"

Eros erkannte, dass die beiden Sprecher zu jenen Schemen gehörten, die sich noch bei klarem Verstand befanden. Die beiden anderen hingegen erschienen ihm wie leere Hüllen. Sie folgten ihrer Soldatennatur und befolgten die Befehle der anderen, wie sich eine Finsterwurzel zum Tartraosmulch neigte, ohne etwas dabei zu empfinden oder auch nur über ein Bewusstsein ihrer Taten zu verfügen. Die beiden bildeten eine Leiter für den Anführer ihrer kleinen Gruppe. Dieser stieg auf die Schultern seiner Kameraden. Er stützte sich mit der einen Hand gegen den Fels, mit der anderen griff er nach den Klammern, die Eros hielten. Der Jäger bemerkte, dass die Schattenkörper der Toten tatsächlich auf Widerstand stießen. War dem so, weil es irgendeine merkwürdige Regel des alten Tartaros so bestimmt hatte, oder glaubten die Menschen einfach so sehr daran, noch Körper zu besitzen, dass sie selbst als Schatten wie fleischliche Wesen funktionierten? Eros wusste es nicht. Er wusste nur, dass seine linke Schulter schmerzte. Und nun arbeiteten die Finger des Menschen auch noch daran herum?!

„Lasst mich runter!" forderte er.

„Genau das tue ich gerade", entgegnete der Mensch. „Ich muss erst diese Klammer hier lösen. Wenn wir dich abseilen, während die Klaue noch in deiner Schulter steckt, könnte das böse enden. Halt einfach still oder jammer ein bißchen!" Mit einem kleinen Keil, den er Wächter unter seiner Rüstung hervorholte, brach der Mann den Griff der Klauenhand auf. „So, fertig."

Eros´ linke Körperpartie sackte zur Seite, doch die zweite Kralle hielt ihn sicher.

Jetzt erst senkte sich die Apparatur. Derjenige, der Eros befreit hatte, machte sich sogleich daran, die Falle wieder scharf zu machen. Der zweite Krieger hingegen trat auf den Jäger zu. „Ich weiß, was du dich gefragt haben magst", sprach er leise zu ihm. „Mich an das, was war, was ich verloren habe, zu erinnern, darin besteht meine Strafe." Während der Mann redete, untersuchte er die Wunden des Gottes. Eros lies es sich gefallen. „Ich sehe immer noch vor mir, was ich selbst zerstört habe..." Der Krieger trennte den kurzen, von der Klauenhand zerschlissenen, Ärmel von Eros Jagdhemd ab. „Hast du etwas, das dir als Verband dient?" fragte er.

„Ich bin auf einiges vorbereitet", antwortete Eros. Aus seinem Gepäck reichte er dem Toten einen in kochendem Wasser sterilisierten Streifen Leinentuch. „Hier! Leg mir den an!"

Mit geübter Hand verband der Mensch Eros´ Schulterwunde. Der Urgott schüttelte seine Schwingen aus. Die wenigen Bolzen, die noch in seinem Gefieder steckten, fielen heraus. Die Einstiche mussten nicht versorgt werden. Sie waren nur geringfügig und würden sich innerhalb der nächsten Stunden von allein schließen. Bis dahin würden sie den Verletzten allerdings zwicken und zwacken.

Gerade, als sein Kamerad von Eros zurücktrat, war auch der Fallenexperte mit seiner Arbeit fertig. „Kehr um und geh deiner Wege!" forderte er den Jäger auf.

Eros schüttelte den Kopf. „Eigentlich führt mich mein Weg zu euch", eröffnete er den Menschen.

„So? Und was willst du von uns?"

„Handeln", antwortete der Urgott ausweichend. Es musste ja nun wirklich nicht jeder einzelne Schatten von seiner Misere erfahren! Dass die Häftlinge des Tartaros untereinander Handel trieben, gehörte zum Alltag. Damit allein machte sich Eros noch nicht verdächtig.

Der Anführer der Soldaten nickte. „Du hast dir eine ungünstige Zeit ausgesucht, aber gut, komm mit!"

„Ich wurde aufgehalten", murmelte Eros. Dann trottete er dem Mann hinterher. Hinter ihm schlossen die beiden nur noch halb-bewussten Soldaten die Marschreihe und derjenige, der den Gefangenen aus der Falle befreit hatte, lief neben dem Besucher her. Ab und zu schien es so, als wolle dieser Tote zu einer Frage oder Plauderei ansetzen, doch jedesmal überlegte er es sich anders. So blieb Eros auf dem Weg zum Dorf mit sich und seinen eigenen Grübeleien allein. Die Hingabe – oder war es Ergebenheit? - der Menschen an ihre Funktion erstaunte den Urgott immer wieder aufs Neue. Seine Identität zog er aus dem Bewusstsein, Eros zu sein, einer der Mitbegründer des Kosmos. Dass er sich seit langer Zeit als Jäger betätigte, trug zwar immens zu seinem Stolz und Wohlbefinden bei, doch es handelte sich um eine Tätigkeit, die er jederzeit beenden konnte, ohne sich dabei neu definieren zu müssen. Den Menschen schien diese Freiheit selbst nach ihrem Tod nicht gegeben zu sein. Sie führten einfach fort, was sie im Leben getan hatten, obwohl sie doch auch etwas Neues hätten ausprobieren können. Gerade in ihrer Existenzform als Schemen, die aller Zwänge und Nöte erleichtert war... Aber diese einfache Wahrheit dämmerte ihnen einfach nicht. So blieben Soldaten Soldaten, obwohl sie doch auch Bergmann oder Bauer hätten werden können.

Vielleicht, überlegte Eros, lag es ja an ihrem Verantwortungsbewusstsein gegenüber ihrem Dorf. Er begriff, dass sein Beispiel schlecht gewählt gewesen war. Erfahrene Kämpfer wurden weiterhin benötigt, sie konnten nicht so einfach ihren Beruf tauschen wie die Ackerbesteller und Erzschürfer. Ohne geschulte Krieger in ihren Reihen waren die Schatten dem Untergang geweiht! Was, so fragte sich Eros, geschah wohl mit den Schatten, die von Unterweltmonstern gefressen worden? Sie waren doch bereits tot! Und was würde von ihm bleiben? Wartete ewiges Sterben auf den Urgott, wie es Typhon in seinem Vulkan durchlitt? Oder die Nicht-Existenz, wie Metis´ zwar prohezeitem, aber nie gezeugten Sohn? Sein Gedankengang wurde dem Urgott nicht nur zu beängstigend, sondern auch zu kompliziert.

Eros wusste es zwar nicht, doch es handelte sich um dieselbe Frage, die heute bereits einem anderen Jäger durch den Kopf gegangen war. Outis hatte mit den Schultern gezuckt und die Angelegenheit auf sich beruhen lassen, Eros aber war inzwischen zu einer anderen Geisteshaltung gelangt. Derzeit selbst vom Tod bedroht fand er, dass es am Besten sei, den fraglichen Fall gar nicht erst eintreten zu lassen. Es galt, die Schemen zu beschützen um jeden... nein, nicht um *jeden*, aber um *fast* jeden... naja, vielleicht auch das nicht gerade. Aber immerhin um *so einige* Preise.

*

Das Dorf, zu dem Eros von seinen Begleitern geführt wurde, glich den Siedlungen der Schatten insofern, dass alles, was die Menschen bauten, für Eros´ Augen irgendwie gleich aussah. Er hätte aus dem Baustil nicht auf eine Kultur schließen können und vermochte daher nicht zu sagen, ob er nun Athener, Spartaner, Kolcher und was dergleichen mehr aufgestiegen und wieder untergegangen war, vor sich hatte. Doch ein Unterschied zu den bisher besuchten Dörfern fiel dem Urgott sofort auf: Dieses hier war nicht als Festung angelegt. Die üblichen Wälle, Gräben und Zäune fehlten vollständig, die Gebäude waren bereits von Weitem sichtbar. Eine willkommene Abwechslung, fand Eros, ein Ort, der ein völlig anderes Lebensgefühl vermittelte. Der Urgott wusste auch, wieso sich die Bewohner des Dorfes den Verzicht auf Mauern leisten konnten: Auf dem Weg hierher hatten die Soldaten mehrfach innegehalten und dem Besucher Anweisungen gegeben, wie er sich zu bewegen hatte. Mal durfte ein bestimmter Fleck auf dem Boden nicht betreten werden, dann wieder musste man gezielt die Zehen darauf stellen. Überall in den Wänden, Böden und Decken um ihre Heimat herum hatten die Menschen Fallen installiert. Darüber hinaus hatten sie Engpässe befestigt, Gänge gezielt zum Einsturz gebracht und eigene Tunnel in den Fels gegraben. Wehranlagen existieren also in großer Zahl, nur befanden sie sich im Umkreis des Dorfes, nicht in der Siedlung selbst.

„Wer war hier eigentlich am Werk?" erkundigte sich Eros bei seinen Begleitern. „Wer hat dies alles geplant?" „Du wirst ihn gleich kennenlernen", versprach der neben ihm laufende Schatten. „Warte bitte hier am Dorfrand..."

Einer der beiden stummen Toten blieb bei Eros zurück, während die restlichen Mitglieder der Patrouille tiefer in die Ortschaft vordrangen. Die Häuser standen in einem Ring, nur einige später hinzugekommene hatte man scheinbar wahllos in die Landschaft geworfen. Zwischen dem Ring und der Höhlenwand erstreckten sich die Äcker, auf denen die Menschen einerseits die Finsterwurzeln und andererseits die Produkte ihrer Samen kultivierten. Mindestens drei weitere Ausgänge waren zu erkennen, doch vermutete Eros stark, dass es erstens weitere gab und zweitens die sichtbaren ohnehin bloß in die Irre oder zu weiteren Fallen führen würden. Geduldig harrte er der Dinge, die da kommen mochten.

Die Bewohner des Dorfes nahmen keine Notiz von dem Besucher. Die wenigen, die um diese Uhrzeit noch auf den Beinen waren, gingen ihren Geschäften nach, ohne darin innezuhalten. Vermutlich hatten sie nicht einmal realisiert, dass sich etwas an ihren Grenzen abspielte.

Bei den aktiven Dörflern handelte es sich ausnahmslos um Frauen. Eros zählte fünf von ihnen. Die Frauen schöpften abwechselnd Wasser aus einem Brunnen. Die Arbeit war anstrengend, doch glaubten die Schatten, dass sie notwendig sei. Oft genug rutschte einmal dieser und mal jener der Wasserschöpferinnen der Eimer aus der Hand, so dass der Inhalt sich anstatt in ihre Krüge über sie selbst ergoss. Dann meinte Eros, eine rote Flüssigkeit über ihre Arme laufen zu sehen. Der Jäger sah genauer hin. Er erkannte, dass die Hände der Toten blutig waren. Sobald ein plötzlicher Wasserguss das Blut hinwegspülte, bildete es sich neu.

„Das sind fünf der Danaiden", lies sich plötzlich Eros´ bis dahin stummer Bewacher vernehmen. „Sie haben ihre Gatten in der Brautnacht getötet." Nach diesen beiden Sätzen schwieg er wieder. Ein Schauder lief Eros den Rücken herunter. Dieser Mann mochte sich selbst vergessen haben, doch die wichtigsten Lehrstücke seiner Kultur standen ihm noch im Rest dessen, was sein Bewusstsein darstellte. Seine Existenz erging sich in dieser einzigen Erkenntnis: „Frevle nicht gegen die Gesetze der Götter". Aber würde er jemals eine Lehre daraus ziehen können? Eros bezweifelte, dass dies in Zeus´ Weltenplan vorgesehen war. Wie er diesen Jungen verachtete! Vom eigenen Vater aufs Tiefste verletzt, war Zeus zu einem schlimmeren Tyrannen als dieser herangewachsen.

Eros wandte seine Aufmerksamkeit vom Treiben der Danaiden ab, als er eine Gruppe von drei Männern auf sich zukommen sah. Ein Esel folgte dem Trio. Das Tier interessierte sich über alle Maßen für den Gürtel des einen der drei Menschen. Ständig versuchte er, das Flechtwerk aus Binsen mit seinen Zähnen zu erwischen.

Eros lachte! „Höllenhundwelpen zerkauen alles, was ihnen unter die Fänge kommt", meinte er anstatt einer Begrüßung, „Aber dein Esel scheint sich daran ein Vorbild genommen zu haben."

„Es ist nicht *mein* Esel", erwiderte der Schatten. „Wir betreiben hier keine Viehzucht. Das Tier hat uns Zeus... geschenkt."

Eros warf einen genaueren Blick auf den Esel. Nun bemerkte er dessen weggetretenen Blick. Das Tier wies die Augen einer Kreatur auf, die in Trance handelte. Offenbar verdankte es seine Existenz lediglich der Notwendigkeit, ein Bestrafungsinstrument für den

Schatten bereitzustellen. „Ah, jetzt wo du es erwähnst, sehe ich es auch", nickte Eros.

„Er ist schlimmer als meine Frau", sprach der Tote leise. „Sie verschwendet unser Vermögen, aber sie hat wenigstens Freude daran. Aber dieses stumpfsinnige Vieh... ich bin Seiler und es frisst meine gesamte Produktion auf. Dabei benötigen wir die Seile für die Fallen, die unser Dorf schützen."

„Hast du..." begann Eros, doch das angedachte „...schon einmal daran gedacht, die Seilerei an den Nagel zu hängen und Töpfer zu werden? Oder etwas anderes weniger Essbares herzustellen?" blieb ihm in der Kehle stecken. Es hätte ja doch zu nichts geführt.

„Stumpfsinniges Vieh, oh ja", seufzte der Urgott.

„Nun denn, ich bin Oknos, der Vorsteher dieses Dorfes", stellte sich der Binsendreher vor. Er deutete mit der Hand auf seine beiden Gefährten: „Das sind Tityosson und Ixion."

Eros zuckte kurz zusammen. Ein Schatten glich dem anderen normalerweise aufs Haar und nur in seltenen Momenten der Erinnerung an ihr irdisches Leben prägten die Toten individuelle Gesichtszüge aus. Selbst im Körperbau gab es längst keine Unterschiede mehr zwischen einem durchtrainierten Krieger und einem schmächtigen Dichter. Lediglich das Geschlecht war auf den ersten Blick zu erkennen, handelte es sich doch um die wichtigste Komponente der Identität eines Menschen.

Die beiden Menschenmänner bestanden wie all die anderen Schemen auch aus nichts weiter als Sturheit und Rauch. Doch als ihre Namen fielen, standen Eros die Formen, welche sie zu Lebzeiten angenommen hatten, wieder vor Augen. „Oknos!" rief er aus. „Von dir habe ich gehört. Zeus bestraft dich noch immer für die die Liebe zu einer Frau, die ihrer nicht würdig ist?"

Oknos schüttelte den Kopf. „Zeus bestraft mich für die Verschwendungssucht meiner Frau", korrigierte er.

Eros senkte den Kopf. „Ja", murmelte er. „Du hast ja Recht." Als Kreatur des Kosmos, die einst das gesamte Universum mitgestaltet hatte, neigte der Urgott dazu, sich die Welt ein wenig anders zu denken, als sie tatsächlich funktionierte. Das verlieh ihm eine beinahe menschliche Qualität, fand Oknos. Er lächelte. Nur für den kurzen Moment des Lächelns wurde das Gesicht eines alten Mannes sichtbar, dann erwandelte sich Oknos´ Kopf wieder in einen konturlosen Schädel ohne Gesicht.

An Ixion erinnerte sich Eros als an einen König unter den Sterblichen, einen der wenigen Menschen, mit denen Zeus einmal Mitleid empfunden hatte. Eros führte diese Tatsache darauf zurück, dass der Mann ein hinterhältiger Mörder gewesen war, in dem selbst Hera einen gleichwertigen Partner erkannt und zu dem sie sich hingezogen fühlte. An diesem Punkt hatte sich Zeus Mitgefühl dann sehr schnell verflüchtigt…

Wie musste sich der Vater der Zentauren fühlen, hier, in diesem kleinen Dorf, seiner Macht beraubt und nur mit einem verzauberten Esel zur Gesellschaft? Die Antwort lautete in diesem Fall: „Exakt so, wie er es verdient hatte."

Den Namen Tityosson hatte Eros noch nie gehört. Zwar kannte er einen Sohn Gaias ähnlichen Namens, doch handelte es sich bei dem vor ihm stehenden Schatten eindeutig um einen toten Menschen, keinen Titanen. Vermutlich hatte man den Mann zu Lebzeiten mit diesem Namen gebrandmarkt, weil er die Sünde des Tityos begangen hatte. So viele Schicksale würden im Dunkeln bleiben, weil die Betrofffenen sich selbst nicht an ihre Geschichten erinnerten…

Eros riss sich zusammen. Oknos hatte ihm eine Frage gestellt!

„Was ich hier möchte?" wiederholte der Jäger, um Zeit zur Findung einer Antwort zu schinden. Doch dann verwarf er sein Ansinnen. Der gute Oknos hatte die Wahrheit verdient!

„Ich suche einen Ort, an dem ich bleiben kann", gestand Eros. „Da ich in nächster Zeit nicht mehr nach Elysium zurückkehren kann."

Oknos runzelte die Stirn. Es sah merkwürdig aus, wie sich die gedachte Haut seiner schemenhaften Gestalt kräuselte und Einbuchtungen, die an Augen erinnerten, in seinem Kopf entstanden. Eros war versucht, den Blick abzuwenden, doch der Spuk hielt nicht lange vor. Nur Sekunden nachdem der Jäger seine Bitte geäußert hatte, hatte Oknos ein komplettes Gesicht ausgebildet. Diesmal blieb es im Gegensatz zu dem Lächeln kurz zuvor stabil.

„Eros…" hub Oknos an zu sprechen. „Wie du genau weißt, wünschen die meisten Menschendörfer keinen Titanen in ihrer Mitte – und dich wollen wir schon gar nicht. Wir sind nicht verpflichtet, dich aufzunehmen."

„Ohne mich würdet ihr aussterben!" zischte Eros. „Und das wäre vielleicht für die Ober- und Unterwelt das Beste!"

„Ohne dich hätte dieser hier…" Oknos wies auf Tityosson, „…nie sein Verbrechen begangen und müsste nicht im Tartaros leiden."

„Ach?" schoss Eros zurück. „Und Bratpfannen? Bitte doch Zeus, auch die zu verbieten! Immerhin kann man jemand damit erschlagen!"

„Was deine Pfanne angeht…" Ixion gab ein Geräusch von sich, als lecke er sich die Lippen, doch nichts dergleichen war in seinem maskenhaften Nicht-Gesicht zu erkennen.

Eros nickte. Er verstand, worauf der Schatten hinauswollte. „Ich denke, ich war zu forsch, mein guter Oknos", lenkte er daher ein. „Ich habe eine harte Nacht hinter mir und nun ist es beinahe schon wieder Mittag. Lass mich einen halben Tag und dann noch einen und die Nacht danach im Schutz eurer Hütten verweilen, dann ziehe ich weiter. Schau, ich biete euch meine Jagdbeute als Bezahlung für die Unterkunft an!"

Auf diese Worte hin kam Leben in den Soldaten. Ixion und Tityosson wandten ihre Köpfe zu ihrem Dorfvorsteher. Eros erkannte es nur an dem Luftzug, der die Bewegung begleitete, da der Kopf des Schattens aus allen Perspektiven gleich aussah. Lediglich der Esel fuhr unbekümmert fort, den Gürtel des Oknos aufzufressen. Er rupfte ihn aus dessen Hose und malmte ihn genüsslich durch.

„Für eure Gaumen habe ich bessere Wohltaten!" versprach Eros. Er breitete ungefragt das von ihm getötete Wild des Tartaros vor den Schatten aus. „Hier!" pries der Jäger das weiße Fleisch an, das in dunkelgrüner Schuppenhaut steckte. Zu Lebzeiten hatte das Tier die Ausmaße seines Ober- und Unterarms zusammengenommen erreicht. „Frisch geschlüpfte Kampenschlange, das zarteste Fleisch, das es in Tartaros, ach, was sage ich, im ganzen Hades, gibt! Oder das hier…" Eros zeigte mehrere tote Vögel herum, deren Gefieder die verschiedenste Farben von kräftigem gelb über helles orange bis hin zu karmesinroten Tönen aufwies. „Phönix! Schonend gegart eine Delikatesse. Aber nicht grillen, sonst fliegt er wieder!"

Als Oknos sich noch immer nicht überzeugen lies, hielt ihm Eros das abgetrennte Bein einer Kreatur hin, die zu groß war, um sie im Ganzen nach Elysium zu schleppen. Zuerst erschien es dem Menschenmann wie das Bein eines großen Huftieres, doch wies dieses hier Krallen auf. „Und das hier…", grinste Eros. „…gibt eine gute Salami. Diese Tiere sind so selten, dass sie nicht einmal in eurer Mythologie Erwähnung finden!"

„Gut, gut!" lachte Oknos. „Du verstehst, uns bei unseren Begierden zu packen und obwohl wir gewarnt sind, fallen wir immer wieder darauf herein! Das ist wohl der Lauf der Welt, wie könnte ich mich dem entgegenstemmen? Bleib ruhig!"

Eros deutete eine Verbeugung an. In Wahrheit diente das Senken des Kopfes dazu, seine Erleichterung nicht sofort offenkundig werden zu lassen. Im Gegensatz zu den Schatten verriet er sich ja durch seine Mimik…

„Nur in unseren Häusern werden wir dir keine Unterkunft gewähren", schränkte Oknos die Gastfreundschaft der Dörfler bereits wieder ein. „Innerhalb der Schutzzone magst du dir ein Plätzchen suchen."

„Ich setze mein Vertrauen in das Werk eurer Hände und Hirne", entgegnete Eros. „Vielleicht kann ich dereinst auch eure Herzen gewinnen."

„Du richtest in den Hoden schon genug an", knurrte Oknos. Einen darüberhinausgehenden Gute-Nacht-Gruß durfte Eros nicht erwarten.

Der Jäger wanderte am Brunnen der Danaiden vorbei, streifte ein wenig durch die Felder und fand schließlich eine Stelle an der Höhlenwand, an dem sich die Finsterwurzeln von der Decke der Kaverne in den Tartarosmulch hinuntersenkten. Zwischen dem Fels und der ersten Pflanzreihe war ein wenig Platz. Nicht genug, um ihn als Hüttenersatz zu nutzen, wohl aber, um ein paar Gegenstände außer Sicht zu verbergen. Hier verstaute Eros seine Waffen und Ausrüstung. Aus seinem Tornister holte der Jäger das feine Gespinst einer Persephonemagd hervor. In Elysium wurde diese Spinnenart sehr geschätzt. Zugegeben, es handelte sich um winzige Tierchen, die an einem Tag nicht viel Gewebe produzieren konnten, doch die Götter des Tartaros störten sich nicht daran. Sie waren unsterblich, die Persephonemägde bereits tot, beide Seiten hatten also unendlich viel Geduld aufzubringen. Die Fäden der Persephonemagd waren einer der wenigen Rohstoffe, welche die Städter selbst ernteten. Sie wurden zu Seide, Seilen und Nähgarn weiterverarbeitet. Die Spinnen gaben gern einen Teil ihrer Netze auf, wussten sie doch, das ihre Arbeit geschätzt wurde. Denn diese spezielle Art entstand nur dann, wenn ein Mensch der Oberwelt eine Spinne unnötigerweise tötete. Sie pflanzte sich nicht von allein fort, sondern war nur durch diese Morde zu vermehren. Für das Schicksal einer unerwünschten, ungeliebten Kreatur sensibilisiert, kümmerten sich die Titanen liebevoll um ihre Spinnenfarmen. Sie nannten es Mitgefühl, doch in Wahrheit steckte eine über Jahrhunderte kultivierte Protesthaltung gegen die Olympier dahinter.

Eros schüttelte das Werk der toten Spinnen aus, bis es als Hängematte vor ihm lag. Er knotete beide Enden an je einer Finsterwurzel fest, dann breitete er seine Schwingen aus und schwang sich hinein. Das improvisierte Bett schaukelte aufgrund des Schwungs noch eine Weile hin und her. Eros faltete die Flügel um seinen Körper und streckte sich behaglich in seiner Hängematte aus. Er befand sich in Sicherheit und nur das zählte für den Moment. Erschöpft schlief der Jäger ein.

*

Unterdessen fanden die in ihrem Tagschlaf gestörten Dorfoberhäupter keine Ruhe. In hitzige Argumentation verstrickt, standen sich Ixion und Oknos gegenüber. Tityosson hatte längst das Interesse an der Debatte verloren, doch obwohl er sich nicht mehr aktiv daran beteiligte, heuchelte er doch gespanntes Interesse an ihrem Ausgang. Zu sehr hatte er sich an seine privilegierte Stellung als Teil des Triumvirats gewöhnt, um sie jetzt aufs Spiel zu setzen, indem er sich verzog, wenn ein wichtiges Gespräch bezüglich des Umgangs mit den Titanen geführt wurde.

„Geben wir ihm Arbeit!" drängte Ixion immer wieder aufs Neue. „Lass den Titanen Wache halten, Oknos, handwerken oder für uns jagen! Er mag Vieh hüten oder auch das Land bestellen. Der Mann muss essen, und solange ihn die seinen nicht mehr in Elysium haben wollen, ist er auf uns angewiesen. Wenn wir ihm die Möglichkeit dazu geben, kann er sich ernähren, aber er bleibt auf ewig abhängig. Was könnte es Besseres geben?"

„Und wenn wir seinen Zorn erwecken?"

„Unmöglich! Hades beschützt uns. Diese Titanen werden es nicht wagen, noch einmal aufzubegehren. Man kann sie wie Vieh halten. Es sind nichts weiter als weitere Kreaturen dieser Unterwelt, aber sie gehören zu den Zähmbaren."

„Das heißt, du willst den Titanen versklaven, wie wir es mit den Danaiden getan haben."

Ixion winkte ab. „Ach! Die tun nur, was sie immer getan haben: Wasser schöpfen. Zeus hat es ihnen so bestimmt. Du fandest es doch selbst vernünftiger, ein paar von ihnen an andere Dörfer zu vermieten, so dass jeder etwas von ihrer Tätigkeit hat!"

Oknos seufzte. „Jeder, der eines anderen Anweisungen ausführen muss, ist ein Sklave", dachte er laut. „Ob er seinen Lohn nun in Nahrung oder steinschwerer Münze empfängt. Wahre Freiheit ermöglicht nur das Geld, und das fehlt dem Titanen."

„Nuuun", warf Tityosson ein, „ein wenig Geld besitzt er schon. Eine Münze… eine Besondere…"

„Den Obolus", nickte Oknos. „Nur nützt der ihm nicht viel. Die Münze ermöglicht ihm, den Fährmann zu bezahlen, doch wer in Elysium verweilen darf, entscheidet letzten Endes Kronos. Eros ist ein Verbannter, wie ich aus seinen Worten schließe."

„Geben wir ihm Obdach!" forderte Ixion erneut. „Und wer weiß, vielleicht findet er sich ja eines Tages bereit, sich von seinem Obolus zu trennen? Wenn er ihn doch nicht mehr benötigt…"

Zuerst erwiderte Oknos lange nichts. Dann nickte er knapp und begab sich ohne einen Gruß des Abschieds an die anderen beiden erneut zur Ruhe.

Stille kehrte in den Hades ein.

Seltene Erden

Als Tanja die Augen aufschlug, blickte sie in eine konturlose Finsternis. Nun, das war zu erwarten gewesen, denn immerhin waren die Lampen schon vor dem Aufprall ausgefallen. Gegen welches Hindernis auch immer sie da gefahren waren, die Frau schöpfte Hoffnung aus der Tatsache, dass der Luftdruck um ihren Körper normal und ihre unmittelbare Umgebung trocken waren. Unmittelbare Lebensgefahr schien also derzeit nicht zu bestehen.

Tanja versuchte, ihre Finger zu bewegen, das Handgelenk zu drehen und schließlich ihren rechten Arm auszustrecken. Vorsichtig reckte sie ihn nach oben. Obwohl sie wusste, dass es keinen Sinn hatte, versuchte sie erneut, die störrischen Positionsleuchten des Tauchboots zum Anspringen zu bewegen. Doch mitten in der Bewegung stockte die Frau. Denn dort, wo sie den Schalter zu berühren erwartet hatte, griff ihre Hand ins Leere. Sie hätte schon längst die Außenhülle der *Mir IV* ertasten müssen, doch befand sich dort ebenfalls nichts. Lediglich flüchtige Luftmoleküle rannen durch Tanjas Finger.

Die Wissenschaftlerin schoss in die Höhe, als läge sie in ihrem Bett und erwache aus einem Alptraum. Sie saß nun aufrecht und obwohl sie noch immer nichts sehen konnte, spürte sie doch, sich in einem größeren Raum zu befinden. Wo war die *Mir IV* geblieben? Wo die Kollegen? Und wo war sie bloß gelandet?

Ohne sich von ihrer Position fortzubewegen, streckte Tanja die Arme in alle Richtungen aus. Doch wie sie auch ruderte und wedelte, nirgendwo traf sie auf Widerstand. Lediglich einige Zentimeter neben ihrem rechten Oberschenkel ertastete die Frau einen Gurt. Sie zog ihn zu sich heran, begriff, dass es sich um ihr während der Kollision verlorenes Stirnband mit der Taschenlampe handelte, und schlang es sich wieder um den Kopf. Einen Klick später erhellte sich zumindest die allernächste Umgebung ein wenig. Doch was sie sah, war nicht gerade dazu geeignet, Tanja Mut einzuflößen. Das Gefühl der Weite um sie herum bestätigte sich nun: Sie saß mitten in einem leeren Raum und Wände waren nirgendwo zu erahnen. Mittlerweile hatte die Frau außerdem begriffen, dass der harte Untergrund mitnichten der Boden der *Mir IV* sein konnte, sondern es sich um Felsgestein handelte. Sie schien sich in einer größeren Höhle zu befinden - doch das wollte ganz und gar nicht zu ihrer letzten Erinnerung passen.

Zu dritt hatten sie sich auf Tauchfahrt befunden: Die russische Meeresbiologin Elena Selesenjowa, die Ingenieurin Birgit Kuntz aus Deutschland und sie, Tanja Förster, fünfundzwanzig Jahre alt, Single, Absolventin der Geologie und weder Deutsche noch Russin, aber doch von beidem etwas. Zu dritt bildeten sie die Besatzung der *Mir IV*, des derzeit modernsten Tiefseeunterseebootes, einer millionenschweren Invesition ihrer beiden Heimatländer, welche nun auf wundersame Weise verschwunden war.

„Verdammte Scheiße!" fluchte Tanja, wie stets in der Sprache ihrer Mutter. Das harte, für ihre Ohren stets irgendwie abgehackt klingende Deutsch eignete sich bestens zum Schimpfen und Fluchen, fand die junge Frau. Weitere Worte sprudelten aus ihrem Mund heraus, darunter solche, deren Übersetuzng sie gar nicht kannte, ihr aber dennoch als besonders heftige Schimpfwörter bekannt waren. Danach sackte Tanjas Kopf auf ihre Brust. Sie atmete schwer, kämpfte gegen die Tränen. Was ging hier vor sich?

Tanjas Kinn schabte über den robusten und dennoch elastischen Stoff ihrer Taucheruniform. Im schwachen Schein ihrer Stirnbandtaschenlampe konnte sie den Aufnäher mit dem Wappen der Expedition sehen und ihren Namen lesen. Merkwürdigerweise schenkte das der Frau eine gewisse Ruhe. Gehörten Elena, Birgit und sie nicht zu den gefasstesten Charakteren, die ihre Länder aufzubieten hatten? Wissenschaftliche Expertise allein war nicht ausschlaggebend für die Auswahl der Expeditionsteilnehmer gewesen. Von ihrem Bildungsgrad her hätten sogar mehrere andere Kandidaten die drei letztendlich ausgewählten übertroffen. Doch nicht jeder Wissenschaftler kam damit klar, in eine vier Meter lange sargähnliche Konstruktion eingesperrt zu werden und sich sechstausend Meter tief in den Ozean versenken zu lassen. Sie, Tanja Förster, hatte das Rennen gemacht, sich gegen mehrere Kanditaten, Männer und Frauen, durchgesetzt. Da sie eine Frau war, hatten auch ihre Begleiterinnen weiblichen Geschlechts sein müssen. Unter den beengten Verhältnissen in der *Mir IV* war es besser, auf eine in dieser Hinsicht homogene Crew heterosexuell orientierter gleichgeschlechtlicher Personen zu setzen, damit gar nicht erst Komplikationen aus dieser Richtung zu erwarten waren. Und nun saß die Beste der Besten, der jede Karriere auf ihrem Fachgebiet offengestanden hätte, in einer Höhle und wartete, bis sie in ihrer Tränenflut erstickte?! Nein, unmöglich! Tanja kämpfte die salzigen kleinen Verräter noch im Entstehen nieder und erhob sich.

Ihr Rücken schmerzte noch ein wenig. Das verriet der Frau, dass es noch nicht allzulange her sein konnte, dass sie in dem Unterseeboot hin- und her geschleudert worden war.

Im Aufstehen rekapitulierte Tanja noch einmal den Hergang des Unfalls. Zuerst hatte die Bordelektronik herumgezickt, dann war die Außenbeleuchtung ausgefallen und in ihrem ersten Schreck hatte Birgit ein ungeschicktes Manöver eingeleitet. Unprofessionell, ja, und so völlig untypisch für die sonst so korrekte Deutsche, aber unter den gegebenen Umständen auch an irgendeiner Ecke verständlich. Dann war die *Mir* gegen einen Felsen gerammt, obwohl Birgit schwor, dass es sich um ein bewegliches Objekt handelte. Elena war ihr ins Wort gefallen, dann hatte es erneut gekracht und die Kapitänin war verstummt. Die Biologin hatte dessen ungeachtet weiter mit den Armen gerudert, dabei Birgits Kopf getroffen und „Blut!!!" gekreischt. Dann hatte sich auch um Tanjas Geist Dunkelheit gebreitet.

Was sich zwischen dem Unfall und ihrer jetzigen Situation ereignet hatte, vermochte die Frau nicht zu rekonstruieren.

Tanja seufzte. Es erschien ihr wenig zielführend, sich jetzt über Logik oder Unlogik ihrer Lage den Kopf zu zerbrechen. Stattdessen sah sie sich genauer in ihrer neuen Umgebung um. Sie tat einen Schritt nach vorn, dann noch einen.

Im Licht ihrer Helmlampe blinkte etwas auf. Tanja setzte sich in Bewegung! Sie lief auf das Objekt zu, bis sie es genauer erkennen konne.

„Aber...!"

Die Frau traute ihren Augen nicht! Was da den Schein der Lampe reflektierte, war die zersprungene Frontscheibe der *Mir IV*!

Tanja betrachtete das Wrack genauer. Das Tauchboot erweckte den Eindruck, als sei es von schräg oben in diese riesige Höhle eingedrungen, auf dem Boden aufgeschlagen und nach einigen Hüpfern schließlich hier zum Stehen gekommen. Nur noch einer der beiden Greifarme war vorhanden, jedoch nicht mehr funktionsfähig. Der erste Aufprall hatte das Gefährt auf die Länge von zwei Metern seiner Vorgängermodelle zusammengestaucht – oder hatte unglaublicher Druck das Kunststück vollbracht?

Tanja legte ihre Hände auf die Außenhülle des Wracks. Sie tastete sich voran, ohne den Kontakt zu lösen. Durch das seitliche Bullauge blickte die Frau ins Innere. „Elena?" flüsterte sie. „Birgit?"
Die beiden Angesprochenen saßen noch immer angeschnallt in ihren Sesseln. Genaugenomen würden sie nie wieder etwas anderes tun. Tanjas Gurte hatten sich schon gelöst, während die Kapitänin ihr erstes, verwirrtes Manöver gefahren war. Nun begriff sie, dass ihr dieses Unglück das Leben gerettet hatte. Sie hatte bereits auf dem Boden gelegen, als es zu der Kollision mit dem unbekannten Objekt gekommen war. Was immer die *Mir IV* da gerammt hatte, es hatte ein riesiges Loch in der Backbordwand hinterlassen. Noch immer bog sich das titaniumverstärkte Material der Außenhülle in bizarren Spitzen nach innen. Ein Trümmerstück hatte Birgits Kopf gestreift und die Haut vom Schädel gerissen, ein anderes Elena regelrecht aufgespießt. Tanja schätzte, dass die Kapitänin zuerst nur das Bewusstsein verloren haben musste und dann langsam verblutet war. Ihre Augen standen offen, als könne sie selbst nicht fassen, was da gerade geschehen war.

„Verdammte Scheiße!" rief Tanja. „Lasst mich doch nicht hier allein, ihr Zicken!" Wutentbrannt hämmerte die Geologin gegen die Bordwand der *Mir*. „Hört ihr nicht? Das ist nicht fair!" Die einzige Überlebende des Trios fühlte sich in diesem Moment nicht gerade wie diejenige, der das Glück hold gewesen war. Verständnislosigkeit gegenüber ihrer Situation und Hilflosigkeit liesen ihrer Vernunft keine Chance. „Nicht... fair..." schniefte die Frau.

In dem Maße, in dem ihre Wut von Resignation verdrängt wurde, verliesen sie ihre Kräfte. Tanja stellte ihr sinnloses Trommeln ein. Sie lehnte ihre Stirn gegen das Schiff und schloss die Augen. Minutenlang stand sie so da, das Licht der Stirnbandlampe von der *Mir IV* erstickt, das einzige Geräusch in dieser Unterwelt ihr eigener beschleunigter Herzschlag. Vielleicht hätte sie so gestanden, bis sie selbst zu Stein geworden wäre, doch plötzlich meinte Tanja, ein Geräusch zu hören. Weder Schritte noch Stimmen hatten es verursacht. Stattdessen erinnerte es die Frau an die Rotoren eines Helikopters. Tanja verscheuchte die Assziation sofort wieder, zu absurd erschien sie ihr. Absurder noch als diese Höhle in der Tiefsee. Wenn hier etwas Geräusche produzierte, dann Menschen. Wider Erwarten musste sich daher in einer ihrer Freundinnen noch Leben befinden!

„Elena?" rief sie „Birgit! Ich komme!" Tanja rannte zur Nase des Tauchbootes. „Ich bin schon da!"

Gerade schickte sich die Frau an, sich durch die zersplitterte Frontscheibe Zutritt zum Wrack zu verschaffen, da vernahm sie das Schlagen schwerer Flügel. Sie erstarrte in ihrer Bewegung, kniff die Augen zusammen und versenkte ihre Schneidezähne in die zurückgezogene Unterlippe. Dann wandte sie ganz langsam ihren Kopf in Richtung des Geräuschs. Doch anstelle eines großen Raubvogels schwebte dort eine annähernd menschliche Silhouette in knapp drei Metern Höhe über ihrem Kopf.

Tanja lies das Licht ihrer Stirnlampe die Figur auf und ab streichen. Mit jedem Schwenk nahm sie mehr Details auf. Die Kreatur erreichte die Größe eines hochgewachsenen Mannes. Sein Körper war der eines Menschen – eines überaus athletischen Menschen noch dazu. Was Tanja auf diese Entfernung in beinahe völliger Finsternis von seinen

Gesichtszügen mehr erahnen denn erkennen konnte, lies auf einen attraktiven Mann schließen. Das Wesen trug Kleidung – wenn man eine kurze Tunika mit griechisch anmutenden Mustern, hohe, kettenumschnürte Lederstiefel und eine ebenfalls lederne Fransenweste als solche bezeichnen wollte. Ein Drittel Antike, ein Drittel Gossenpunk und ein Drittel Wilder Westen – die ganze Aufmachung wirkte irgendwie zusammengeraubt und nicht unbedingt wie das Werk einer intelligenten Person auf Tanja.

Während sie noch unschlüssig war, ob sie davonlaufen, um Hilfe bitten oder einfach aus dem Alptraum erwachen sollte, setzte der Fremde bereits zur Landung an. Langsam, als wolle er der Frau keine Angst einjagen, senkte er sich herab und setzte schließlich sacht auf dem Boden auf. Im Ruhezustand standen die Flügel des Mannes nach hinten gerichtet. Da sie noch immer seinen Kopf überragten, liesen sie sich allerdings nicht so leicht wegrationalisieren.

Aus der Nähe erkannte Tanja nun auch, dass der Ankömmling Waffen bei sich trug: In seinem Gürtel steckte auf der seinen Seite ein Dolch und auf der anderen hing ein Köcher. Die Spitze eines Bogens, den der Mann auf dem Rücken trug, ragte zwischen seinen Flügeln empor.

„Bist... bist du ein Engel?" entfuhr es Tanja. Zwar wollte nichts an der Erscheinung des Fremden so recht an einen himmlischen Boten erinnern, doch gab es da ein Detail, dass die Frau von Kindesbeinen an mit solchen verband: „Wegen der Flügel!"

Der Geflügelte blinzelte. Als er den Mund öffnete, klangen seine ersten Worte noch etwas zögerlich, als sei er sich nicht sicher, die richtige Sprache korrekt identifiziert zu haben. Tanja konnte nicht wissen, dass ihr Gegenüber gerade innerhalb von Bruchteilen einer Sekunde sowohl ihre Muttersprache als auch das Deutsche vollständig hergeleitet hatte. Die beiden kurzen Sätze sowie Tanjas leichten Akzent zu hören, waren alles, was er dazu benötigt hatte.

„Ich bin ein Urgott", erklärte der Mann in deutscher Sprache. Es handelte sich um die älteste noch auf ihn zutreffende Bezeichnung. „Ich kenne das andere Wort nicht, das du benutzt hast. Es klingt nach Götterbote, aber, nein, ich bin natürlich nicht Hermes." Der Mann schüttelte seine Knöchel aus. „Der hat seine Flügelchen da, wo ich die Ketten trage."

Tanja öffnete ihren Mund, doch der andere lies sie nicht zu Wort kommen. „Komm nicht auf falsche Gedanken. Die sind nur symbolisch und behindern mich in keinster Weise."

Der Mann legte seinen Kopf in den Nacken und lachte: „Ich bin wohl schon zu lange hier draußen, wenn ich vor einer Menschenfrau meine Macht betone, als stünde ein feindlicher Krieger vor mir!"

Der Fremde schritt auf Tanja zu. Diese wich unwillkürlich einen Schritt zurück. Jeder weitere wurde durch das Wrack der *Mir* vereitelt. Der Blick des Geflügelten bohrte sich fest in Tanjas Augen.

„Also gut, Menschengeschmeiß. Sprich! Was führt dich in unseren Kerker? Welchen Handel – oder Händel - hast du mit meinem Bruder?"

„I...i..." stotterte Tanja. Der Fremde jagte ihr Angst ein. Von dem Mann ging ein Geruch aus, als hätte er sich tagelang in der Wildnis herumgetrieben, ohne sich zu waschen, und besser wurde es nicht, wenn er den Mund öffnete. Obendrein sprach er zwar, bloß ergaben seine Worte keinen Sinn für die Frau. Hermes – eine Anspielung auf die Mythologie, sicherlich, nur zu welchem Zweck? Den Namen erkannte Tanja, doch alles andere, was damit verknüpft war, hatte sich seit ihrer Schulzeit aus dem Gedächtnis der Wissenschaftlerin verflüchtigt.

Die Höhle... die Dunkelheit... und die beiden Toten... dann die Angst, der kleine Funken Hoffnung und nun wieder Angst, gepaart mit völligem Ausgeliefertsein in eine unverständliche Situation... All dies lies nur einen Schluss zu. „Ich bin in der Hölle", klagte Tanja.

„Ja, stell dir vor, das weiß ich", knurrte der Geflügelte. Wortwahl und Tonfall erinnerten Tanja an einen Dozenten, den sie verachtet und verabscheut hatte. Doch dem Lehrer ins Gesicht zu sagen, was sie von ihm hielt, war nie infrage gekommen. Hier unten sah das schon ganz anders aus...

„Du bist ein Teufel!" warf Tanja dem Bewohner der Unterwelt entgegen.

Wiederum löste der Begriff kein Verstehen aus. „Ich bin ein Häftling des Tartaros", entgegnete der Geflügelte leicht verwirrt. „Ein Titan."

„Vorhin warst du noch ein Urgott."

Tanja zuckte zusammen. Wieso hatte sie das jetzt gesagt? Es war das denkar Unklügste in ihrer Lage, den Überlegenen, der sich da vor ihr aufbaute, anzuzicken! Und doch stellte es sich als exakt das Richtige heraus, denn der andere trat wieder einen Schritt zurück. Unwirsch winkte er ab. „Das beantwortet noch nicht meine Frage", meinte er. Über Tanjas Kopf hinweg fiel sein Blick auf die Frontscheibe der *Mir IV*. „Aber das da tut es möglicherweise", murmelte er.

Der Geflügelte schob Tanja zur Seite. Bevor er sich durch das Loch im Bullauge zwängte, schütze er seinen Körper, indem er die eigenen Flügel wie einen Kokon um sich faltete.

Tanja wagte nicht, ihm zu folgen. Andererseits wusste sie auch nicht, wohin sie sich hätte wenden sollen. Daher blieb sie einfach an Ort und Stelle stehen und wartete darauf, dass der Geflügelte wieder erschiene.

Der Titan ließ sich Zeit. Als er wieder aus dem Wrack auftauchte, erweckte er noch immer einen bedrohlichen Eindruck, doch er schien nach wie vor eher daran interessiert zu sein, die Begegnung diplomatisch anzugehen.

„Einiges ist mir noch unklar", gab er zu. „Aber das meiste habe ich mir schon zusammengereimt. Dieses Gefährt ist kein normales Schiff, richtig? Ist es zum Fliegen gedacht?"

„Aber nein!" entfuhr es Tanja, gefolgt von einem leisen Glucksen. Die Frau schlug sich erschrocken auf den Mund. „Es ist ein Tauchboot", erklärte sie dann. „Die *Mir IV*."

„Frieden?" wiederholte der Titan spöttisch den Namen des Unterseebootes. „Muss wirklich friedlich sein, sich in einem solchen Fass ins Meer versenken zu lassen… Ich kann mir einen angenehmeren Tod vorstellen. Also gut. Ihr habt damit gerechnet, wieder aufzutauchen? Die Schiffe werden so gebaut, dass sie unter Wasser fahren können?"

Tanja nickte. Sie konnte sich des Eindrucks nicht erwehren, dass ein großer Teil des Spotts des Geflügelten eigentlich gegen sich selbst gerichtet war, doch war dies nicht der richtige Zeitpunkt für tiefgründige Analysen.

Der Geflügelte fuhr bereits sachlicher fort: „Ich kann mir denken, was das Leck in deinem Schiff verursacht hat. Bedenkt man, aus welchen Materialien ihr es erbaut habt, so bleiben nur wenige Möglichkeiten offen. Speerspitzen, Feuer, selbst die Fänge der schwächeren Kampen können dem Boot nichts anhaben. Den Naturgewalten hingegen oder der Kollision mit einem stabileren Gefährt hat es nur wenig entgegenzusetzen."

„Wir haben etwas gerammt", hauchte Tanja. „Und Kapitän Kuntz hat noch in ihren letzten Minuten behauptet, es habe sich um ein bewegliches Hindernis gehandelt..."

Der Geflügelte nickte ernst. „Wenn ich mir so ansehe, wie dein Boot hier gelandet ist, dann hat es höchstwahrscheinlich die Bahn von Helios Himmelswagen gekreuzt. Deine Freundinnen sind bei dem Zusammenstoß gestorben, vermute ich. Du warst noch am Leben, als eure *Mir* in den Tartaros sank."

Tanja legte ihren Kopf schief. Noch immer verfügte sie über keinerlei Anhaltspunkt, was ihr wirklich zugestoßen war, wo sie sich befand oder wer oder was um alles in der Welt diese Person da vor ihr darstellte. Für den Geflügelten stellte sich alles so selbstverständlich dar! Die Wissenschaftlerin vermochte nicht zu sagen, ob ihr das ebenfalls Sicherheit verlieh oder ob es sie nicht viel eher ärgerlich machte. Außerdem ging der andere davon aus, dass sie alles verstünde, worüber er da nur andeutungsweise sprach.

„Ist das ein Tiefseegraben?" erkundigte sie sich. „Dieser Tartaros? In deiner Sprache? Verzeih mir, aber die Bezeichnung sagt mir überhaupt nichts, obwohl ich auf diesem Gebiet sehr wohl gebildet bin. Aber vielleicht kenne ich den Graben nur unter einem anderen Namen."

„Tiefsee-bitte-was?" Der Geflügelte lachte. „Aber nein! Manche Menschenvölker halten ihre Frauen absichtlich dumm, das weiß ich wohl, aber hat man dir denn gar nichts über die Welt beigebracht? Der Tartaros ist die finsterste Region der Unterwelt!"

Tanja blinzelte. Der Mann begriff, dass die Überlebende der *Mir* mit seiner Erklärung nichts anzufangen wusste. Als räume das jedes Misverständnis aus, präzisierte er: „Des Hades."

Tanja hob ihre Schultern. „Ich habe keine Ahnung, wovon du sprichst", gestand sie. „Als es zu dem Unfall kam, befand sich die *Mir* beinahe sechs Kilometer tief unter der Meeresoberfläche."

„Verglichen mit der Strecke, die du nach dem Zusammenstoß zurückgelegt hast, hätte sie sich auch sechs darüber befinden können, ohne dass es einen Unterschied ausgemacht hätte", meinte der Geflügelte. „Helios Gefährt hat euch mitgerissen. Du befindest dich in einer Region unter der Erde, in der völlig andere Regeln gelten. Stell dir vor, dass der Boden, über den du geschritten bist, die Krume eines Feldes darstellt. Und dein Weltmeer durchtränkt diese Kruste wie Gießwasser den Ackerboden."

„Willst du behaupten, wir stecken mitten im Erdmantel?!" fuhr Tanja auf.

Der Geflügelte lächelte. „Das ist ein hübscher Ausdruck dafür. Und ein Zutreffender."

„Aber das ist völlig unwissenschaftlich!" warf die Frau ihm entgegen. Flügel hin oder her, Bewaffnung hin oder her, das eine war sicher irgendwie erklärbar, das andere bedrohlich, aber beides doch immerhin zumindest in der Theorie möglich. Aber dass ein Menschenkörper dem Druck im Erdinneren widerstehen könne, nein, das war völlig unmöglich.

„Ich müsste tot sein. Spätestens jetzt", erklärte sie.

Der andere schüttelte den Kopf. „Genaugenommen befinden wir uns in einer Kreatur, die im Inneren der Erde beheimatet ist: Tartaros, ein uralter Gott. Wenn meinem Bruder danach ist, verlässt er den Mantel und badet im flüssigen Erdkern. Ihr nennt es Erdbeben... es kann passieren, dass sich einige Kontinentalplatten ein wenig mehr verschieben als normal..."

Tanja schnappte nach Luft. „Willst du mir etwa weismachen, dass Vulkanismus nichts weiter als die Furze der Unterweltgötter sind?!"

„Ein bißchen komplexer ist die Materie schon, aber deine Erklärung ist gut für Menschen geeignet."

Empört stemmte Tanja ihre Hände in die Seiten. „Und du behauptest, ein antiker Gott zu sein? Wie Hermes oder, was weiß ich, Thor?"

„Es gibt mehrere Tore, die von den Hekatoncheiren bewacht werden...", meinte der Geflügelte unsicher. Tanja überging die Bemerkung einfach. „Das heißt ja?!"

„Ja."

„Und wärst du dann nicht allmächtig oder so?"

Erneut wollte der Geflügelte laut auflachen, doch diesmal blieb ihm selbst sein mit Bitterkeit unterlegtes Amüsement in der Kehle stecken. Leise, mit einer Sanftheit, die ihm Tanja nicht zugetraut hätte, antwortete er: „Wenn das so wäre, dann hätten sich die Zwillinge nicht der Mühe unterziehen müssen, Niobes Kinder einzeln abzuschlachten. Sie hätten sie einfach tot gewünscht."

Tanja fuhr sich nervös durchs Haar. Wie dieser Kerl mit Namen um sich warf! So selbstverständlich und beiläufig, als berichte er aus seiner engeren Verwandtschaft. Die Wissenschaftlerin war sich sicher, dass sie ihn keines Fehlers würde überführen können. Dieser Mann war sattelfest in seinen Geschichten. Aber hatte er die Mythologie nur studiert oder war er tastsächlich, wie er selbst behauptete, ein Teil davon?

„Ich glaube dir nicht!" beharrte die Frau.

Der Geflügelte nahm es gelassen hin. „Das merke ich", meinte er lediglich kühl.

„Nun, wie dem auch sei, die Menschen glauben nicht mehr an all das, was du mir da auftischst!" erklärte Tanja trotzig. „Wir haben uns verändert!"

„Vielleicht beginnt ihr auch nur, euch zu wünschen, euch zu verändern, und redet euch ein, dass es bereits geschehen wäre", entgegnete der Geflügelte. „Aber es ist mehr, als die Olympier von sich behaupten können. Zumindest wissen wir nun, dass noch Menschen gibt. Wir vermuteten bereits, dass ihr ausgestorben wäret. Weniger als zuvor müsst ihr dennoch sein, wenn es nicht mehr genug Männer gibt, so dass bereits die Frauen der Menschen solch gefahrvolle Expeditionen wie die deine auf sich nehmen müssen. Sag, was wolltet ihr dort unten im Meer, wo es nichts gibt, außer Monstern und traurigen Erinnerungen?"

„Seltene Erden", antwortete Tanja. Die Frage des Unterweltgottes - oder Titanen oder was auch immer – ermöglichte es ihr, auf vertrautes Terrain zurückzukehren. Ein Einbruch von, wenn auch nur eingebildeter, Normalität.

„Hier unten ist jede Erde selten", schnaubte der Geflügelte.

„Ach!" Unwillkürlich musste Tanja lachen. „Das ist nur ein Benennungsproblem. Ich spreche von Seltenerdmetallen, wie Lanthanoiden. Und praktisch alles aus der dritten Gruppe des PSE."
Nun war es an dem Geflügelten, zu lachen. Wie alle Menschen war diese Frau so sehr dem verhaftet, was sie täglich tat, dass es ihr gar nicht den Sinn kam, jemand könne weniger darüber wissen, als sie selbst. „Und das sind noch einmal genau...?" forschte er.
Doch anstatt ihm nun eine Erklärung zu liefern, begann die Frau, sämtliche seltenen Erden mit ihren Namen aufzuzählen. Der Titan konzentrierte sich auf ihre Worte, in der Hoffnung, daraus Rückschlüsse auf das Benannte ziehen zu können. Doch die Benennungen waren so vielfältig, dass selbst ein Urgott nicht so schnell einen gemeinsamen Nenner zu finden vermochte: Skandinavien... ein Ort. Lanthan... das Adjektiv „verborgen". Europa... eine Person. Ebenso Ceres. Erst, als er „Grüner Zwilling" hörte, horchte der Geflügelte auf. Er stöberte im semantischen Feld der Vokabel nach der Begründung für die Namenswahl. Etwas davon Abgeleitetes sah also grün aus? Nun ja, damit konnte man doch schon ein kleines bißchen mehr anfangen. Dann noch einmal „neuer Zwilling". Zwilling wovon? Von dem Verborgenen. Was hatten die beiden gemeinsam? Schritt für Schritt tastete sich der Mann an das Wesen dessen heran, was die Überlebende der *Mir* ihm da vorsetzte. Am Ende setzten sich die Informationshappen zu einem vollständigen Bild zusammen. Hinter dem Begriff steckte nichts weiter als eine Gruppe Erze mit derart ähnlichen Eigenschaften, dass sie zumeist nur in Mischungen vorkamen und sich auch nur schwer trennen ließen.

„Wirklich selten sind die aber nicht…" meinte der Geflügelte.
„Ja, stimmt schon", gab Tanja zu. „Allerdings gibt es kaum größere Lagerstätten, die es sich auszubeuten lohnte. Aber sie werden benötigt, zur Herstellung von Dauermagneten, in Motoren, Akkus…"
Je länger die Menschenfrau sprach, umso stärker verdüsterte sich die Mine des Geflügelten. „Das alles hat euch Zeus schon beigebracht?!" platzte es aus ihm heraus. „Das sind alles Konzepte, die unserer Weltplanung entstammen, aber für die meisten davon haben wir keine Verwendung. Die meisten Olympier verfügen über weit mächtigere Kräfte!" Mit einem Mal stockte der Titan. „Oh!" sagte er. „Ich verstehe. Diejenigen, auf die das nicht zutrifft, wollen sich einen kleinen Vorteil verschaffen. Sag mir, für wen stellt ihr eure Batterien und Magnete her? Welchen meiner Verwandten gelüstet es nach einem besseren Platz in der Hierarchie und damit nach Krieg?"
„Wir tun das für uns selbst!" fuhr Tanja auf. „Die Menschen sind frei!"
„Im Grund genommen ist das jeder", erwiderte der Geflügelte. „Wir unterwerfen uns nur immer wieder Zwängen, wenn die Konsequenzen unseres Tuns unangenehm werden. Das nennen wir dann Unfreiheit. Aber eigentlich ist es in jedem Fall unsere eigene Wahl."
„Dir hat noch nie jemand eine Pistole an die Schläfe gesetzt…"
„Das nicht. Aber im Angesicht der todbringenden Blitze der Olympier habe ich mich entschieden, dass mein Leben mir wichtig genug war, ihren Befehlen Folge zu leisten. Doch das zu diskutieren ist müßig. Wir sind zu unterschiedlich. Vielleicht funktioniert es für Menschen ja wirklich anders. So, wie du es beschreibst."
Der Geflügelte warf einen Blick zum Boot. „Die Schatten der beiden dort drin hatten wohl ein anderes Ziel als den schlimmsten Bereich des Hades", meinte er. „Nun ja, hier können wir jedenfalls nicht bleiben. Ich muss Kronos über den Fortbestand der Menschen in Kenntnis setzen und du brauchst einen Ort, an dem du leben kannst. Ich nehme dich mit in mein… in das Dorf, in dem ich wohne."
Der Fremde packte Tanja bei ihrem Handgelenk, wie es manche Eltern mit ihren Kindern taten. Unwillig, ihre toten Kameradinnen unbestattet zurückzulassen und sich von der einzigen Verbindung zu ihrem alten Leben zu entfernen, zog Tanja in die Gegenrichtung.

„Ich gehe nicht mit dir mit!" protestierte sie. „Das ergibt alles keinen Sinn! Du sprichst noch nicht einmal wie ein antiker Gott!"

„Ich spreche vielleicht nicht so, wie ihr unsere Reden bei dir zuhause wiedergebt", widersprach der Geflügelte. Er veränderte seinen Griff um Tanjas Hand, schloss seine um die ihre. Mit der anderen berührte er ihre Stirnlampe und mit einem Mal leuchtete sie heller. Tanja verscheuchte den Gedanken, dass der andere gerade die Batterie wieder aufgeladen hatte, aus ihrem Kopf. Vermutlich befand sich noch genug Energie darin und lediglich ein loser Kontakt hatte sich wieder in die richtige Position geschoben.

„Ich bin so alt, dass jede Sprache eine fremde für mich ist", erklärte der Geflügelte. „Zwischen deinem Russisch und der Sprache des Herakles in existieren meine Augen nur geringste Unterschiede. Sie bestehen alle aus denselben Elementen, ein Satz immer aus Subjekt und Prädikatsverband. Vielleicht weisen sie mal einen Fall mehr oder weniger auf, aber mit welchen Lauten auch immer ihr Deklination, Konjugation und Pronomen benennt, die dahinterliegenden Phänomene sind allen Menschen verständlich. Einmal in die ihnen eigene Sprache übersetzt, wissen sie etwas damit anzufangen."

Tanja ihrerseits wusste herzlich wenig mit den Begriffen anzufangen, mit denen der andere um sich warf. Sie stufte ihn als hochgradig gebildetes Individuum ein. Was immer der Mann darstellte, er war gefährlich. Und er konnte sie beschützen. Vielleicht beides gleichzeitig.

„Wie heißt du überhaupt?" unterbrach sie seine Analyse der gemeinsamen Strukturen menschlicher Sprachen.

„Eros."

„E... geht´s jetzt noch?!" Tanja spuckte die Worte beinahe aus. „Das kenne ich! Das ist ein anderer Name für Amor! Cupid! Der Liebesgott!" Der ihr gegenüberstehende Mann hätte in keinem größeren Konrast zu den Putten stehen können, welche die Wissenschaftlerin mit dem Götternamen assoziierte. Eros kräftige Schwingen waren in der Lage, seinen Körper zu tragen oder auch einen Menschen zu erschlagen. Sie waren weder reinweiß noch flaumig, erinnerten in Färbung und Aufbau eher an die eines Adlers. Sein Bogen verschoss keine winzigen rosa Pfeile, sondern erreichte beinahe die Länge seines Körpers. Ein durchschnittlicher Menschenmann hätte diesen Langbogen nicht einmal spannen können. Eros Kleidung war mitgenommen, stellenweise stark verschmutzt. Ein frisch vergrindeter Kratzer lief über den Rücken seiner linken Hand. Wenn man nicht gerade für die zeitgenössischen, eher düsteren Fantasyfilme schwärmte, so fand Tanja, war so gar nichts an der Erscheinung erotisch. Jedenfalls nicht, bevor sich der vermeintliche Gott mit Wasser und Seife vertraut gemacht hätte! Wenigstens blieb sie von dem honigsüßen Lächeln und dicken Wangen der Amoretten verschont, doch ob der ständig präsente Spott des Geflügelten wirklich eine Verbessung darstellte…?

Nein, mit dem richtigen Amor hatte dieser verwilderte Kerl so gar nichts gemein! Dessen war sich Tanja sicher. Eine Befürchtung ganz anderer Art beschlich die Frau, doch sie scheute sich noch, es dem Geflügelten auf den Kopf zuzusagen, wofür sie ihn hielt. Denn immerhin war diese andere Erklärungsvariante nur unwesentlich weniger abwegig als die Existenz antiker Götter im Erdmantel.

Eros lies die Musterung seiner Person über sich ergehen. „Du glaubst mir also noch immer nicht", stellte er in sachlichem Tonfall fest.

„Nein."

Eros seufzte. „Vertraust du mir wenigstens, dass ich dich in Sicherheit bringe?"

„Auch das nicht." Tanja zog ihre Hand zurück. Eros lies es zu. „Aber ich gehe mit dir. Ich habe keine Wahl."

„Die Alternative gefällt dir noch weniger, meinst du", dachte Eros. Laut hingegen sagte er: „Dann weißt du ja schon, wie es hier läuft. Willkommen im Tartaros."

*

Tanja folgte dem Geflügelten durch die Höhle. Sie mochte ihn nicht in ihrem Rücken haben, doch fürchtete sie gleichzeitig, abgehängt zu werden. So befand sich die Frau einmal einige Schritte hinter dem Titanen, dann lief sie gleichauf mit ihm. Nachdem die beiden auf diese Weise etwa zweihundert Meter zurückgelegt hatten, erreichten sie die Wand der Höhle. Eros orientierte sich kurz, folgte dann dem Fels zu seiner Rechten und bückte sich schließlich vor einer Öffnung, die in einen natürlichen Tunnel hineinführte.

„Hier geht es lang! Du musst kurz kriechen, aber dann verläuft die Decke wieder höher. Folge mir einfach und du wirst schon sehen, wenn ich mich wieder aufrichte."

Tanja nickte. Wo der Fremdling mit seinen ausladenenden Schwingen durchpasste, würde auch sie nicht steckenbleiben. Dennoch war es ihr ein wenig mulmig, die Höhle zu verlassen. Ein letztes Mal blickte sie sich um, doch das Wrack der *Mir* war nur noch zu erahnen. Recht war es der Frau noch immer nicht, ihre toten Freundinnen einfach zurückzulassen, andererseits befand sie sich ja noch am Leben und wollte alles daran setzen, dass es weiterhin so blieb.

Bereits nach wenigen gebückten Schritten verbreiterte sich der Gang, die Decke floh nach oben und die beiden konnten aufrecht weitermarschieren. Ein ausgedehntes Netz aus Tunneln verlief hier unten, wie Tanja nun begriff. Das Terrain war nicht immer einfach, doch die Geologin hatte sich von Kindesbeinen an in Höhlen herumgetrieben und war an schwierige, oft auch gefahrvolle, Klettertouren gewöhnt. Weder die Dunkelheit noch das scharfkantige Gestein jagten ihr Angst ein. Es waren vielmehr die Ausnahmesituiation,der zurückliegende Unfall und nicht zuletzt ihr mehr als merkwürdiger Retter, die Tanja Förster zu schaffen machten.

Eros schritt unbeirrt davon in gleichmäßigem Tempo aus. Weder legte er besondere Eile an den Tag, noch lag ihm etwas daran, Zeit zu vertrödeln. Der Geflügelte bewegte sich mit der Gelassenheit eines Mannes, der in seiner bevorzugten Umgebung nichts zu befürchten hat. Tanja fühlte sich an ihren Onkel Wassil erinnert, der als Oberförster ebenfalls so durch sein Revier gewandert war. Ungebeten schlich sich der Gedanke in ihren Kopf, ob sich Eros wohl ähnlich ungeschickt in einer großen Stadt benehmen würde, wie es der Onkel immer getan hatte. Sie kicherte, bezwang sich dann aber. Immer deutlicher stand ihr die Art Stadt vor Augen, die Eros seine Heimat nennen würde. Ein antiker Gott - Olympier hatte er sie genannt – behauptete er also zu sein? Tanja glaubte nicht ein Wort davon. Von Eros anfänglichen Verständigungsschwierigkeiten einmal abgesehen, schien er sich in der Systematik der Elemente auszukennen und sein erster Gedanke angesichts des Tauchbootes war gewesen, ob es sich wohl um ein Flugobjekt handeln mochte. Von den Menschen hielt er nicht viel, traute ihnen nichts zu. In wessen Augen wohl wären die Menschen des einundzwanigsten Jahrhunderts unzivilisierte Wilde? Doch wohl nur in denen einer Person, die einer auf noch höherem technologischen Niveau stehenden Kultur entstammte! Tanjas Hypothese stand fest, so fest, dass sie in Gedanken der Wissenschaftlerin bereits Theoriestatus erreicht hatte. Bei Eros musste es sich um einen Außerirdischen handeln. Ein solcher wäre den Menschen der Antike natürlich wie ein Gott vorgekommen. Eine einzige Sichtung eines Artgenossen des Geflügelten mochte den Engelsglauben der Menschen inspiriert haben. Und heute? Heute verbargen sich die Nachkommen dieser ursprünglichen Entdecker also tief unter dem Meer. Eros führte sie zu einer dieser Stationen, dessen war sich Tanja nun sicher. Welches Schicksal sie dort erwarten würde? Medizinische Experimente, wie die Verschwörungstheorien behaupteten? Würde man sie und ihre Reaktionen studieren? Sie als Haustier halten? Die Wissenschaftlerin wusste es nicht. Sie wünschte sich, sie hätte öfter *Akte X* im Fersehen angeschaut.

„Wir Menschen wissen, was es mit den Sternen und Planen auf sich hat!" erklärte Tanja trotzig, als sie wieder einmal neben Eros herschritt. Der Geflügelte stockte. Er fuhr herum, funkelte seine Begleiterin zornig an. „So? Wisst ihr das also?" herrschte er sie an. „Tja, das sind zwei Dinge, die wir Titanen nie wieder zu Gesicht bekommen werden! Also warum erwähnst du sie? Haben dich vielleicht doch deine Götter hergeschickt, um uns zu quälen? Zu diesem Zweck haben sie euch doch erschaffen, Prometheus, Zeus und die ganze Bande!"

Tanja wich erschrocken immer weiter zurück. Am liebsten wäre sie schnurstracks bis zum Wrack der *Mir IV* geflohen, so schmerzte der Hass in Eros Stimme. Schon hob die Frau die Hände schützend vor ihr Gesicht, obwohl der andere keine Anstalten gemacht hatte, sie zu attackieren. Erst diese Geste ließ den Geflügelten innehalten.

„Ich... Ach, es tut mir leid, Frau aus dem Menschenvolk. Ihr seid nur..."

„Dumme Tiere?"

Eros schüttelte den Kopf. „Werkzeuge", korrigierte er. „Schlimmer als das: Mal Bevorzugte, mal Opfer und dann wieder beides in der selben Person, Reihenfolge beliebig. Ich könnte dir da so einiges erzählen. Ach, was, ich könnte es dir sogar zeigen, bedenkt man, wo wir uns befinden!"

„Für einen Jäger hörst du dich gern reden", schmunzelte Tanja. „Warum versuchst du es nicht? Warum versucht ihr alle es nicht? Wir haben uns wirklich verändert. Unsere Völker könnten..."

Eros schnitt ihr das Wort ab: „Was genau willst du hören, das nicht bis zu unserer Ankunft im Dorf warten kann?"

„Ich möchte nur, dass du zugibst, von den Sternen auf die Erde gekommen zu sein."

„Ich... das ist komplizierter. Anfangs war es verwirrend. Ich denke, die Sterne und ich sind uns unserem Alter nach ebenbürtig. Deine Erde kam später."

Tanja senkte den Kopf. So wenig ernstgenommen hatte sie sich seit ihrer Teenagerzeit nicht mehr gefühlt. Damals hatten die Eltern einfach nicht begriffen, dass sie dem Kindesalter entwachsen war – und Tanja im Gegenzug nicht realisiert, dass sie das noch lange nicht zu einer Erwachsenen machte. Doch der Trotz einer Heranwachsenden hatte sich verflüchtigt und ihrer eigentlichen Persönlichkeit Platz gemacht. So dachte Tanja Förster nicht daran, sich in ihr Schneckenhaus zurückzuziehen oder ausfällig zu werden. „Es ist traurig", sagte sie sachlich, „dass du noch immer auf diese Wir-sind-die-Götter-Erklärung zurückgreifst. Aber möglicherweise hast du einfach nur deine Befehle, in dieser Angelegenheit so zu handeln."

„Nun ja…" Eros grinste schief. „Ich verstehe, dass ich nicht wie ein Urgott auf dich wirke. Nyx verkörpert ihr Prinzip, ohne körperlich zu sein. Und auch Styx und Tartaros sind wohl eindrucksvoller als ein Gott, der die von ihm geschaffenen Sinne auch gern genießt. Aber vielleicht kennst du das Gefühl, auf etwas Selbstgemachtes stolz zu sein… Eine Amphore aus Ton… ein Steinmosaik…"

„…ein Bausatz für einen ferngesteuerten Helikopter", beendete Tanja den Satz.

„Klingt wie etwas, mit dem bereits Ikarus nicht umzugehen wusste", murmelte Eros. Laut sagte er: „Also gut. Lassen wir den Urgott weg, dann bin ich ein Titan. Das ist die Gruppe, zu der ich derzeit gehöre. Die Gefangenen dieser Unterwelt."

Tanja presste ihre Lippen aufeinander. Was sie soeben erfahren hatte, erschütterte die Frau zutiefst. Nutzten die Außerirdischen die Erde also, um ihre Strafanstalten hier zu errichten! Der Tiefsee entkam niemand so schnell, doch billig würde das Unterfangen nicht gewesen sein. Derartigen Aufwand betrieb man nicht für jeden x-beliebigen Handtaschendieb. Lediglich die sichere Aufbewahrung von Schwerstkriminellen rechtfertigte die Kosten.

„Ein Verbrecher also", flüsterte sie.

Eros schüttelte den Kopf. „Der Gefolgsmann eines solchen", korrigierte er. „Genaugenommen stand jeder von uns vor der Wahl zwischen zwei Verbrechern. Ich wählte den älteren, weil ich ihn als eine bessere Person in Erinnerung hatte. Zeus hingegen hatte in seinem jungen Leben eine einzige gute Tat begangen, die seine zahlreichen Morde nicht aufwog. Bereits vor dem Krieg nicht und weniger Tote sind es seither nicht geworden, die auf sein Konto gehen."

Tanja hörte das kurze Zögern vor der Redewendung. Offenbar wusste Eros, in welchem Zusammenhang sie gebraucht wurde, konnte aber nichts mit dem Begriff „Konto" als solchem anfangen.

„Möchtest du rasten?" erkundigte er sich, da Tanja schwieg.

Die Frau nickte. „Ich habe Hunger", meinte sie. „Du nicht?"

„Eigentlich immer", antwortete Eros. „Komm!"

Die beiden passierten zwei Gänge, die tiefer in den Fels hineinführten und ließen sich einige Meter weiter auf einem Felsvorsprung nieder. Unter ihnen erstreckte sich eine Höhle von ähnlichen Ausmaßen wie jene, in der Tanja aufgewacht war. Doch in dieser hier funkelte es an mindestens einem Dutzend Stellen. Aus sich selbst heraus leuchtende Kristalle glitzerten im Dunkel. Die Frau trat an die Kante der Felsnase. „Sind das Diamanten?"

„Müssen es wohl sein, wenn jemand über ihren Anblick die anstehende Mahlzeit vergisst", erwiderte Eros.

Ertappt zuckte Tanja zusammen und kehrte zu ihrem Begleiter zurück. Dieser hatte inzwischen einen Lederfetzen von der Größe eines Geschirrtuches auf dem Boden ausgebreitet. Auf das Leder legte er eine Wurst und zwei kleine Barren, die Tanja erst für überdimensionale Fitnessriegel hielt, die sich im Schein ihrer Stirnlampe aber als Brote herausstellten. Der Geflügelte legte noch eine Handvoll Beeren dazu. Von roter Farbe und mit leichter Behaarung sahen sie zwar nicht exakt so aus, wie die Stachelbeeren, die Tanja kannte, doch waren sie noch immer als solche und nicht etwa als außerirdisches Gewächs zu erkennen.

Eine Wasserflasche stellte Eros neben den improvisierten Picknicktisch. Unaufgefordert griff Tanja danach. Sie stellte fest, dass sie einen tönernen Gegenstand in der Hand hielt, um den der Besitzer einen Überzug aus Leder gespannt hatte. Außerirdische Hochtechnologie sah anders aus! Offenbar mussten die Sträflinge mit dem zurechtkommen, was sie auf der Erde fanden.

Mit den Worten „Hier! Du zuerst!" reichte Tanja die Flasche zurück. Ein Anflug schlechten Gewissens hatte sie überkommen. Immerhin benahm sich Eros nicht wirklich schlecht ihr gegenüber. Er war unfreundlich und herablassend, aber er versuchte ihr zu helfen - und sei es nur, um keinen Ärger mit seinen Gefängnisaufsehern zu bekommen.

Bar jeglicher Zuvorkommenheit ergriff Eros die Flasche und bediente sich tatsächlich als erster daraus. Tanja runzelte ein wenig die Stirn. Sie knabberte an einer der Beeren und stellte fest, dass es sich tatsächlich um eine Stachelbeere handelte. Nach dem ersten Kosten gab es kein Halten mehr. Hungrig griff die Frau nach dem Brotriegel, brach einen der Kanten ab und stopfte ihn sich in den Mund. Unterdessen hatte Eros zwei dicke Scheiben von der Wurst abgeschnitten. Eine davon legte er auf Tanjas Brot, die andere aß er blank. „Dafür, dass die Menschen noch nie einen gesehen hatten", erklärte er im Kauen, „machen sie eine vorzügliche Hartwurst aus dem Reiläufer! Es hat sich gelohnt, den hier lebend zu fangen und deinen Leuten zum Schlachten zu überlassen!"

Tanja horchte auf! „Menschen?!"

Eros schluckte hinter, nickte und erklärte: „In dem Dorf, zu dem ich dich führe."

„Ihr haltet Menschen gefangen?"

„Eher andersherum. Es ist ihr Dorf, in dem ich lediglich geduldet werde. Ich versuche, den Kontakt zu ihnen so gering wie möglich zu halten."

Hatte die Mahlzeit den Geflügelten in gelöstere Stimmung versetzt, so vollbrachte das eben Gehörte dasselbe Wunder auch bei Tanja. Sie würde freigelassen werden! Eros brachte sie wieder zu den Menschen zurück! Hocherfreut sprach die Frau dem belegten Brot zu, dann trank sie aus Eros Feldflasche, bis dieser sie ihr wegzog.

„Nicht alles! So halte doch ein! Wir haben noch einen weiten Weg vor uns!"

Enttäuscht beobachtete Tanja, wie Eros das Leder ausschüttelte und wieder verstaute. Die Mahlzeit war beendet, doch fühlte sie sich nun noch hungriger als vorher. Zum einen hatte sie kaum etwas gegessen, lediglich die Menge einer belegten Brötchenhälfte und ein paar Beeren, und zum anderen schienen die Speisen des Geflügelten weniger zu sättigen als die, welche sie aus der Oberwelt kannte.

„Ich spüre meinen Hunger jetzt noch mehr..." flüsterte sie.

Eros nickte nur, ohne ein Anzeichen von Mitleid erkennen zu lassen. Ebensogut hätte Tanja erwähnen können, das Wasser nass war.

„Äh..." versuchte sie die Aufmerksamkeit des Geflügelten zu erringen.

„Ja, was denn?" knurrte Eros. „Das ist eben so!"

„Eros!" flüsterte Tanja. Mit einem Mal tat ihr der Gefangene leid. Hunger schien ein ständiger Begleiter in seinem Kerker zu sein, der Zustand des Mangels Normalität. Kein Wunder, dass er mit einer Menschengemeinde Tauschhandel betrieb, obwohl es sicherlich verboten war!

Eros seinerseits vermochte seine Strenge nicht lange aufrechtzuerhalten. Immer wieder stand ihm das Bild vor Augen, wie Tanja zum Rand des Abgrunds beinahe gehüpft war, als sie die Diamanten entdeckt hatte. So kindlich, so begeistert! Wie lange würden sich diese Wesenszüge wohl erhalten, lebte sie erst einmal längere Zeit im Tartaros? Außerdem war sie eine Frau, noch dazu eine hübsche. Kurz und gut, er wollte ihr gefallen.

„Komm!" forderte er sie auf. „Ich weiß, wo es viel zu essen gibt!"

*

Nachdem Tanja ihrem Begleiter im ersten Reflex gefolgt war, stellte sich ihr nun die Frage, wohin der Geflügelte sie eigentlich führte. Vor den beiden erstreckte sich ein weiterer Abgrund, über den eine schmale Brücke aus Stein führte. Tanja sah genauer hin. Sie erkannte, dass es sich nicht um einen natürlichen Felsbogen handelte, sondern um Mauerwerk. Die Brücke wirkte wie von kundiger Hand geplant und sah stabil aus. Dennoch liesen sich, trat man näher heran, Anzeichen des Verfalls erkennen. Offenbar handelte es sich um eine einstmals vielbegangene Route durch das Höhlenssystem, die nun allmählich in Vergessenheit geriet.

„Wohin genau führt dieser Weg?" erkundigte sich Tanja.

„Zur Küche", erwiderte Eros lapidar. „Frag nicht, beeil dich lieber! Dein Kopflicht scheint mir nämlich schwächer zu werden."

Verwirrt legte Tanja ihren Kopf zur Seite. Was genau wollte ihr der andere diesmal mitteilen?

„Kopflicht? Wie? Meinst du Lebenskraft? Mir geht es gut, ich bin nicht allzusehr erschöpft... oh, du meinst die Taschenlampe!"

„Naja!" lachte Eros. „Ich kenne kein Tier, das seinen Beutel auf dem Kopf trägt! Aber wenn du sie so nennen magst, ja, dann meinte ich diese „Taschen"lampe auf deiner Stirn."

Eros überwand den Abgrund in einem einzigen Satz. Seine Schwingen unterstützten ihn dabei zwar, doch Tanja wurde wieder einmal vorgeführt, über welche Stärke und Geschick diese Kreatur auch ohne die Flügel verfügte. So schnell sie es konnte, überquerte sie die Brücke. Die beiden mussten noch mehrere Kreuzungen passieren. Vor dem Abzweig in einen Seitengang blieb Eros stehen. „Hier kannst du passieren. Für mich ist der Tunnel zu eng, ich nehme einen Umweg."

„Ich kann auch den längeren Weg nehmen..." begann Tanja, doch ihr Begleiter schnitt ihr das Wort ab: „Nein! Kriech einfach da durch und du wirst einen Saal finden. Halte dich am Eingang, warte ab, bis du mich siehst, dann achte darauf, was ich tue, und lass dich möglichst nicht blicken!"

Tanja schluckte hart. „Wir stehlen das Essen, nicht wahr?" fragte sie. „Das wird eine Diebestour."

Eros zuckte die Achseln. „Lieber das, als die nächsten beiden Tage lang dein Gejammer anhören zu müssen", meinte er schroff. Der abweisende Tonfall erfüllte seinen Zweck: Tanja verging die Lust auf eine ausufernde Diskussion. Sie wandte sich ohne ein weiteres Wort ab und verschwand im Seitenarm des Tunnels.

Bereits nach wenigen Schritten musste sich die Frau bücken. Sie zog die Arme enger an ihren Körper. Das Licht, das ihre Lampe spendete, war vernachlässigbar. Bald verlies sich Tanja darauf, was ihre nach vorn gestreckten Hände ertasteten.

Schon musste sie sich niederbeugen und ihren Weg kriechend fortsetzen. Ihre Finger stießen auf Widerstand. An dieser Stelle bog der Gang scharf nach links ab. Tanja quetschte sich mühsam durch die Kurve. Nachdem sie das Hindernis passiert hatte, verbreiterte sich der Gang wieder. Tanja konnte freier atmen, sich auch wieder aufrichten.

Die Geologin blieb stehen, drehte sich um und betrachtete den Tunnel, durch den sie gekrochen war, genauer. Die Wände der Kammer, in der sie sich nun befand, hatte man geglättet, auf den

Gangabschnitt, aus dem sie gekommen war, traf das nicht zu. Offenbar hatte jemand einen künstlichen Durchbruch zu diesem Komplex hier erzeugt.

Natürlich würde die zentrale Küche des Gefängnisses einen beliebten Ort für Einbrüche darstellen, überlegte Tanja. Welche Strafen darauf standen, was gar ihr als in höchstem Maße Unbefugter im Falle einer Ergreifung drohen würde, wagte sie sich nicht auszumalen.

Tanja machte sich wieder auf den Weg. Sie verlies die Kammer durch den einzigen Ausgang, eine Steintür, die sich leicht aufstoßen lies. Vor ihr verlief der Gang geradeaus weiter, aus einem Seitenarm rechter Hand aber kam Licht. Die Frau bog daher in diesen ab. Schon bald konnte sie sehen, dass der Abzweig tatsächlich in einen Saal führte, wie von Eros behauptet. Auch die Wände dieses Saales bestanden aus künstlich bearbeitetem Fels. Jemand hatte sich Mühe gegeben, Reliefs zu schaffen, die von der Wand hängende Banner und Webteppiche imitieren sollten. Kleinere Tischchen aus Stein und selbst steinerne Skulpturen von Zierpflanzen reihten sich an den Wänden.

Den Mittelpunkt des Raumes bildete eine Tafel, deren Füße zwar wiederum aus Naturstein bestanden, der aus dem Boden der Höhle selbst hinauswuchs, deren Platte jedoch aus Holz bestand. Ein merkwürdiges, dunkles Holz war das, fand Tanja. Es erinnerte sie beinahe an Baumstämme in einem frühen Stadium der Verkohlung. Vielleicht hatte aber auch ein Brand im Speisesaal gewütet und die angekohlte Tischplatte wurde aus Holzmangel weiterverwendet, solange sie noch Geschirr trug.

Wie Eros sie instruiert hatte, drückte sich Tanja gegen die Wand, wo der Tunnel in den Saal mündete. Sie schaute sich um, konnte aber keine weiteren Ausgänge erkennen. Sollte jemand aus dem anderen Gang hierherkommen, um nach dem Rechten zu sehen, so säße Tanja in einer Sackgasse fest. Mit zunehmender Nervosität wartete Tanja, wie es nun weiterginge. Immer wieder blickte sie in den Tunnel, aus dem sie gekommen war. Hörte sie Schritte? Und wenn ja, wären es die ihres Begleiters, des Küchenpersonals oder einer Wachmannschaft?

Dann wieder schwenkte ihr Blick in den Saal hinein. Eine einzige Person saß an der Stirnseite der Tafel. Es handelte sich um einen Menschen. Seine Kleidung hätte einem in der Antike angesiedelten Spielfilm entspringen können. Der Menschenmann sah abgemagert aus, sein Gesicht ausgezehrt. Obwohl sie ihn nicht kannte, fühlte Tanja Erleichterung, dass der andere nun endlich einer Mahlzeit entgegensah. Doch auf dem Tisch standen keine Speisen…

Ein Ploppen wie von einer Weinflasche, die man entkorkte, ließ die heimliche Beobachterin aufhorchen. Sie begriff, dass das Geräusch irgendwo über dem Kopf des Menschenmannes entstanden sein musste und blickte nach oben, in den Saal hinein. Erst jetzt entdeckte sie die merkwürdigen Wurzeln aus dem selben Holz, aus dem auch die Tischplatte bestand. Sie ragten aus dem Fels heraus in den Saal hinunter wie Stalagtiten. Faustgroße Kugeln wuchsen an den Wurzeln heraus. Sie fielen herab und öffneten sich im Fallen. Tanja traute ihren Augen nicht, als aus den Gebilden fertige Mahlzeiten herausfielen: Würziger Räucherfisch, noch dampfendes Brot, frisches Obst und sogar in Krüge abgefülltes Bier!

Der Mann an der Tafel hob seine Hände, um die Gaben aufzufangen. Doch bevor er sie zu greifen bekam, trug ein Windstoß sie fort. Der Hungrige errreichte die Speisen auch dann nicht, wenn er sein Besteck zu Hilfe nahm. Ein ums andere Mal wurden die Nahrungsmittel vor seinem Zugriff davongetragen, bis sie an der Höhlenwand zerschellten. Nur noch Überreste fielen zu Boden: Fischgräten, schimmlige Brotränder, Apfelstiele und Tonscherben.

Tanja fühlte sich an eine Geschichte erinnert, die sie in der Schule hatte lesen müssen: die Sage von Tantalus. Sie konnte sich nicht vorstellen, wie all das, was sich da vor ihren Augen abspielte, technisch realisiertbar sein sollte. Es passierte, also musste es machbar sein – bloß, wie?

Während sich die Frau genauer umsah, wurde das Licht ihrer Stirnlampe immer schwächer. Es versagte im selben Augenblick, in dem Schritte aus dem Gang in ihrem Rücken zu hören waren. Eine Minute lang verbrachte Tanja in völliger Dunkelheit. Die Schritte kamen näher, doch vermochte die Wissenschaftlerin nicht mehr so richtig daran zu glauben, dass sie von außerirdischen Gefänsgniswärtern verursacht wurden.

„Da bin ich", flüsterte Eros. Der Geflügelte berührte Tanjas Hinterkopf mit seinem Mittelfinger. Die Frau zuckte kurz zusammen, lies es sich aber gefallen. Die Berührung war nicht unangenehm. Eros schob seine Handfläche nach. Es war kein Streicheln, auch kein Greifen, und eine merkwürdige Energie ging von der Handbewegung aus. Gleichzeitig wurde es noch finsterer vor Tanjas Augen. Mehr noch: die Frau glaubte, dass die Gerüche weniger intensiv seien, der abgestande Geschmack der Luft sich lege, der Boden unter ihren Füßen weniger fest sei und sämtliche die Geräusche in der Höhle und im Gang verstummten.

Schließlich zog Eros seine Hand wieder zurück. Tanjas Wahrnehmung kehrte zurück – und das in ungeahnter Stärke! Die Frau stellte fest, dass sie wieder sehen konnte. Ihre Taschenlampe blieb noch immer aus, dafür erkannte sie ihre Umgebung nun, als stünde sie lediglich zur Nachtzeit auf einem Feld. Details, selbst Ansätze von Farben, waren so gut erkennbar, als schiene der Mond hell. Und noch immer spielte sich da dieser verstörende Vorgang vor Tanjas Augen ab: Der Mann an der Tafel streckte seine Arme aus, ohne das Essen erreichen zu können. Da seine Füße an die Stuhlbeine gekettet waren, konnte er noch nicht einmal auf seinen Stuhl steigen. In den seltenen Momenten, in denen seine Fingerspitzen die ersehnte Speise berührten, glitten sie sofort wieder ab.

„Grausam, nicht wahr?" flüsterte Eros. „Das ist Persephones Werk. Ich weiß nicht, wie man Finsterwurzeln so manipuliert, dass sie zubereitete Nahrung ausspucken. Aber eines weiß ich genau: Der da am Tisch sitzt, hat es nicht besser verdient!"

Tanja wandte ihren Kopf dem Geflügelten zu. Sie blickte ihm in die Augen. Ein tränennasser Schleier trübte ihre neue erlangte Sehfähigkeit in dieser Unterwelt. „Du hast mir diese Sehkraft verliehen, nicht wahr?" fragte sie beinahe kläglich. „Und das da vorn ist wirklich Tantalus! Dann ist alles wahr..."

Es gab keine Außerirdischen. Oder falls es sie gab, so waren sie zumindest nicht hier und hätten sich mit Sicherheit ebenso bestürzt gefühlt, angesichts der Erkenntnis, der sich Tanja Förster, Doktorin der Geologie, gerade stellen musste.

„Und du bist wirklich der Liebesgott?"

„In Kronos Namen, nein!" entfuhr es Eros. „Ich bin der Gott der Sinne. Wie hätte ich dir sonst gerade helfen können? Nun ja, von den Sinnen zur Sinnlichkeit ist es kein allzuweiter Gedankensprung und ich wage zu behaupten, dass ich Inanna noch einiges beibringen könnte, verirrten sich die Anunnaku einmal hierher. Aber die Liebe... ich kenne sie so gut oder so schlecht wie jeder andere Gott oder Mensch."

Tanja fiel auf die Schnelle keine Erwiderung darauf ein. So standen sich die beiden einfach nur gegenüber und schauten einander in die Augen. Schließlich brach Eros das Schweigen: „Warst du nicht hungrig?"

„Ja", nickte Tanja. „Aber wie kommen wir an das Essen heran? Die Reste auf dem Boden machen keinen mehr satt."

„Schon vergessen? Ich fliege!" lachte Eros.

Der Unterweltjäger lief in den Saal hinein, stieß sich kraftvoll vom Boden ab und breitete seine Schwingen aus. Geschickt manövrierte er in dem Bereich zwischen dem Tisch und den Wurzeln, griff mal mit den Händen zu, um eine tönerne Flasche zu fangen und stieß dann wieder eine Servierplatte mit seinen Knien in Tanjas Richtung.

Tantalus blieb vor Erstaunen der Mund offen stehen. Sabber troff aus seinen Mundwinkeln. Nachdem der Verurteilte eine Weile so geschaut hatte, verengten sich seine Augen. Zornig befahl er Eros, ihm ebenfalls etwas zu essen zuzuwerfen. Der Titan überhörte es nur. Tantalus forderte erneut, doch Eros lachte nur. Er präsentierte dem Menschenmann sogar noch ein Brathühnchen, bevor er es aus dem Handgelenk heraus seiner Begleiterin zuwarf.

Tantalus griff zu Beschimpfungen, die Tanja nicht verstand. Nach und nach wurden seine Äußerungen weniger selbstbewußt, bis er nur noch jammerte und klagte.

Eros hatte indessen genug Nahrungsmittel gesammelt. Er kehrte zu Tanja zurück. Schweigend stopfte er alles in einen Sack, den er zusammengefaltet bei sich geführt hatte.

„Wieso hilfst du ihm nicht? Ich würde..."

„Du wirst gar nichts!" rief Eros, bevor Tanja noch die Initiative ergreifen und dem Angeketteten Nahrung bringen konnte. „Die Olympier sehen es nur ungern, wenn jemand die von ihnen verhängten Urteile abmildert oder zu umgehen versucht. Sie greifen dann hart durch."

Der Titan schob Tanja wieder in den Gang zurück. „Hades wird bald wissen, was hier vorgefallen ist. Aber solange es bei einem einmaligen Vorfall bleibt und Tantalus´ Strafe nicht infrage gestellt wurde, denke ich, er wird davon absehen, mich deswegen zur Rechenschaft zu ziehen."

„Ja, aber…" begann Tanja.

Eros schüttelte den Kopf. „Lass uns Abstand gewinnen!"

Als sich die Frau noch immer sträubte, packte der Titan sie kurzerhand unter ihren Armen und schwang sich nach oben. Auf demselben Weg, den er gekommen war, trug er die sich wehrende Tanja mit sich fort: zuerst den geraden Tunnel entlang und dann einen steilen Kamin hinauf. An dieser Stelle stellte Tanja ihr Winden und Zappeln ein. Sie hielt den Beutsack der beiden fest umklammert und hoffte, dass der Aufstieg bald vorüber wäre.

Endlich setzte Eros die Frau wieder ab.

Sobald sie wieder festen Boden unter den Füßen hatte, warf Tanja Eros die Nahrungsmittel vor die Füße. „Mir ist der Appetit vergangen!" erklärte sie.

Eros schüttelt den Kopf. „Verschwendung ist hierzulande eine schlimmere Sünde als in der Oberwelt." Der Titan hob den Sack auf. Er trug die noch warmen Speisen zu einer großen Felsnische in einigen Metern Entfernung. Dort begann er, das gebratene Huhn zu häuten, genüßlich zuerst die knusprige Haut und dann eine Keule zu verspeisen. Als sich Tanja noch immer trotzigen Blickes näherte, hielt er ihr das zweite Keulchen einladend entgegen.

„Willst du nicht? Na gut. Dann etwas Wein?"

Tanja verweigerte noch immer jedes Entgegenkommen.

Eros seufzte.

„Schau, Menschenfrau, mit Wein wie diesem hat Sisyphos den Zeus betrunken gemacht. Dieser Mann war ein Trickster reinsten

Wassers. Er hat unsere Sympathie, und so oft wir können, versuchen wir Titanen, ihm sein Los zu erleichtern. Aber der dort in der Höhle, der ging zu weit! Er hat das Kronos-Verbrechen begangen. Er ist ein Kinderfresser."

Diese Eröffnung war nicht gerade dazu geeignet, Tanjas Appetit zurückzubringen.

„Kronos? Das ist der Verbrecher, dem du die Treue gehalten hast, richtig? Du erwähntest es und vorhin hast du den Namen gerufen."

„Ja." Nachdenklich zerkleinerte Eros das Hühnchen. In jenem leisen, ruhigen, ein wenig verträumten Tonfall, den Tanja für zu seinem wahren Charakter gehörig halten wollte, meinte der Titan: „Kronos war der weiseste Herrscher, den ich kannte. Mehr noch: der Beste, den ich mir *vorstellen* konnte." Eros stopfte sich gleich mehrere der soeben mühsam in kleine Stückchen zerpflückten Geflügelstreifen in den Mund. „Ich verstehe bis heute nicht, was in ihn gefahren war", nuschelte er dabei.

„Hast du ihn jemals gefragt?"

„Nein. Keiner von uns wusste überhaupt, was vor sich ging. Wir trauerten nur jedes Mal aufs Neue, wenn Rheia entbunden hatte und das Kind entweder tot zur Welt gekommen oder kurz nach der Geburt verstorben war. Wir waren erleichtert, dass die Mutter überlebt hatte und sorgten uns um die Gefühle der Eltern. Erst, als der junge Zeus aus seinem Exil zurückkehrte und seine Geschwister befreite, erfuhren wir die volle Wahrheit: Dass nämlich der Vater jeden seiner Nachkommen, Junge wie Mädchen, sofort nach deren Geburt lebendig verschlungen hatte.

Dann kam der Krieg und wir lebten von einer Stunde auf die andere. Vergangenheit, Motive oder Befindlichkeiten rückten in den Hintergrund. Es ging um Sieg oder Niederlage, Überleben oder ausgelöscht werden. Hinterher zog sich Kronos von uns zurück. Er lebt jetzt abgeschottet in seinem Palast in Elysium, verbringt die Zeit damit, stets etwas daran zu verändern."

Tanja lauschte der Erzählung des Geflügelten. Vieles von dem, was Eros berichtete, blieb zusammenhanglos für die in der Mythologie nicht sonderlich beschlagene Geologin. Sie bemühte sich, den

Anschluss nicht zu verlieren, doch es fiel schwer angesichts des Gedankens daran, dass dies die Unterwelt war und niemand jemals wieder daraus entkam...

Kleingeld

Zwei weitere Reisetage lagen vor der Menschenfrau und ihrem Retter. Eros sprach nicht viel während dieser Stunden. Wann immer es Tanja gelang, ihm ein paar Worte zu entlocken, verfiel der Geflügelte meist in Hassreden gegen die Olympier, so dass es die Frau schließlich unterließ, ihn zum Reden zu bringen zu versuchen. Sie vermochte einige ihrer Wissenslücken zu füllen, was die griechische Mythologie betraf und eignete sich darüberhinaus einiges mehr an Wissen an, das in der Oberwelt als schlichtweg falsch bezeichnet worden wäre. Bald schon wusste sie über den Krieg und das Verhältnis von Titanen und Olympiern Bescheid. Sie wusste nun auch, dass Eros´ Ziel ein Dorf war, in dem die Schatten der Verstorbenen ihr irdisches Leben nachspielten, nicht aber, weshalb sich der Geflügelte mit diesen Menschen zusammengetan hatte. Allein der Gedanke an die makabere Gesellschaft, die sie erwartete, ließ die Frau schaudern.

Sich damit abzufinden, dass es tatsächlich ein Wesen gab, das die sündigen Seelen in den Tartaros einlieferte, nämlich Hermes, war ungleich schwieriger. Andererseits verhieß diese Information auch einen gewissen Trost. „Ob nun Himmel oder Hölle, Hauptsache, es geht weiter nach dem Tod", fasste Tanja ihren diesbezüglichen Gedankengang zusammen. Beinahe erwartete die Wissenschaftlerin eine scharfe Zurechtweisung durch ihren Begleiter, doch dieser wurde nur kurz langsamer, blickte sie an und sagte: „Ja. Dann verstehst du also."

Tanja schüttelte den Kopf. Sie sah sich genötigt, zu widersprechen: „Nein, ich verstehe ganz und gar nicht, wie ich einerseits nun mit Gewissheit weiß, dass unser Tod nicht das Ende bedeutet, und dennoch Todesfurcht empfinde – beispielsweise bei der hinter uns liegenden Klettertour vorhin!"

„Du verstehst schon", erwiderte Eros lediglich mysteriös und marschierte einfach weiter.

*

„Diesmal hast du dir Zeit gelassen", begrüßte einer der Soldaten des Dorfes den zurückgekehrten Titanen. Eros dachte an ihn als an „den zweiten Soldaten", jenen Mann, der so angenehme Erinnerungen mit der Gottheit verband. Einen individuellen Namen besaß der Schatten nicht mehr.

„Wir fürchteten schon…"

„…mir wäre etwas zugestoßen?" höhnte Eros.

„…dass du uns im Stich lassen und dir eine andere Bleibe suchen würdest", korrigierte der Schatten.

Der Geflügelte grinste. „Das klingt bereits mehr nach dem Triumvirat."

Tanja zuckte unwillkürlich zusammen. Die Verbitterung ihres Begleiters schmerzte sie, umso mehr, wenn sie die verwilderte Erscheinung des Gottes den Amor-Darstellungen, die sie aus der Oberwelt kannte, gegenüberstellte.

Der tote Soldat blieb von diesen Gedanken ausgeschlossen. Er bemerkte lediglich, dass der Blick einer hübschen Frau unverhältnismäßig lange auf ihm ruhte, was ihm außerordentlich gefiel. Ein Lächeln breitete sich in seinem Gesicht aus. Zuerst erschienen Grübchen, dann hoben sich die dazugehörigen Wangen vom bisher konturlosen Kopf ab. Die Mundwinkel des Mannes erschienen und verbanden sich. Seine zu Lebzeiten breiten Lippen bauten sich schichtweise auf, als arbeite ein 3-D-Drucker an ihrer Gestalt. Das Lächeln erreichte die Augen, doch zu beobachten, wie diese sich formten, konnte Tanja nicht ertragen. Sie warf sich herum und vergrub ihren Kopf am erstbesten Objekt, das sich ihr anbot: Eros Brust. Instinktiv schloss der Titan seine Schwingen um die Schutzsuchende. Erst, als er einen gedämpftes Protest von innen hörte, öffnete er den Kokon wieder.

„Tu das nie wieder!" beschwerte sich Tanja.

Der Geflügelte schüttelte sein Gefieder. „Würde mir auch nicht nochmal einfallen", brummte er.

„Mauser dich woanders!" herrschte der Soldat den Titanen an. Er trat mit dem Fuß nach den Federn, die aus Eros Schwingen gefallen waren. Mit der Schuhspitze drückte er sie in den Boden – oder versuchte es zumindest. Doch der Untergrund bestand auch hier im Dorf aus festem Stein und so blieb das Unterfangen sinnlos. Unwirsch holte der Mann aus und trat noch einmal zu, so dass die Federn aufflogen. Sie tanzten davon. Tanja beobachtete ihren Flug noch eine Weile. Als sie sich wieder umwandte, stellte sie fest, dass das Gesicht des Schattens zu seiner vorherigen formlosen Glattheit zurückgekehrt war.

„Kommst du?" hörte sie Eros fragen. „Ich will dich dem Vorsteher dieses Dorfes vorstellen."

Tanja trat an Eros Seite. „Ich habe dich spotten hören", flüsterte sie dem Geflügelten zu. „Und ihn antworten. Aber ich konnte kein Wort verstehen!"

„Stimmt", erwiderte Eros. „Ihr sprecht ja unterschiedliche Sprachen... Die Verständigung könnte zum Problem werden. Aber du wirst die Ortssprache schnell lernen. Immerhin lebst du ab jetzt Tag für Tag mit den Einheimischen zusammen."

„Eros..." Tanja schluckte hart. „Ich will das eigentlich gar nicht. Diese Schemen machen mir Angst. Und außerdem bin ich ja noch nicht tot. Ich möchte zurück nach Hause! Gibt es denn wirklich keinen Weg...?"

Der Titan zuckte die Achseln. Weitere Federn lösten sich aus seinem Gefieder. „Nun ja, du könntest bei dem Versuch, dem Tartaros zu entkommen, dein Leben verlieren und dann einen anderen Ort im Jenseits ansteuern. Deine Entscheidung."

„Eros!" Tanja lief dem Geflügelten nach, der mit langen Schritten auf das Haus des Dorfoberhauptes zusteuerte. „So warte doch wenigstens mal!"

Eros hielt inne.

„Was ist denn noch?" seufzte er. „Du kennst deine Optionen! Nicht mein Problem, wenn sie dir nicht zusagen! Und ich weiß wirklich nicht, weshalb ich mich ständig auf Diskussionen mit dir einlasse!"

Das Klappern einer Fensterlade lies die beiden innehalten.

„Eros? Mit… nanu? Ein neues Gesicht?"

Der Schatten des Oknos streckte seinen Kopf zum Fenster heraus. An seiner Seite lugte seine Frau hinaus und ein Junge versuchte, sich groß zu machen. Hinter dem Vater hüpfte ein Mädchen auf und ab, damit ihm auch ja nichts entginge. Tanja konnte die Geschlechter an der Kleidung der beiden Kinder erkennen. Beide Schatten hatten überdies ebenso schemenhaftes lockiges Haar ausgebildet, das Mädchen lang und offen, der Knabe in einem kurzen Zopf zusammengebunden.

Mit sanfter Gewalt packte der Vater seine Kinder und schob sie auf die Tür zu. „Na los, raus mit euch! Heute wird das wohl nichts mehr mit dem Lernen."

Oknos winkte den beiden Ankömmlingen. „Kommt herein! Meine Frau wird uns etwas zu essen zubereiten!"

Oknos Haus war für die Verhältnisse des Tartaros geschmackvoll eingerichtet. Wenn kaum ein anderes Baumaterial als Naturstein zur Verfügung stand, musste man eben das Beste daraus machen. Tische und Stühle, Regale und selbst der Rahmen des gemeinsamen Bettes des Ehepaares bestanden aus bearbeitetetem Gestein. In einer Ecke des Hauptraumes stand eine ebenfalls steinerne Truhe, allein den Deckel, der ständig angehoben werden musste, hatte man aus Holz gefertigt und mit eisernen Scharnieren befestigt. Reliefs an den Wänden zeigten Alltagsszenen aus dem Dorfleben und Darstellungen aus der Mythologie. Eingetopft in Tartarosmulch standen winzige Finsterwurzeln auf der Fensterbank. Diese spezielle Sorte gab keine Früchte mehr, sondern diente ausschließlich der Zierde.

Eine halbhohe Tür führte zu einem kleinen Anbau, der als Stall genutzt wurde. Ein einziger Esel stand dort mit einer Kette angebunden.

Während die Gäste Platz nahmen, verfiel der Hausherr ins Plaudern: „Die Kinder haben wir aufgenommen, nachdem Eros sich im

Dorf niederlies. Ich dachte mir, wenn wir schon einem Titanen Unterschlupf gewähren, dann können wir ebensogut minderen Verbrechern ein Dach über dem Kopf gewähren. Sie erinnern sich nicht an ihre Eltern... oder ihr Leben auf der Erde. Und manchmal glaube ich, meine Frau hat auch schon vergessen, die beiden nicht selbst ausgetragen zu haben."

Der Tote legte eine Pause ein. Er starrte Tanja direkt an. „Aber du, Fremde, du steckst voller Lebenskraft! Das kann ich deutlich spüren!"

Eros nickte. „Ich vermute, ihr Boot ist mit dem des Helios zusammengestoßen", erklärte er. „Jedenfalls hat sie einen Unfall erlitten und ist nun im Tartaros gestrandet. Ich möchte dir diese Frau anempfehlen, Oknos. Dir und deiner Gemeinde. Sie hat keinen anderen Platz mehr, an den sie gehen könnte."

„Eine Lebende..." Oknos wiegte unschlüssig seinen Kopf. „Ich weiß nicht, ob das gut geht..."

„Komm schon!" lachte Eros. „Deine Leute werden den Unterschied doch gar nicht wahrnehmen! Wieviele von ihnen wissen nicht einmal dass sie eigentlich tot sind?"

„Diejenigen, denen Zeus diese Gnade gewährt" erwiderte der Schatten. „Die Selbstvergessenheit, über die du dich lustig machst, ist der einzige Ausweg aus unserer ewigen Strafe, die einzige Milde, die uns für gewisse Zeit entgegengebracht wird. Zumindest stelle ich mir das so vor, denn wer weiß schon, was im Kopf eines Gottes vorgeht."

„Ich zum Beispiel", grinste der Urgott. „Aber du hast schon Recht, guter Oknos: Das Olympierpack ist nicht zu verstehen."

Der Schatten schüttelte belustigt den Kopf. „Und da wundert es dich, dass du auch nach all der Zeit in unserer Mitte noch immer in deiner Hängematte zwischen den Wurzeln da draußen schlafen musst? Bei deiner Wortwahl?"

Oknos Gattin stellte jedem der Besucher eine Schale mit dünner Suppe auf den Tisch. Gegessen wurde mit Löffeln aus Silber – sowohl Brotkanten als auch Holz waren in dieser Welt viel zu wertvoll, um als Besteck benutzt zu werden.

Tanja löffelte ihre Suppe. Wie die meiste aus im lichtlosen Tataros angebauten Feldfrüchten zubereitete Nahrung sättigte sie nicht wirklich.

„Ich muss wieder an meine Arbeit gehen", meinte Oknos nach dem Essen. „Der Esel hat die Seilrolle erwischt und vollständig zerfressen. Aber die Danaiden benötigen dringend ein neues Seil für den Brunnen. Das bedeutet erneut Überstunden…" Der Mann blickte Tanja an. „Oder kennst du dich vielleicht in diesem Handwerk aus? Ich bringe dich vorerst bei den Kindern unter. Du kannst meiner Frau im Haus zur Hand gehen, bis du dir eine Arbeit gesucht hast."

„Ich habe Geld!" Tanja griff in die Tasche ihrer Uniform. Von Kindesbeinen hatte man ihr eingeschärft, nie ohne Geld aus dem Haus zu gehen. Verliefe sie sich einmal, könne sie jederzeit ein Taxi rufen und verpasste sie die Essenszeit, dann gab es eben eine Bockwurst auf die Faust. Mit Geld, so glaubten die Försters, ließ sich jede noch so verfahrene Situation wieder in den Griff bekommen. Ihre Tochter hatte längst die Erfahrung gemacht, dass es Gegenden gab, in denen man ausschließlich mit Tauschhandel weiterkam und dass Informationen machmal mehr wert waren als sauberes Trinkwasser oder Zigaretten. Doch aus Gewohnheit trug sie stets mindestens einen Geldschein bei sich, und sei es nur als Glücksbringer. Nun zog sie im Haus des Oknos einen Zwanzig-Euro-Schein aus der Tasche und legte ihn auf den Tisch.

„Moment, falsche Währung", korrigierte Tanja ihren Irrtum beinahe sofort. Als ihre Hand das zweite Mal aus der Hose ans Licht kam, fielen ein zusamengeknüllter Fünf-Euro-Schein sowie eine Münze auf den Tisch. Oknos, seine Frau und Eros zogen hörbar die Luft ein! Tanja schaute in die Runde.

„Wird nicht lange reichen, oder?" kommentierte sie die einzelne Münze. „Dabei ist es echtes Gold. Gewicht und Wärmeleitfähigkeit stimmen perfekt für ein massives Goldstück dieser Größe."

Eros konnte als erster der Tartarosbewohner wieder reagieren, Herr seiner Selbst war er deswegen allerdings noch lange nicht. Schon griff er nach der Münze, um sie aufzuklauben, besann sich jedoch im letzten Moment. „Woher hast du die? Und wieso hast du nichts gesagt?!" fuhr er seinen Schützling an.

Tanja blickte auf ihren Fund. „Wieso ich nichts gesagt habe? Nun ja, ich meine, es ist Gold... Ich dachte, es vielleicht einmal gebrauchen zu können und du hattest dich ja selbst über die Diamanten abfällig geäußert..." Die Frau blickte auf. „Aber du hast Recht! Du hast mir das Leben gerettet und dafür schulde ich dir Dank! Nimm diese Münze! Für die Rettungstat ist es viel zu wenig, also sieh sie als Bezahlung für deinen Geleitschutz an!"

„Nein!" Eros schüttelte den Kopf. Dann lachte er, befreit, wie es der Frau schien. „Nein, Tanja! Dieses Geldstück musst du jemand anderem geben!"

„Das ist der Obolus eines Olympiers: Hades ist darauf abgebildet", warf Oknos ein, obwohl beide Seiten der Münze glatt poliert waren. „Wie er gerade unsichtbar ist", ergänzte der Schatten, da Tanja keinen besonders verständigen Gesichtsausdruck an den Tag legte.

Eros schlug seine Schwingen gegen Oknos Oberarm, das titanische Äquivalent eines kameradschaftlichen Schulterklopfens. „Was meinst du? Das hat mein Bruder doch so eingerichtet, nicht wahr?"

„Ohne Zweifel", nickte Oknos. Der Tote rieb sich den Arm, als verspüre er im Tod noch Schmerz darin.

„Wer hat was geplant?" wunderte sich Tanja. „Ich fand die Münze gestern Morgen. Als wir wieder aufbrachen und ich... mich von unserem Rastplatz entfernte." Welcher privaten Verrichtung die Frau nachgegangen war, bei der sie nicht von Eros beobachtet hatte werden wollen, mochte sie nicht am Esstisch aussprechen. „Von welchem Bruder sprichst du?" erkundigte sie sich daher noch einmal.

„Tartaros."

„Oh... *Diese* Sache."

Das Verschwimmen der Grenzen von Geologie und Biologie im Tartaros wollte der Wissenschaftlerin noch immer nicht schmecken. Doch da sie derzeit nicht in der Lage war, Eros Behauptung zu überprüfen – und er ihr bereits verrücktere Dinge vorgeführt hatte – musste Tanja sie erst einmal so hinnehmen.

„Diese Münze ist der Grund, weshalb ich hier bin!" sprach Eros aufgeregt auf Tanja ein. „Ihr Besitzer hat sie auf einem Jagdausflug verloren und mir meine dafür abgenommen..."

„Gestohlen?"

„Nein. Es ist komplizierter. Jedenfalls, jetzt, wo der Obolus wieder aufgetaucht ist, kann ich ihn dem rechtmäßigen Besitzer zurückbringen und meinen dafür zurücktauschen. Wir müssen unverzüglich nach Elysium!"

„Ist das auf dem Olymp?" fragte Tanja misstrauisch. Einerseits frohlockte die Frau bei dem Gedanken, die Unterwelt verlassen zu dürfen, doch andererseits hatte Eros in den vergangenen Tagen in den denkbar schlechtesten Tönen über Zeus und seine Verwandtschaft gesprochen, dass sich auch ihr Herz ohne dass sie gewollt hätte, gegen die Olympier verhärtet hatte. Doch ob nun Wahrheit oder Vorurteil, träfe sie an der Seite des verurteilten Titanen auf dem Wohnsitz der Götter ein, hätte Tanja Förster von Anfang an einen schlechteren Stand. Um sich das zusammenzureimen, musste man nicht in der Mythologie beschlagen sein. Es genügte, sich ein klein wenig in der Alltagspsychologie auszukennen.

Eros schüttelte den Kopf. „Elysium", meinte er versonnen. „Elysium haben wir Titanen selbst errichtet. Die Stadt ist unsere Zuflucht..."

*

In grauer Vorzeit...

Eros kniete vor dem Höhleneingang. Er sah nicht die weite, bewaldete Ebene, die sich zu seinen Füßen erstreckte, das Geröll oder die vielfältigen Pflanzen, die am Hang wurzelten. Was er sah, war die Zyklopenarmee, die aus dem Wald marschiert gekommen war und sich nun ihren Weg den Hang hinauf zum Eingang des Höhlensystems bahnte.

Seinen Blick auf nichts anderes als seine Ziele fokussiert, verschoss Eros einen Pfeil nach dem anderen. Insgesamt benutzte er drei Köcher, die

von den in seinem Rücken hockenden Kampfgefährten immer wieder aufgefüllt wurden. War einer leer, griff der kleine Perses, Sohn des Krios danach, zog ihn tiefer in die Höhle hinein und füllte den Behälter. Gleichzeitig schob Iapetos der Titan den nächsten, bereits gefüllten Köcher nach vorn, so dass Eros den Unterschied nicht einmal wahrnahm.
Derartige Schnellschüsse waren nur auf Kosten der Zielgenauigkeit möglich, doch fiel die verminderte Trefferchance nicht ins Gewicht, wenn eine Entität wie der Urgott der Schütze war. Jedenfalls nicht, solange er keinem der mächtigeren Olympier wie Zeus oder einem Hekatoncheiren gegenüberstand. Pfeil um Pfeil traf ihr Ziel und schlug in Fleisch ein.
Was den Gegnern an Kampferfahrung fehlte, versuchten sie durch schiere Masse auszugleichen. Beinahe meinte Eros, für jeden von ihm verwundeten Feind, der sich zurückzog, wüchsen zwei neue nach.
Nachdem sich der Krieg bereits über zehn Jahr hinzog, hätte es dem Verbündeten der Titanen nichts mehr ausgemacht, einem Olympier einen Pfeil durch die Kehle zu jagen. Doch die Zyklopen, die auf Seiten der jüngeren Götter stritten, betrachtete der Bogenschütze nicht als richtige Feinde, sondern Opfer. Wie die Titanen hatten sie unter Uranos Willkür gelitten – war es da ein Wunder, dass sie sich dem ersten anschlossen, der ihnen eine hilfreiche Hand reichte? Dass Zeus die Einäugigen nur benutzte, dass er sie nicht um ihrer selbst willen, sondern aufgrund ihrer Kampfkraft und Fertigkeit als Schmiede befreit hatte, schienen sie noch nicht begriffen zu haben. Doch sobald wenigstens an dieser Front hier Ruhe herrschte, so hatte sich Eros vorgenommen, würden sie die verwundeten Zyklopen hereinholen und Iapetos würde ein paar klärende Worte mit ihnen wechseln. Der Titan liebte den Frieden über alles, ihm würden die älteren Geschwister und Vettern vielleicht vertrauen.
Eros sah den Kampf bereits als gewonnen an. Es handelte sich nur um eine Frage der Zeit, bis... Der Geflügelte presste die Lippen fest aufeinander, als er mit einem Mal eine graue Sphäre mit bizarr gezackten Rändern zwischen den Zyklopen umhertanzen sah. Das Ding war aus dem Nichts erschienen. Es bewegte sich gleich einem

Lebewesen, das sich, in eine fremde Umgebung versetzt, erst orientieren musste. Doch schon nach wenigen Sekunden strebte die flackernde Kugel zielgerichtet auf den Eingang zur Höhle, in der sich die Titanen verschanzten, zu. Funken sprühten in alle Richtungen. Je weiter sie sich von ihrem Ursprungsort entfernte, umso deutlicher gewann die Erscheinung an Farbe.

Eros erste Assoziation bestand in dem Gedanken „ein Blitz". Doch das konnte nicht stimmen. Der Himmel war klar, wolkenlos, das Gebirge hatte seit Tagen keinen Regen mehr gesehen. Hätten sich Adlige unter den Zyklopen befunden, so hätte allein deren Präsenz das Schlachtfeld bereits seit Stunden mit einem Unwetter verheert. Nur Zyklopenadlige verfügten über die Gabe der Sturm- und Gewitterbeherrschung und sie ließen keine Gelegenheit aus, diese zu demonstrieren.

Zu spät begriff der Urgott, dass er es mit einem Kugelblitz aus der Hand des Hades zu tun hatte. Normalerweise liesen sich die Blitze der Olympier an Farbe, Grad der Sättigung und Helligkeit zweifelsfrei einem Verursacher zuordnen. Das graue Loch in der Landschaft hatte Eros zuerst nicht als Olympierwaffe erkannt.

Das Geschoss beschleunigte noch einmal, bevor es mit voller Wucht einschlug. Eros spreizte seine Schwingen so weit wie möglich auseinander, um den Höhleingang zu versiegeln. Er spürte, wie ihn der Kugelblitz in der Brust traf, schrie auf und erbebte unter den zerstörerischen Energien, die sich durch seinen Körper fortpflanzten. Der Geruch verschmorten Fleisches und verbannter Federn lag in der Luft.

„Was war das?" hörte er Perses fragen.

„Hades! Keine Ahnung, wie oder wo…"

Ein zweiter Kugelblitz erschien auf dem Schlachtfeld, dann ein dritter. Wie der erste waren auch sie zu Anfang grau, als existierten sie nicht in dieser Welt, hätten keinen Platz in ihr oder bildeten sogar das Negativabbild von allem, was existierte. Eros vermochte sich das Phänomen nicht zu erklären.

„Wo steckst du, Neffe?" zischte der Schütze. „Irgendwo hier, das weiß ich…" Eros war aufgefallen, dass jeder der Kugelblitze sich in einem Abstand zum vorherigen bildete, der exakt der Strecke entsprach, die

jemand in der Zwischenzeit rennend zurückzulegen vermochte. Das bewies, dass Kronos Erstgeborener sich in Person auf dem Schlachtfeld aufhalten musste. Man konnte ihn bloß nicht sehen.

„Duck dich!" hörte Eros Iapetos rufen, als zwei weitere Kugelblitze auf ihn zusteuerten. Zuerst dachte der Bogenschütze nicht einmal daran, der Aufforderung Folge zu leisten. Erneut fing er die Energien mit dem eigenen Körper ab. Doch bei diesem zweiten Elektroschock innerhalb kürzester Zeit krümmte sich Eros bereits heftiger. Er sackte nach vorn, lies die Hand aber nicht von seinem Bogen. In seinem Rücken verschloss Iapetos in derselben Weise den Zugang zur Höhle, wie es sein Onkel getan hatte: mit seinen ausgebreiteten Flügeln. Der Titan schrie vor Schmerz – und brüllte dann um einiges lauter aus der Wut heraus, diesen Schmerz ertragen zu müssen. Körperliches Leid und Protest vermischten sich zu einem Aufschrei blanken Hasses. Selbst der sanfteste der Titanen würde nun keine Gnade mehr kennen, fiele ihm ein leibhaftiger Olympier, und nicht nur deren Hilfstruppen, in die Hände.

„Das ist nicht richtig", schoss es Eros durch den Kopf. „Du solltest nicht kämpfen müssen…"

Mühsam rappelte sich der Schütze auf. Sein aus dem Holz eines Lebensbaumes gefertigter Bogen hatte Feuer gefangen. Die Gebrauchsgegenstände der Götter richteten sich nur bedingt nach dem, was diese der Welt als Naturgesetze mitgegeben hatten. Holz leitete Elektrizität nicht, wohl aber ging ein Baum, in den ein Blitz einschlug, in Flammen auf.

„Holz leitet Feuer…" flüsterte Eros.

Der Urgott legte erneut einen Pfeil auf. Er spannte die Sehne, hielt auf die Stelle, an der er den hin- und her flitzenden Kronossohn vermutete und schoss! Ein Flammenpfeil bahnte sich gleißend seinen Weg auf das Ziel zu. Nicht auf die Stelle, an der Hades gestanden haben mochte, als Eros losließ, sondern dort, wo er in dem Moment, in dem der Pfeil traf, auftauchen musste. Der Schütze konnte nicht erkennen, ob er getroffen hatte. Sein Pfeil stoppte zwar in der Luft und verschwand dann bis auf die allerletzte Spitze der Befiederung, doch steckte sie in diesem Moment in Hades Körper oder in einem ebenfalls unsichtbaren Schild?

Verwundet oder nicht, der Getarnte versendete weiter seine Kugelblitze. Eros erwiderte das Feuer, gedeckt von Iapetos, der zwar auch im zehnten Jahre des Krieges noch keine Waffe in die Hand nehmen mochte, dem Schützen jedoch Deckung verschaffte. Oft genug sah sich Eros gezwungen, aufs Geradewohl in alle möglichen Richtungen zu schießen. Hades war flink, und schwer zu treffen. Dennoch musste er eine um die andere Wunde einstecken. Der Kronossohn bewegte sich langsamer, schleppender.
Eros lächelte grimmig.
Doch plötzlich fror ihm, Iapetos und Perses das Lächeln ein. Die drei begriffen, dass sie auf verlorenem Posten standen. Zu nah, viel zu nah, war ihnen der zyklopische Stoßtrupp gekommen, während sie gemeinsam mit Hades beschäftigt gewesen waren.

*

„Das weiß doch jeder, dass Hades Helm ihn unsichtbar macht", bemerkte Oknos in der Hütte im Dorf der Schatten.
„Ja, heute ist es allgemein bekannt", entgegnete Eros. „Damals handelte es sich um die neuste Wunderwaffe aus zyklopischer Fertigung und sie hat erheblich dazu beigetragen, dass der Sieg in diesem Krieg an die Olympier ging."
Tanja äußerte sich nicht dazu. Was im Tartaros zur Allgemeinbildung gehörte, zählte nicht unbedingt zu den Informationen, die einen in der richtigen Welt ans Ziel brachten. Die Historie ihrer neuen Bekannten zählte zur Domäne der Schulkinder und Geisteswissenschaftler. Das Deprimierende an der Angelegenheit aber war die Erkenntnis, dass ihr durch Fleiß erworbener Wissensschatz, der Tanja einen gut bezahlten Job und Anerkennung eingebracht hatte, für einen Urgott innerhalb weniger Herzschläge eines Menschen herleitbar zu sein schien, indem dieser Gott sich allein ein einziges Fachwort anhörte. Sie befand sich nicht in der Fremde, sondern war Freund und Feind an diesem Ort in allen Belangen hoffnungslos unterlegen.

In dieser Stimmung brachte Tanja Förster Eros Erzählung mehr als nur höfliches Interesse entgegen. Sie zitterte mit den besiegten Titanen, als sich diese unter dem Ansturm der Zyklopen ergeben mussten…

*

In grauer Vorzeit…
Keine zehn Minuten nach der Kapitulation der Titanen.

Eros noch immer brennender Bogen lag dort, wo der Besiegte ihn zu Füßen des Zyklopenführers abgelegt hatte. Keiner der Soldaten wagte, ihn zu berühren. Niemand hätte es sich angemaßt, selbst, wenn das Holz nicht in Flammen gestanden hätte. Die Waffe eines Gottes war Teil seiner Essenz.
„Und nun hat Hades Attacke meine Waffe verändert", dachte Eros bei sich. Hatte sich damit auch sein Wesen grundlegend gewandelt? War der Krieg daran Schuld? Hades? Kronos?
Der Bogen bebte leicht. Vor den Augen der Zyklopen und Titanen erhob sich die Spitze, dann drehte sich der Bogen und stieg in die Luft. Manch einer der tumberen Gesellen auf beiden Seiten lies ein erschrockenes „Oh!" vernehmen und der Unteranführer der Zyklopen versetzte Eros sogar einen derben Schlag auf den Hinterkopf. „Lass das!"
„Ich bin das nicht!" protestierte der Gefangene. „Sieh genauer hin!"
In der Tat hielt der Bogen nun in seinem Aufstieg inne. Er hing waagerecht in der Luft, als hielte ihn jemand vor dem Körper und betrachte – oder bewundere – die Waffe. Nicht allzuweit über dem Boden allerdings, was in der Natur des Betrachters lag.
Hades Finger erschienen eine Armeslänge über dem Bogen, dann tauchte sein dunkler Schopf aus dem Nichts auf. Er streifte sich eine Kappe vom Kopf und und schließlich erschien die ganze Gestalt des Kronosohnes.
Eros musterte seinen Großneffen. Zehn Jahre alt, das Haar tiefschwarz, die dunklen Augen finster und ernst – der Junge, der Kronos Erbe hätte werden sollen, war zu einem unerbittlichen Gegner herangewachsen. Zwar fehlte es ihm an körperlicher Stärke, doch sein unbeugsamer

Wille machte diesen Nachteil mehr als wett. Seine entbehrungsreiche Kindheit hatte Hades einen schmächtigen Körperbau eingebracht. Schläue musste fehlende Kampfkraft ausgleichen. Schließlich fehlten dem Kind die Flügel eines Titanen. Der weiche Flaum und die dünnen Sehnen waren als erstes Kronos Magensäure zum Opfer gefallen. Sein ältester Sohn, obgleich gerettet, würde auf ewig verkrüppelt und flugunfähig bleiben. Vielleicht schämte sich Hades seiner Erscheinung so sehr, dass er die Zyklopen um etwas gebeten hatte, das ihn unsichtbar werden lies.
Eros erblickte nun zum ersten Mal den leichten Helm, den laut Oknos Aussage einmal „jeder" kennen würde. Das kurze Fell, mit dem das Wunderwerk überzogen war, stammte von einem Anubishund. Offenbar pflegte Zeus entweder Handelskontakte mit den Göttern Taneters oder er hatte in ihrem Revier gewildert und war damit davongekommen.
„Sei mir gegrüßt, Aides", sprach Eros den Träger der Tarnkappe an, seinen Kopf in einer Geste der Unterwerfung unter den siegreichen Feldherren gesenkt. Die Festung im Fels gehörte nun dem jungen Olympier.
„Das ist der Name, den mir meine Mutter geben wollte", erwiderte der Kronossohn mit seiner hellen Knabenstimme. „Ich benutze ihn nicht mehr!"
„Hades ist der Name eines Feindes, Aides der eines Familienmitgliedes", warf Iapetos ein.
„Ich weiß! Ich wähle meine Worte mit Bedacht!" fauchte der Junge. „Ich habe inzwischen Sprechen gelernt, trotz Rheias und Kronos bester Versuche, es zu verhindern!"
Der Altersunterschied zu seinem Bruder Zeus würde sich bald relativieren und nichtig werden, doch zehn Jahre nach Hades Befreiung aus Kronos Eingeweiden spielte er noch eine gewaltige Rolle. Da die anderen Kronoskinder in der Zeit ihrer Gefangenschaft im Leib des Vaters nicht gealtert waren, zählte nun Zeus als der Älteste der Geschwister und damit der Anführer. Die vor ihm geborenen Jüngeren folgtem ihm wie einem bewunderten älteren Bruder. Jeder einzelne von ihnen stellte eine nicht zu unterschätzende Macht dar. Selbst das

Mädchen Demeter, das über die Gabe der Blitze hinaus keine besondere Waffe erhalten hatte, konnte es im Alleingang mit einer ganzen Gruppe Feinde aufnehmen.
Die Kinder waren nun nicht mehr hilflos. Sie fühlten sich abgelehnt, weggeworfen und verletzt und wollten es allen heimzahlen!
„Onkel Eros", sprach Hades. „Unbesiegbar im Kampf – bis zu diesem Tag jedenfalls. Wisse, dass dies die letzte Schlacht des Krieges war. An allen anderen Fronten haben wir bereits gesiegt. Nur dieses eine Widerstandsnest galt es noch auszuräuchern."
Eros presste die Lippen fest aufeinander. Viele der mächtigsten Titanen ruhten derzeit verwundet in der Festung und warteten auf ihre Heilung, um erneut in den Kampf einzugreifen. Dieser Tag würde nun niemals kommen.
„Zeus ist unterwegs hierher", fuhr der Knabe Hades fort. Nicht ohne Stolz erklärte er: „Er wollte es beenden, nun wird er mir stattdessen zu meinem Sieg gratulieren."
„Dann warten wir also alle auf ihn", sagte Iapetos tonlos. Was sonst konnten sie schon tun?

*

„Eros…" flüsterte Tanja. „Es tut mir so leid." Sie wusste ja nun, wie die Sache ausgehen würde, dass das Verbannungsurteil über die Besiegten ausgesprochen würde. Die Menschenfrau fühlte Mitleid mit den bis zum Ende tapferen Kriegern, die von einem Kind so schroff abgebügelt wurden. Die Olympier waren nicht an Versöhnung interessiert, nur an Vergeltung. Dennoch konnte Tanja manchen Aspekt der Angelegenheit nicht einfach so stehen lassen: „Ihr habt euren Neffen und Nichten allerdings auch nicht beigestanden, als Kronos sie einen nach dem anderen verschlang. Ihr seid ebenso schuldig wie euer Anführer!"
„Ich weiß", nickte Eros. „Aber Schuld oder Unschuld zu diskutieren, hat schon vor dem Krieg zu nichts geführt. Zeus wollte die Herrschaft. Damit nie wieder jemand eine Gefahr für das Leben seiner Geschwister darstellte, wollte er jeden einzelnen Titanen ausrotten. So

stellte er es während des Krieges gern dar. In Wahrheit fürchtete er, einer seiner Verwandten könnte ihm seinen Rang streitig machen."

*

In grauer Vorzeit...
Am Morgen des Tages nach der Kapitulation.

„Nun, also", sprach Prometheus. „Das ist der Moment, an dem ich meinen Lohn von dir einfordere!"
Zeus musterte den Titanen. Rein äußerlich unterschied die beiden Männer nicht viel. Prometheus war ein wenig älter und lediglich weitläufig mit seinem Feldherren verwandt, doch lies sich nicht verleugnen, dass beide derselben Spezies angehörten. Schon bald würde das natürlich keine Rolle mehr spielen, denn dann würde es nur noch Olympier geben. Die ursprünglichen Titanen waren besiegt und sahen ihrer Hinrichtung durch die Sieger entgegen.
Prometheus blieb dieses Schicksal erspart. Zwar nannte der junge Mann sich weiterhin einen Titanen, doch der Überläufer hatte all die Jahre lang treue Dienste für seinen Herrn geleistet, dass Zeus ihm vertraute wie einem seiner älteren Geschwister.
Daher sprach der Götterherrscher ein wenig traurig zu seinem Verbündeten:
„Als ich dich fragte, was du für deine Unterstützung in diesem Krieg verlangtest, meintest du, du würdest es mir später einmal sagen. Ich glaubte damals, das sei nur so dahingesprochen. Dass du dich meiner Seite in Wahrheit aus Loyalität anschlossest, aus Gerechtigkeitsempfinden. Aber ich sehe, du warst die ganze Zeit über nichts anderes als ein Söldner."
Prometheus schüttelte den Kopf. „Die Zukunft ist mir ein offenes Buch, Vetter, denn ich kenne die Götter gut. Unseren Charakter, unsere Fähigkeiten... es gibt nur wenige Möglichkeiten, wie sich jeder von uns in jeder gegebenen Lage verhalten wird. Der Ausgang des Krieges stand von Anfang an fest, für jeden Kundigen vorherzusehen. Dass ich

es mir anders gewünscht hätte, wer fragt danach? Ich musste zusehen, für die Zeit danach Vorsorge zu treffen."
"Indem du dich mir unentbehrlich machtest?"
Prometheus winkte ab. „Das ist niemand für den Götterkönig. Du schuldest mir lediglich ein wenig Dank."
Zeus hob die rechte Hand. Beinahe fürchteten die Umstehenden, er wolle er dem Titanen einen Blitz in sein vorlautes Mundwerk schießen. Doch der Feldherr besann sich und lachte nur dröhnend! „Ein wenig viel Dank, Erfinder!" korrigierte er Prometheus Untertreibung. Arme und Schwingen weit ausgebreitet sprach Kronos Sohn gönnerhaft: „Also, sag schon, was erbittest du dir? Was immer es ist, es soll gewährt werden! Und du weißt ja selbst, dass meine Zyklopen alles erschaffen können, was du dir ausdenkst!"
Prometheus schluckte hart. Er lies den Blick über die Ebene schweifen. Dort unten, zwischen den Bäumen, harrten die gefangenen Titanen in Käfigen ihres Schicksals. Noch hatte Zeus nicht entschieden, wie genau er sich ihrer entledigen wollte, ob es rasch gehen sollte, oder qualvoll, öffentlich oder unter Wahrung der Würde. Prometheus eigener Vater befand sich unter jenen, die erst im Verlauf der letzten Schlacht vor der Höhlenfestung gefangengenommen worden waren. Er lebte und war dennoch bereits tot.
„Ich verlange das Leben meiner Verwandten", eröffnete Prometheus seinem Herrn. „Du wirst die Titanen nicht vernichten!"
Das war der Moment, in dem Zeus seinen Blitz losließ! Doch er dosierte die Ladung nicht tödlich, denn obwohl es der Titan selbst noch nicht begriffen hatte, war Prometheus mittlerweile wirklich unentbehrlich für den jungen Herrscher geworden...

*

„Zeus und seine Generäle beratschlagten oben am Berg", berichtete Eros. „Was genau gesprochen wurde, konnten wir nicht hören. Aber es ging heiß her. Der eine oder andere Götterblitz entlud sich. Wir sahen sie aufblitzen und später entdeckten wir das geschmolzene Gestein. Schwarzes Glas überzog den Boden, wo die Blitze in den Sandboden eingeschlagen waren. Die alte Festung ist heute eines der Tore der Unterwelt und es war dasjenige, durch welches wir sie betraten…"

*

In grauer Vorzeit…

Tief in der Nacht holen die Olympier ihre Gefangenen aus ihren Käfigen. An anderen Fronten gefangengenommene Titanen waren mittlerweile ebenfalls hierhergebracht worden, um mit ihren Verwandten zusammen den Weg in die Verbannung anzutreten.
Den Sonnenaufgang noch einmal zu sehen und womöglich wehmütige Gefühle dabei zu erleiden, ersparte Zeus den Verbannten in seiner Gnade. So drückten es die Olympier aus und die Titanen schwiegen dazu. Jede Korrektur des Sachverhaltes hätte doch nur dazu geführt, dass ihnen ihr Wächter am ersten Tag ihrer Reise in die Unterwelt den Reiseproviant vorenthalten hätte. Die meisten waren dankbar, überhaupt diesen Weg antreten zu dürfen und sich nicht unter den Toten wiederzufinden, die verstreut im Gebirge lagen. Von einigen dieser Toten existierten nur noch ihre Gebeine, sei es, weil sie einer besonders zerstörerischen Waffe der Olympier zum Opfer gefallen waren, oder weil sie bereits in den ersten Kriegsjahren gefallen waren und niemand jemals ihre Körper gefunden und geborgen hatte.
Prometheus versprach Zeus, jeden einzelnen Versprengten, noch vermissten Titanen, aufzuspüren und den Verbannten nachzusenden.
„Hier ist übrigens jemand, der bereits ziemlich lange und sehr schmerzlich vermisst wird", bemerkte er, den kleinen Perses vor sich herschiebend. „Ich habe ihn in den Käfigen unter den Gefangenen gefunden."
Der Junge sträubte sich schon aus Prinzip gegen diese respektlose Behandlung, doch nicht so, dass der Titan ihn womöglich knuffen oder fesseln musste. In den Reihen der Olympier entdeckte Perses die in etwa gleichaltrigen Kinder des Kronos. Hades winkte und der Sohn der Nymphe winkte zurück.

Zeus Blick fiel auf das Kind. Er musste nicht einmal besonders intensiv nach Metis Zügen im Gesicht des Jungen suchen – sie waren offensichtlich. Viel zu offensichtlich, fand der Götterherrscher! Niemand außer ihm sollte etwas von Metis besitzen! Nichts sollte ihm in Erinnerung rufen, dass vor ihm ein anderer bei der Nymphe gelegen hatte!

„Demeter…" begann Zeus. Die kleine Schwester näherte sich ihm in beinahe tänzelndem Schritt. Demeters Lebensfreude täuschte darüber hinweg, in welch durchsetzungsfähige Kriegerin sich dieses Kind verwandeln konnte.

„Teile meiner lieben Freundin Metis mit, dass wir ihren Sohn nicht unter den Gefangenen finden konnten", wies Zeus die Schwester an. „Er ist wohl doch nicht zu den Titanen gegangen, sondern einfach nur weggelaufen. Und nun, da der Krieg aus ist, und uns mehr Zeit zur Verfügung steht, werden wir ihn sicher bald gefunden haben."

Demeter zögerte. Die Lüge wollte ihr nicht schmecken. Zeus fuhr seiner Schwester über den Schopf. Viel zu kurz war das Haar des Mädchens geschnitten, ihre Gewandung praktisch und schützend, anstatt schmückend. Doch das würde sich ändern! Demeter sollte wieder aufblühen, wie es einer Göttin anstand, und mit ihr die gesamte Welt!

„Es ist besser so", erklärte Zeus der kleinen Olympierin. „Metis wird meine Gemahlin, die Königin der Götter. Ein Kind aus einer früheren Verbindung würde nur für Ärger sorgen."

„Aber…" begann Demeter. Der Junge, der mit den Titanen zusammen in den Tartaros geworfen werden und dort für immer eingesperrt bleiben sollte, tat ihr leid. Sie wollte nicht, dass einem anderen Kind etwas zustieß, oder dass es leiden musste.

Ihr Bruder jedoch führte sein stärkstes Argument ins Feld: „Zudem er väterlicherseits auch noch ein Titan ist…"

Demeter warf sich herum, entfaltete ihre Flügel und schwang sich in die Luft, um die gewünschte Nachricht zu überbringen, ohne ein einziges weiteres Wort zu verlieren.

*

„Sie haben uns zusammengetrieben", erinnerte sich Eros. „Niemand machte sich die Mühe, unseren Verwundeten zu helfen. Wichtiger schien es allen, die Toten zu bestatten. Es ist schwierig, einen Gott zu töten und selbst, wenn es gelingt, verweilt seine Essenz nach der Trennung vom Körper, noch immer ihrer Umwelt bewusst, noch immer fähig zu Aktionen, die unvorstellbar für euch Menschen sind. Ich weiß, es ist anders für euch. Eure Seelen benötigen eine Behausung, sie sehnen sich nach Stabilität… Jedenfalls war den Siegern mehr daran gelegen, die Gefallenen zu versöhnen, als die Überlebenden. Auf beide Gruppen wartete die Unterwelt, aber sie nahmen verschiedene Wege. Die Toten eilten dorthin, wohin sie ihre im Leben begangenen Taten zogen. Damals verfügte Hades noch nicht über die Gewalt über die Unterwelt, die ihm Zeus zum Lehen bestimmte. Erst nach dem Krieg erlangte er die Fähigkeit, die Ziele der Verstorbenen zu bestimmen. Ich glaube, das meiste davon hat er sich angeeignet, als er uns Verbannte hinunter in die Tiefen geleitete. Unser Ziel war der Tartaros, der finsterste und grausamste Abschnitt von Hades neuem Reich.

Ich sah dem Jungen in die Augen, als wir die Tunnel betraten. Ich selbst bin nie ein Kind gewesen, einfach aus dem Grund, weil es damals auch noch keine Erwachsenen gab. Das Sein war uns genug. Ein Bewusstsein von Wandel, wovon Reife ein Teil ist, erlangten wir erst später.

Wie dem auch sei. Hades hat später viel von Charon gelernt, während er in seine Herrscherrolle hineinwuchs. Damals jedoch, so kurz nach dem Krieg, demonstrierte er die typische Grausamkeit eines Kindes. Unsere Bewacher haben uns angetrieben, geschlagen und verspottet, bis wir uns *wünschten*, endlich anzukommen. Der Tartaros wurde vom Gefängnis zu unserer Zuflucht vor den Olympiern.

Und innerhalb dieser Zuflucht fanden wir eine weitere. Charon zeigte uns die Asphodeloswiesen, den Styx, der sie durchquert und die Insel Elysium. Sie ist der einzige sichere Ort im Tartaros.

Die Regeln meines Bruders besagen, dass nur derjenige, der sich im Besitze eines Obolus befindet, Charons Fähre nutzen darf. Diese

Fähre stellt die einzige Möglichkeit dar, den Styx zu überqueren und Elysium zu erreichen, Monster können die Insel daher nicht betreten.

Zeus hatte jedem von uns einen Obolus mitgegeben. Als unsere Zahl wieder zunahm, fand Perses heraus, wie man die Münzen selbst herstellte. Er hat eine besondere Beziehung zu ihnen und behauptet sogar, er könne jeden von uns an der Aura unseres Obolus erkennen. Perses Münzerei ist nicht verboten – aber auch nicht direkt erlaubt. Hades toleriert sein Tun, solange es bei einer Münze für jeden bleibt und niemand eine erhält, dem keine zusteht."

Eros legte eine kurze Erzählpause ein, doch niemand erhob das Wort. Tanja lauschte wie gebannt, aber auch abgestoßen von dem, was sie da hören musste. Sollte der Tartaros auch ihr Gefängnis werden, so würde sie ihn niemals als Zuflucht vor einer grausamen Welt empfinden, dessen war sich die Frau sicher! Nein, sie musste einfach einen Weg finden, die Unterwelt zu verlassen, da mochte ihr der Geflügelte erzählen, was er wollte!

Eros nahm seinen Faden wieder auf:

„Da es für uns aus dem Tartaros kein Entkommen gab, errichteten wir eine Stadt auf der Insel.

Ich wachte über die anderen, während sie sich dem Unterfangen widmeten: der entmachtete Kronos, nun weder König noch Monster, sondern nichts weiter als ein Maurer oder Wasserträger – was eben gerade benötigt wurde. Perses, in der lichtlosen Unterwelt vom Knaben zum Jüngling und schließlich zum Mann heranwachsend. Iapetos, der nicht darüber hinwegkam, im Krieg zu spät zu den Waffen gegriffen zu haben und zum zielstrebigsten unserer Jäger und Monstertöter wurde. Er hat sein Leben dabei gegeben. Manchmal glaube ich, sein Geist steht uns anderen bei, wenn wir auf die Pirsch gehen, aber das mag ein Wunschtraum sein.

Auch ich hatte mir einiges vorzuwerfen. Ich verfüge über scharfe Sinne, ich habe sie erfunden, aber nicht gut genug genutzt. Im Kampf gegen Hades habe ich mich zu sehr auf das Sehen verlassen. In unserer neuen Umgebung änderte sich das. Nach Iapetos Tod nahm ich seinen Platz als Elysiums Hauptversorger ein..."

Eros erzählte, wie Hades abenteuerlustiger Sohn Outis seinen Obolus während eines Jagdausflugs verloren und die des Häftlings dafür eingefordert hatte. Er berichtete weiter, wie er seither mit den Menschen lebte, da ihm der Rückweg nach Elysium ja verwehrt blieb.

„Bis du kamst!" Eros lächelte. Er hob die Münze vom Tisch auf und legte sie in Tanjas Hände. Die Frau erwiderte das Lächeln. Sie empfand Eros Berührung als angenehm, obwohl sie ihn noch immer nicht leiden konnte.

„Ich danke dir!" Der Geflügelte schloss Tanjas Finger um den wertvollen Schatz. Er hielt seine Hände etwas länger als nötig auf den ihren. Als er es bemerkte, zuckte er zurück, als habe ihn eine Wespe gestochen. Und erst in diesem Moment bemerkte Tanja überhaupt, dass die Zeitspanne zu lang gewesen war.

Die elysischen Gefilde

Eros und Tanja hatten das Tor des Kotos durchquert. Vor ihnen erstreckte sich die Höhle mit den Asphodeloswiesen, in deren Mitte sie Elysium finden würden. Als sich das große Tor hinter den beiden Reisenden schloss, hätte sich Tanja am liebsten dagegen gelehnt und wäre zusammengesunken. Die Strapazen der zurückliegenden Tage forderten ihren Tribut. Es war weniger die körperliche Anstrengung, denn auf diesem Gebiet wies die Geowissenschaftlerin keine Defizite auf, als vielmehr die Notwendigkeit der ständigen Wachsamkeit, die ihr zu schaffen machte. Hinzu kamen die schlechte Qualität der Nahrung, die ständige Finsternis, Angst und die Tatsache, dass sich Tanja Förster einen weitaus angenehmeren Reisegefährten als ausgerechnet den Unterweltjäger hätte vorstellen können. Öfter als vor dem Unfall dachte die Frau an Wolodja, den Maat des Forschungsschiffes, das die *Mir IV* transportiert hatte, und an Thorsten, ihren Freund aus Studientagen. Beide Männer standen ihr sehr nahe und wünschten sich einen noch festeren Platz in Tanjas Herz, als sie ihnen zugestand. Doch stattdessen war sie mit Eros geschlagen, der schon wieder zu drängeln anfing:

„Komm schon! Den schwersten Teil der Reise haben wir hinter uns! Das Schlimmste war bereits überstanden, als wir in Oknos Dorf einkehrten!"

Wie betäubt schleppte sich Tanja an der Seite des Jägers über die Asphodeloswiesen. Sie blickte nicht nach links oder rechts und hörte kaum das Rauschen des großen Wasserfalls, welcher der Höhlenwand entsprang. Schritt für Schritt fiel die Menschenfrau mehr vorwärts, als dass sie einen Fuß vor den anderen gesetzt hätte. Sie fühlte sich schläfrig, matter, als sie aufgrund der zurückgelegten Strecke eigentlich hätte sein dürfen, schob es jedoch auf die nicht gerade Hoffnung verheißenden Umstände.

Tanjas Stiefelsohlen schabten über Felsboden und dürres Gras von ungesunder Färbung. Einem Trichter im Boden wich sie aus, wie Eros es ihr eingeschärft hatte. Doch dann trat die Frau auf einen Ast. Zu erschöpft, um ihn zur Seite zu kicken oder den Fuß darüber zu heben, stapfte sie einfach auf das Holz, in dem Glauben, es werde unter ihrem Gewicht schon brechen. Doch stattdessen zuckte das eine Ende des Astes. Tanja spürte den Widerstand unter ihrer Fußssohle – den bewussten Widerstand einer lebendigen Kreatur! Der vermeintliche Ast entpuppte sich als ausschlagender Schwanz!

„Aiiiiiiiiii!" schrie Tanja, während sie einen Satz nach hinten tat.

Ein bisher halb im Fels eingesunkenes Wesen erhob sich nun aus seiner Ruhelage. Von der Schwanzspitze, auf die Tanja getreten war, bis zur Schnabelspitze maß die Kreatur gut zweieinhalb Meter. Ihr Leib war der einer Schlange, die Schuppen von einem matten Grau, das sich kaum vom Höhlenboden abhob. Lediglich auf dem Kopf des Tieres befanden sich einige hellere Flächen. Ein an eine Krone erinnernder Kamm stand vom Kopf ab und anstatt eines Mauls besaß das Wesen einen gekrümmten, spitzen Schnabel. Nachdem es blitzschnell zwei Drittel seines Körpers aufgerichtet hatte, bewegte sich das Tier mit schlängelnden Bewegungen des Unterleibes vorwärts. Die gespaltene Zunge einer Schlange züngelte aus dem Schnabel. Zischelnd kam das Wesen auf Tanja zu. Und noch immer lag diese seltsame Schwere auf der Frau, drückte sie nieder und lähmte jede ihrer Bewegungen. Selbst, wenn Tanja gewusst hätte, wohin sie sich hätte wenden sollen, sie hätte es nicht geschafft, rechtzeitig aus der Reichweite des Monsters zu entkommen.

Glücklicherweise war der Titan durch den schrillen Schrei der Frau bereits alarmiert. „Habe ich dir nicht gesagt, du sollst aufpassen?!" raunzte Eros seine Begleiterin an. In Sekundenschnelle hatte er seinen Dolch gezogen, den Rucksack abgeworfen und stürzte sich auf die Kreatur.

Das Tier hatte Zeit seines Lebens im Tartaros gejagt und überlebt. Es begriff sofort, von welchem der beiden Zweibeiner die größere

Gefahr ausging. Nach einem letzten Spucken in Tanjas Richtung, dem die Frau gerade noch so ausweichen konnte, wandte es seine Aufmerksamkeit dem Geflügelten zu. Die gekrönte Schlange zog ihr Haupt ein wenig nach hinten, dann ließ sie es nach vorn schießen und spie eine ätzende Substanz auf den Angreifer. Eros kniff die Augen zusammen, machte aber keine Anstalten, zurückzuweichen. Der Auswurf der Schlange klebte auf seiner Kleidung. Dort, wo die Gewandung des Titanen nicht aus dem Leder einer Kreatur des Tartaros gefertigt war, sickerte der Speichel auf seine Haut durch. Tanja wurde allein beim Hinsehen übel.

„Ha!" rief Eros aus. Er schwang sein Messer, eine winzige Nadel nur im Vergleich zu seinem Gegner. Jeder Kontakt mit dem Schuppenpanzer der Kreatur versetzte diese nur noch mehr in Rage. Eros attackierte weiter, das Monster dabei Schritt für Schritt von Tanja fortlockend. Es folgte ihm, lauernd, beobachtend, offenbar auf der Suche nach einer tödlichen Schwachstelle des Geflügelten. Oder, so überlegte Tanja, vielleicht arbeitete ja auch die Zeit für die Schlange. Ihr Atem versengte Eros Kleidung. Allein die Ausdünstungen des Schlangenkörpers schienen bereits eine Gefahr für schwächere Lebewesen darzustellen. Deswegen also hatte sie sich die letzten paar hundert Meter über so matt gefühlt! Die unnatürliche Schlappheit war ein untrügliches Zeichen dafür, sich durch das Revier solch einer Kronenschlange zu bewegen, begriff die Frau nun.

Eros schien inzwischen zu glauben, nun genug Abstand gewonnen zu haben. Er stürmte vorwärts, auf seinen Gegner zu. Die Schlange krümmte ihren Leib ein wenig nach hinten - entweder war sie derartiges Verhalten von ihren Beutetieren nicht gewohnt, oder sie holte Schwung, um einmal kräftig zuzubeißen. Tanja vermochte es nicht einzuschätzen. Sie beobachtete, wie Eros die Füße wie zum Hochsprung hochzog, ein paar Schritte auf der Schlange regelrecht emporlief und sich dann abstieß. Die Frau musste schmunzeln. Das Bild ihres Kommilitonen Thorsten stieg in ihr auf, wie dieser auf der Skaterbahn ähnliche Manöver vollführt hatte – stets mit dem Ziel, sie zu beeindrucken. Eros hingegen konnte sie nicht egaler sein, dachte

Tanja. Er benötigte ja doch nur die Münze, die sie bei sich trug. Dennoch verteidigte er ihr Leben…

Der Geflügelte umtanzte nun seinen Gegner. Die Schlange lies ihren Oberkörper vorsausen. Sie hielt ihn nah am Boden, schwang nach rechts, nach links, peitschte gleichzeitig mit der Schwanzspitze und hielt den Zweibeiner in Bewegung. Wo die Schlangenhaut den Boden berührte, sanken die Grashalme zusammen. Der ohnehin schon kränklich wirkende Bewuchs des Tartaros starb gänzlich ab.

Noch mehrfach setzte Eros zu halbherzigen Attacken an, die der Riesenschlange nur allergeringste Pein zufügten – falls sie die Nadelstiche überhaupt wahrnahm. Tanja befürchtete, ihr Begleiter haben sich übernommen. Immerhin führte er doch einen Bogen als Waffe, war derartige Konfrontationen also vielleicht gar nicht gewohnt.

„Eros!" rief sie.

Der Titan rollte die Augen. Selbst auf diese Entfernung und in der ewigen Finsternis der Höhle konnte es Tanja deutlich sehen.

Mit einem Seufzer zog Eros seine Waffenhand an den Körper und verpasste dem Schlangenungeheuer einen Schlag mit seinem Unterarm. Dann schien es, als lausche er kurz, bevor er seinen Dolch an eine Stelle des Leibes rammte, die sich für Tanjas Augen durch nichts, aber auch gar nichts, vom restlichen Körper unterschied. Dennoch fand das Eisen eine Lücke zwischen den Schuppen und drang tief ins Fleisch des Monsters ein.

Tanja sah, wie eine giftgrüne, zähe Flüssigkeit aus dem Messer troff. Sie schien aus dem Körper der verwundeten Schlange durch den Dolch aufzusteigen und erreichte schließlich Eros Finger. Der Geflügelte zischte schmerzerfüllt, doch er lies nicht locker.

Die Schlange senke ihren Kopf, den Schnabel weit geöffnet. Eros spannte seine Flügel wie einen schützenden Schild über seinen Körper. Tanja zuckte zusammen, als sich die Schnabelspitze in die Schwingen bohrte und ihr Begleiter Federn lassen musste.

Den Schnabel voller Federn krümmte sich die Riesenschlange. Offenbar hatte sie Eros ein zweites Mal getroffen. In einem Knäuel aus

Schuppen und Schwingen überkugelten sich die beiden, bis Tanja nicht mehr erkennen konnte, wer der Jäger und wer die Beute darstellte.

Wider besseres Wissen eilte Tanja auf die Stelle zu, an der die beiden Bewohner der Unterwelt miteinander rangen. Sie sah die Bewegungen der Schlange erlahmen, ihren Fokus verlieren und schließlich ganz ersterben. Auf Eros erhaschte sie nur hin und wieder einen Blick.

Ineinander verschlungen stürzten der Geflügelte und die Schlange nieder. Tanja sah nichts weiter als ein paar in der Luft tanzende Federn und den riesigen Schuppenleib.

„Nicht! Nicht!" klagte die Frau. „Lass mich nicht allein!"

Wie sollte sie ohne ihren der Unterwelt kundigen Begleiter Elysium jemals lebendig erreichen? Welchen Grund gäbe es für sie überhaupt noch, die Stadt aufzusuchen, wenn Eros tot wäre? Die Titanen würden ihr nicht helfen, in ihre Heimat zurückzufinden. Nach allem, was die Menschenfrau über die Gefangenen des Tartaros gehört hatte, waren diese nur an ihrer ewigen Fehde mit den Verwandten auf dem Olymp interessiert.

Die gekrönte Schlange lag nun still. Die letzten Zuckungen des Körpers waren verebbt. Tanja wagte es, an den gefallenen Körper heranzutreten. Dort, halb von der toten Schlange begraben, lag Eros keuchend auf dem Rücken. Seine Haut war gelblich angelaufen, aus allen Poren rann ihm der Schweiß. Immer wieder erbebte er unter Krämpfen.

Tanja schlug ihre Arme vor den Körper. Sie musste etwas tun...

„Hol... Bogen... Rucksack..." presste der Titan hervor. „Mach dich... nützlich..."

Die Frau gehorchte. Vielleicht fand sich ja im Reisegepäck ein Mittel, das die Vergiftungserscheinungen bekämpfen konnte, bis kundige Hilfe einträfe. Doch wer sollte die leisten? Und wie sollte derjenige benachrichtigt werden? Tanja starrte über die Asphodeloswiesen zurück in Richtung des Tores, das die beiden durchquert hatten. Sonderlich weit waren sie seitdem noch nicht vorangekommen. Ob der Wächter des Tores, Kotos, dem Titanen wohl beistehen würde? Er war der einzige Ansprechpartner, der Tanja in den Sinn kam, das einzige Lebewesen in der näheren Umgebung.

Als die Menschenfrau mit dem Rucksack und Eros Bogen und Köcher zu ihrem Begleiter zurückkehrte, hatte sich dieser bereits aufgerichtet. Die Krämpfe liesen nach, wenngleich Eros noch immer am ganzen Leib zitterte.

„Das ist nur das Gift", erklärte er, weder sonderlich schwach noch in irgendeiner Weise beunruhigt. „Muss es rausschwitzen, bevor wir weiterreisen können."

„Das Gift..."

„Ein Mensch wäre schon lange daran verendet", erklärte der Geflügelte. „Für unsereinen ist es bloß unangenehm."

„Un...?!"

„In Ordnung, schmerzhaft", gestand Eros durch zusammengepresste Zähne.

„Wieso hast du nicht geschossen?" erkundigte sich Tanja, den Bogen des Titanen in ihren Händen. „Wenn du doch wusstest, wie gefährlich die Körperflüssigkeiten dieses Tieres sind?"

„Ich hatte keine Zeit mehr, den Bogen zu spannen." Eros kämpfte sich unter dem Schlangenleib hervor. Hoch aufgerichtet stand er wieder vor Tanja, wie sie ihn kannte. Lediglich um seine Mundwinkel zuckte es noch ab und zu verräterisch, wenn ihn erneut eine Welle der Pein durchflutete. Der Titan nahm Tanja die Waffe ab. „Schau: Die Sehne ist nicht einmal eingehängt. Dabei musste ich aber schnell sein, weil allein die Ausdünstung des Monsters dich hätte töten können. Es hat es nicht oft nötig, zuzubeißen."

Eros legte seine Ausrüstung wieder an. Er schüttelte seine Schwingen aus. Noch immer war der Biss der gekrönten Schlange zu spüren, das sah ihm Tanja deutlich an.

„Es handelte sich um ein älteres Exemplar", erklärte Eros mit einem letzten Blick auf die Schlange. „Irgendwo sind da immer Schuppen lose."

Tanja begriff nun, dass sich der Titan hatte Zeit lassen wollen, diese verwundbaren Stellen aufzufinden. Er hatte sich nie in Gefahr befunden, den ganzen Kampf über nur seinen Gegner analysiert. Hätte sie nicht seinen Namen geschrien, der Titan hätte die Konfrontation nie so schnell beenden und dabei den Biss riskieren müssen.

„Es tut mir leid", flüsterte sie. „Wegen mir…"

„Nein!" widersprach Eros. „Wegen deiner Unachtsamkeit. Nicht wegen dir. Mit dir ist alles in Ordnung, Tanja. Du bist nicht… du bist… egal. Weiter!"

Tanja war das plötzliche Stammeln ihres Begleiters nicht entgangen. Das unbeholfene Ende des Satzes, das sich zu „Du bist egal" zusammenfügte, ließ allerdings sogleich wieder eine Wand kühler Ablehnung in ihr entstehen.

„Soll ich dich stützen?" erkundigte sich Eros, weniger besorgt, als vielmehr professionell, wie es der Frau erschien.

„Ich kann allein gehen!" versetzte sie.

„Na gut, wie du willst." Der Geflügelte wandte sich um und nahm den Weg wieder auf. In seinem Rücken tappte Tanja Förster über die Wiesen und verwünschte den Mann. Natürlich konnte sie *nicht* allein laufen! Zumindest nicht so gut. Das hätte der andere doch sehen müssen! Wie konnte jemand nur so unhöflich sein? Einfach weiterzumarschieren… Noch zwei-, dreimal fragen und Tanja hätte seine Hilfe dankbar angenommen! Aber nein, nicht einmal dieses kleine bißchen Interesse brachte der Titan auf. Es war ihm einfach egal!

Meter um Meter schleppten sich die beiden dahin. Wie lange sie so gewandert waren, vermochte Tanja nicht zu sagen. Sie merkte erst, den Blick die ganze Zeit frustriert auf den Boden gerichtet gehalten zu haben, als sie einmal aufsah und in der Ferne Lichter erkannte. Der Fluß Styx umspülte eine Halbinsel innerhalb der Höhle und auf dieser Insel befand sich die Stadt Elysium. Von hier aus gesehen wirkte ihre Architektur uneinheitlich, zusammengewürfelt. Tanja schätzte, dass die Siedlung wohl um die tausend Bewohnern Platz böte. Eros Berichten nach blieb viel Wohnfläche ungenutzt, weil der Tartaros zwar reichlich Raum, aber nicht genügend Nahrung für mehr Bewohner bot. Dennoch, die Größe der Stadt öffnete erstmalig Tanjas Augen für die schiere Größe der Höhle und der wahren Ausdehnung der Asphodeloswiesen. Eine Welt unter der Welt… Mit einem Mal fühlte sich die Geowissenschaftlerin noch verlorener als bisher, dabei aber gleichzeitig, obwohl es im Widerspruch dazu stand, erhoben. Elysium erschien ihr nun als der Ort, an dem sich alle ihre Nöte in Nichts auflösen würden. Wo es ihr völlig egal sein würde, wie groß oder gefährlich die Welt da draußen sein mochte, weil sie diese andere Welt einfach nicht mehr betreffen würde.

Eros wandte sich um. Er musste gefühlt haben, dass seine Begleiterin stehengeblieben war.

„Unsere Zuflucht im Tartaros", lächelte er. „Begreifst du nun?"

Tanja wollte nicken, doch ein neuer Gedanke keimte in ihr auf: Die Stadt war die Zuflucht der Titanen. Welche Sicherheit auch immer Elysium auch ihr zu bieten hätte, dieser Ort würde immer fremd für die Menschenfrau bleiben. Es war Eros, der nach Hause zurückkehrte, Tanja steuerte lediglich einen sicheren Ort für Leib und Leben an.

„War war das vorhin eigentlich?" erkundigte sie sich, um überhaupt etwas zu sagen.

„Was nützt es dir, den Namen zu kennen? Tritt einfach nicht noch mal auf eins drauf."

„Eros! Was war es?" fragte Tanja erneut.

Schulterzuckend gab der Titan Auskunft: „Nichts weiter. Ein Riesenbasilisk eben."

„Basilisk?" Tanja überbrückte den Abstand zu ihrem Führer so schnell, als befände sie sich genau in diesem Augenblick auf der Flucht vor einer weiteren gekrönten Schlange. „Ist das nicht so eine Art Hahn? Und versteinert der einen nicht mit seinem Blick?"

„Willst du es mir schwerer machen als nötig?" lachte Eros. „Hat dir der Kampf vorhin nicht gereicht? Also mir schon! Jetzt kommst du auch noch mit einem versteinernden Blick!"

Tanja fiel in das Lachen ein. Noch immer erschöpft, aber um einiges beschwingter, setzten die beiden ihre Reise fort.

*

Die Unterwelt und speziell der Tartaros mochten ihren eigenen Regeln folgen, doch die meisten Gesetze der Physik blieben dieselben, die

Tanja von der Erdoberfläche kannte. So wurde die Luft feuchter, je näher sie dem Fluss kamen und schon bald konnte sie auch das Rauschen eines Wasserfalls hören. Es waren Kleinigkeiten wie diese, die Rückversicherung, dass nicht alles, was Tanja Förster jemals gelernt und als normal betrachtet hatte, mit einem Mal nicht mehr gelten sollte, die es der Frau ermöglichten, ihre geistige Gesundheit zu bewahren. Es wäre leicht gewesen, hier unten den Verstand zu verlieren. Die immer gleiche – nämlich fehlende – Beleuchtung und die Unfähigkeit, Tag von Nacht zu unterscheiden, setzten der Menschenfrau stark zu. Eros schien zu spüren, wann auf der Erdoberfläche die Sonne schien und wann Helios seine Barke in den Hades zurücksteuerte. Er sprach in diesem Zusammenhang von Phasen stärkerer und schwächerer Magie, doch darüber hörte Tanja hinweg. Eine andere Frage ließ ihr keine Ruhe: Wie meinte der Geflügelte das: „wenn oben die Sonne scheint"? Die Erde drehte sich um die Sonne und um sich selbst. Lediglich die Antwort auf die Frage, welche Halbkugel gerade zum Zentralgestirn wies, bestimmte, wo es gerade tagte und wo die Nacht hereinbrach. Entweder oder, und das zu jeder Stunde an jedem Ort. Irgendwo auf dem Globus war doch immer Tag! Wann also betrat Helios denn nun die Unterwelt? Tanja vermochte den Widerspruch nicht aufzulösen.

Die Menschenfrau wurde erst aus ihrer Grübelei gerissen, als Eros ihr überraschend sanft auf die Schulter tippte. „Wir sind da, Tanja", sagte er leise.

Und tatsächlich, die beiden Reisenden hatten das Ufer des Styx erreicht. Direkt vor ihnen befand sich die Fährstation des Charon, nichts weiter als eine einfache Anlegestelle aus Holz.

Ein Bootshaus benötigte der Gott entweder nicht, oder es befand sich am anderen Ufer, in der Stadt Elysium.

Jemand hatte vier Stangen in den Boden gerammt und mit einer Plane überspannt, unter die sich die Wartenden zurückziehen konnten, ganz so, als gäbe es hier unten Wetterphänomene oder Sonneneinstrahlung, vor der man sich schützen musste,

„Das haben die Schatten gebaut" erklärte Eros auf Tanjas fragenden Blick. „Sie sind noch immer sehr dem verhaftet, was sie als Normalität wahrnehmen."

Die Frau nickte zögerlich, waren ihr doch gerade ähnliche Gedanken durch den Kopf gegangen. Doch die Welt, die sie kannte, stellte nun nur noch einen Teil des Ganzen dar, möglicherweise sogar einen, in denen ein Ausnahmezustand von den eigentlichen Naturgesetzen herrschte. Tanjas Lage, so sagte sich die Frau, wäre damit vergleichbar mit der eines in einer Vegetarierfamilie aufgewachsenen Kindes, das in die Schule kommt und feststellt, dass ihre Lebensweise zwar völlig legal war, aber ganz und gar nicht dem entsprach, was die Mehrheit ihrer Schulkameraden als normal empfand.

Eros lenkte Tanjas Aufmerksamkeit aus ihrer Innenwelt heraus auf die Mitte des Flusses: „Schau! Da kommt er auch schon!"

Tanja erkannte den Fährmann, einen hochgewachsenen, etwas gebückt stehenden Mann, der eine graue Kutte trug. Die Kapuze war hochgeschlagen, so dass Charons Gesicht nicht zu erkennen war. Der Fährmann trieb sein Boot mit einer Stange voran. Die Strömung des Styx trieb das Gefährt ein wenig ab, doch Charon hielt es auf Kurs. Der Fluss würde die Fähre exakt bis zur Anlegestelle tragen und keinen Meter weiter.

Im Bug des Bootes saß eine weitere Gestalt, die Tanja deutlich kleiner vorkam. Charons Passagier hielt seinen Blick auf die Stadt gerichtet. Er umklammerte mit beiden Händen einen Stab, der aufgerichtet im Boot stand. Zuerst hielt Tanja diesen Stab für einen kleinen Mast, an dem ein Hilfssegel aufgezogen werden konnte, doch dann entdeckte sie um das Holz gewickelte Bänder aus weißem Leder und metallene Beschläge an beiden Enden. Es schien sich um einen Kampfstab oder ein zeremonielles Objekt zu handeln.

„Dann heißt es für uns jetzt Abschied voneinander zu nehmen", meinte der Geflügelte, während das Boot seinem Ziel immer näher kam.

Tanja warf ihm einen erschrockenen Blick zu. „Aber..."

„Du weißt doch mittlerweile, dass Charon mit einer Münze bezahlt werden muss", rügte Eros seine Begleiterin. „Und meine hat noch immer Hades Sohn. Du musst dir den Weg zu seiner Residenz weisen lassen, oder ihm Nachricht senden, dass sein Eigentum auf ihn wartet. Erst dann wird Outis meinen Obolus wieder herausrücken."

„Aber dann werde ich auch keinen mehr haben… und die Stadt nie wieder verlassen können."

„Stimmt. Aber es ist allemal besser, auf der Insel Elysium festzusitzen, als in einem Dorf der Schatten."

Obwohl sich Tanja mit Schaudern an das merkwürdige Mienenspiel der Verstorbenen erinnerte, war sie sich nicht sicher, ob sie Eros zustimmen wollte oder nicht. Es behagte ihr auch ganz und gar nicht, sich von dem Titanen zu trennen. Der angenehmste Reisegefährte war er nicht gewesen, doch wenigstens war er ihr nach den zurückliegenden Wochen vertraut geworden. Die beiden hatten sich aneinander gewöhnt. Außer Eros kannte Tanja niemanden in dieser Welt. Sie stand davor, sich unter Fremde zu begeben, noch dazu unter Wesen, denen die Mythologie die Rolle der Bösen zugeteilt hatte.

War Tanja ehrlich mit sich selbst, flößte ihr Charon nicht gerade größeres Vertrauen ein als der verwilderte Urgott, nun, da das Boot elegant herumschwang und an der Anlegestelle zum Halten kam. Während des Anlandevorgangs vermochte sie einen Blick unter die Kapuze zu werfen. Die Augen, die darunter zum Vorschein kamen, schauten finster in die Welt. Zudem wies der Fährmann die Haltung eines Mannes auf, der scheinbar von allem, was um ihn herum geschah, unendlich genervt war.

Ganz anders der Passagier, der nun gekonnt aus dem Boot sprang und freudig auf Tanjas Reiseführer zuschritt. Es handelte sich um einen etwa vierzehnjährigen, erstaunlich menschlich aussehenden Jungen. Lediglich die in Sandalen steckenden Füße wiesen an den Knöcheln jeweils zwei kleine Flügelchen auf, ansonsten hätte man ihn für einen ganz normalen Teenager halten können. Das lockige, hellbraune Haar des Jungen wurde von einem Stirnband in Form gehalten. Eine einzelne eigenwillige Locke fiel ihm dennoch in die Stirn und verlieh ihm ein lausbübisches Aussehen. Bekleidet war der Bewohner Elysiums lediglich mit einem Lendenschurz und einem Umhang. Unter diesem trug er eine Umhängetasche aus Wildleder. In der linken Hand hielt der Jüngling seinen Stab, die rechte streckte er Eros entgegen. Doch der Geflügelte wich einfach aus. Anstatt die Hand des Jungen zu ergreifen, nahm ihn einfach in die Arme.

Tanja erinnerte sich an eine Bemerkung über Flügel, die Eros am Tag ihrer Begegnung hatte fallen lassen. „Hermes?" fragte sie daher.

Eros schob den Jungen von sich. „Bewahre!" rief er aus. „Das ist Merxeton, einer von uns."

Der Merxeton genannte Jugendliche hielt scheu Abstand von der Reisegefährtin des Geflügelten. Tanja erkannte mit einem Blick, dass seine Zurückhaltung nicht darauf zurückzuführen war, dass sie eine Fremde im Tartaros war, sondern schlicht und ergreifend durch die Tatsache ausgelöst wurde, dass sie eine Frau war. Die sich in Merxetons Gesicht abzeichnende Mischung aus Angst und Sehnsucht war ihr wohlbekannt. In ihrer Welt wäre der Teenager rundlicher gewesen, trüge vielleicht eine Brille auf der Nase und schriebe mehrere Blogs im Internet. Über Merxetons Leben im Tartaros wusste Tanja nichts, doch wie er da als lebendiger Beweise dafür, dass Gefühle universell waren, ihr gegenüber stand, ließ ihn ihr sympathisch erscheinen.

Eros indessen deutete auf den Stab des Jungen. „Olympiermagie, richtig?" erkundigte er sich abfällig.

Merxeton nickte. „Mein Vater kam zu Besuch, kurz nachdem du verbannt wurdest. Er schenkte mir den Stab zur Volljährigkeit: Zedernholz, adamasbeschlagen."

„Was kann der Stecken?"

„Er führt mich immer an mein Ziel und schützt mich vor Angriffen. Aber ich kann weder selbst damit angreifen, noch jemand beschützen." Merxeton seufzte. „Das ist oft hart..."

„Ein Botenstab", schlussfolgerte Eros. „Aber du bist doch nicht das Sprachrohr der Olympier in Elysium?!"

„Nein!" Merxeton schüttelte seine Locken voller Abscheu. „Ich diene als Kronos Bote!" eröffnete er dem älteren Titanen dann stolz. „Ich wollte dich gerade aufsuchen. Mir wurde eine Vorladung für dich mitgegeben. Du musst als Zeuge vor Hades Gericht auftreten... welches in Elysium tagt." Hermes Sohn stockte. Wie würde der im Exil lebende Jäger es aufnehmen, für kurze Zeit in seine Heimat zurückkehren zu dürfen – zu müssen? War es wirklich ein Gefallen, den er dem Geflügelten tat, oder nicht eher eine Folter?

„Ist schon gut, Merx", meinte Eros, dem die Bedenken des Jüngeren natürlich bewusst waren. „Es wird sich alles finden. Denn", bei diesen Worten zwinkerte er, „du bist nicht der einzige mit Neuigkeiten."

„Dann steigt ein", erhob Charon seine Stimme. „Ich habe die Ewigkeit Zeit – das bedeutet aber nicht, dass ich diese auch in Anspruch nehmen wollte!"

Tanja musterte den Fährmann. Was er sagte, erschloss sich ihr ebensowenig, wie der kurze Dialog zwischen den beiden Titanen. Doch dann wiederholte Charon seine Aufforderung auf Deutsch. Die Frau musste schmunzeln, fühlte sie sich doch an eine mehrsprachige Durchsage in der Tram großer Städte erinnert.

Merxeton trat zuerst vor. Er zeigte dem Fährmann eine Münze, doch Charon bedeutete ihm mit den Fingern, den Obolus zu übergeben. „Ach ja, stimmt ja", murmelte Merxeton. „Vergess ich immer wieder." Hermes Sohn händigte seine Münze aus. Dann wies er auf Eros: „Du hast ja gehört, was es mit ihm auf sich hat. Dein Herr Hades erwartet ihn in der Stadt."

„Unser Herr Hades erwartet ihn", wiederholte Charon, wobei sein Tonfall eher Bestätigung als Berichtigung implizierte.

Die beiden Titanen nahmen in dem Boot Platz.

Nun war es an Tanja, einzusteigen. Nervös brachte sie den Obolus hervor, den sie in den Gängen der Unterwelt gefunden hatte.

Charon beugte sich tief über Tanjas Hand. Er studierte die kleine Münze lange, bevor er zugriff. Tanja zuckte kurz zusammen. Sie hatte erwartet, dass die Hand es Fährmanns kalt oder starr wie die einer Leiche wäre, und sich schon darauf eingestellt, doch auf die Wahrheit hatte sie das nicht vorbereiten können. In Wirklichkeit fühlte sich die Berührung durch Charons Finger an, als schwebe die Münze einfach so davon. Da war nichts, nicht die mindeste Bestätigung dessen, dass sich dort, wo Tanja deutlich eine Person zu sehen glaubte, auch wirklich eine befand. Charon war wie einer der Schatten, nur ein Abbild, ohne

Substanz. Konnte es sein, dass er…? Tanja schob den Gedanken rasch von sich.
Unterdessen hatte Charon die Münze lange in seiner Handfläche gewogen. „Das ist der Obolus eines Olympiers", meinte er. „Woher hast du den?"
„Geht dich nichts an!" schnarrte Eros. „Das zu überprüfen ist nicht Teil deiner Aufgabe!"
„Aber dafür gerade zu stehen, ist vielleicht Teil deiner Zukunft", gab der Fährmann zurück. „Ich merke mir, dass es mich in diesem Fall auch nichts angeht, was aus dir wird."
Eros verbiss sich eine weitere Erwiderung. Tanja konnte sich des Eindrucks nicht erwehren, dass es kaum jemand gab, der es verbal mit Charon aufzunehmen vermochte. Zu dieser Schlussfolgerung trug bei, was der Fährmann erst vor wenigen Augenblicken zu ihr gesagt hatte – und wie er es ausgedrückt hatte! Tanja kannte den Ausspruch „Ich habe nicht die Ewigkeit Zeit" ebensogut wie jeder andere. Charon hatte vorhin ohne Zweifel darauf angespielt. Der Fährmann benutzte die Redewendung wie jemand, der sich täglich im selben Umfeld bewegte, wie Tanja. Hatte er seine Worte bewusst gewählt, um der Menschenfrau genau das zu vermitteln?
Ungeachtet ihrer anfänglichen Scheu rückte Tanja näher an den Fährmann heran. Dieser lies es nicht nur geschehen, er erleichterte der Menschenfrau sogar ihr Unterfangen! Charon lies es wie zufällig wirken, dass Tanja plötzlich neben im saß. Die Frau meinte, ihn lächeln zu sehen, als er sich noch ein wenig tiefer herabbeugte. Der Fährmann öffnete den Mund zu einer Frage: „Hat *sie* dich gesandt? Was lässt sie mir ausrichten?"
„Sie… wer…wovon…? Nein!" entfuhr es Tanja. „Es war ein Unfall, der mich hier hat stranden lassen."
Abrupt richtete sich Charon wieder auf. Er ergriff seine Stange, zog sie aus dem Wasser und stieß sie auf der anderen Seite des Gefährts wieder in den Fluss. War es Wut, war es Enttäuschung, die seine Bewegungen heftiger, fahriger werden lies? Tanja glaubte, zu verstehen, was in dem Unterweltgott vor sich ging. Offenbar hatte er eine Geliebte auf der Erdoberfläche! Es gab demnach durchaus

Kontakte zwischen beiden Reichen! Denjenigen Menschen, die in dieses Geheimnis eingeweiht waren, musste es wie die normalste Sache auf der Welt vorkommen, überlegte Tanja weiter. Sie hingegen… niemand hatte sie darauf vorbereitet, was da außer Gestein und Bodenschätzen noch unter der Erde schlummerte. Und wieso? Die Menschen erzählten sich doch nach wie vor die alten Geschichten. Doch sie hatte nicht zugehört. Weil es eben nur noch Geschichten waren. Sagen, Mythen, bestenfalls Hollywoodsommerfilme. Entsprach das den Wünschen der Olympier? Den Bedürfnissen der Menschen? Und wie würde sie mit ihrem neu erlangten Wissen umgehen, grübelte Tanja, befände sie sich erst wieder daheim?

„Daheim…" seufzte sie wehmütig, als die Fähre am anderen Ufer anlegte.

Merxeton und Eros erhoben sich. Die beiden kletterten aus dem Boot. Erwartungsvoll standen die beiden Männer am Kai. Tanja blickte zu Charon, doch der hielt seine Hände um die Ruderstange geschlossen und machte keine Anstalten, ihr beim Aussteigen zu helfen.

„Stoffel", dachte Tanja. „Wer immer seine Freundin ist, die Ärmste ist zu bedauern!"

Nicht weniger gekonnt als die beiden Titanen sprang sie dann ohne Hilfe aus dem Boot heraus. „Wohin jetzt?" erkundigte sie sich forsch.

„Zum Goldesel", erklärte Eros. Merxeton kicherte. „Ich erstatte Kronos sofort Bericht betreffs deiner Rückkehr", meinte der Junge dann. „Gibt es sonst noch etwas, das er wissen sollte?"

Eros nickte. „Bitte melde ihm die Anwesenheit einer Sterblichen im Tartaros, einer Menschenfrau. Sie bittet um eine Audienz."

„Ich bitte… wie bitte?!" entfuhr es Tanja.

Eros lachte! „Wir haben lange Zeit auf Neuigkeiten von der Oberwelt gewartet", erklärte er der Frau. „Die Olympier lassen uns lediglich wissen, was sie für ihren Zwecken dienlich erachten. Man muss ihnen jedes Wort aus der Nase ziehen und selbst dann sollte man nicht alles glauben, was sie von sich geben. Viele von uns hielten die Menschen für ausgestorben, du beweist uns das Gegenteil. Nun, ich nehme an, du möchtest diese Unterwelt wieder verlassen, trägst dich möglicherweise bereits mit Fluchtplänen. Niemand wird dich hier

festhalten, doch um den Gefahren des Tartaros zu trotzen, benötigst du jede Hilfe, die du bekommen kannst. Unterhalte unseren Anführer, stille unsere Neugier, und es mag sein, dass du dadurch deinem Ziel einen Schritt näher kommst. Was hast du denn zu verlieren?"
„Du hast Recht", gab Tanja zu. Was der Geflügelte sagte, ergab Sinn. „Ja, ich bitte um diese Audienz, Merxeton. Richte das deinem Herrscher aus!"

*

An der Anlegestelle stehend, ließ Tanja ihren Blick über die Stadt schweifen. Was genau die Frau erwartet hatte, ließ sich kurz zusammenfassen: Eine antike Ruinenstadt, nur eben noch belebt. Klare Linien, geometrisch exakt ausgerichtet und im Hinblick auf einen ästhetischen Gesamteindruck arrangierte Gebäude. Die klassischen Säulenordnungen, die Tanja zwar nicht benennen konnte, aber zumindest als griechisch erkannte, wenn sie sie (oder eine Nachbildung) sah. Statuen nackter Heroen.

Die Titanen richteten keine Standbilder ihrer siegreichen Kriegsgegner auf. Ebensowenig stellten sie sich selbst dar, weder als Unterlegene, noch in besseren Zeiten. Dennoch gab es Statuen in der Stadt: Tierfiguren, so lebensecht, dass man glaubte, sie würden sich jeden Moment zu bewegen beginnen, ganze Haine aus steinernen Bäumen, filigran gestalteten Sträuchern und Blumenbeeten, aber auch abstrakte geometrische Figuren, denen wohl eine künstlerische Aussage innewohnte. Anstatt ernster Würde strahlten die Werke der Häftlinge des Tartaros eine nicht zu bändigende, verschmitze Freude an allem Lebendigen aus.

Im Gegensatz zu den alten Griechen, die die Fresken über ihren Altären und die Fassaden ihrer Tempel farbenfroh bemalt hatten, pflegten die Titanen ihre Gebäude weiß zu tünchen. Ebenso hielten sie es mit ihrem Zierrat auf den Straßen. Auf diese Weise wurde der Effekt der wenigen Lichtquellen in der Stadt maximal ausgenutzt. Doch Tanja, die nie so tief in die Materie eingestiegen war, glaubte zu wissen, dass antike Städte weiß aussahen und fand ihre Erwartung zumindest in diesem Punkt bestätigt.

Auch sonst entdeckte die Besucherein immer wieder Anklänge von Bekanntem in der Gebäudearchitektur. Jedesmal erschien ihr dann der Baustil Elysiums als ein Vorbild, das die antiken Menschen später ihren eigenen Bedürfnissen angepasst hatten. Die Stadt der Titanen wirkte archaischer, wilder, dennoch alles andere als chaotisch. Denn auch die älteren Götter waren Wesen des Kosmos, dessen Prinzip die Ordnung war. Nur waren die Ordnungsprinzipien, nach denen sie Elysium erbaut hatten, nicht auf den ersten Blick sichtbar. Tanja musste schon genau hinschauen, um zu erkennen, dass eine Gruppe scheinbar wahllos in die Landschaft gesetzter Häuser von oben betrachtet das Bild eines Sterns ergeben würde. Ihrer Gruppierung wohnte ein System inne, doch die Behausungen selbst hätten unterschiedlicher nicht ausfallen können. Eines der Häuser erinnerte mit seinem hochgezogenen spitzen Dach und den schmalen, hohen Fenstern an eine gotische Kirche. Ein anderes bestand nur aus Säulen verschiedener Höhe, die jeweils eine Plattform trugen. Im Inneren von zwei dieser Säulen führte jeweils eine schmale Wendeltreppe nach oben. Das Leben der Hausbewohner spielte sich vollständig auf dem Dachgarten mit seinen unterschiedlich hohen Plattformen ab.

Die meisten Häuser jedoch spiegelten die Individualität ihrer Erbauer weniger drastisch wieder. Sie ähnelten sich stärker, als dass sie sich unterschieden hätten und hatten wirklich etwas Griechisches an sich. Korrekt wäre es gewesen, zu behaupten, die Werke der Menschen des Altertums hätten noch etwas Göttliches an sich gehabt. Sie hatten jedoch, ihrem Olympierblut Genüge tuend, ihrem Leben Konzepte hinzugefügt, die den Titanen unbekannt gewesen waren: Gehorsam, Staatsraison, Sklaverei. Erstarrtes Leben, Vorwegnahme des Kältetodes des Universums. Geboren worden war eine Ordnung, die ebenso tödlich war wie ihr angebliches Gegenstück Chaos.

In Elysium hingegen musste sich Ordnung der Lebensfreude beugen, wie man an vielfältigen, verspielten Verzierungen der Wohngebäude sah. Oder vielleicht waren beide Kräfte auch eine fruchtbare Beziehung eingegangen.

Eros erlaubte seiner Begleiterin, solange zu schauen, wie sie wollte.

„Dieser blasse Abklatsch bringt uns nicht zurück, was wir verloren haben", kommentierte er die eine Statuengruppe, gerade, als Tanja ihren Mund zu einer Bemerkung öffnen wollte. "Jetzt komm, bevor der Goldesel schließt!"

Tanja hatte erwartet, dass sich hinter dem Begriff eine Wirtschaft verberge, stattdessen steuerte Eros auf ein einstöckiges, tristes Gebäude noch innerhalb des Fährhafens zu. Kein Laut drang von drinnen auf die Sraße und auch, als die beiden eintraten, blieb es still.

Tanja sah mehrere schwere Truhen und Vitrinen, außerdem zogen sich an der Wand zu ihrer Linken Regale für Schriftrollen entlang. Dem Eingang gegenüber befand sich ein großer Steintisch. Die Besucherin fühlte sich an eine Bank erinnert, was durch das Auftreten eines Mannes – Gottes? – noch verstärkt wurde. Aus einer Tür in der gegenüberliegenden Wand erschien der Herr dieses Hauses und nickte Eros ernst zu.

„Ist das ein Geschäft?" flüsterte Tanja ihrem Begleiter zu, nachdem sie den Gruß des Mannes erwidert hatte.

„Eine Wechselstube", erwiderte der Geflügelte.

Tanja wartete ab, was nun weiter geschehen würde. Der Mann hinte dem Tisch schien bereits zu wissen, weshalb die beiden ihn aufgesucht hatten, denn er bückte sich und öffnete ein Schubfach. Dabei geriet sein Kopf ins Licht einer auf dem Tisch brennenden Kerze und Tanja entschlüpfte ein kurzes „Oh... je!"

Denn der Mann wies, wie im Licht nun gut zu erkennen war, graue Eselsohren auf!

„Unser Goldesel", kommentierte Eros in Tanjas Richtung, während er mit dem Eselsohrigen höfliche Unverbindlichkeiten austauschte, die Tanja wiederum nicht verstehen konnte. Schließlich winkte der Mann Tanja näher zu sich heran. Die Frau folgte der Aufforderung. Der Eselsmann legte ihr ein Geldstück in die Hand. Tanja blickte zu Eros auf. „Ist das...?" fragte sie und der Titan nickte, bevor sie den Satz beenden konnte.

„Alle Oboli, die Charon einkassiert, landen ohne zeitliche Verzögerung bei Midas", erklärte Eros. „Wer aus der Stadt heraus möchte, braucht seine Münze nur vorzuzeigen, aber auf dem Rückweg ist sie Charon zu übergeben."

„Wieso der Unterschied?" fragte Tanja.

„Den gab es zu Beginn nicht", antwortete Eros. „Zu Anfang genügte es, die Münze vorzuweisen. Doch dann kam es zu Diebstählen inerhalb des Stadtgebietes. Kronos richtete daraufhin diese Aufbewahrungsstätte ein. Es wurde zwar nie ein Obolus gestohlen, doch unser Herrscher wollte sichergehen, und Charon sah das ebenso. Bei Midas sind die Pfandmünzen sicher aufgehoben, solange ihr Besitzer in der Stadt weilt. Aber das ist nur ein Angebot, kein Zwang. Du kannst sofort nach Verlassen der Fähre dein Geld wieder abholen, so, wie wir es gerade getan haben."

Tanja dachte darüber nach. Kronos, der Tyrann, das Monster, hatte dieses System zum Wohle seiner Untertanen eingerichtet? Und er stellte ihnen frei, auf seine Schutzmaßnahme zu pfeifen? Wie deckte sich das mit Eros Aussage, dass der Titanenherrscher seine eigenen Kinder gefressen hatte, damit diese ihm nicht den Thron streitig machten?

Verwirrt wandte sich Tanja zum Gehen, gefolgt von Eros.

„Eros!" rief da Midas.

Der Geflügelte stockte und drehte sich um.

Was Midas ihm noch mitzuteilen hatte, bezog sich entweder auf die zurückgekehrte Münze oder die Anwesenheit einer Menschenfrau in Elysium, denn er deutete immer wieder auf Tanja. Mehrfach nickte Eros bestätigend, dann wieder schoss ihm die Zornesröte ins Gesicht.

Tanja fühlte sich unwohl, so außen vor zu bleiben, doch zumindest war sie sich sicher, dass Eros Wut nicht dem Eselsohrigen, sondern einem Dritten galt.

Schließlich verabschiedete sich Eros von Midas. Seine Stimme klang dabei wie die eines Mannes, der gerade erfahren hatte, dass auf seinen kleinen Bruder der elektrische Stuhl wartete.

„Hades", begann Eros ohne Umschweife zu erklären, während die beiden auf den Ausgang zuschritten, „hat jetzt Zeit für seine

Amtsgeschäfte. Persephone weilt gerade bei ihrer Mutter in der Oberwelt, deswegen braucht er nicht zu fürchten, sie daheim zu vernachlässigen, wenn er sich zu uns in den Tartaros begibt. Einer der unseren, der Erzähler Perses, wurde verhaftet und wird in wenigen Tagen vor Gericht gestellt. Es sieht nicht gut aus."

Der Name kam Tanja bekannt vor. Perses... hatte so nicht der kleine Junge in Eros Erzählung geheißen? Obwohl sie wusste, dass der Titanenkrieg viele Jahrhunderte zurücklag, versetzte die Eröffnung der Frau einen kleinen Stich ins Herz. Ihr Kopf wusste, dass der Knabe längst erwachsen sein musste, doch in ihrer Vorstellung sah sie ein Kind in einer Kerkerzelle sitzen.

„Hilft..." Tanja hörte ihre Stimme versagen. Sie brach ihren Satz ab und begann von Neuem: „Hilft es etwas, das diese Münze wieder aufgetaucht ist? Die Hades Sohn gehört?"

Der Geflügelte schüttelte den Kopf. „Weder kannst du hier helfen, noch betrifft dich diese Angelegenheit. Egal, wie sie ausgeht, es wird deine Lage weder günstig noch ungünstig beeinflussen."

Die beiden standen nun wieder auf dem Vorplatz der Fährstation. „Komm mit!" forderte der Titan Tanja auf. „Wir müssen ein Stück laufen, bevor du ausruhen kannst, aber es lohnt sich. Am anderen Ende der Stadt, Richtung Lethefall, stehen viele Häuser leer, so dass du weder mit verstorbenen Menschen noch mit Titanen dein Quartier teilen musst."

„Ausruhen klingt gut", seufzte Tanja und folgte dem Geflügelten bereitwillig.

Elysium

„Ich nehme an, du bist schon wieder hungrig", meinte Eros. Tanja hörte den vorwurfsvollen Unterton heraus, der ihr die eigentliche Bedeutung der Aussage erschloss: „Ich gehe davon aus, dass du wie wir alle hungrig bist und zu jammern beginnst, wenn wir nichts dagegen unternehmen, schwächliches Menschending." Sie öffnete den Mund zum Protest, doch der Geflügelte strebte bereits einen Verkaufsstand an. Es schien sich in erster Linie um eine Fischbraterei zu handeln, doch in Körben, kleinen Holzkisten und Fässern wurden auch ganz verschiedene Lebensmittel angeboten. Von Äpfeln über Gartensalat bis his zu Zwiebeln war alles vertreten, was die Botanik hergab – wenn auch in kleinen Quantitäten. Schließlich gab es noch Küchenkräuter, von denen Tanja zwar nur die wenigsten benennen konnte, die sie jedoch alle schon einmal in der Oberwelt gesehen hatte. Exotische göttliche Pflanzen oder Gewächse einer höllischen Unterwelt suchte sie vergebens.

„Die Schatten bauen bevorzugt das an, was sie aus ihrem Leben kennen", kommentierte Eros, „aber wie du siehst, lässt sich aus den Samen der Tartaroswurzeln jede denkbare Pflanze züchten: von jedem Ort der Erde und aus jeder Epoche."

„Auch längst ausgestorbene Pflanzen?"

Eros nickte. „Nichts geht verloren. Die Tartaroswurzeln werden nicht umsonst als Lebensbäume bezeichnet, Tanja."

Die Wissenschaftlerin öffnete ihren Mund zu einer Frage, besann sich aber. Ihr Retter musste nicht gleich erfahren, woran sie gerade dachte. Sie führte nicht viel Geld mit sich und der Materialwert der auf der Oberfläche geprägten Rubel, von dem Zwanzig-Euro-Schein einmal ganz zu schweigen, würden vermutlich nicht für einen größeren Einkauf genügen, doch hoffte die Frau, vielleicht einen Tauschhandel arrangieren zu können. Wenn ausgestorbene Pflanzen hier zu ganz normalen Lebensmittelpreisen gehandelt wurden, wäre es die Investition wert, einige haltbarere Exemplare zu erwerben und mit nach Hause zu nehmen.

Tanja konnte keine Preisschilder erkennen, was darauf schließen lies, dass an diesem Stand ausgiebig gefeilscht wurde. Sie sah sich nach einem Verkäufer um.

Ein schwer im Alter zu schätzender Mann saß auf einem Hocker zwischen seinen Waren. Zwei Krücken waren an ein Fass gelehnt. Tanja blickte genauer hin und stellte fest, dass die Füße des Verkäufers in einem merkwürdigen Winkel von seinen Beinen standen. Auch saß er nach rechts gebeugt, wie jemand, der unter massiven Haltungsschäden litt. Das Gesicht des Mannes wurde von alten Brandnarben verunstaltet. Gleich Eros besaß er ein Paar Schwingen, doch die Federn waren geschwärzt und lagen wirr durcheinander. Hier und da wiesen die Flügel sogar Löcher auf. Es war zu bezweifeln, ob er damit noch würde fliegen können. Doch ungeachtet seiner Behinderung blickte der Titan so selbstbewusst in die Welt, als könne er es mit jedem aufnehmen.

„Das ist Menoitios, Sohn des Iapetos", stellte Eros den anderen vor, noch bevor die beiden den Stand erreicht hatten. „Vielleicht kennst du seine Geschichte ja: Er betrug sich überheblich, daher ließ Zeus seine Blitze auf ihn los. Nun ist Menoitios ein Krüppel, aber nicht weniger arrogant als ehedem, also war es wohl irgendwie der falsche Ansatz mit dem Blitz..."

Menoitios musterte die beiden Ankömmlinge neugierig. Eros höflichen Gruß erwiderte er nicht, Tanja jedoch erhielt einen vorwurfsvollen Blick zugeworfen, als sie ihrerseits nichts sagte. „Äh... Strastwui... tje", begrüßte sie den Standbesitzer daher.

Menoitios schloss die Augen. Er bewegte leicht die Lippen, während er sich die fremde Sprache erschloss. Als er schließlich die Augen wieder öffnete, fragte er Eros in russischer Sprache nach dessen Wünschen. Im Gegensatz zur perfekten Sprachbeherrschung des Urgottes war Menoitios´ Aussprache akzentbehaftet und der Titan schien vor jedem Satz seine Muttersprache in die fremde übersetzen zu müssen.

„Was möchtet ihr?" erkundigte er sich bei seinen Kunden. Eros antwortete: „Fisch!"

Mühsam erhob sich Menoitios. Er hob den Deckel des Fasses, an dem seinen Krücken lehnten, griff hinein und zog einen Fisch, nicht größer als eine Makrele heraus. Tanja runzelte die Stirn. Sie vermochte das zappelnde Tier keiner ihr bekannten zoologischen Gattung zuzuordnen. Die Bestimmung wurde dadurch erschwert, dass auch der Fisch selbst Schwierigkeiten zu haben schien, sich für eine zu entscheiden. Mal schimmerten seine Schuppen beinahe golden, dann wieder erschienen sie matt grau oder bildeten Stacheln aus.

„Ist der recht?" fragte Menoitios. Eros nickte begeistert.

„Eine Letheflosse, fangfrisch zubereitet", bestätigte der Verkäufer. Kaum hatte er zuende gesprochen, da entlud sich ein elektrischer Schlag aus seinen Fingern. Der kleine Fisch zuckte ein letztes Mal, dann war er tot.

Menoitios legte den toten Fisch auf ein Tablett, um ihn anschließend vor den Augen der Kunden zubereiten. Mehrfach kniff er während des Prozesses die Augen zusammen, als müsse er Schmerzenslaute unterdrücken. Als ihm einmal das Messer aus der Hand fiel, griff Tanja geistesgegenwärtig zu. Sie wollte es zurückreichen, überlegte es sich aber anders und fing an, an Menoitios Stelle die Zwiebel zu zerteilen, die der Titan zu diesem Zweck auf ein Holzbrett gelegt hatte.

Eros lies sich neben Tanja auf einem Schemel nieder, den er unter Menoitios Ladentheke hervorgezogen hatte. „Die Letheflosse wird dir schmecken", versprach er. „Menoitios lässt die gefangenen Fische mindestens ein Jahr lang in Wasser schwimmen, das er direkt vom Wasserfall holt. Dadurch vergessen die Tiere, welcher Fischart sie angehören. Jeder Bissen ist eine kleine Überraschung." Menoitios fügte hinzu: „Man muss sie herausnehmen, bevor sie Beinchen bekommen. Diese Gefahr besteht bei der Haltung von Letheflossen. Aber mir passiert das natürlich nicht."

Doch nichts weniger als die kulinarischen Genüsse des Tartaros ging der Frau in diesem Moment durch den Kopf. Ihr war aufgefallen, dass Menoitios immer wieder zuckte, als krümme er sich unter einer Entladung wie jener, die die Letheflosse getötet hatte.

„Das ist der Blitz des Zeus, der noch immer in seinem Körper zirkuliert", beantwortete Eros ihre stumme Frage. „Hätte er ihn durchbohrt, wäre Menoitios jetzt tot. Doch es gelang ihm, das Geschoss zu absorbieren. Nun quält es ihn bis in die Ewigkeit."

„Das ist ja entsetzlich!" entfuhr es Tanja mit vom Zwiebelschneiden tränenden Augen.

„Zeus Weg ist die Strafe", kommentierte Eros. „Ich als Mitbegründer des Kosmos fühle mich eher der Veränderung verpflichtet. Aber Zeus ist so jung, dass er die Welt nur so kennt, wie sie ist. Vermutlich kann er sich gar nicht vorstellen, sie umzugestalten. Er beherrscht einfach das, was er vorfindet, in exakt diesem Zustand."

„Die Jüngeren sind so beschränkt!" erklärte Menoitios in wegwerfendem Tonfall. „Barbaren allesamt!"

„Ja, beschränkt", bestätigte Eros. Es hörte sich wie eine Richtigstellung an. Im Gegensatz zu Menoitios abwertendem Tonfall bediente sich der Urgott eines neutralen. Er stellte lediglich eine Tatsache dar, ohne sie sogleich zu werten.

Die Zurechtweisung, so sie überhaupt verstanden worden war, fiel auf taube Ohren bei Menoitios. Er erging sich noch in weiteren Beleidigungen gegen Zeus Sippe.

Während der Titan den Fisch und die Zwiebeln briet, ließ Eros seine Augen über die Auslagen schweifen. „Tanja, die Menschenfrau hier, wird einige Tage in Elysium verweilen", erklärte er. „Ich würde gern noch Vorräte für sie mitnehmen."

Menoitios sah auf. „Es tut mir leid, Eros", sagte er. „Aber das ist ganz schön viel Nahrung, was du da verlangst. Ich muss etwas dafür verlangen."

„Jaaaa", erwiderte Eros gedehnt. „Ich verstehe." Der Geflügelte senkte den Kopf. „Ich hätte etwas mitbringen sollen. Aber ich war so in Eile…"

„Bist du umhergestreift?"

„Nein, oder: nicht nur. Ich habe in einem Menschendorf gelebt."

Menoitios machte große Augen! „Du meinst aber doch…"

„Ja", korrigierte Eros. „In einem Dorf der Schatten. Ich wollte mein Leben bewahren, nicht es auf einem sinnlosen Fluchtversuch aus dem Tartaros aufs Spiel setzen. Selbst wenn es möglich wäre, bliebe ja noch der gesamte Hades zu durchqueren."

„Also wenn du gar nichts mitgebracht hast, dann gibt mir wenigstens Geld", lenkte Menoitios ein. „Etwas, das wir bei den Schemen eintauschen können, wenn sie mit ihren Waren zu Charons Kai kommen."

Eros zählte einige Münzen aus einem Lederbeutel auf die Verkaufstheke. Die letzten beiden schob Menoitios wieder zurück. „Das genügt! Für mehr Geld könnte ich keine Waren entbehren."

Tanja sah von einem zum anderen und beinahe wäre ihr der Mund offen stehen geblieben. Menoitios Verhalten wäre in ihrer Welt mit dem eines Eisdielenbetreibers vergleichbar gewesen, der einem Kunden, welcher keine Schlagsahne auf seinen Eisbecher wollte, freiwillig eine weitere Kugel servierte. Es kam vor, doch selten genug, so dass man sich den Laden merkte. Und dieser Vergleich schloss noch nicht einmal die verrückte Tatsache ein, dass Menoitios ganz selbstverständlich einen Fisch für Eros briet, ohne auch dafür eine Gegenleistung zu erwarten. Im Gegenteil – er, der überheblichste der Titanen, entschuldigte sich kleinlaut bei seinem Kunden dafür, Bezahlung verlangen zu müssen. Und Eros verstand: Sowohl die Notwendigkeit eines Tausches als auch die Unerhörtheit dieses Ansinnens.

Tanja war auf der Suche nach wertvollen Bodenschätzen in der Unterwelt gelandet. Sie kam aus einer Welt, in der die Wissenschaft unter wirtschaftlichen Gesichtspunkten betrieben wurde. Solange Forschung dem Geldverdienen zuträglich war, wurde sie gefördert. Jedermann ewartete, etwas für seine Investitionen zurückzuerhalten.

Die Titanen hingegen lebten in einer völlig anderen Welt. Sie arbeiteten nicht für den Eigentümer einer Produktionsstätte, aus dessen Hand sie Lohn empfingen und dessen Regeln sie sich zu unterwerfen hatten. Es bestand kein Grund, ihre Kinder zum Lernen anzuhalten, da es abslout nicht wichtig für sie war, eine gutbezahlte Stelle zu ergattern. Niemand lebte im Wohlstand, das lies sich an

Menoitios und Eros deutlich erkennen. Während sie unter dem Gesichtspunkt ihrer Erkenntnis die Passanten beobachtete, konnte Tanja auch kein nennenswertes Wohlstandsgefälle bei den Bewohnern Elysiums erkennen. Innerhalb ihres Kerkers arbeiteten alle für dasselbe: das Überleben ihrer Gemeinschaft. Das letzte, was ihnen geblieben war.

„Wisst ihr eigentlich, dass ihr frei seid?" fragte die Frau unvermittelt. „Lediglich euer Bewegungsspielraum ist eingeschränkt und euer Lebensraum, wie ich selbst erleben musste, kein friedlicher. Zeus herrscht vielleicht über die Menschen, die ihm Prometheus gemacht hat, wie ihr mir erzählt habt - aber nicht über die Titanen!"

Eros lachte bitter. „Die Olympier herrschen also nicht über uns?" spottete er. „Komisch, dann bilde ich mir den Gerichtstermin gegen Perses also nur ein."

„Lass sie!" fuhr Menoitios den älteren Titanen an. „Weißt du doch selbst, wie grausam die Olympier ihr Spiel mit den Menschen treiben! Es mag gut sein, dass dieser Frau im Vergleich dazu unser jetziges Leben erstrebenswert erscheint. Sie hat das goldene Zeitalter nicht miterlebt."

„Ich..." Tanja dachte an ihre Heimat. Daran, wie stolz die Menschen dort waren, dass nun jeder, ungeachtet seiner Herkunft, dasselbe Ziel anstreben durfte. Sie hatten zuerst die Bojaren entmachtet und dann die Kommunisten. Die Gerechtigkeit der höheren Tiere, nicht das Kastensystem der Ameisen, hatte in den menschlichen Kulturen Einzug gehalten: Die entsprechenden Fähigkeiten vorausgesetzt, konnte jeder alles werden. Den Titanen hingegen war es nicht wichtig, etwas zu werden, bestand doch keine Notwendigkeit dazu. Sie mussten lediglich in dem, was sie bereits waren, besser werden, um sich gegen die Außenwelt zu behaupten. Der Wettbewerb innerhalb ihrer Gesellschaft schien außer Kraft gesetzt zu sein. Konnte das funktionieren? Nicht für die Menschen, das hatte Tanja bereits in der Schule gelernt. Aber nun hatte sie eine andere Spezies als die ihre kennengelernt und musste sich fragen: Konnte es grundsätzlich funktionieren?

Mit den Worten „Der Fisch ist fertig" riss Menoitios die Frau aus ihren Gedanken.

„Vielen Dank", sagte Tanja, als sie ihre Portion auf einem großen Stück Brot gereicht bekam. Das Brot war altbacken, wenn auch nicht hart.

„Danke, Menoitios", wiederholte Tanja. Sie zupfte ein Stück von dem dampfenden Fischfilet und schob es in den Mund. Erneut zuckte Menoitios. Tanja empfand Mitleid mit dem Fischhändler. „Jemand wegen eines Charakterfehlers so hart zu bestrafen… Das war nicht gerecht von Zeus."

„Gerecht heißt nur *dem Recht entsprechend*, mit Vernunft hat das nichts zu tun", erwiderte Menoitios schmunzelnd. Eros pflichtete dem Titanen bei: „Auch *richtig* kommt von derselben Wurzel. Die über Menoitios verhängte Strafe war *richtig* und *in Ordnung*. Ob sie auch *gut* war, darüber wird durch das Wort noch keine Aussage getroffen."

Zumindest Menoitios schien es doch sehr zu bezweifeln…

„Kronos war nie ein gerechter Herrscher", sinnierte Eros. „Für ihn zählte der Einzelne mehr als das Gesetz. Er hat sich gefragt, warum ein Gesetzesbruch stattfand, und welche Auswirkungen jedes mögliche Urteil nach sich ziehen würde, ob die Regel, gegen die verstoßen wurde, weiterhin gut für uns war. Am Ende wählte er, was für alle am Besten war. Oh, es kam zu einigen sehr harten Urteilen, und manchmal wurde die Weisheit seiner willkürlich wirkenden Entscheidungen erst nach langer Zeit offenbar, doch er ist nicht umsonst der Gott der Zeit, nicht wahr?"

„Ist er?" fragte Tanja mit vollem Mund.

Menoitios nickte. „Man kann es am Namen ablesen. Die Zeit ist Ordnung per excellence. Als er sie zu seiner Domäne gewählt hat, bestätigte Kronos damit seine Hingabe zum Kosmos, aber ein Rest Chaos steckt auch noch in dem Namen."

„Kronos hatte Zeit, sich mit juristischen Fragen zu beschäftigen, er hatte nichts anderes zu tun, als zu herrschen", erinnerte sich Eros. Menoitios fiel ein: „Und wenn er wirklich einmal in Zeitnot geriet, dann schuf er einfach zusätzliche!"

Es schien den beiden Titanen große Freude zu bereiten, ihre Erinnerungen vor der Menschenfrau neu zu beleben, sie an etwas teilhaben zu lassen, das sich vor der Erschaffung ihrer gesamten Spezies ereignet hatte. Menoitios versuchte, die Fremde mehr in das Gespräch einzubeziehen: „Ist den Menschen aufgefallen, dass die Tage länger sind als früher?"

„Wir haben das in der Schule gelernt", antwortete Tanja. „Es liegt daran, dass der Mond sich von der Erde entfernt. Die Anziehungskraft der beiden Himmelskörper aufeinander wird geringer, die Erde verliert an Momentum. Eine einfache Angelegenheit der Masseträgheit."

Menoitios lachte, wie jemand, dem gerade eine großartige Pointe enthüllt worden war! „So hat Kronos das also gemacht? Mit dem Mond? Cleverer alter Sack! Haha, wir leben nun einmal auf der Erde, da genügt es wirklich, die Tage hier bei uns zu strecken, anstatt die fundamentalen Naturgesetze zu manipulieren."

Tanja beschlich das Gefühl, dass derartige Manipulationen vielleicht nicht an der Tagesordnung waren, sich aber durchaus im Rahmen des Möglichen für den Titanen – und mehr noch den Urgott Eros – befanden. Oder war Menoitios einfach nur ein Aufschneider? Jedenfalls wies ihn Eros nicht zurecht, was immer man daraus zu schlussfolgern hatte.

Der jüngere Titan kam auf die anstehende Gerichtverhandlung zu sprechen: „Was erwartest du von diesem Gericht, Eros?"

„Eine Ausnahme", lachte der andere trocken. „Denn normalerweise werden die Täter ja nie bestraft."

Auf Tanjas ungläubigen Blick hin holte der Titan aus: „Hades will eine Nymphe - seine Frau verwandelt die Ärmste ‚zu ihrem Schutz' in eine Pappel, und nicht Hades, dem das besser getan hätte.

Hera schlägt Herakles mit Wahnsinn, dieser tötet seine Familie und muss anschließend Buße tun für die Tat, die seine Stiefmutter, nicht er selbst, zu verantworten hat.

Niobe hat mehr Kinder als Hera – diese lässt die Familie ermorden, aber dadurch hat sie noch immer nicht mehr mehr Kinder auf die Welt gebracht. Es scheint also nur um die Anzahl aktuell existierender

Nachkommen zu gehen. Anstatt die Niobes zu verringern, hätte Hera die ihre auch durch Adoption vergrößern können."

„Schau, Menschenfrau", mischte sich Menoitios ein, „das sind nur drei Beispiele dafür, welch gnadenlose Bestien die Olympier sind. Diesen Bestien müssen wir unter allen Umständen aus dem Weg gehen!"

Tanja ließ sich die Beispiele durch den Kopf gehen. „Wir kennen", begann sie dann vorsichtig, „in meiner Welt ein Wort dafür: Psychopathen. Solche Menschen sind krankhaft unfähig, sich in andere einzufühlen oder sie auch nur als Personen wahrzunehmen."

Sie schluckte den letzten Bissen Brot hinunter und leckte sich die fettigen Finger sauber. Die Letheflosse hatte wirklich ausgezeichnet geschmeckt. In Hochstimmung meinte sie: „Das sind alles Inzestkinder, die haben alle möglichen Erbfehler!"

Tanja zuckte zusammen, kaum, dass sie diese Worte gesprochen hatte. Doch die beiden Titanen lachten schallend! Sie bezogen Tanjas Aussage nicht auf sich selbst, ausschließlich auf die Olympier.

Menoitios reichte Eros einen Sack mit Vorräten über die Ladentheke, dann bedeutete der Geflügelte Tanja, dass es Zeit war, weiterzugehen. In bester Stimmung verließ er Menoitios und auch Tanjas Laune war durch die Mahlzeit gehörig gehoben worden.

*

Tanja konnte keine Finsterwurzeln mehr sehen, wollte nichts mehr über sie hören oder auch nur an sie denken. Als sie die zum Lethefall führende Allee betrat, rümpfte sie daher die Nase über das allgegenwärtige Gewächs.

Nur wenige Personen waren in diesem Stadtviertel unterwegs. Ein Jüngling im Alter des Boten Merxeton spielte mit einem zweiköpfigen Hund. Ihm fehlten die typischen Flügel eines Titanen. Der Jugendliche wirkte grobschlächtiger, potentiell sogar noch größer als Eros. Besonders die Stärke seiner Arme fiel Tanja auf.

Immer wieder warf der Junge einen Stock über den Kopf des Tieres und der Hund rannte los, diesen zurückzubringen. Seine beiden Köpfe kämpften den ganzen Weg über darum, welchem die Ehre zuteil würde, Herrchen die Beute vorzulegen. Im Laufen kämpften sie um den Stock, der mehrfach den „Besitzer" wechselte. Jedesmal strich der Junge dem Tier über den „siegreichen" Kopf.

Der Jugendliche war so vertieft in sein Spiel, dass er sich gerade einmal die Zeit nahm, Eros zum Gruß zuzuwinken. Vermutlich hatte er nicht einmal bemerkt, wem er da seine Grüße entbot, sonst hätte er den Zurückgekehrten wohl um einiges stürmischer begrüßt.

Ein erwachsener Titan in erdfarbener Toga hingegen eilte zielstrebig auf Eros und seine Begleiterin zu. Die Wiedersehensfreude des Geflügelten hielt sich in Grenzen, wie Tanja bemerkte. Offenbar unterlagen auch die Bewohner dieses Utopia unter der Erde menschlichen Schwächen und nicht jeder war eitel Freund mit jedem.

Der andere Titan wirkte, obgleich seine Kleidung sauber war, das Haar gewaschen und in Form gelegt und der Speer, den er auf dem Rücken trug, blank poliert, irgendwie schmierig, fand Tanja. Etwas in seinem Blick gefiel ihr nicht, sie empfand seinen Gesichtsausdruck als lauernd.

„Eros!" rief der Stadtbewohner aus. „Du hier? Wie hast du es geschafft, den alten Charon auszutricksen? Nein, sag nichts, du hast dich gewiss der Schläue eines menschlichen Heroen bedient!"

„Nicht ganz, Tityos. Genaugenommen stehen mir die Menschen bis…" Ein Mensch hätte den Satz mit „hier" und einer Handbewegung über seinem Kopf beendet. Der Titan hingegen hob seinen Kopf weit nach oben, als wolle er durch die Höhlendecke hindurch die Erdkruste oder gar den Mond erspähen. „…dort!" sagte er.

„Trotzdem schleppst du eine ihrer Frauen mit dir herum, Onkel Eros", konterte der andere. „Warum gibst du sie mir nicht? Dann wärst du sie los."

„Nein!" sagte Eros scharf.

Tityos zuckte die Schultern. „Dann teilen wir sie, um deine Rückkehr zu feiern", meinte er. „Mit allen Sinnen."

Erneut wies Eros den Titanen ab. Dieser ließ nicht locker, bis der Unterweltjäger ihm einfach einen Schlag mit den Schwingen verpasste,

Tanja bei der Hand fasste und den aufdringlichen Verwandten stehen lies.

„Was war das für einer?" forschte Tanja.

„Er heißt Tityos. Einer meiner zahlreichen Neffen." Eros seufzte. „Halt dich einfach von ihm fern."

„Er..." begann Tanja, doch sie stockte bereits nach dem ersten Wort.

Eros lachte trocken. „Bemüh dich nicht, etwas Höfliches über den Mann zu sagen! Tityos ist so voll der Wollust, dass man ihn für einen Olympier halten könnte. Aber er benimmt sich, wenn ich dabei bin, weil er weiß, dass alles, was er ist, auf mich zurückgeht."

Die vielfältigsten Erwiderungen lagen Tanja auf der Zunge, doch sie lies es gut sein. Eine Unterkunft, vielleicht ein warmes Bad, wenn sie schon auf eine Dusche verzichten musste, und ein Vorhang vor dem Fenster, den man schließen konnte und sich einbilden, in einem Ferienhaus an der Ägäis zu schlafen, mehr wollte sie derzeit nicht.

Eros führte seine Begleiterin weiter die Allee entlang. Einige Meter hinter ihnen tobte der Junge mit seinem Hund. Den Maßstäben des Tartaros nach musste es sich um einen beschaulichen Abend handeln, überlegte Tanja.

Unvermittelt warf sich Eros herum. Er stellte sich hinter Tanja und breitete seine Schwingen aus, so dass sie einen Schutzschild für beide bildeten.

„Was...?" entfuhr es der Frau und „Deckung!" rief der Geflügelte.

Tanja konnte nicht sehen, wovor sie in Deckung gehen sollte. So hielt sie sich einfach nahe bei Eros. Nur Sekunden später passierten zwei Dinge gleichzeitig: Eros faltete seine Flügel wieder ein, unendlich verwundert. Die Gefahr, die er gespürt hatte, so begriff er, richtete sich nicht gegen ihn oder die Menschenfrau. Im selben Moment jaulte der Höllendhundwelpe laut auf. „Nein!" rief sein Besitzer.

Tanja blickte sich um. Sie sah den Jugendlichen über seinen Hund gebeugt auf der Straße hocken. Ein Speer steckte im Körper des Jungtieres, hob und senkte sich mit jedem gequälten Atemzug. Eine Blutlache ergoss sich auf die Straße.

Der Junge streichelte den Kopf seines Tieres an, der andere ruhte auf seinen Knien. „Nein! Nein, wieso denn nur...?"

Wer tat so etwas? Und warum?

Tanja sah sich um, doch sie konnte keinen Werfer entdecken.

Eros lief zu dem Jungen. Er musste nur wenige Schritte tun, dann hatte er ihn und den tödlich verletzten Hund erreicht.

„Warte, Reos", sprach er den Jüngeren an. „Wir bringen deinen Hund zu einem Heiler."

Tanja wollte sich ebenfalls in Bewegung setzen, doch jemand packte sie von hinten.

„He!"

Tanja versuchte, sich loszureißen, doch der Griff des anderen war zu fest. Beherzt schlug sie mit dem Ellenbogen nach hinten. Wer oder was immer dort stand, wich ein Stück aus, ließ sein Opfer aber nicht los.

Etwas schob sich zu beiden Seiten der Frau nach vorn, wie zwei Wände oder Vorhänge. Ein Kokon aus Titanenfedern umhüllte Tanja. Sie hatte das bereits einmal erlebt: Eros hatte sie auf diese Weise im Dorf der Schatten eingehüllt. Doch Eros stand bei dem Jungen Reos, um Eros konnte es sich also nicht handeln.

„Loslassen! Sofort wieder aufmachen!"

Der Titan dachte nicht daran.

„Eros!" schrie Tanja. Das letzte, was sie von ihrem Beschützer gesehen hatte, war, wie er seinen Bekannten zu trösten versuchte. Nun glaubte sie, Flügelschlagen zu hören.

Tanja irrte sich nicht. Über ihrem Kopf flog Eros, in seinen Armen den blutenden Hund haltend. Durch ihr nach oben offenes Gefängnis konnte Tanja es genau erkennen.

„Eros!" brüllte Tanja. „Hilfe!"

Doch der Geflügelte schwang sich außer Reichweite. Tanja war sich sicher, dass er sie nicht gehört hatte, entweder, weil die Federn um sie herum den Hilfeschrei gedämpft hatten, oder weil der Mann in Gedanken ganz auf seine Aufgabe konzentriert war. Da wand sie sich nun zwischen den Flügeln eines Fremden und der einzige, der ihr hätte helfen können, hatte nichts besseres zu tun, als Krankentransport für einen toten Hund zu spielen?!

Der Fremde zog seine Flügel enger um Tanja. Sie wurde gegen seine Brust gepresst, spürte seinen Atem in dem kleinen Gefängnis und schrie erneut.

Der Titan legte ihr seine Hände auf die Schulter. Mit den Daumen beider Hände drehte er ihren Kopf in Richtung seines Gesichts. Tanja erkannte dieses Gesicht sofort wieder: Tityos, Eros Neffe!

„Mein edelmütiger Onkel kann es nicht ertragen, ein Kind unglücklich zu sehen", grinste Tityos. „Aber du und ich, wir sind über Kinderspiele hinaus, nicht wahr?"

Tanja schlug nach den Händen des anderen, doch dieser legte sie lediglich wieder etwas tiefer um ihren Körper. „Ich habe den Speer geworfen", gab er zu. „Ich kann gut mit... meinem Speer umgehen!"

Der Titan umfasste die Hüften seiner Gefangenen. Erneut wehrte sich Tanja gegen den Übergriff. Diesmal packte Tityos sie an ihrer Uniform und begann, sie mit sich zu zerren. Wohin es ging, konnte Tanja nicht erkennen.

„Ist hier denn niemand?" schrie sie, dabei weiter kämpfend. Doch das uralte Wesen, das sie gefangenhielt, hatte bereits im Krieg gegen die Olympier mitgekämpft. So leicht würde es sich nicht von einer Menschenfrau bezwingen lassen.

„Komm schon!" knurrte der Titan. „Oder willst du mir vielleicht auf offener Straße beiwohnen?"

„Ich werde dir..." Der Titan zog Tanja weiter, sie zerrte in die Gegenrichtung. „...überhaupt nicht beiwohnen!"

Die Frau hörte das ratschende Geräusch ihrer zerreißenden Uniformjacke, sie spürte keinen Widerstand mehr, der sie zog und taumelte in die Gegenrichtung. Dort verhinderten Tityos Schwingen ihr Entkommen. Tanje warf sich herum. Sie rupfte panisch eine Feder nach der anderen aus, bis Tityos ihre Hände festhielt. Sie spürte seine Zunge im Nacken – und dann hörte sie ein herrisches „Was geht denn hier schon wieder vor?!"

Die exakten Worte konnte sie nicht verstehen, im Gegensatz zu Tityos bediente sich der Sprecher nicht der Menschensprache. Doch Tonfall und Lautstärke liesen keinen Zweifel an der Aussage.

Eine Klinge bohrte sich zwischen die Flügel des Titanen. Sie drang in den Kokon ein und beinahe hätte die Spitze Tanjas Bauch berührt.

„Iehhhhhhhhhk!" schrie sie.

Derjenige, der die Klinge führte, drehte sie kurz. Dem Titan blieb keine Wahl, er musste das Gefängnis öffnen. Widerwillig zog er seine Schwingen zurück, die Gefangene dabei weiterhin an ihren Handgelenken festhaltend.,

„Lass es los, es gehört dir nicht!" befahl der Schwertträger. Dann besah er sich näher, was der Titan da festhielt. Tanja ihrerseits erhaschte nun ihren ersten Blick auf die Person, die sie möglicherweise gerettet hatte – bei Titanen wusste man das nie so genau.

Doch vor ihr stand kein Titan. Da stand – ein Mensch?

Der andere war etwas jünger als Tanja, Anfang bis Mitte Zwanzig. Er erreichte eine stattliche Körpergröße und wies einen athletischen Körperbau auf. Seine Gesichtszüge waren fein gezeichnet, ebenmäßig, aber nicht ganz perfekt. Sie wirkten männlich und überaus gutaussehend, dennoch natürlich, nicht wie die idealisierten Züge einer Statue. Gekleidet war der Mann in dieselbe zusammengeraubt wirkende Kleidung wie Eros. Er trug eine schwarze Samthose, die von einem Ledergürtel mit einer Bronzeschnalle gehalten wurde, dazu griechisch anmutende Schaftstiefel mit Korksohlen. Seinen Oberkörper bedeckten ein seidenes Fechthemd, das Tanja an einen Gentlemanpiraten denken lies, sowie ein kurzer Mantel, ebenfalls aus schwarzem Samt, der über die linke Schulter fiel und der mit einer Spange gehalten wurde.

Ein einfacher goldener Reif krönte das Haupt des Mannes. Schwarze Locken fielen bis auf seine Schulter.

Merkwürdigerweise empfand Tanja die Aufmachung insgesamt als elegant, was auch an der Art ihres Trägers, sich zu bewegen, liegen musste.

‚Er sollte einen Degen halten, nicht dieses kurze Schwert mit der breiten Rinne', schoss es ihr durch den Kopf.

Tityos hatte Tanja inzwischen nicht nur losgelassen, er war auch ein paar Schritte zurückgetreten. Was er dem Fremden an Schimpfworten zuwarf, verstand Tanja nicht. Ebensowenig vermochte sie die belustigt wirkende Antwort ihres Retters verstehen.

Der Fremde wandte sich nun direkt an Tanja. Er stellte ihr eine Frage.

„Ja nje pannimaju – ich verstehe nicht", erwiderte die Menschenfrau.

Der andere lauschte auf den Klang, begriff, dass es sich um zwei verschiedene Sprachen handelte und schloss kurz die Augen, um beide herzuleiten. Damit erstarb Tanjas letzter Funken Hoffnung, in der Unterwelt auf einen anderen Menschen getroffen zu sein.

Erneut widerholte der Fremde seine Frage, diesmal auf deutsch: „Bist du eine Nymphe?"

„Aber nein!" lachte Tanja, obwohl ihr ganz und gar nicht danach zumute war. „Ich bin eine Menschenfrau!" stellte sie dann trotzig klar.

Der andere steckte sein Schwert weg. „Stimmt, das hätte ich sehen müssen", meinte er dabei. „Keine Nymphe ist auch nur annähernd so reizend wie du!"

„Ach!"

Tanja sah sich nach dem schnellstmöglichen Fluchtweg um, doch der andere machte keine Anstalten, nun ebenfalls über sie herzufallen. Stattdessen verneigte er sich vor der Menschenfrau und erklärte: „Ich bin Outis, Prinz des Hades. Sicher steckt hinter deiner Anwesenheit hier eine faszinierende Geschichte, und wenn es etwas gibt, dass dich dieses letzte Kapitel davon vergeben lassen kann, so zögere nicht, es mir zu sagen!"

„Outis! Dann habe ich etwas bei mir, dass dir... dass Ihnen... Euch gehört", stammelte Tanja. „Ich habe Euren Obolus in der Unterwelt gefunden."

Schon fuhr Tanjas Hand in ihre Tasche, doch Outis wehrte ab.

„Ich glaube, es gibt jetzt wichtigere Dinge, um die wir uns kümmern müssen, als diese dumme Münze. Du siehst erschöpft aus, hungrig, von dem Zwischenfall gerade eben ganz zu schweigen." Der Olympier schmunzelte. „Vater wird einen Aufstand machen, wenn er erfährt, dass wir erneut einen Menschen hier haben. Besser, ich sage es ihm selbst und das möglichst rasch. Aber vorher müssen wir dich irgendwo unterbringen. Bist du ein unschuldiges Opfer - zu deinem Schutz. Bist du es nicht – zu unserem."

Outis meinte jedes seiner Worte, wie er es sagte, doch die Art, wie er es ausdrückte und dabei lächelte, als sei er ein Schuljunge, der mit Tanja gemeinsam einen Streich aushecke, machte ihn der Menschenfrau sympathisch. Von diesem Unterweltprinzen ging so gar nichts Bedrohliches aus. Es schien sich im Gegenteil um eine faszinierende Persönlichkeit zu handeln, die den letzten Rest ihres jungenhaften Schalkes kultiviert hatte und nun wohldosiert einzusetzen wusste, ohne dabei an Männlichkeit einzubüßen.

„Eros hatte mir versprochen, mich in einem Haus in diesem Viertel einzuquartieren", teilte die Frau Outis mit. Sie sprach den Namen mit einer Verachtung aus, die der Geflügelte sonst für Olympier reservierte. Jegliches Mitgefühl mit den Titanen war seit ihrem Zusammenstoß mit Tityos erloschen!

„Aber er hat sich davongemacht, als sein Neffe mich bedrohte!"

„Das... klingt nicht nach dem Unterweltjäger", sagte Outis vorsichtig. Unwillig, es sich mit der „Nymphe" zu verderben, indem er dem Charakter des Titanen Gerechtigkeit widerfahren lies, schwieg der Prinz.

Tanja schüttelte den Kopf. In knappen Worten erzählte sie Outis, was geschehen war, seit die beiden Tityos über den Weg gelaufen waren.

„Der Hund war ihm wichtiger!" schloss sie ihren Bericht.

„Reos war ihm wichtiger", murmelte Outis. „Aber es läuft auf dasselbe hinaus." Er hob den Kopf. „So sind die Titanen! Sie denken nur an sich selbst!"

Er legte seine Hand auf den Knauf seines Schwertes.

„Gestatte mir, dass ich nachhole, was der Häftling versäumt hat", bat er. „Geh vor oder hinter, so nah bei oder so fern von mir, wie es dir angenehm ist. Solange du dich in meiner Begleitung befindest, wird es niemand wagen, dir etwas anzutun!"

*

Von dieser Begegnung an erschien Tanja alles, was sie erlebte, wie ein Traum, aber ausnahmsweise einmal ein Guter. Sie hatte die Stadt nicht nur erreicht, sie fühlte sich in Elysium *angekommen*. Das kleine Haus in der Allee im Wasserfallviertel, das sie bezogen hatte, erschien ihr weniger als ein Gefängnis, als vielmehr als ein Krankzimmer. Unangenehm gestaltete sich der Aufenthalt in einem solchen, doch man wartete darin auf seine Genesung. Kronos, davon war Tanja nun überzeugt, würde ihr helfen, den Rückweg in ihre Welt zu finden. Sie musste nur die wenigen Tage bis zur Audienz abwarten.

Während dieser Zeit entfernte sich die Frau nie weit von ihrer Zuflucht. Der Schock über die Begegnung mit Tityos war in der Hintergrund getreten, aber noch nicht überwunden. Eros war aus ihrem Leben verschwunden, dafür besuchte Outis Tanja täglich, an manchen Tagen mehrfach. Wenn sie zusammen spazieren gingen, meinte die Frau, Eros doch noch zu spüren – nicht die Person, wohl aber das verheißungsvolle Kribbeln, dass sie von Dates mit Thorsten oder Wolodja kannte. Outis war überaus charmant und zuvorkommend. Er zeigte Tanja genau die Orte in der Stadt, die sie sehen wollte und wusste meistens schon lange vor der Frau, welche das waren. Er drängte sich nicht auf, ganz im Gegenteil war es meist die Menschenfrau, die den Olympier bat, noch ein wenig zu bleiben. War Kronos der Herzog und Eros sein Ritter, so war Outis der Prinz des ganzen Königreiches.

Wie oft Tanja ihn zufällig berührt hatte, wusste sie selbst nicht zu sagen. Zum ersten Mal bewusst nahm sie seine Hand, als der Prinz ihr in Charons Boot half. Die beiden hatten sich zu einer Fahrt über den Styx verabredet, dem ein kleines Picknick am anderen Ufer folgen sollte. Charon, der ewige Dienstleister, musste der Zweckentfremdung seiner Fähre zu diesem Zweck nachkommen.

Der Fährmann musste bezahlt werden. Outis wies die von Eros requirierte Münze vor. Tanja erhaschte einen Blick darauf. Sie erkannte die Buchstaben eines fremden Alphabets auf der einen und das Bild eines Titanen auf der anderen Seite. Eine solche Münze hatte auch der Bote Merxeton vor einigen Tagen benutzt. Die Menschenfrau trug noch immer die konturlose Goldmünze bei sich, die sie im Tartaros gefunden hatte. Sie präsentierte Charon das Geldstück und durfte daraufhin einsteigen.

Tanja nahm auf einer der Sitzbänke Platz. Outis hatte vorsorglich ein Kissen mitgebracht, das sie auch dankbar annahm. Bevor sie den Obolus wieder einsteckte, hielt sie ihn Outis vor die Augen. „Das ist eure…"

„Ja; dann können wir ja wieder tauschen." Outis schnippte Eros Münze in die Luft und fing sie geschickt wieder. „Perses wird dadurch allerdings nicht freikommen", meinte er, während er sich neben Tanja niederließ. „Sein Verbrechen ist ein anderes."

Tanja legte Outis die Münzen in die Hand.

„Danke." Der Olympier schluckte hart, als liege ihm etwas auf dem Herzen. Tanjas eigenes Herz klopfte ein wenig schneller. Outis öffnete den Mund und Tanja spürte, dass auch ihre Lippen sich unwillkürlich ein wenig öffneten.

„Tanja… siehst du es mir nach, dass ich dir Eros Obolus nicht geben kann?" fragte er, beinahe ein wenig ängstlich. „Perses mag derzeit ein Gefangener sein, aber selbst in seiner Zelle hat er Anspruch auf die Münze. Ob er Elysium nun verlassen darf oder nicht, es ist seine und nur das Gericht darf sie ihm abnehmen. Wieviel mehr Recht hat dann Eros, der ja ein unbescholtener Bürger der Stadt ist, auf seinen Obolus!"

„Oh…" Das war nicht ganz, was Tanja erwartet hatte zu hören. Sie nickte.

„Ich fühle mich ein wenig schuldig", erklärte Outis, während er beide Münzen wegsteckte. „Wenn du möchtest, begleite ich dich morgen zu Kronos. Dann werden wir ja sehen, ob er es wagt, weniger als in seiner Macht steht, für dich in Bewegung zu setzen!"

„Ja, das möchte ich", antwortete Tanja. Sie lehnte sich an ihren Begleiter. „Aber ich bitte Euch noch um etwas anderes: Sprechen wir heute nicht mehr von Titanen."

„Einverstanden." Outis legte ihren Arm um die Menschenfrau. „Wieso sagst du eigentlich ständig Ihr zu mir? Das muss nicht sein!"

Tanja kicherte. „Es passt so zu Eurer Aufmachung. Sie erinnert mich an eine Epoche unserer Geschichte, in der alles roman... förmlicher zuging."

„So?" Outis blickte Tanja in die Augen. „Erzählt mir mehr davon, Tanja!"

Die Frau lies sich nicht lange bitten. Der Kahn schaukelte auf den Wassern, die Stadt blieb zurück und selbst die Basilisken ruhten träge im Gras der Asphodeloswiesen, als strahle der Frieden des Nachmittags auf sie aus.

Nur Charon konnte sich des Verdachts nicht erwehren, dass sein Prinz sich auch an diesem Tag wieder auf die Jagd begab und nur das Wild ein anderes als sonst war.

*

Nachdem die Fähre am anderen Ufer angelegt hatte, mussten die beiden Passagiere noch ein ein paar Schritte laufen. Outis hatte eine Stelle ausgesucht, an der sich ein Schilfgürtel am Ufer entlangzog und das Gras an einigen Stellen auf halbe Manneslänge wuchs. Hier und da trotzdem andere Gewächse dem kargen Untergrund: Büsche und Sträucher. Tanja entdeckte eine kleine Schicht Mutterboden.

„Was ist das für ein Ort?" fragte sie.

„Ihr habt gleich erkannt, dass es damit eine besondere Bewandnis hat", lobte sie der Prinz. „Hier haben die Titanen vor langer Zeit versucht, Landwirtschaft zu betreiben. Aber der Plan wurde aufgegeben, da zu viele Bewohner der Asphodeloswiesen sich hier herumgetrieben haben und das Verlassen der Stadt unsicher machten. Heute ist dieser Platz ein beliebtes Ziel für Ausflüge. Ich habe hier gern gespielt, wenn Vater in Elysium zu tun hatte."

Der Prinz stellte den Picknickkorb ab.

„Eros hätte mich den tragen lassen", überlegte Tanja laut. „Weil er ja die Hände immer an der Waffe haben musste..."

Sie beugte sich über den Korb, während Outis eine Decke ausbreitete.

Zu Tanjas freudiger Überraschung fand sie lauter Speisen, die sie kannte, in dem Korb vor: Weißbrotstangen, verschiedene Fisch- und Fleischsalate, geschnittenes Gemüse, Früchte...

Ein Zwischenboden trennte diese Speisen von einer zweiten Schicht. Doch bevor sich Tanja dieser widmen konnte, spürte sie eine Berührung im Nacken, als packten dort winzige Krällchen zu. Die Klauen arbeiteten sich weiter vor, zogen sich an Tanjas Haaren hoch und stießen sich dann von ihrem Schädeldach ab, noch bevor die Frau „He! Au!" sagen konnte.

Ein faustgroßes Fellbällchen, das einen unterarmslangen Schwanz hinter sich herzog, hüpfte von Tanjas Kopf herunter. Outis griff geistesgegenwärtig zu, bevor das Wesen sein Ziel – den geöffneten Picknickkorb – erreichen konnte. Der Prinz hielt das kleine Tierchen mit beiden Händen fest und zeigte es seiner Begleiterin.

„Schaut! Nur ein Äffchen!"

„Ke-ke!" beschwerte sich der Affe über diese Behandlung.

Tanja griff in den Korb, holte eine Mandarine hervor und zerteilte die Frucht. Ein Stückchen hielt sie dem Äffchen hin, das sofort gierig zugriff und es verspeiste.

„Kek?" Der Affe legte den Kopf schief.

„Gib ihm die Hälfte, damit hat er zu tun und wir unsere Ruhe!" lachte Outis.

Tanja tat das und die beiden verfolgten, wie ihr ungeladener Gast seine schwere Beute in Sicherheit brachte.

„Der Tartaros ist gar nicht so lebensfeindlich, wie man denken sollte", behauptete Outis. Dass die kleinen Affen zu hunderten als Hauptnahrungsquelle der größeren Wiesenbewohner dienten, unterschlug er seiner Begleiterin dabei.

„Am Schlimmsten ist der drohende Verlust der Hoffnung. Aber ich verspreche, ich werde Euch den Aufenthalt hier so angenehm wie möglich gestalten!"

Tanja lächelte. „Danke, Outis! Es ist ja nur noch der eine Tag morgen!"

„Äh, ja." Outis blickte zu Boden. „Natürlich."

Rasch breitete er dann die mitgebrachten Speisen auf der Decke aus.

„Gibt´s was zu trinken?" fragte Tanja.

Outis nickte. Aus dem unteren Fach des Korbes holte er Teller, Besteck und Becher hervor. Er nahm einen der Becher, schaute hinein und runzelte die Stirn.

„Styx, wärst du bitte mal kurz so aufmerksam...?" bat er. Kaum hatte der Olympier zu Ende gesprochen, erhob sich eine Wasserfontäne aus dem Fluss. Ein schmaler, konzentrierter Strahl schlug wie ein Blitz in den Becher ein und reinigte ihn gründlich.

Tanja kicherte.

„Das hat sie früher mit mir gemacht, wenn ich mich nicht freiwillig gewaschen habe", gestand Outis der Menschenfrau. „Es mag schwer vorstellbar für Euch sein, aber dieses ganze Land hier ist für mich meine Familie. Egal, wohin ich gehe, welchen Schrecken ich gegenüberstehe – ich bin nie allein. Meine Verwandten sind immer da, selbst die, auf die man weniger Wert legt..."

Outis stellte die Becher zwischen sich und Tanja ab. Aus einer tönernen Flasche füllte er Saft hinein. Das Getränk roch und sah aus wie ganz normaler Orangensaft.

„Noch nicht ganz fertig!" meinte Outis, als Tanja bereits danach greifen wollte. „Bitte geduldet Euch noch einen Moment!"

Aus einem Seitenfach zog der Prinz nun ein Fläschchen, nicht größer als eine Hustentropfenflasche. Darin schimmerte eine hellgrüne, undurchsichtige Flüsigkeit.

„Was ist das? Pfefferminzlikör?"

„Nicht ganz..." Outis öffnete die Flasche. Ein betörender Geruch ging von ihrem Inhalt aus.

„Das", erklärte der Prinz, „ist der Nektar aus den Blüten der Lebensbäume. Meine... Tante Demeter gewinnt ihn für uns in großen Mengen."

Tanja bemerkte das kurze Stocken, während Outis ein Wort in der Menschensprache suchte, das sein exaktes Verwandtschaftsverhältnis zu der Göttin ausdrückte. Väterlicherseits war die Kronostochter ja seine Tante, mütterlicherseits hingegen die Großmutter.

Sehr vorsichtig lies der Olympier mehrere Tropfen Nektar in Tanjas und seinen Becher fallen.

„Der Genuss von Früchten eines Lebensbaumes verleiht uns Göttern ewige Jugend", erklärte er dabei. „Aber für Menschen kann er tödlich enden. Wir wissen ehrlich gesagt selbst nicht, was diese Umkehrung verursacht, nicht einmal Freya kann das. Enki war übervorsichtig mit seinem Sohn, Gadreel im Falle seiner menschlichen Freundin exakt das Gegenteil. In beiden Fällen bestand das Ergebnis aus Kummer und Leid und dem Verlust der geliebten Person."

Outis verschloss das Fläschchen wieder.

„Aber der Nektar, und dann noch in kleinen Mengen genossen, ist eine Wohltat, die sich niemand versagen sollte!" bekräftigte er. „Er ist völlig harmlos!"

Tanja nahm einen der beiden Becher entgegen. Trotzdem sie der Versicherung ihres neuen Beschützers glaubte, fühlte sie ein aufgeregtes Kribbeln dabei, ganz so, als bestreite sie ein Abenteuer. Es war gerade die richtige Mischung aus Spannung und Geborgenheit, die aus dem einfachen Konsumieren von Nahrung, während man auf einer Decke saß, etwas Besonders machte. Tanja wollte diesen Moment fest in ihre Erinnerung einprägen, wollte sich später einmal an Stunden wie diese erinnern, wenn sie an ihren Unfall zurückdachte. Outis an ihrer Seite zu haben, machte es ihr leicht, diesen Wunsch als erfüllbar anzusehen.

Gerichtstag in der Unterwelt

Perses der Erzähler räkelte sich auf seinem Bett in der Zelle im Keller von Kronos´ Palast. Seit mehreren Monaten sah er hier eingesperrt seinem Gerichtsprozess entgegen.

Hades hatte feste Gerichtstermine. Mit seiner Gattin Persephone lebte er in ihrer eigenen Domäne in einem anderen Abschnitt der Unterwelt. Outis war dort aufgewachsen, bis er alt genug war, im Tartaros Abenteuer zu suchen und sich eine Residenz in Elysium errichtet hatte. Hades hingegen durfte sich nicht so einfach davonstehlen. Der Zeussohn konnte den Tartaros nur dann aufsuchen, wenn seine Gemahlin gerade in der Oberwelt weilte. Bis dahin mussten Angeklagte irgendwo aufbewahrt werden. Eine Flucht in die Tunnel der Unterwelt ließ sich durch Entzug des Obolus verhindern, doch in der Regel ging diese Maßnahme am Ziel vorbei. Mutmaßliche Diebe mussten daran gehindert werden, bis zur Verhandlung ihres Falls weiter zu stehlen, Betrüger daran gehindert werden, weitere nichtsahnende Opfer in die Falle tappen zu lassen und wer eines Gewaltverbrechens angeklagt war, durfte natürlich nicht voll bewaffnet in der Stadt umherspazieren. Deswegen die Einrichtung des Kerkers in Elysiums Herz. Die eigentliche Strafe, die letztendlich über die Verurteilten verhängt wurde, fiel meist phantasievoller aus, als die Betroffenen einfach nur in einer Zelle schmachten zu lassen.

Perses fühlte sich jetzt schon bestraft. Er vermisste seine Arbeit und seine Freunde. Er vermisste genaugenommen jeglichen Umgang mit Stadtbewohnern, denn als Aufwiegler angeklagt, durfte er keinerlei Kontakt zu anderen pflegen. Bewacht von Höllenhunden fristete er sein Dasein in völliger Einsamkeit. Es war leicht, unter diesen Bedingungen das eigene Zeitgefühl zu verlieren, sich einfach treiben zu lassen, doch Kronos sorgte dafür, dass Perses zumindest stets über die noch vor ihm liegende Zeitspanne Bescheid wusste.

Hätte Kronos gespürt, dass dem Sohn der Nymphe eben dieses Wissen zur Qual würde, er hätte sein leises Raunen sofort eingestellt. Doch solange er erwünscht war, diente der Titanenherrscher als lebendiger Kalender in Perses Geist.

Der Gefangene wurde nicht absichtlich schlecht behandelt, auf Schikanen jeder Art, die über seine Einkerkerung und Isolation hinausgingen, verzichteten Hades Schergen. Immerhin war auch ihr Herr eine Kreatur der Ordnung.

Das Essen war sogar besser als Perses es gewohnt war, denn es kam von den Olympiern. Seit beinahe sechs Monaten lebte der Erzähler von Ambrosia und fürchtete, reichlich zehn Kilo Körpermasse zugelegt zu haben.

„Es ist soweit", raunte Kronos dem Häftling eines Tages zu.

„Heute?" Perses legte die Schriftrolle fort, die er studiert hatte.

„Brauchst du noch eine Stunde, um zu Ende zu lesen?" hörte er Kronos Stimme in seinem Kopf. „Ich könnte sie dir verschaffen…"

„Nein, danke. Gerade jetzt, wo Hades in Person anwesend ist, würde es bloß auffallen. Ich möchte nicht, dass du Ärger bekommst. Outis wird älter, ist nun schon seit ein paar hundert Jahren erwachsen. Hades könnte auf den Gedanken verfallen, seinen Sohn an deiner Stelle als Stadtherr einzusetzen."

Kronos lachte bitter. „Mein Enkel Outis! Der einzige Sohn meines Erstgeborenen! Wäre er mir nicht ohnehin von Rechts wegen nachgefolgt, hätte ich seinen Vater nicht verschlungen, sondern aufgezogen?"

„Ja. Willst du dich immer noch nicht dazu äußern, was dich eigentlich dazu getrieben hat?"

Perses begriff, dass er die falsche Frage gestellt hatte, als er spürte, wie sich Kronos Geist aus dem seinen zurückzog.

*

Für Tanja war es ein Morgen wie jeder andere, allenfalls erlangte er dadurch eine gewisse Bedeutung, dass es sich um den letzten Tag handelte, bevor sie vor Kronos treten durfte. Erst, nachdem das Urteil

über Perses gefällt wäre – wie immer aus ausginge – wollte sich der Titanenherrscher Zeit für die Fremde in seinem Reich nehmen.
In der vergangenen Woche hatte Tanja ein ganz eigenes Zeitempfinden erworben, ihre Tage strukturiert und sich Rhythmen angewöhnt, die ihr eine gewisse Sicherheit gaben. Ihrem Empfinden nach war sie heute „früh" aufgestanden.
Frisch gewaschen und in die Kleidung gewandet, die Outis ihr vorbeigebracht hatte, blickte Tanja wehmütig auf die Obstschale auf dem Wohnzimmertisch. Die Äpfel und Birnen darin bestanden aus Stein, dienten lediglich der Zierde.
Die Menschenfrau horchte auf, als sie plötzlich Hufgetrappel vernahm. Sie beeilte sich, ans Fenster zu treten und die Gardine beiseite zu schieben.
In straffem, aber nicht übereilten, Tempo näherte sich ein von vier schwarzen Pferden gezogener Streitewagen der Stadt aus Richtung des Wasserfalls. Die Quadriga wurde langsamer, je näher sie Tanjas Häuschen kam und hielt schließlich punktgenau vor dem Gartentor an. Der Fahrer sprang ab. Er bewegte sich zielstrebig auf das Gatter zu, öffnete es und eilte den Kiesweg hinauf, der zur Haustür führte. Tanjas erste Ahnung wurde zur Gewissheit: Es handelte sich um niemand anderen als Outis, den Prinzen des Tartaros.
Die Frau lies die Gardine wieder zurückfallen. Outis also. Um wen handelte es sich dann bei der zweiten Gestalt, die auf dem Wagen mitgefahren war? Ein Mann, etwas kleiner als Outis, mit schwarzen Locken, die er in einem mittelalterlich anmutenden Tonsurschnitt trug, dazu einen grauen Mantel, der ins viktorianische England gepasst hätte. Sollte das etwa…?
Tanja schluckte hart. Es war eine Sache, aufgeklärt darüber zu sprechen, dass es den Teufel ebensowenig geben konnte wie den lieben Gott, eine völlig andere, Satan im Sonntagswagen vor dem eigenen Haus einfahren zu sehen. Denn diese Assoziation vermochte Tanja nicht aus ihren Gedanken zu verscheuchen, wenn sie den Titel „Herr der Unterwelt" hörte.
Sie trat zur Tür, öffnete mit leicht zitternden Fingern, noch bevor Outis den Klingelzug bedienen konnte.

Der Prinz lächelte, doch er wirkte ernster als sonst. Tanja erwiederte das Lächeln und schalt sich eine Närrin. Nein, wer da vor ihr stand, war kein Höllenwesen. Sicher ging sie nicht mit dem Antichristen aus!
Outis ergriff Tanjas Hand und hauchte einen Kuss auf den Handrücken. „Wie du siehst, ist mein Vater in der Stadt angekommen. Würdest du mir die Ehre erweisen, uns bei einer Stadtrundfahrt Gesellschaft zu leisten?"
„Ich weiß nicht… die Leute könnten falsche Schlussfolgerungen ziehen…"
Outis nickte verständnisvoll, doch dann sagte er: „Ich möchte dich zu nichts zwingen. Es wäre mir nur lieber, du trätest dort mit uns auf, als in der Weise, welche die Titanen für dich geplant haben…"
„Die Titanen? Geplant? Für mich? Wovon redest du?!"
Outis zog eine kleine Schriftrolle unter seinem Mantel hervor. „Das habe ich Merxeton abgenommen", erklärte er. „Es handelt sich um eine Vorladung vor das Gericht heute Nachmittag."
Tanja zuckte vor dem Pergament zurück, als stünde es in Flammen.
„Vor Gericht? Ich habe mir nichts zuschulden kommen lassen!"
„Als Zeugin, habe ich mir sagen lassen. Dennoch… Wenn du mit meinem Vater und mir vorfährst, anstatt einsam zum Palast zu trotten, dann kommen gar nicht erst Zweifel an deiner Tugend und Gesetzestreue auf."
Tanja legte den Kopf schief. „Obwohl allein die Anwesenheit eines Menschen im Tartaros nicht unbedingt rechtmäßig ist?"
Outis winkte ab. „Vater ist darüber hinweg gekommen und Mutter fand es erheiternd. Sie hat versprochen, auf dem Olymp nichts darüber verlauten zu lassen. Das bedeutet, außer Hera und Demeter werden es nur sehr wenige Göttinnen und keiner von den Männern erfahren."
Tanja musste kichern.
„Es war ein Unfall", bekräftigte Outis, „und das Einzige, was jetzt noch wichtig ist, Tanja, ist deine Zukunft."
Er hielt ihr die Hand entgegen.
„Glaub mir, ich werde das in meine Hand nehmen!"

Etwas an der Formulierung ließ sich Tanjas Nackenhaare aufstellen, doch gleichzeitig schmeichelte es ihr und ehe sie es sich versah, hatte sie auch schon die Hand des Olympiers ergriffen. Gemeinsam schritten sie auf die schwarzglänzende Quadriga zu.
Der Unterweltgott in seinem grauen Mantel drehte den Kopf nur leicht. „Da seid ihr ja, Kinder", meinte er, als fände nichts Unerhörtes statt. Es handelte sich eher um den Tonfall eines Mannes, dessen Kind einen Spielgefährten mit heimbrachte. Die Identität dieses anderen Kindes war irrelevant, solange es nichts im Haus zerschlug oder stahl und es der Hausherrin gegenüber nicht an Respekt mangeln ließ.
Outis zeigte Tanja, wie sie sich am besten festhalten sollte, dann setzte Hades das Gefährt auch schon in Bewegung.

*

Die Quadriga näherte sich einem Sportplatz, den die Titanen in ihrer Stadt errichtet hatten. Das ovale Gelände war von ansteigenden Sitzreihen umgeben, die jedem einzelnen Stadtbewohner sowie einigen Dutzend Gästen Platz boten. Vom Grundaufbau her entsprach das Stadion damit denjenigen, die Tanja auch aus ihrer Welt kannte. Nur gab es hier keine Ehrenloge, sondern inmitten der Arena ragte eine Klippe in die Höhe, auf der die Titanen eine Plattform gebaut hatten. Eine reich mit Pailetten und Reliefs verzierte Brüstung umgab die Plattform. Auf Tanja wirkte das Gebilde eher protzig denn kunstvoll, doch sie behielt ihre Meinung lieber für sich.
„Unser kleiner Olymp im Tartaros", bemerkte Outis. „Ich bin mir sicher, es steckt eine Spöttelei der Titanen dahinter, doch Zeus liebt diese Loge und wer wären wir, dem Onkel zu widersprechen?"
Tanja gab keine Antwort. Sie fragte sich, wie die Plattform zu erreichen sei, denn offensichtlich gingen Outis und sein Vater davon aus, sich gleich dort oben wiederzufinden.
Hades hielt den Streitwagen an. Tanjas Befürchtung, dass er sich in die Luft erheben würde, zerstob damit – vorerst.
Outis bot ihr seinen Arm an, sie akzeptierte und dann folgten die beiden Hades, der zielstrebig auf den Berg zuschritt. Vor dem Trio

öffnete sich der Fels. Tanja und ihre Begleiter betraten das Innere des „kleinen Olymp".

„Empfängt uns denn niemand?" entfuhr es Tanja.

Outis schüttelte den Kopf. „Nie."

„Die Titanen zollen mir auf ihre Weise Respekt", korrigierte Hades: „Sie verzichten darauf, uns anzugreifen, zu verspotten oder uns anderweitig den Tag zu verderben."

„Wertloses Pack", zischte Outis. Beinahe im selben Moment fuhr eine riesige Hand aus der Wand, die dem Prinzen einen Ohrfeige versetzte. Tanja hob ihre Hände. „Outis!" Sie tätschelte die gebeutelten Wangen des Prinzen.

„Ich vergesse immer wieder, dass die Hekatoncheiren ebenso unsere Verbündeten wie die der Titanen sind", knurrte Outis. „Sie wollen einfach nicht sehen, wieviele gute Götter diese Sippe verdorben hat: Eros, Gaia, selbst aus Perses hätte ohne sie etwas werden können."

„Nun, die Hekatoncheiren haben ebenso unter Uranos gelitten, wie wir unter Kronos, vergiss das nicht", erinnerte Hades seinen Sohn.

„Aprops leiden…" Der Unterweltherrscher räusperte sich. Zum ersten Mal seit Outis sie abgeholt hatte, blickte sein Vater Tanja in die Augen. Das Gesicht des Olympiers verschwamm vor der Menschenfrau, die Welt um sie herum begann sich zu drehen, als Hades Züge sich auflösten und wieder neu formten. Menschen schauten Tanja aus Hades Gesicht an, Afrikaner, Kaukasier, Asiaten, längst ausgestorbene Völker und am Ende urtümlich anmutende Titanen, denen kurze Federn statt Augenbrauen wuchsen und an deren Schläfen reptilienhafte Schuppen glitzerten. Das Ganze war überaus verstörend, doch so rasch, wie es begonnen hatte, war es schon wieder vorbei und Hades wandte sich ab.

Zuerst verstand Tanja nicht, was ihr gerade zugestoßen war, doch dann hörte sie, wie sich ganz in der Nähe zwei jugendliche Titannen anschrien. Was vorher nur Lärm in Tanjas Ohren gewesen war, stellte sich nun als Fremdsprache heraus, eine Sprache, die die Fremde im Tartaros plötzlich verstand. Tanja schmunzelte, belief sich doch der Streit der beiden jungen Leute darauf, mit welcher von beiden ein gemeinsamer Freund wohl demnächst ausgehen würde. Was

Menschen und Götter auszudrücken wünschten, war wohl so universell, dass es aus Hades Sicht keinen Unterschied machte. Die Gabe des Sprachverstehens hatte er Tanja soeben geliehen.

Outis Vater trat einen Schritt tiefer in die Klippe hinein, raffte seinen Mantel und nahm auf einem von sechs bereitstehenden Sesseln mit weit nach oben ragenden Lehnen Platz. Die Sessel bestanden wie so vieles hier aus Stein, waren jedoch weich geplostert.

Outis bedeutete Tanja, sich ebenfalls zu setzen. Er wählte den Sessel, der nach rechts versetzt hinter dem seines Vaters stand. „Nimm du besser den in der Mitte", riet er Tanja, die sich daraufhin in den Sessel direkt hinter Hades setzte.

Nun erst erkannte Tanja, dass sich die Sessel auf einer Art Hebebühne befanden. Einem Reflex folgend, schaute sie nach oben. Sie sah, dass sich in der großen Plattform auf dem Gipfel des Berges ein kreisrundes Loch befand, in das die kleinere, auf der sich die Sessel befanden, exakt hineinzupassen schien.

Die Frau erblickte außerdem vier Hände gleich derer, die soeben Outis gemaßregelt hatten, direkt über ihren Köpfen. Die Hände senkten sich herab und ihre Finger umschlossen die Plattform. Diese wurde ein wenig angehoben.

Tanja erkannte zehn weitere solcher Doppelarmpaare, die aus dem Fels in den Schacht hinein ragten. Jede Vierergruppe reichte die Plattform an die nächste weiter, bis diese das Ende des Schachtes erreichte.

„Dieser Fels stand hier schon immer", plauderte Outis. „Die Titanen haben ihr Stadion darum herum gebaut und dann ist Stadion eingezogen. Sie ist eine Hekatoncheire, eine Angehörige des Volkes der Hundertarmigen."

„Eine kleine Vertreterin ihrer Spezies", fügte Hades hinzu.

Outis eröffnete Tanja weiter, dass Stadion ihre Arme auch nach draußen schieben könne. „Sie kümmert sich um Umbauten, hält Ordnung unter den Zuschauern und Athleten, kurz, sie tut alles, um Teil der Spiele zu sein, an denen sie ja schwerlich teilnehmen kann."

„Weil sie eine Frau ist?" schnappte Tanja.

Outis und Hades verschlug es die Sprache.

„Weil sie eine Riesin ist!" platzte Outis dann heraus. „Sie würde doch überhaupt nicht auf die Aschebahn passen!"
Ihren weltgewandten Bekannten so perplex zu sehen, brachte Tanja zum Kichern. „Tut mir leid, das war dumm von mir", lachte sie dann. „Aber es ist ist schwer, sich als Frau in irgendeinem Beruf zu behaupten; ich glaube, dieser ständige Kampf macht einen unterschwellig gereizt."
„Wem sagst du das", flüsterte Outis. Er deutete mit seinem Kopf in Richtung seines Vaters. „Ich bin *sein* Sohn, Zeus Neffe. Wenn sie in der Unterwelt Schatten werfen würden, ich stünde mein Leben lang darin."
Inzwischen hatte Stadion die Sessel sicher an ihr Ziel gebracht. Sie rastete ein und die Passagiere konnten sich wieder von ihren Sitzen erheben. Hades stand sofort auf, Outis nutzte den Moment, um Tanjas Hand kurz zu drücken. „Es ist schön, jemand zu treffen, der nachvollziehen kann, wie es einem geht", wisperte er.
Hades legte indessen eine mit einem kurzen Fell überzogene Kappe auf dem Boden ab.
„Man sagt mir nach, dass andere dieses Ding öfter tragen als ich selbst", meinte er. „Nun, Stadion ist ein Lebewesen und mit dem Berg hier verschmolzen. Deswegen wirkt die Magie der Tarnkappe…"
Mit einem Mal verschwand der massive Fels unter den Füßen der drei. Zurück blieben lediglich die kleinere Fahrstuhlplattform, die Sessel und die Brüstung, frei in der Luft schwebend. Tanja drückte Outis Hand vor Schreck fester. Sie griff auch noch mit der anderen zu, umklammerte das Handgelenk des Olympiers fest.
„…genau so!", beendete Hades seinen Satz. Er rieb sich die Hände in einer sehr menschlichen Geste. „So sieht man dich gleich besser!"
„Er hat Stadion und den Berg lediglich unsichtbar werden lassen", versicherte Outis seiner Begleiterin.
Tanja wagte es, über den unsichtbaren Teil der Gipfelplattform hinweg an die Brüstung zu treten. Sie sah sich um. Die Zuschauersitze füllten sich mit Titanen und Angehörigen anderer Völker. Es befanden sich sehr zu Tanjas Erleichterung keine Schatten unter ihnen.

Die Menschenfrau suchte die Ränge ab, ohne zu finden, nach wem sie Ausschau hielt. Erst, als ihr bewusst wurde, dass sie den Unterweltjäger gesucht hatte, stellte sie ihren Rundumblick ein.

„Welcher ist Kronos?" fragte sie, teils um ihre Neugierde zu rechtfertigen und teils aus ehrlichem Interesse.

„Keiner", antwortete Outis. „Er ist nicht da und wird auch nicht erscheinen."

Hades trat neben die Menschenfrau. „Kronos trotzt noch immer, wie wir es wagen konnten, ihn für seine Verbrechen zu bestrafen. Nun, dieses Spiel können auch zwei spielen. Für mich existiert er nicht."

*

Die Sportveranstaltung war nicht dazu geeignet, Tanjas Gedanken von dem bevorstehenden Gerichtstermin abzulenken. Zu schwer lastete die Frage nach ihrer Zukunft auf der Menschenfrau. Sie sah ihrem Auftritt vor einem Gericht der Unterweltgötter sowie einem Empfang bei Kronos, dem Kinderfresser aus den Mythen, entgegen, einmal ganz davon abgesehen, dass sie rein subjektiv empfunden frei in der Luft schwebte. Wie sollte da eine Horde Jugendlicher, die zu ihren Füßen um die Wette liefen, ihre Stimmung heben?

Tanja biß sich auf die Lippen. Sie wusste, dass sie den jungen Athleten Unrecht tat, dass sie für diesen Tag hart trainiert hatten und nun ein wenig mehr Respekt für ihre Leistungen verdienten, als sie ihnen zollte. Dennoch… es war alles so schwer.

Selbst Outis unternahm keine Versuche, seine neue Bekannte aufzumuntern. Manchmal, das wusste der junge Mann selbst sehr gut, gab es einfach nichts, das man hätte tun oder sagen können. Dann musste man den erst einmal Kummer zulassen, um ihn später zu überwinden. Damit man sich nicht darin verlor, hatte man ja Freunde.

Tanja ertappte sich dabei, den Olympier bereits auf eine Stufe mit Thorsten und Wolodja zu stellen. ‚Ich werde ihn so vermissen…'

*

Unten in der Arena waren unterdessen die Teilnehmer des ersten Wettbewerbs, des Wettlaufes, in der Nähe der Startlinie zusammengekommen. Es handelte sich ausnahmslos um Jugendliche im Alter zwischen vierzehn und zwanzig Jahren, Jungen und Mädchen, die bereits als Bürger der Stadt galten. Sie trugen ganz unterschiedliche Sportkleidung, viele einen einfachen kurzen Rock und Lederschuhe, so mancher lief barfuß, die weiblichen Wettkampfteilnehmer hatten ihre Oberkörper verhüllt und manche trugen Kappen, als gelte es, sich vor der Sonne zu schützen.
Die meisten der jungen Leichtathleten waren an ihren Flügeln als Titanen zu erkennen, doch es fanden sich auch Angehörige anderer Völker in ihren Reihen. Die Schwingen verliehen den Titanen einen Vorteil, denn ebenso unbewusst, wie ein Mensch beim Gehen die Arme bewegte, nutzte ein Titan sein drittes Gliedmaßenpaar zur Erleichterung der Fortbewegung. Vielleicht, um diesen Missstand auszugleichen, platzierte Stadion Hindernisse auf der Laufbahn, die sich um den kleinen Olymp herum zog.
Die Läufer lockerten ihre Muskeln, die Beine und die Flügel. Hier und da wurden Worte zwischen ihnen ausgetauscht, die Tanja nicht hören konnte, jedoch für freundschaftlichen Spott hielt.
Auf Kommando traten die Wettläufer an der Startlinie an. Ein erwachsener Titan hielt die flache Hand vor seinem Körper ausgetreckt. Auf seiner Handfläche lag eine ausgemauserte Feder von roter Farbe. Der Titan blies sie in die Luft und aller Augen richteten sich auf das kleine Ding, das sachte zu Boden sank. Die Sekunden dehnten sich, die Nerven der Läufer waren bis zum Zerreißen gespannt.
„Eine Feder des Kronos", kommentierte Outis für Tanja. „Die normale Fallgeschwindigkeit muss den Kindern da unten wie eine Ewigkeit vorkommen, womit der Stadtherr sich wieder einmal als Gott der Zeit bewiesen hätte."
„Haha! Ja, das ist eine schöne Allegorie!"
Kaum berührte die Feder den Boden, spurteten die Jugendlichen los. Zuerst setzte sich einer mit besonders stark ausgeprägten Arm- und Beinmuskeln an die Spitze. Tanja ächzte laut, als sie den Jungen mit

dem Höllenhund aus der Wasserfall-Allee wiedererkannte. Der Jugendliche wurde schon bald durch ein Mädchen, deren Haare in alle Richtungen abstanden, überholt. Sie rannte mit Feuereifer, blieb allein durch Willenskraft an der Spitze des Feldes.
Doch ihre Kräfte erlahmten schnell und jene, die sich ihre Reserven besser eingeteilt hatten, schlossen auf. Unter diesen gehörte der Bote Merxeton zu den Schnellsten. Tanja verwunderte das nicht, immerhin besaß der Hermessohn ja ein zusätzliches Flügelpaar an jedem Fußknöchel. Sie beobachtete ihn eine Weile, kniff dann die Augen zusammen und sah noch genauer hin. Merxeton lief nun Schulter an Schulter mit dem muskulösen Jugendlichen. Eros hatte seinen Namen gerufen, doch Tanja erinnerte sich nicht mehr daran. Merxeton fiel ein wenig zurück. Sein Gesichtsaudruck war verkniffen, als leide er unter einem Krampf. Tanja sah, dass die Fußflügel dicht am Bein anlagen. In dieser Position waren sie nutzlos, konnten dem Läufer gar keinen zusätzlich Antrieb verschaffen. Zentimeter für Zentimeter kämpfte sich der andere an Merxeton vorbei nach vorn. Das restliche Feld hatten die beiden mittlerweile abgehängt.
Merxeton lief nun direkt hinter seinem Konkurrenten. Noch immer konzentrierte er sich darauf, seinen Reflex, die Fußflügel einzusetzen, zu unterdrücken. Ab und zu sah Tanja sie kurz flattern, wenn ein Graben oder eine Hürde übersprungen werden musste, doch jedesmal gelang es Merxeton, sie wieder anzulegen.
Eine komplette Runde um das Stadion war gelaufen, nun musste die erste Gerade noch einmal überwunden werden. Der vorderste Läufer war bereits hochrot. Merxeton, der bisher in seinem Windschatten gelaufen war, setzte nun zum finalen Sprint an. Wiederum ohne Zuhilfenahme seines väterlichen Erbes rannte er an dem anderen vorbei und durchtrennte mit seinem Körper das Band im Zieleinlauf.
Jubel brandete in den Zuschauerrängen auf.
„Sieger des Wettlaufes ist Merxeton!" verkündete ein in der Luft schwebender Titan allen, die es möglicherweise nicht gesehen hatten. „Dieser Mann hat wahrlich die Beine seines Vaters geerbt!"
Der Sieger des Wettlaufes rieb sich seine Fußknöchel. Endlich konnte er die Sehnen wieder entspannen.

Der über der Laufbahn schwebende Titan rief nun auch die Namen der restlichen Wettläufer in der Reihenfolge ihrer Zieldurchquerung aus. Die Jungen liesen sich feiern, nicht anders, als es auch menschliche Jugendliche getan hätten. Sie winkten ins Publikum, klatschten sich gegenseitig in die Hände und strahlten wie die Honigkuchenpferde. Doch etwas war anders, etwas fehlte…

Schließlich wurde Tanja auch bewusst, was das war: „Erhalten sie denn gar keinen Preis?" fragte sie.

Der Ausrufer flog ein wenig näher an den Kleinen Olymp heran. Er landete geschickt auf der Brüstung, von wo er auf die Ehrengäste herabsah. Dem sachlichen Tonfall, in dem der Titan Tanjas Frage beantwortete, stand die Verachtung, die er in Blick und Körperhaltung dem Unterweltherrscher entgegenbrachte, gegenüber.

„Wir haben nicht genug, um die Besten auch noch zu belohnen, Menschenfrau. Sieh die Mischung aus Neid und Bewunderung der anderen jungen Leute! Dieses Gefühl muss genügen, der Sieg muss genügen."

„Outis…?"

Der Olympier spürte Tanjas Blick auf sich ruhen. Er hatte ihr die letzten Tage über genügend Geschenke gebracht, um als jemand zu gelten, der einfach alles auftreiben konnte. Doch auch Outis vermochte nicht einfach mit den Fingern zu schnippen und einen Siegerpreis heraufzubeschwören. Sein Schwert oder seine Gewänder einfach so herzugeben, wäre ihm ebenfalls nicht in den Sinn gekommen.

„Naja", sprach der Prinz gedehnt, als müsse er um eine Entscheidung ringen. In Wahrheit dachte er nach, was er bei sich trug, das er entbehren konnte, aber andererseits wertvoll genug war, um als Preis ausgeteilt zu werden.

„Höchstens das hier." Outis kramte zwei Behälter von der Größe von Kaffeebechern oder Eisbchältern hervor. Sie waren verschlossen, doch durchsichtig. Eine orange schimmernde Masse ähnlich Gelee schimmerte darin. „Ein bißchen Ambrosia."

Gönnerhaft warf der Olympier dem Ausrufer die beiden Becher zu. Dieser schoss ohne ein Wort des Dankes hinunter in die Arena.

Tanja und Outis beugten sich über die Brüstung, während Hades das Geschehen wie durch den Boden eines Glasbodenbootes zu verfolgen vorzog. Die drei beobachteten, wie der Ausrufer Merxeton den soeben gestifteten Preis überreichte. Hermes Sohn griff nur zögerlich zu. Tanja fürchtete bereits, der junge Titan würde ablehnen.
Merxeton klopfte die Tasche seines kurzen Rocks ab, den er während des Wettkampfes als einziges Kleidungsstück getragen hatte. Als er nicht fündig wurde, rief er etwas ins Publikum. Jemand dort reagierte und warf dem Läufer ein Bündel entgegen, das für Tanjas Augen wie Zahnstocher oder Zündhölzer aussah. Welchem Zweck auch immer die Gegenstände normalerweise dienten, Merxeton benutzte sie dazu, sie in das Ambrosia zu tunken und wieder herauszuziehen. Auf diese Wesie schuf er mehrere Lutscher, an deren Ende jeweils große Brocken Ambrosia klebten. Diese teilte er unter seinen Konkurrenten auf. Auch der Titan, der am Ziel gestanden hatte, bekam eine Portion ab, doch bevor Merxeton dazu übergehen konnte, auch das Publikum zu bedenken, waren die beiden Becher bereits geleert.
An seinem eigenen Anteil knabbernd warf Merxeton einen trotzigen Blick nach oben auf den kleinen Olymp. Ein Gedicht, dass sie einmal in der Schule hatte auswendig lernen müssen, kam Tanja wieder ins Gedächtnis zurück: *Bedecke deinen Himmel, Zeus...*
Den genauen Wortlaut bekam sie nicht mehr zusammen. Irgendetwas mit Knaben, die – vermutlich im Auftrag der Götter - Disteln köpfen mussten. Nun, dieser „Knabe" dort unten hätte die Brennesseln freiwillig ausgerupft und Zeus überreicht, ohne auch nur einen verräterischen Laut des Schmerzes von sich zu geben. Die einzige, die Schmerz fühlte, war Tanja Förster, die beobachten musste, wie selbst die Teenager in die ewige Fehde der beiden Göttersippen hineinwuchsen.
Tanja spürte Outis Hand auf ihrer Schulter ruhen.
„Was bedrückt dich?" erkundigte sich der Olympier.
„Nichts." Tanja schüttelte den Kopf, nur, um gleich darauf ihre Antwort zu geben: „Merxetons Teilerei. Wie er da unten alle gleichmacht, und die Jungs somit ganz umsonst um die Wette gelaufen sind, wenn ja doch niemand einen Vorteil davon hat, zu gewinnen. Ich dachte daran,

dass die Menschen in meiner Heimat einmal versucht haben, diese Lebensweise zu verordnen. Aber nur wenn Leute selbst Mangel leiden, wissen sie, wie das ist und erst dann können sie Mitleid empfinden."
„Wenn es dir nicht gut tut, können wir uns auch zurückziehen, bevor der nächste Wettkampf startet", schlug Outis mit sanfter Stimme vor. „Vater und ich haben unserer Pflicht Genüge getan und die Bevölkerung gesehen… was sie sehen musste."
Tanja nickte.

*

Am späten Nachmittag desselben Tages füllte sich der Gerichtssaal der Stadt. Vor Einbruch der Nacht – der Morgendämmerung auf der Erde – sollten die Urteile gefällt sein und jeder schlafen gehen: Hades und die Städter in dem Bewusstsein, ihr Tagwerk beendet und mit einer guten Tat gekrönt zu haben, die Unschuldigen voller Erleichterung über ihren Freispruch und die Schuldigen in Erwartung ihrer gerechten Strafe.
„Naja, und die Unschuldigen, die zufällig Titanen sind, in Erwartung ihrer olympierverordneten Strafe", ergänzte Eros.
Tanja zuckte zusammen. An Outis Seite hatte sie an diesem Tag erstmalig den Palast betreten. Morgen würde sie anstatt gleich hinter dem Tor linkerhand in einen Gang abzubiegen, der zum Gerichtssaal führte, die große Treppe erklimmen und Kronos in seinen Arbeitsräumen aufsuchen. Die Stunde rückte näher und immer öfter kreisten die Gedanken der Frau um diese bevorstehende Begegnung. Wer keinen Platz mehr in ihren Überlegungen eingenommen hatte, war der Unterweltjäger. Doch eben der fiel nun in den Schritt der beiden ein.
Tanja wünschte sich die Augen eines Grottenolms und den Rüssel einer Stubenfliege. Dann müsste sie Eros ungepflegten Anblick und den damit einhergehenden Geruch nicht ertragen. Seine gesamte Aufmachung stieß die Frau ab, obwohl ein Teil von ihr wusste, dass sie dem Mann damit Unrecht tat. Ging es ihr denn nicht ebenso, vernachlässigte sie sich nicht ebenfalls, wenn sie unglücklich war?

Doch wie konnte das angehen – Eros und unglücklich? Lebte der nicht für seine Selbstgefälligkeit? Wie alle Titanen?
Outis zu ihrer Linken, Eros mit etwas Abstand rechts neben ihr laufend betrat Tanja den Gerichtssaal. Eine Stuhlreihe nach der anderen schritt sie ab, ohne sich für einen Platz entscheiden zu können. Sie wusste selbst nicht, wieso sie sich Zeit lies, denn die meisten Reihen waren noch unbesetzt und sonderlich viel zu bestaunen gab es hier nicht. Weder Reliefs noch Wandteppiche lenkten das Auge ab, die Bestuhlung war zweckmäßig, jedoch nicht mehr. Tanja hätte ebensogut durch einen lange nicht genutzten Hörsaal gehen können. Zu diesem Eindruck trug auch bei, dass die Sitzreihen exakt so angeordnet waren: sie stiegen entlang einer Treppe auf und jeder Platz verfügte über einen ausklappbaren Mini-Tisch mit einer schirmständerähnlichen Halterung für mitgebrachte Schriftrollen.
„Muss ich mich als Zeugin an einen bestimmten Ort setzen?" fragte die Menschenfrau.
„Ja", erwiderte Eros in seiner üblichen schroffen Art. Tanja wusste, dass jetzt irgendeine trockene Bemerkung, halb Scherz und halb Rüge, folgen musste. Sie schmunzelte innerlich bereits, bevor sie sie wirklich hörte. Nur ihr Gesicht verzog sich zu einer Grimasse des Unmutes.
„Ja", wiederholte Eros, Frau und Olympier in die vorletzte Reihe hinein schiebend. „Möglichst noch innerhalb dieses Saals, weil eine Etage höher Kronos Badezimmer ist und ihr beiden dorthin sicher nicht wollt."
„Obwohl mindestens einem von euch ein bißchen kaltes Wasser durchaus nicht schaden würde", fügte er mehr zu sich murmelnd hinzu.
Outis funkelte den Titanen wütend an.
„Wo ist eigentlich Justitia?" erkundigte sich Tanja.
„Wo ist wer?"
„Justitia!" wiederholte die Frau. „Die, äh, Göttin der Gerechtigkeit und so? Sie ist blind, glaube ich."
„Eine Blinde, die Gerichtsurteile fällt?" Eros Kopf schoss herum. Er starrte Outis geradewegs in die Augen. „Dann muss das wohl eine von euch sein!" erklärte er völlig baff.

Doch der Olympier hob lediglich entschuldigend die Arme. „Die Menschen eben!" meinte er.

„Die einzige, die in der Vergangenheit ein wenig fragwürdige Urteile betreffs der Menschheit gefällt hat", überlegte Eros laut, „ist eigentlich Themis. Eine Titanin. Du wirst sie gleich sehen, Tanja, aber sei versichert, dass sie Augen wie ein Luchs hat."

Allmählich füllte sich der Saal und dann öffnete sich eine bisher verschlossene Tür auf Bodenniveau. Durch diese Tür wurde eine Person in den Gerichtssaal geführt. Zeitgleich betrat Hades den Saal, um hinter seinem Richterpult Platz zu nehmen. Er sah noch genauso aus wie am Vormittag, hatte keine besondere Amtstracht angelegt.
Wie eine Person erhoben sich die Götter und Göttinnen im Publikum.
„Nanu?" flüsterte Tanja zu Outis. „Das kommt mir aber gar nicht gezwungen vor! Was ist mit denen los?"
„Das gilt ja auch nicht Hades", erwiderte Eros anstelle des Olympiers. „Wir stehen aus Respekt vor Perses auf."
‚Das ist also der kleine Sohn der Nymphe, der fortgelaufen ist, als seine Mutter Zeus zu ihrem neuen Partner wählte', dachte Tanja. Der erwachsene Perses war ein etwas untersetzter Mann mit klugen Augen. Der Gefangene schaute in die Runde. Er suchte und fand seine Freunde unter den Zuschauern. Sein Blick streifte Outis und die für ihn fremde Frau, er runzelte kurz die Stirn, lächelte dann aber einer Gruppe Jugendlicher zu, die auf die ersten Reihen verteilt saßen. Merxeton befand sich unter diesen und der Junge, der an Tanjas erstem Tag in Elysium in der Wasserfall-Allee mit dem Höllenhund gespielt hatte.
Dicht neben Perses hielt sich eine Göttin, welche die Rüstung einer Wache trug.
„Themis", kommentierte Eros. „Anführerin von Kronos Leibgarde und Kerkermeisterin, wenn es die Situation erfordert. Vor langer Zeit hat sie die göttliche Weltordnung zu ihrer Domäne gewählt. Nicht ihre

Schuld, dass es jetzt die der Olympier ist, die sie verteidigen muss. Begegne ihr mit Respekt, denn ihr Los ist gewiss nicht leicht."
Tanja hörte den unterschwelligen Vorwurf, der zwar nicht ihr, sondern eher dem Olympierprinzen galt, wohl aber an sie gerichtet gewesen war.
„Nein, ich kann mir wirklich nicht vorstellen, wie es ist, wenn alles, was man kennt, über Nacht umgestoßen wird und plötzlich völlig andere, unverständliche Regeln gelten sollen", entgegnete sie. „Ist ja nicht so, als wäre ich auf einer Forschungsexpedition mitten in die Umterwelt zwischen streitsüchtige antike Götter geplumpst, nicht wahr?!"
„Haha!" lachte Outis. Er tätschelte Tanjas linke Hand, als hätte die Frau eine glänzende Pointe vorgetragen.
„Oh, nein, Tanja…" hauchte Eros betroffen und griff nach ihrer anderen Hand. „Tut mir leid…"
„Ist schon okay, danke", murmelte Tanja. Sie drückte Outis Hand mit ihrer Linken. Die rechte hielt sie sehr lange still unter der von Eros, bis sie sie abrupt fortzog.

*

Themis wies Perses an, einen Platz in der ersten Reihe auszuwählen. Der Lehrer nahm Platz, drehte sich jedoch sofort zu einer Gruppe Jugendlicher um, die direkt hinter ihm saßen. Tanja erinnerte sich vage daran, dass es sich um eine Handvoll Schulabsolventen handelte, die im übernächsten Haus in einer Wohngemeinschaft lebten, doch sie hatte die letzten Tage über nichts mit diesen jungen Leuten zu tun gehabt. Sie standen lediglich durch den Sportwettkampf von diesem Vormittag noch in ihrem Gedächtnis.
Perses sprach kein Wort. Er berührte lediglich einen nach dem anderen der jungen Leute, drückte hier eine Hand, schlug dort in eine ein und zupfte einem Mädchen hilfreich die halb ausgemauserten Feder aus deren Schwingen.
„Das ist so eine Geste wie das Lausen bei euch", meinte Eros Tanja erklären zu müssen.
„Ich habe keine Läuse!" beschwerte sich die Menschenfrau.

„Oha!" Eros funkelte Outis finster an. „Warst wohl fleißig?"
„Ich habe keine Ahnung, was du da andeuten willst", erwiderte der Olympier.
Weiter unten sprach indessen der Bote Merxeton aufgeregt auf Meths ein. Dieser erwiderte etwas, das Tanja nicht verstehen konnte, für ihre Ohren allerdings wie ein Lob klang. Voller Stolz lehnte sich Hermes Sohn in seinem Sitz zurück.
Hades hob seinen Kopf. In derselben Sekunde verstummte jedes Geräusch im Saal. Nicht nur die Gespräche der Zuschauer liefen stumm ab, auch das Rascheln ihrer Gewänder und das Schaben von Stiefelsohlen auf Parkett wurde vollständig geschluckt. Tanja hörte noch nicht einmal ihren eigenen Laut der Überraschung.
Diejenigen, die noch miteinander gesprochen hatten, merkten, dass ihre Stimmbänder keine Laute mehr produzierten und stellten die Unterhaltung ein. Als auf diese Art Ruhe eingekehrt war, lies Hades die Töne zurückkehren.
Der Angeklagte Perses musste auf seinen Prozess warten. Zuerst rief Hades jemand namens Reos auf. Tanja verstand jedes seiner Worte, bezweifelte aber stark, dass sich der Unterweltherrscher wirklich in einer Sprache, die sie beherrschte, ausdrückte. Die verliehene Gabe lieferte keine Übersetzung des Gehörten, sondern setzte es sofort in die Sprache um, in welcher der Empfänger des Geschenks auch dachte, in Tanjas Fall also in ein mit zahlreichen fremdsprachlichen Ausdrücken von lateinischen Fachwörtern über englische Redewendungen bis hin zu deutschen Schimpfworten gespicktes Russisch.
Aus der Gruppe von Perses Schülern löste sich nun einer der Jugendlichen. Tanja kannte diesen Jungen. Heute vormittag hatte er mit Merexeton um den Sieg im Wettlauf gerungen und am Tag ihrer Ankunft in Elysium... Die Frau seufzte. Sie hatte das Geschehen beinahe verdrängt, nun stand ihr dieser erste Tag wieder vor Augen. Das Ganze wurde dadurch verschlimmert, dass Reos seinen getöteten Hund im Arm trug. Die beiden Köpfe des Tieres ruhten auf seinen Unterarmen, aus einem davon hing, im Todeskampf halb abgebissen, die Zunge heraus. Das kurze, schwarze Fell des Tieres wies einen

Rotschimmer auf. Es sah sauber gekämmt aus. Ein Verband bedeckte die tödliche Wunde durch Tityos Speer.

„Ich bin Reos, Sohn des Briareos", begann der Jugendliche. „Bürger Elysiums. Ein paar Wochen nachdem ich Elysium erstmalig verlassen durfte, wanderte ich über die Asphodeloswiesen bis zu dem Tor, das mein Vater bewacht, den Uranos hier eingekerkert hat."

Der junge Titan überging mit seiner Darstellung die Befreiung seines Vaters durch Zeus und Briareos freiwillige Rückkehr im Dienst des Zeus.

„Ich freundete mich mit diesem Welpen an…"

Reos hob den toten Hund auf das Richterpult. Von oben griff Hades zu und half dem Kläger dabei. Reos Hand streichelte über den Rücken seines Haustieres, bevor er losließ.

„…und er folgte mir bis nach Hause."

Reos erzählte weiter, wie Tityos den Hund erschlagen hatte, um Eros Aufmerksamkeit von Tanja abzulenken. Hades hörte sich alles an, nickte und fragte dann nach Zeugen für die Vorgänge.

Reos wandte sich um. „Die Menschenfrau!" erklärte er.

„So ein kleiner Mistkerl…" zischte Outis. „Sie alles noch einmal durchleben zu lassen!"

Widerwillig erhob sich Tanja. Noch bevor sie sich gänzlich aufgerichtet hatte, wurde sie von Eros unsanft zurückgestoßen. „Ich übernehme das!"

Der Unterweltjäger stand auf und sprang, durch einen einzigen Schlag seiner Flügel unterstützt, hinunter in den Saal.

„Eros!" strahlte Reos, als er des Jägers ansichtig wurde. „Ich hätte dich doch viel lieber als die Fremde geladen, aber ich wusste ja nicht, ob du heute noch in der Stadt sein würdest!"

An Hades gewandt erklärte er, dass nun Eros sein Zeuge sei.

Sachlich, ohne seine Rolle zu beschönigen – aber auch ohne Anzeichen von Reue – schilderte Eros noch einmal die Vorgänge.

„Ein Titan, der einen anderen Titan vor einem Gericht meiner Art beschuldigt", kommentierte Hades das Gehörte. „Danke, Eros, das genügt mir, um zu begreifen, wie ernst die Sache ist. Tityos ist wirklich schuldig."

„Ja, ist er", sagte Reos. „Aber darum geht es mir gar nicht. Ich möchte dich bitten, mir meinen Hund zurückzugeben! Du weißt, wohin die Seelen nach dem Tod gehen, weil du ihnen ihren Weg zuweist! Bitte, Hades, verschließ die Pforten deiner Unterwelt für den Welpen und mach ihn wieder lebendig!"

Hades seufzte. „Dann liegt der Fall wohl anders, als ich glaubte. Der wahre Schuldige ist der Hund." Der Unterweltherrscher berührte die vier Ohren des Höllenhundes eines nach dem anderen, während er seinen Richtspruch verkündete: „Dieser Hund hat geholfen, ein Verbrechen gegen einen Gast in meinem Reich zu begünstigen. Dafür verurteile ich ihn zu lebenslanger Haft im Tartaros!"

Bewegung kam in den Leichnam! Schon meinte Tanja, das Tier würde sich gleich auf dem Richterpult rollen, doch die Köpfe blieben schlaff hängen, die Augen stumpf und die Rute zuckte nicht einmal. Tanja begriff, dass die Bewegung nicht von dem toten Hund ausgegangen war, sondern in dessen Schatten Bewegung gekommen war. Langsam hob sich ein substanzloser Kopf, dann er andere. Die beiden blickten sich in die Augen und begannen, sich gegenseitig abzulecken.

Reos schluckte einen Kloß hinunter, der ihm im Hals steckte. Das leiseste Geräusch seines Herrchens lies den Welpen innehalten. Sein Schatten sprang nun ganz auf, wedelte mit dem Schwanz und richtete sich auf die Hinterbeine auf. Das Ganze geschah in völliger Lautlosigkeit.

Reos streckte die Arme nach oben. Er hob seinen Hund vom Richterpult. In dem Glauben, Reos könne ihn tasächlich berühren, folgte der Schatten der Bewegung und kam auf dem Boden an. Noch hatte der Schatten nicht wieder gelernt, Geräusche zu produzieren, wie es die toten Menschen taten. Doch er sprang um seinen Herrn herum, als sei nichts gewesen.

„Das ist alles, was Hades für dich tun kann", erklärte Eros. Er nahm den Körper des Hundes vom Tisch. „Wir begraben ihn heute Nacht gemeinsam, wenn du möchtest", bot er an.

„Danke..." Reos nickte Er so zu. „Und ist schon gut", fügte er tapfer hinzu. „So einen Höllenhundschatten hat nicht jeder. Der ist scharf."

*

In der vorletzten Reihe flüsterte Tanja vor sich hin, was sie vor einiger Zeit an Menoitios Fischbraterei aufgeschnappt hatte: *„Gerechtigkeit bedeutet nur dem Recht Genüge tuend. Es trifft keine Aussage über gut oder böse."*
Der Blitz des Zeus, der in Menoitios Körper zirkulierte und den Titanen quälte, war gerecht, Hades „Verurteilung" des Hundes ebenfalls und am Ende war es auch gerecht, dass Tityos sie angefallen hatte, weil das eben seiner Natur entsprach?! Welche Chance hatte dann Perses vor diesem Gericht? Wenn jeder nur danach beurteilt wurde, inwieweit er sich der herrschenden Ordnung zu unterwerfen verstand, wenn nach Motiven nicht mehr gefragt wurde... Tanja wusste genau, weshalb Perses vor diesem Gericht stand. Outis hatte ihr erzählt, wie der Lehrer sich gegen seine Requirierung von Eros Obolus aufgelehnt hatte. Auch diese war rechtmäßig, da der Prinz nun einmal zur herrschenden Klasse gehörte, die über bestimmte Rechte verfügte. Die Götter kannten es nicht anders, doch Tanja Förster kam aus einer anderen Welt. In dieser Welt bekamen Regierungen die Rechnung präsentiert. Vielleicht nicht immer sofort erfolgreich, aber unerbittlich. 1848, 1917, 1989. Vielleicht auch 30000 v. Chr., aber das war in Vergessenheit geraten.
Deswegen hielt es Tanja nicht mehr auf ihrem Stuhl, als Themis Perses vor den Richter führte.
Einem Impuls folgend sprang sie auf und rief: „Halt!"
Eros fuhr herum. Outis schaute mit offenem Mund zu Tanja hoch. Der Höllenhundwelpe winselte und Reos zog gerührt davon die Nase hoch. Einer recht jungen Titanin oder Angehörigen eines anderen Unterweltvolkes flogen sogar vor Überraschung ihre Haare in alle Richtungen, bevor sie sich wieder dort gruppierten, wo sie hingehörten – wenngleich in einer anderen Frisur als zuvor.
„Euer Zeus ist nicht mehr der Götterkönig!" behauptete Tanja. „Es kam ein anderer!"

Alle Augen richteten sich nun auf die dreiste Menschenfrau. Themis runzelte die Stirn. Sie ließ Perses los und packte ihr Schwert, bereit, den Aufruhr im Keim zu ersticken.

„Lass es gut sein, Themis", bat Hades. „Du weißt doch, von wem sie spricht!"

„Wie bitte?!" zischte Eros, der mittlerweile neben Reos zwischen den jüngsten Bürgern saß. Hatte Hades soeben auch noch bestätigt, was Tanja da in den Raum geworfen hatte?!

„Ich bitte mir Ruhe aus!" rief Themis, ihr Schwert nun hoch über ihr Haupt erhoben. „Denn egal, wer über die Götter herrscht, hier unten im Tartaros ist noch immer Hades die höchste Autorität!"

„Der Höllenfürst?" spottete Tanja. Ihr Herz schlug heftiger, doch sie konnte nun nicht mehr zurück. Alles war wahr. Alles. Aber auch wirklich alles. Nicht nur die griechischen Mythen, sondern in noch viel stärkerem Maße die jüngeren... das Gerede der Großeltern... die Engelsfiguren an den Tannenbäumchen, unter denen in jedem Jahr selbst die ungläubigsten Menschen der westlichen Welt eine materielle Gabe von ihren Lieben erwarteten...

Hades verlies sein Pult. Gemessenen Schritts wanderte er die Treppe hinauf. Wo er vorbeiging, verstummten die Titanen. Der ohnehin schon finstere Raum schien noch dunkler zu werden und das einzige Geräusch, das zu hören war, kam von Hades eigenen Schritten.

Der Unterweltherrscher blieb vor der Reihe stehen, in der Tanja stand. Outis beugte sich schützend vor die Frau, doch Hades wischte seinen Sohn mit einer einzigen Handbewegung zur Seite. Er fixierte Tanja.

‚Ich bin in der Hölle', durchzuckte es die Frau. ‚Ich bin in der Hölle und habe gerade dem Teufel die Wahrheit über seine Lage gesagt...'

Hades starrte einfach nur weiter. Endlich entschloss er sich zu sprechen:

„Der Höllenfürst, hm? Ich weiß, an welche Entität du denkst, Menschenfrau. Sie lauert in den Tunneln, die der Styx durchquert."

An mehreren Stellen im Saal begannen die Titanen zu tuscheln. Jeder schien genau zu wissen, worüber Hades da sprach: Dinge, die man eigentlich nicht in den Mund nahm, weil sie zu groß und schauerlich waren.

„Mit solchen Mächten hält es unser Geschlecht nicht."
„Aber Vater, wer herrscht denn nun über die Götter?" entfuhr es Outis. „Onkel Zeus erweckte noch vor kurzem nicht den Eindruck eines Entmachteten…"
„Wer über die Götter herrscht? Jene Macht, die vor dem Chaos war", antwortete Hades. „Ohne die es nie einen Kosmos hätte geben können. Eros und die anderen Urgötter verdanken ihren Austritt aus dem Chaos einzig der Erinnerung an diese alte Macht, auch, wenn sie sich dessen nicht bewusst sind."
Hades nickte bekräftigend.
„Ja, Menschenfrau, du hast Recht, der Gott aller Götter bin ich nicht und weder ist es Zeus oder sonst einer unseres Geschlechts. Aber sage mir, rufst du das allumfassende Licht zu Hilfe, wenn dein Sohn in deinem Haus eine Vase zerschlägt, oder verpasst du ihm nicht eher selbst die Ohrfeige, die er dafür verdient hat? Hier in dieser Welt müssen wir schon sehen, wie wir zurechtkommen und unser Zusammenleben organisieren."
Tanja blieb vor ihrem Stuhl stehend zurück, während der Unterweltrichter zurück an seinen Platz schritt. „Ich würde mein Kind nicht schlagen", flüsterte sie.

*

Perses war kein Kind, Hades nicht seine Mutter und das Licht, von dem der Unterweltherrscher gesprochen hatte, weit, weit fort. Vielleicht war es tief verborgen in jedem einzelnen, der den Urgöttern nachgefolgt und in die Existenz getreten war, doch an diesem Abend brach es nicht hervor.
Wie betäubt folgte Tanja der Verhandlung, der Rede und Gegenrede. ‚Was ist da in mich gefahren?' fragte sie sich immer wieder. „Ich hasse Ungerechtigkeit", zischte sie vor sich hin, wobei es ihr völlig egal war, ob sie den Begriff dabei falsch anwendete.
„Wir Olympier haben eine lange Tradition von Menschen, die uns in unser Handwerk pfuschen", sprach Hades indessen vor den Versammelten. „Und heute haben wir wieder eine unter uns, die in

dieser Tradition zu stehen scheint. Warum fragen wir nicht einfach Tanja Förster um Rat, was wir tun sollen?"

„Das ist höchst irregulär!" protestierte Themis. „Die Ordnung geht von den Göttern aus und erstreckt sich auch auf die Menschen, nicht andersherum!"

„Ja", erwiderte Hades. „Aber ich habe mir sagen lassen", fuhr er fort, „dass wir Olympier hier eine Willkürherrschaft führen." Die Stimme des Gottes wurde lauter, seine Rede heftiger, als er weiter ausführte: „Wieder und wieder habt ihr Titanen uns das vorgeworfen! Ich bin es leid, gegen diese Vorwürfe anzukämpfen! Ihr seht uns doch ohnehin nur so, wie ihr es wollt, egal, was wir tun! Also bekommt ihr eure Willkürherrschaft! Ich rechtfertige nichts mehr vor euch, was ich hier tue! Tanja – komm hierher! Outis – Finger weg von ihr und bleib auf deinem Platz!"

Zitternd kam Tanja die Stufen herab.

„Also, was rätst du mir?" verlangte Hades zu wissen. „Sag, was dir in den Sinn kommt, ich tue ja ohnehin, wonach *mir* der Sinn steht."

„Themis...?" wisperte Tanja hilfesuchend, sich zu der Gardistin umdrehend.

Die Titanin senkte den Kopf. Ihr Schwert noch immer in der Hand haltend, flüsterte sie zurück: „Diese Macht hat ihm Zeus verliehen. Styx, Tartaros und die anderen Einheimischen mögen älter und mächtiger sein, doch auch sie sind seine Untertanen."

„Lass es gut sein, Aides!" brüllte Eros. „Du bist keine zehn Jahre mehr alt! Miss dich mit jemand deiner Größe, anstatt die Menschenfrau zu quälen!"

Sofort richtete Themis die Spitze ihres Schwertes auf die Kehle des Geflügelten.

„Eros... Hör damit auf oder ich müsste dich wegen Missachtung des Gerichts bestrafen. Willst du mir das wirklich antun?"

„Ehrliche Antwort? Ich weiß es nicht. Ich weiß allmählich überhaupt nichts mehr!"

„Aber ich weiß noch etwas... und das wolltet ihr doch hören!" Tanja erhob ihre Stimme. Leiser, weniger herrisch, doch ebenso sicher wie Hades. „Ja, Perses war ausfallend und er hätte niemals einen

Verwundeten schlagen dürfen, zumal noch vor den Augen seiner Schüler. Aber er war beinahe ein halbes Jahr lang eingekerkert. Das ist Strafe genug. Lasst ihn meinetwegen für Mahlzeiten und Unterkunft bezahlen, aber lasst es damit gut sein!"

„Nein..." Eros schlug sich vor die Stirn. „Tanja-Mädel, du weißt ja nicht, was du da gerade angerichtet hast..."

Ein bösartiges Grinsen stahl sich in Hades Gesicht. „Ambrosia ist teuer. Sehr teuer", eröffnete er der Impomptu-Anwältin. Er schnippte mit den Fingern. „Ich glaube, Themis, ich habe einen neuen Diener. Überstell mir Perses noch heute Abend in meine Residenz, damit er beginnen kann, seine Schulden abzuarbeiten! Es war ein langer Tag und ich könnte ein wenig Komfort durchaus vertragen."

Outis verzog das Gesicht. „Ausgerechnet Perses... Ein Grund mehr, nicht mehr zuhause zu übernachten", murrte der junge Mann.

Macht und Vertrauen

Kronos Palast erhob sich nicht im Zentrum der Stadt, sondern ein wenig versetzt. Elysiums Grundriss entsprach einem Oval. Fügte man diesem eine gedachte Achse hinzu, so befand sich der Herrschersitz exakt auf jenem Punkt, der diese Achse in zwei Teilstrecken trennte, von denen sich die größere zur kleineren so verhielt, wie die Gesamtstrecke zum längeren Abschnitt. Outis lächelte, als er Tanjas Bezeichnung für den Sachverhalt hörte: Goldener Schnitt.

An Gold mangelte es auch dem Regierungssitz des Titanen nicht. Drei Haupt- und eine größere Anzahl kleiner bis winziger Nebengebäude waren durch Brücken miteinander verbunden. Die Dächer der einzelnen Gebäude, die Geländer der Brücken und an den Fassaden angebrachte Hinweisschilder waren durch Plattgold verziert. Die Wände selbst hatten die Erbauer glatt verputzt. Beige und mediterrane Farbtöne dominierten die Struktur, was Tanja verwirrte, erinnerte sie doch der Baustil an China oder Japan – die ersten beiden asiatischen Länder, die ihr einfielen.

An Outis Seite schritt Tanja Förster am nächsten Morgen zum zweiten Mal innerhalb ebenso vieler Tage den Weg zu Kronos Palast entlang. Ihr Ziel war das zentrale Gebäude innerhalb des Komplexes, jenes, in dem sich auch der Gerichtssaal befand. Arkaden säumten den Weg, die unvermeidlichen kultivierten Zwergfinsterwurzeln dienten als Zierblumen und bei jedem Schritt glitzerte der Pfad, denn dem grobkörnigen Granulat waren Goldstaub und winzigste Brillanten beigemischt.

Tanja gab sich unbeeindruckt von dem Reichtum um sie herum. Sie nahm noch nicht einmal Outis Präsenz richtig wahr und dieser respektierte Tanjas Zurückgezogenheit.

Kurz vor ihrem Ziel kam den beiden der Bote Merxeton entgegen, der junge Hermessohn, der am gestrigen Tag nicht nur den Wettlauf, sondern auch das Kunstfliegen gewonnen hatte.

Seinen Stab in der Hand erklärte er ohne einen vorhergehenden Gruß, dass er zu Hades unterwegs sei. „Wir bieten deinem Vater alles Geld

der Bewohner Elysiums, wenn er nur Perses wieder aus seinen Diensten freigibt."
„Versuch dein Glück, aber erhoffe dir nichts", erwiderte Outis achselzuckend. „Die Strafe wurde über deinen Lehrer verhängt, nicht über die Stadt. Vater wird keine Buße von Unschuldigen annehmen."
„Dann straft er uns doch alle, ob er es will oder nicht", entgegnete Merxeton. „Nun tritt zur Seite, bevor mein Stab dich dazu zwingt!"
Outis wich nach links aus, Tanja im selben Moment nach rechts. Merxeton sah von einem zum anderen und grinste. „Wusste gar nicht, dass ihr beiden es überlebt, euch soweit voneinander zu entfernen." Mit diesen Worten verlies er den Palastkomplex.
„Ts", machte Tanja.
„Ähm..." kam es von Outis.
Der Prinz des Hades warf Merxeton wütende Blicke nach, Tanja hingegen setzte sich hoch erhobenen Hauptes in Bewegung, ohne zurückzublicken.
Am Tor zum Haupthaus hielt Themis die Menschenfrau auf. „Dein Kommen wurde angekündigt", erklärte sie. „Dieser da hinter dir aber hat kein Geschäft an diesem Ort."
„Doch! Er ist mein Begleiter!"
„Den Zutritt zum Palast darf ich einer Person seines Ranges nicht verwehren", seufzte Themis. „Aber vor Kronos wird er nicht ungeladen treten, solange kein dringender Grund vorliegt!"
„Tanja...?" Outis Augen allein beendeten seine Frage.
„Ist schon gut", flüsterte die Menschenfrau. „Ich komme klar. Denke ich."
Tapfer folgte sie Themis ins Haus, die große Treppe hinauf und dort in einen Vorraum zu Kronos Audienzstube. Viel wusste Tanja nicht über die Entität, der sie gleich gegenübertreten sollte. Man nannte Kronos den Gott der Zeit und er hatte seine Kinder eines nach dem anderen kurz nach der Geburt aufgefressen. Aber sie waren lebendig dabei gewesen und hatten die Prozedur überlebt...Verstand sie etwas falsch, fragte sich Tanja? Verstanden es am Ende womöglich alle Menschen falsch und es hatte sich bei dem vermeintlichen Mord nur um eine merkwürdige Art der Haft gehandelt? Eingefroren in der Zeit war für

die Kinder womöglich nur ein kurzer Augenblick zwischen dem Schrecken des Gefressenwerdens und ihrer Befreiung vergangen...
Kronos, das hatte Tanja von Eros und Outis erfahren, war ein Sohn des Uranos und der Gaia. Er hatte seine Schwester Rheia geehelicht, was unter den älteren Göttern wohl noch keine Sünde darstellte. Bereits eine Generation zuvor aber gehörte Kronos Mutter zu den ältesten Wesen, die der Kosmos hervorgebracht hatte – oder die ihn geschaffen hatten? Alles war sehr kompliziert und uferte rasch aus, hatte Outis dazu gemeint, um seine Unkenntnis der Urgeschichte seines Volkes zu überspielen und Tanja anschließend nur die Namen der Ältesten genannt: Gaia, Uranos, Erebos, Nyx, Tartaros, Eros und Eurynome. Nun ergriff der Prinz wie so oft zuvor Tanjas Hand.
„Stell dir einfach folgendes vor:", riet er ihr, um das Lampenfieber zu bekämpfen. „Du triffst gleich Eros asozialen Neffen!"
Tanja lachte! Einen Moment lang fühlte sie Erleichterung, einen Moment, den Themis nutzte, um die in das Audienzzimmer führende Tür zu öffnen.
„Unser Herrscher empfängt dich nun, Tanja Luise Förster!"
Tanja zuckte zusammen. Sie konnte sich nicht daran erinnern, jemand hier unten ihren zweiten Vornamen genannt zu haben...

*

„Eros asozialer Neffe" war genau das: Ein Teenager.
Tanja vermochte es zuerst nicht zu glauben. Als die Tür sich hinter ihr schloss und Themis auf der anderen Seite ihren Wachtposten einnahm, wäre sie im ersten Impuls beinahe wieder hinausgerannt um die Wächtergöttin zu fragen, ob Kronos vor ihr eventuell noch einen anderen Besucher abfertigen musste. Doch dann fielen ihr die Schwingen des Jungen auf, der da mitten im Raum neben einer Staffelei stand. Sie waren von weinroter Farbe, genau wie jene, die beim gestrigen Sportwettkampf zum Einsatz gekommen war. An den Spitzen waren die Schwingen des Titanenherrschers ebenso schwarz wie die des Eros, ihr Flaum hingegen leuchtete in einem lebendigen Karmesinrot.

Der junge Kronos kam leichtfüßig auf Tanja zu. Seine Füße und Waden steckten in Schaftstiefeln vom selben Modell wie es Outis trug. Obwohl sie sauber, ja gänzlich rein, genannt werden mussten, hinterlies der Gott bei jedem Schritt eine Staubfahne.
Kronos trug eine Schaffellweste und einen kurzen Rock, der von einer farblich zu seinen Schwingen passenden Schärpe gehalten wurde. Seine Augen waren so dunkel, dass die Pupillen darin beinahe verschwanden, das Haar von demselben hellen Rot wie sein Flaum.
Auf dem Kopf trug der Titan eine Krone aus Bernstein, doch auch die täuschte nicht darüber hinweg, dass die Gestalt fünfzehn, allerhöchstens sechzehn Jahre alt war.
Tanja wich unwillkürlich einen weiteren Schritt zurück.
Kronos lachte!
„Was hast du erwartet, einen alten Menschenmann? Achtzig Jahre Lebenserfahrung, hundert vielleicht? Dann wäre er immer noch jung gegen mich!"
Tanja blieb stehen. Der Titan kam näher. Seine schwarzen Augen bohrten sich in Tanjas.
„Oder willst du mich in einer Form sehen, die meinem wahren Alter entspricht?" fragte er. Es lag etwas Drohendes in seinem Tonfall. „Bist du bereit", zischte Kronos, „ins Herz eines Sterns zu blicken?"
Tanja stammelte etwas, das sie selbst nicht verstand oder sich merkte. Es ergab ohnehin keinen Sinn.
Der Titanenherrscher winkte ab.
„Dieser Körper hat den Vorteil, älter - aber eben nicht wesentlich älter – als der meines Boten zu sein. Merxeton vertraut mir, wie er keinem erwachsenen Vorgesetzten, wohl aber einem älteren Jüngling, vertrauen würde. Einem Kumpan. Hinzu kommt Folgendes: Empfange ich in dieserm Alter fremde Frauen, so wie ich es heute tue, dann muss sich Rheia keinerlei Sorgen machen, ich könne fremdgehen." Kronos lachte herzlich. „Du siehst, alles ist wohlgeordnet in Elysium!"
Tanja musste ebenfalls lachen, doch es handelte sich um kein Einfallen in Kronos Gelächter, sondern um das gönnerhafte Lachen eines Erwachsenen, der mit einem altklugen Jungen diskutierte. „Lern du

erst mal, worüber du da zu sprechen glaubst" vermittelte dieses Lachen, ohne sich bereits beim ersten Hören als abfällig zu entlarven.

„Ja, stimmt, ich weiß wenig über die Menschen", meinte Kronos unvermittelt. „Was zum einen natürlich der von den Olympiern über uns verhängten Informationssperre zu verdanken ist, aber andererseits... Nun ja, Tanja-Kind, irgendwann wird man eben zu alt für eine Ameisenfarm. Man wächst heraus aus dem Interesse für derartiges Spielzeug."

„Sind wir etwa nur das in deinen Augen?! Ameisen?"

„Ich wollte lediglich deinem Bedürfnis nach dem, was du für eine erwachsenere Sprache hältst, nachkommen", grinste Kronos. „Du bist entsetzt, wenn der Stern auf die Ameise herabsieht, aber bringst selbst nicht die Kraft auf, einen Jüngeren zu respektieren. Weißt du eigentlich, was dein Kind von der Beschäftigung mit der als so lehrreich geltenden Ameisenfarm, die du ihm schenkst, lernen soll? Und falls nicht, bringst du den Mut auf, das Kleine danach zu fragen, von ihm zu lernen? Oh, nein, sag nichts! Du wirst mir gleich sagen, dass du kein Kind hast und keine Verbindung zwischen meinen Worten und dem eigentlichen Thema bestünde. Tja, und ich, ich mag nicht warten, bis du es geschafft hast, diese Verbindung herzustellen – oder sie zu finden, falls es sie bereits gibt. Denn vor mir steht jemand, der sich mit einem dringlichen Problem an mich wendet. Also – wie kann dir ein Häftling des Tartaros behilflich sein?"

Tanja schüttelte den Kopf. So hatte sie sich diese Begegnung nicht vorgestellt! Sie war doch viel zu jung, um zu wissen, wie man den Anwandlungen eines Kindes in diesem Alter zu begegnen hatte!

Der Teenager-König kehrte an seine Staffelei zurück. Mit Holzkohle hatte er dort die Silouette einer Stadt auf weißen Zeichenkarton skizziert. Nun korrigierte er die eine oder anderen Stelle, bevor er sich wieder Tanja zuwandte. Mit der Holzkohle in der Hand gestikulierend, sprach der Gott auf sie ein: „Was soll ich dir sagen, Fremde? Ich kann dir nicht helfen, solange du mir nicht vertraust! Das ist kein leeres Gerede, sondern Teil des Richtspruchs meines jüngsten Sohns. Herr über Elysium bin ich nur solange, wie meine Untertanen damit einverstanden sind. Damit steht und fällt meine Macht."

„Wissen die Titanen das?"
Kronos legte das Kohlestück beiseite. „Nein. Zeus fürchtete, sie könnten dieses Wissen missbrauchen, also ließ er mich schwören, es ihnen nie zu sagen. Aber du unterliegst diesem Schwur nicht. Ein Wort von dir... nun, ich vertraue dir, dass du nichts ausplauderst."
Doch andersherum war es um einiges schwerer.
„Kannst du... kannst du nicht einfach eine Form annehmen, die ein wenig respekteinflößender ist?" bat Tanja.
Kronos schüttelte bedauernd den Kopf. „Perses passt bisweilen auch auf die jüngsten Kinder auf, die noch nicht unterrichtet werden. Aber wir finden, er wirke lächerlich, streifte er sich zu diesem Zweck eine Windelhose über."
Tanja seufzte. „Ich gebe mir ja Mühe. Doch es gibt so vieles, was ich nicht verstünde, selbst, wenn du als mein Lieblingsonkel Wassil vor mir stündest!"
„Ach, Kacke", murrte Kronos, denn ein jeder Körper prägte den darin hausenden Geist bis zu einem gewissen Grade. Den Gesetzen des Kosmos nach war das gar nicht zu vermeiden, waren Form und Inhalt stets miteinander verflochten. Es hätte nicht viel gefehlt und der Titanenherrscher hätte eine unsichtbare Dose über den Teppichboden gekickt. „Du willst wissen, womit mich alle löchern..."
„Ja. Das wäre ein Anfang. Wenn ich wüsste, was in dir vorgegangen ist, als du dich wiederholt des Kindermordes schuldig gemacht hast, könnte ich dir vielleicht vertrauen."
Kronos grinste schief. „Ich sollte mich noch ein wenig jünger machen, vielleicht nähme ich dich dann als Mutter wahr und vertraute dir bereitwilliger an, was du hören willst", meinte er.
„Aber gut! Genug der Spiele, und seien sie noch so ernst! Nimm irgendwo Platz, Tanja, dann erzähle ich dir die Geschichte!"
Tanja sah sich im Raum um. Ihr zunehmend abstrusere Züge annehmendes Gespräch mit Kronos hatte sie bisher daran gehindert, ihre Umgebung vollständig wahrzunehmen. Nun sah sie, dass der Raum von der Staffelei und einem Schreibpult abgesehen beinahe leer war. Es gab keine Tische oder Stühle in dem Zimmer, lediglich einen

Stapel Sitzkissen in einer Ecke. Die Frau nahm sich eines davon, warf es dem Jungen zu und griff dann nach einem zweiten.

Kronos fing das Kissen. Er wartete, bis Tanja wieder zu ihm zurückgekehrt war. Als sie sich anschickte, sich zu setzen, half er ihr galant dabei und schob ihr das erste Kissen unter.

In diesem Moment erinnerte der Titan Tanja stark an seinen Enkel Outis. Sie suchte den Blick seiner Augen, fand aber nur Trauer darin.

„Das war nur geschlechtsreif, nicht erwachsen", meinte Kronos. „Bin ich jetzt mehr Mann in deinen Augen? Schade. Aber, gut, was immer dir hilft, Tanja."

Die Frau seufzte. „Ich will jetzt endlich die Geschichte hören, mit der all dies hier begann!" verlangte sie. „In gewisser Weise ist es auch meine Geschichte, denn ohne diese ganze Verbannungssache wäre ich nie hier gelandet!"

„Soweit ich den Hergang deines Unfalls berichtet bekam", korrigierte Kronos, „wärst du ohne diese „Verbannungssache" nie Eros begegnet, der sich dann ja kaum hier unten aufgehalten hätte. Du wärst also jämmerlich in den Tunneln umgekommen."

Tanjas Finger krampften sich um das zweite Kissen, das sie noch immer in der Hand hielt.

„Hau es mir ruhig um die Ohren, doch das macht meine Worte nicht weniger wahr!" sagte Kronos. „Wie wir zu einer einmal geschehenen Sache stehen, ändert diese nicht. Es kann lediglich im günstigsten Fall unsere zukünftigen Entscheidungen positiv beeinflussen. Ich, nun, ich habe einige fragwürdig anmutende Entscheidungen getroffen, zum Wohle der Zukunft, wie ich glaubte. Schau, Tanja, während meiner Herrschaft auf der Erde, lange vor der Erschaffung der Menschheit, musste niemand Hunger leiden oder sich vor irgendetwas ängstigen. Alle respektierten einander und waren glücklich. Taube war stolz auf mich. Sie hatte heimlich bereut, die Herrschaft an Uranos abgegeben zu haben. Aber was sollte sie tun? Sie war eine Schafferin, keine Bewahrerin und ihr Werk mit der Begründung unserer Zivilisation getan. Ich hingegen vereinte beides, das Werden und das Beharren, in mir sah sie ihren würdigen Nachfolger. Ich wollte das glauben! Ich wollte, dass es nie endet.

Eines Tages aber weissagte mir meine Mutter Gaia, dass einer meiner Söhne mir die Herrschaft abtrotzen würde. Ich war verstört. Ich fragte mich: Warum? Weshalb sollte jemand meine Regentschaft herausfordern, mir meinen Thron abnehmen, wenn nicht, um selbst anders zu regieren? Ich konnte das nicht zulassen! Unter keinen Umständen!"

Tanja begann zu verstehen. Ein Machtwechsel implizierte nicht automatisch eine Verbesserung. Demnach hatte Kronos nur das Beste für sein Volk im Sinn gehabt, als er seine schrecklichen Taten beging!

„Und so erfülltest du die Prophezeiung, dadurch, dass du versuchtest, sie nicht eintreten zu lassen!" wisperte die Frau. „Hättest du dich nicht dermaßen verändert, wärst du nicht zum Mörder geworden, hätte nie eine Veranlassung bestanden, dich herauszufordern!"

Kronos lachte bitter. „Das sagt sich leicht – hinterher. Weißt du, mein eigener Vater hatte die erste böse Tat auf Erden begangen, indem er sich gegen ihren Willen an Gaia vergriff. Ich habe ihn dafür zur Rechenschaft gezogen… aber ich wollte Derartiges nie wieder erleben müssen. Aber nun…" Der Titanenherrscher blickte in weite Ferne, obwohl sein physischer Körper Tanja anschaute. „Nun lebe ich nur noch in dem einen Moment, in dem ich begreife, dass da mein eigener Junge vor mir steht, wie ich damals vor Uranos. Mit demselben Recht auf Vergeltung. Glaub mir, wenn der Gott der Zeit so etwas sagt, dann ist das… heftig."

„Hast du es Zeus jemals zu erklären versucht?"

„Ich…" Kronos senkte den Kopf. „Ich war ja so ein Narr! Ich glaubte, mein Sohn müsse das doch alles von sich aus verstehen, immerhin hatten ihm seine Amme und später Metis doch die Geschichte unserer Welt beigebracht! Ich glaubte, es sei ihm egal, aber vielleicht hatte er wirklich bloß nicht verstanden. Das ist nichts Schlimmes. Nicht verstehen zu *wollen* hingegen, sich jeglichem Versuch der Versöhnung zu widersetzen… Adamas ist nichts gegen die Verhärtung der Fronten zwischen unseren beiden Geschlechtern, seinem und meinem."

„Adamas?"

„Stahl aus einem Erz, das in der Erdkruste nicht vorkommt. Spielt jetzt keine Rolle."

„Kronos..." Tanja beugte sich vor. „Solche Ausflüchte klingen nun wirklich sehr teeangerhaft", schmunzelte sie.

Noch immer keine Gleichheit, begriff der Titanenherrscher, aber wenigstens Trost statt Ablehnung. „Ja, ich weiß", lenkte er ein. „Aber du musst zugeben, dass es kein besseres Bild für Hilflosigkeit gibt als dieses. Ein Kind ist wehrlos, aber es sucht Schutz, ein Jüngling hingegen will selbst beschützen und weiß noch nicht, wie weit er bereits zu gehen in der Lage ist. Deine Ankunft hier hat mich aus meinem depressiven Dämmerzustand geweckt, in dem ich mich seit Kriegsende bewegt habe. Zum ersten Mal blicke ich bewusst auf die Scherben von Jahrtausenden und frage mich, wie ich das alles wieder kitten soll. Dazu kommt der Schock, ausgelöst durch die Spaltung der Titanen. Prometheus stand ja auf Zeus Seite, was sich auch nach dem Krieg nicht änderte. Aus den Gebeinen unserer Toten schuf er die Menschen für Zeus. Und ihr..."

Tanja wartete gespannt. Kronos letzte Sätze hatte der Titan ruhiger, leiser gesprochen, nun wurde er wieder unvermittelt heftig:

„Ihr habt die Monster angebetet... wart ihnen zu Diensten, um nicht ihrer Gewalt zum Opfer zu fallen. Dann wurden einige von euch kühn und baten um Gefälligkeiten. Es lebt sich gut im Schatten der Mächtigen, oder? Mit einem Mal waren aus den stärksten Raubtieren im Revier die Wohltäter geworden.

Ab und zu erinnerten sie sich wieder an ihren Status. Nach jeder Machtdemonstration hieß es über das Opfer, es sei schuldig geworden, weil es gegen die göttliche Ordnung verstoßen habe.

Aber was gibt Zeus überhaupt die Macht, seine Vorstellung von Ordnung über die der anderen zu stellen? Doch nur die Tatsache, im Falle einer Weigerung, sich seinen Wünschen zu unterwerfen, die machtvollsten Blitze schleudern zu können!

Die Olympier haben das Recht des Stärkeren aus dem Tierreich übernommen. Aber ihr Menschen stammt zum Teil von uns. In euch ist angelegt, es besser zu machen!"

Tanja hatte nur mit halbem Ohr zugehört. Es war ja doch immer wieder dasselbe mit den Titanen! Sie schaukelten ihre persönlichen

Nöte hoch, bis existentielle Fragen daraus wurden. Das war so typisch für Menschen in Kronos Alter... in seinem scheinbaren Alter.

Tanja wollte „Bist du fertig?" und „Können wir dann bitte endlich zum Thema kommen!" rufen, doch sie hielt sich zurück. Es würde ja doch nichts bringen. Zum einen, weil Kronos fünfzehn Jahre alt war und zum anderen, weil man es sich besser nicht mit einer Person in Machtposition verscherzte.

Endlich verstummte der Titanenherrscher. Tanja blieb ebenso stumm.

„Kurz und gut, ich habe seit deiner Ankunft im Tartaros viel über euch Menschen nachgedacht", meinte Kronos lächelnd. „Ich weiß nun, dass ihr keine ‚Folterwerkzeuge' seid, die die Olympier angefertigt haben, um uns zu quälen. Oder vielleicht seid ihr das doch, aber eben nicht nur. Ihr seid unser aller Hoffnung!"

„Ich will nur nach Hause. Mein altes Leben zurück und meine Freunde wiedersehen."

Kronos Enttäuschung spiegelte sich unübersehbar in seinen Augen wieder.

„In einem hast du Recht, Menschenfrau", sprach er. „Ich bin jung. Gemessen an der Ewigkeit bin ich nicht einmal ein Teenager, sondern ein kleines Kind. Und vor mir liegt eine Ewigkeit der Hoffnungslosigkeit."

Tanja hielt es nicht mehr aus. „Kannst du mir helfen, die Unterwelt zu verlassen?" fragte sie geradeheraus. „Und wenn ja, wirst du es tun?"

„Ich möchte es, aber du vertraust mir noch immer ni..." Mit einem Mal huschte ein Grinsen über Kronso Gesicht. „Warte mal! Lass mich die Frage anders stellen, Menschenfrau! Du magst mir als Person keinen großen Respekt entgegenbringen, aber sag mir: Traust du mir zu, dich aus der Unterwelt herauszukriegen und wieder nach Hause zu bringen? Denn nur darum geht es ja bei dieser Audienz!"

„Nicht auch um die Stillung deiner Neugier auf die Oberwelt?"

Kronos winkte ab. „Wir haben aus den beiden neuen Sprachen so viel über euere Kultur ableiten können, dass wir auf Jahre hinaus Studienmaterial besitzen. Da benötigen wir nicht noch zusätzlich die

Aussage einer befangenen Person. Ein guter Journalist arbeitet von außen nach innen, er geht von den am wenigsten von etwas Betroffenen schrittweise zu den Akteuren über."

‚Was versteht er vom Journalismus?' fragte sich die Frau. Sie begriff, dass die schonungslose Antwort lautete: Mehr als die Geologin.

„Du bist psychisch instabil, aber hochintelligent oder zumindest eignest du dir schnell neue Informationen an", sagte sie Kronos auf den Kopf zu. „Wenn einer mir zurück nach Hause helfen kann, dann du. Ja, das bedeutet, ich vertraue dir – in dieser Hinsicht."

„Danke!" grinste Kronos. „Tartaros und Hades haben eine Menge heutzutage merkwürdig anmutender Regeln aufgestellt, was das Betreten und Verlassen ihrer Reiche angeht. Aber, nun ja, wir hängen auch Handtücher vor unsere nackten Körper, wenn Fremde einen Raum betreten, also sollten wir den beiden dieses Recht ebenfalls zugestehen."

Tanja unterbrach Kronos Redefluss: „Das heißt, du wirst mir helfen?"

„Ja, sag ich doch!" entgegnete der Teeanger unwirsch.

„Ich danke dir."

„Schon gut. Es liegt in unser aller Interesse, dich von hier wegzubekommen. Du bringst Unruhe in unsere Existenz. Perses hast du bereits, wenn auch unbeabsichtig, in eine üble Lage manövriert... Egal! Du hast hier Nahrung zu dir genommen, das verkompliziert deine Situation, wie dir vielleicht aus den Mythen bekannt..." Kronis studierte Tanjas Gesichtsausdruck. „Wie dir nicht aus den Mythen bekannt ist", korrigiert er sich. „Wer einmal in der Unterwelt etwas gegessen hat, bleibt auf ewig ihre Gefangener. Desweiteren heißt es, dass es wichtig sei, sich auf der Heimreise nicht umzudrehen, was bei einer mehrtägigen Reise beinahe unmöglich ist. Beinahe jede Person dreht sich im Schlaf, und wenn Hades es wirklich darauf anlegt, kann er bereits diese Änderung der „Blickrichtung" als Verstoß gegen die Regel werten. Ich fürchte, die normalen Ausgänge des Hades bleiben dir verschlossen."

Tanja legte das Kissen beiseite. „Aber...? Du klingst so, als gäbe es noch eine Möglichkeit!"

Kronos erhob sich. Er eilte zu seiner Staffelei, wo er die Skizze umblätterte und sofort eine neue Zeichnung begann. Tanja folgte den hektischen Bewegungen des Gottes. Sie sah Linien und Kreise unter seiner Hand entstehen, die sich zu einer Landkarte des Tartaros zusammenfügten. Kronos wählte ein neues Stück Kohle. Er blies darauf und die Kohle entzündete sich, nur, um beinahe sofort nur noch matt zu glimmen. Zufrieden nickend führte der Titan die glühende Kohle auf das Papier zu. Tanja entwich ein kurzer Schrei und dann noch einer der Überraschung, denn anstatt die im Entstehen begriffene Karte zu verbrennen, diente das Kohlestück Kronos lediglich als roter Buntstift. Die Wellenlinien, die der Titan damit am Rand der Karte andeutete, weckten in Tanja Assoziationen mit einem höllischen Feuersee.

„Die Grenze des Tartaros zum eigentlichen Hades bildet ein Meer, dessen Wellen aus Flammen bestehen", erläuterte Kronos. „Diese See umgibt uns auf allen Seiten. Ist sie schon für unsereinen kaum zu überwinden, so ist es für dich völlig unmöglich."

Tanja widersprach nicht. Sie starrte auf die realistisch lodernden Flammen auf der Zeichnung, die das Papier dennoch nicht konsumierten. Wenn Kronos eine derartige Kontrolle über die Elemente zu eigen war, und er das Flammenmeer dennoch als unüberwindlich bezeichnete, dann musste sie ihm glauben.

„Desweiteren", erklärte Kronos, während er weiterzeichnete, „existiert eine Reihe von eisernen Toren, die jeweils von einem Hekatoncheiren bewacht werden. Diese Tore verändern ihre Positionen, was es erschwert, sie ausfindig zu machen. Nur zwei von ihnen sitzen fest an einer Stelle: Kotos und Briareos. Du wirst mindestens eines von beiden bereits auf deiner Anreise gesehen haben."

„Ja..."

„Kotos und Briareos standen uns bisher immer offen, doch nur wenige Tage nach Perses „Aufruhr" vor einem halben Jahr hat Prinz Outis veranlasst, die Tore zu schließen..."

„Das kann nicht sein! Eros und ich haben das Kotos-Tor durchquert!"

Kronos nickte finster. „So ist es. Ihr konntet hereinkommen, aber nicht wieder hinaus. Eros nimmt das ganz schön mit: Zuerst sein langes Exil und nun fühlt er sich eingesperrt, wenn er auf den Wiesen jagt."

„Oh! Das wusste ich nicht."

„Wie denn auch?" lachte Kronos. „Ihr steht euch nun wirklich nicht so nah, dass er sein Herz bei dir ausschütten würde."

Tanja verbiss sich die scharfe Erwiderung, die ihr auf der Zunge lag. Sie hätte ohnehin nicht zu rechtfertigen vermocht, weshalb die Retourtkutsche so bissig ausgefallen wäre. Ein sachliches „Ja, das stimmt", wäre angemessener gewesen. Obwohl Kronos Aussage keinerlei Vorwurf innewohnte, fühlte sich die Frau getroffen.

Der Titanenherrscher zeichnete unterdessen einen weiteren Weg innerhalb des Tartaros ein. „Kannst du klettern?" erkundigte er sich.

„Ich bin Geologin!" lachte Tanja. „Ich habe schon mehr als eine Höhle erforscht!"

„Das ist gut. In diesem Fall kann ich dir ein paar Abkürzungen einzeichnen. Sieh sie dir genau an und entscheide dann vor Ort selbst, ob du sie riskieren möchtest oder nicht."

Mit unterschiedlichen Farben, die er dem Kohlestift entlockte, präzisierte der Zeichner seine Landkarte des Tartaros. Zum besseren Verständnis fügte er Längenangaben und bei einem Gefälle den Winkel hinzu. Ganz zum Schluss zeichnete er einen Baum in die rechte obere Ecke, jedoch noch innerhalb des von dem Flammenring begrenzten Areals.

Kronos winkte Tanja näher zu sich heran.

„Das", erklärte er feierlich, „ist Menthe, einer der Lebensbäume. Sie wächst nahe eines Ausgangs aus der Unterwelt und zwar, das ist wichtig, nicht im Hades, sondern direkt hier bei uns im Tartaros. Die Olympier wissen nichts von diesem Zugang, daher werden sie kaum Verdacht schöpfen, wenn du dich in dieser Gegend des Tartaros herumtreibst."

Tanja verkniff sich die Frage, wieso die Titanen dann nicht selbst versuchten, ihn zu zu erreichen und ihrem Kerker über diesen entflohen. Oder warum sie nicht Helios Barke kaperten. Oder einen der anderen Pläne in die Tat umsetzten, die ihr durch den Kopf gingen. Die Geflügelten erweckten nicht den Eindruck von duldsamen Häftlingen, sie würden jeden einzelnen Fluchtweg getestet haben.

Kronos fügte seinem Bild der Baumdame Details hinzu, verstärkte ihre Äste ein wenig und deutete Früchte an, die Feigen ähnelten.

„Dein Weg wird nicht einfach sein", sprach er dabei. „Du wirst das Revier der Kerkopen durchqueren und mit hoher Wahrscheinlichkeit ein weiteres Tor nach Briareos überwinden müssen. Ich wünschte, ich könnte dir Merxeton zur Seite stellen, doch das geht nicht."

Kronos verstummte. Als auch Tanja nichts zu sagen wusste, bat sich der Titanenherrscher Zeit zum Nachdenken über die weiteren Schritte aus. Er forderte Tanja auf, in ihr Haus in der Lethefall-Allee zurückzukehren. Die soeben angefertigte Landkarte rollte er zusammen und drückte sie der Frau in die Hand. „Hier! Du musst sie nicht auswendig lernen oder so, aber lass sie dir Hoffnung spenden!"

Tanja akzeptierte die Gabe. Vorsichtig nahm sie das Papier entgegen, jeden Moment damit rechnend, sich daran zu verbrennen. Doch das Schriftwerk blieb kühl. Es leuchtete lediglich von innen heraus, als handle es sich um eine Papierlaterne.

„Danke! Vielen, vielen Dank!"

*

„Erfolg?" erkundigte sich Outis knapp, als Tanja den Audienzraum verlies. „Oder hat er dich nur seine Bilder bewundern lassen und dich nicht eher gehen lassen, als bis du dir eines ausgesucht hast?"

„Ja!" antwortete Tanja strahlend.

Outis Blick fiel auf die zusammengerollte Zeichnung in den Händen der Menschenfrau. „Das dachte ich mir!"

„Nein!" Tanja lachte übermütig. „Ich meine damit, dass mein Besuch etwas gebracht hat. Kronos hat mir geholfen!"

Outis Miene verfinsterte sich.

„Was ist?" entfuhr es Tanja. Sie blieb wie angewurzelt stehen, die Karte wie einen Schild vor ihren Körper haltend. „Wieso freust du dich nicht?" Enttäuschung und aufkeimendes Misstrauen schwangen in ihrer Stimme mit.

Outis seufzte. „Weil ich es sein wollte, der dir weiterhilft", gestand er zähneknirschend. „Ich habe bereits damit begonnen, Nachforschungen anzustellen. Weißt du, man munkelt von einem geheimen Tor, das direkt aus dem Tartaros heraus in die Oberwelt führt…"

„Haha!" Tanja entrollte ihre Karte. „Hier, schau! Meinst du dieses Tor? Kronos war dir voraus." Sie lief auf den Olympier zu, blieb dicht vor ihm stehen und wisperte, so dass es Themis nicht hören konnte: „Das ist aber auch das einzige. Dieser Mann ist sowas von merkwürdig…"

Outis griff nach der Karte. Er studierte sie eingehend. Irgendwann während der Prüfung lies Tanja einfach los. Sie verschränkte die Arme. „Ich brauche Begleiter auf dem Weg zu diesem Tor, das meint jedenfalls Kronos", erwähnte sie wie beiläufig.

„Nein."

„Heißt das", fragte Tanja und der Schalk blitzte in ihren Augen, „ich habe einen gefunden?"

An Outis Seite hatte sich der Tartaros bereits einmal von einem Ort des Schreckens in einen urwüchsigen Naturpark verwandelt. Der Prinz war praktisch hier aufgewachsen, er war Hades Sohn und besaß ein magisches Schwert. Nun handelte es sich dabei nicht gerade um Qualitäten, welche Tanja Förster noch vor wenigen Wochen als vertrauenerweckend bezeichnet hätte, doch unter den gegebenen Umständen gab es niemand Geeigneteren für eine solche Reise.

„Wie man das schon will…" erwiderte Outis kryptisch. Er rollte die Landkarte wieder zusammen. „Tanja… Seit deiner Ankunft in Elysium habe ich versucht, mich als guter Gastgeber zu erweisen. Vielleicht ist mir das nicht immer gelungen und ohne Zweifel hätte ich mich während der Gerichtsverhandlung gestern anders betragen müssen, doch ich verspreche dir, ich werde mich bessern. Weil du es ganz einfach verdienst."

Tanja sagte nichts. Sie warf dem Olympierprinzen nichts vor, sie zog auch nicht seine Qualitäten als Heroe in Frage. Genaugenommen war sie bereit, mit diesem Enkel des Zeus bis ans Ende der Welt zu gehen, hätte sie sich nicht bereits dort befunden.

Outis sprach weiter: „Erst seit ich dir begegnet bin, verstehe ich, was die Titanen meinen, wenn sie behaupten, Elysium sei ein Ort der Wonne. Er wird es durch deine Anwesenheit."

Der Mann streckte seine Hand nach Tanjas aus. Er ergriff sie. „Jeder Ort wird das, an dem wir Zeit miteinander verbringen dürfen. Ich liebe dich, Tanja, und ich möchte, dass du an meiner Seite bleibst."

„Ich... ja, wir gehen zusammen..." stotterte Tanja, durch die plötzliche Eröffnung durcheinander gebracht. Doch kam sie auch unerwartet? Nein, ganz und gar nicht, das musste die Frau zugeben, wenn sie ehrlich mit sich selbst war. Sie fühlte sich ja selbst so stark zu diesem Wesen hingezogen, dass sie oftmals vergaß, es nicht mit einem Menschen zu tun zu haben.

„Bei mir, meine ich", präziserte Outis seine Aussage. „In meiner Welt! Ich will nicht, dass du gehst! Bleib bei mir - als meine Frau!"

„Outis!" Tanja drückte die Hand des Mannes fest. Sie wünschte sich, sie könne mehr von ihm berühren, ja, liebkosen. Doch eines wünschte sie sich nicht mehr: Dass Outis sie in seine Arme schlösse. Zu sehr erinnerte er sie in diesem Moment an Tityos. Was war das für eine Liebeserklärung, wenn der Geliebte sie im selben Moment vereinnahmte? Aus Nähe wurde dann Gefangenschaft, aus Geborgenheit Bedrohung.

„Outis", wiederholte Tanja leise. „Ich kann verstehen, dass die Nachricht, dass ich Elysium verlassen kann, dir die Kraft geschenkt hat, deinen Gefühlen endlich Ausdruck zu verleihen. Und dass sie dich geschockt hat. Aber meinst du nicht, dass du zu weit gehst, indem du mir anträgst, in der Unterwelt zu bleiben? Siehst du das nicht selbst?"

„Was ist mit deinen Gefühlen?" antwortete Outis ausweichend.

„Ich... du weißt, wie sehr ich dich mag..."

„Dann bleib!"

Tanja schüttelte den Kopf. In einer völlig anderen Welt gestrandet zu sein, getrennt von Freunden und Familie, von allem, was sie kannte – ja, die Liebe mochte in der Lage sein, das nichtig erscheinen zu lassen. Horchte die Frau jedoch tief in sich hinein, dann liebte sie Outis nicht oder zumindest nicht genug.

‚Und er mich ebenfalls nicht, sonst würde er nicht darauf bestehen...' dachte sie traurig.

„Bitte, Outis, bitte bring mich heim!" sprach sie eindringlich auf den Abenteurer ein. „Wenn einer die Tunnel der Unterwelt bezwingt, dann du! Lass mich von all dem hier Abstand gewinnen und mir über meine Gefühle klar werden. Du bist ein Olympier, kein Häftling des Tartaros. Du kannst die Erde aufsuchen, wenn dir der Sinn danach steht. Ich werde dort auf dich warten!"

Outis lies Tanja ausreden. Er unterbrach sie nicht. Doch als Tanja am Ende angelangt war und erwartungsvoll schwieg, erwiderte er: „Tut mir leid. Aber das Risiko ist mir zu hoch."

Mit raschen Bewegungen zerfetzte der Olympier die von Kronos gezeichnete Karte.

„Themis!" rief er dabei, ohne die Titanin anzusehen. Seine Stimme klang eiskalt, was er verkündete, war so endgültig, als käme es direkt aus dem Mund seines Vaters: „Ich habe mehrfach gesehen, wie sie hier gegessen hat. Du kennst die Regeln! Diese Frau hat die Möglichkeit ihrer Rückkehr verwirkt!"

Der Olympier ergriff Tanja. Um die Füße der beiden verteilten sich die Fetzen der Landkarte wie Konfetti. Hier und da verglühten einige von ihnen zu Asche.

„Aber keine Sorge", sprach Outis versöhnlicher. „Es wird dir an nichts mangeln."

Schneller, als Tanja reagieren konnte, hatte der Olympier sie bereits auf die Lippen geküsst. „An wirklich nichts!" ergänzte er.

Jäger gegen Märchenprinz

Wenn die Götter des Olymp es nicht vermeiden konnten, den Tartaros aufzusuchen, bewohnten sie meist Gästehauser in der Lethefall-Allee. Als einziger seines Geschlechts hatte sich Hades ein eigenes permantes Domizil errichten lassen, eine Villa nahe des Stadtzentrums. Auf den ersten Blick verriet nichts, dass es sich bei dieser Villa um die Residenz des Unterweltherrschers handelte. Sie hätte ebensogut einem der Städtebürger gehören können, einem der auf Individualität bedachten Titanen.

Das Haupthaus war von einem Park sowie mehreren unscheinbaren Nebengebäuden umgeben. Die Villa selbst setzte sich aus einem Erdgeschoss und unzähligen Türmen zusammen. Von unten nach oben wurde die Behausung immer schmaler, so dass der Eindruck eines von vielen Höhlen durchzogenen Felsens entstand.

Ein tiefer Graben umgab das Gebäude. Weit unter Straßenniveau umspülte des Wasser des Styx das Fundament. Künstlich angelegte Grotten führten tiefer in den Fels hinein. In die Wände und Decken dieser kleinen Höhlen eingelassene Edelsteine verliehen ihnen eine märchenhafte Faszination.

Einer dieser Grotten diente derzeit Hades neuem Diener Perses als Ort der Entspannung. Der Sohn der Nymphe hatte es sich auf einem Badetuch gemütlich gemacht, während ein Gast des Hausherren – der Bote Merxeton – im Wassergraben plantschte.

„Meeeeeehts!" ertönte Outis Stimme und hallte von den Wänden des Grabens wieder. „Komm her und hilf mir mit meinem Gepäck!"

Perses erhob sich. Voller Abscheu hob er einen Umhang vom Boden auf, den er sich umwarf. Der Mann trug wie stets nur wenig Kleidung, lediglich einen kurzen Schurz und seine Sandalen. Hades legte allerdings Wert darauf, dass das Wappen des Herrn, dem der Verurteilte diente, für alle deutlich sichtbar war. Perses einziger Trost bestand darin, dass er den stilisierten Anubishund vor dem Hintergrund eines Kugelblitzes auf seinem Umhang wenigstens nicht selbst ansehen musste.

„Beeil dich!" drängelte Outis, während Perses in aller Ruhe die Umhangspange befestigte.

Dem Sohn der Nymphe Metis fehlten die Flügel eines echten Titanen. Er besaß auch nicht den Schlangenunterleib mancher Giganten oder andere Hilfsmittel zur Fortbewegung. Perses erklomm daher die aus dem Fels gehauene Treppe, bevor er dem Ankömmling über die den Graben überspannende Brücke entgegenkam. Die ganze Zeit über kämpfte Outis mit seinem „Gepäck": Er zerrte die sich unwillig sträubende Tanja Förster hinter sich her.

„Ich kann dich töten!" herrschte er sie an. „Dann stirbst du in Sünde! Den Prinzen des Hades abgewiesen zu haben, ist ein Verbrechen, das mit einer Ewigkeit im Tartaros bestraft werden darf. Was hast du dann gekonnt? So oder so, ich bekomme dich!"

Perses lehnte sich gegen die schwere Kette, an der sich die Brücke hochziehen ließ. „Ehekrach, bevor die Ehe richtig beginnt, mein Prinz?" Die Schadenfreude des Verurteilten war deutlich zu hören. „Lernen wir langsam, dass Mamas Liebling sich seine Freunde in der richtigen Welt verdienen muss?"

Outis erwiderte etwas Unverständliches. Im Gegensatz zu Perses bediente er sich dabei keiner von Hades Universalübersetzung abgedeckten Sprache. Der Lehrer zuckte zusammen, als hätte ihn ein Olympierblitz getroffen.

„Ich hasse euch!" rief Tanja. „Olympier wie Titanen! Ihr seid Bestien!"

Der Prinz hob seine zur Faust geballte Hand, um jemand im Inneren der Festung – denn zu einer solchen wurde die Turmvilla in

Tanjas Gedanken – zu signalisieren, die Zugbrücke hochzuziehen. Dabei musste er Tanja mit dieser Hand loslassen.

Perses dachte nicht daran, die Menschenfrau für den Sohn seines Herrn festzuhalten. Als habe er vorhin nicht verstanden, wer gemeint war, schaute er sich theatralisch um, wo wohl das angekündigte Gepäck des Abenteurers Outis stehen mochte.

Die Brücke hob sich langsam an. Outis stieß Tanja nach vorn, nach unten. Die Frau stolperte ein paar Schritte - dann warf sie sich auf der sich langsam schließenden Brücke herum und sprang seitlich in den Wassergraben!

Outis warf einen Blick in das dunkle Wasser. Er schüttelte den Kopf, ließ ein „Tsts" hören, schnippte mit den Fingern und befahl: „Perses – ich erwarte meine Verlobte präsentabel in ihren Gemächern. Später komme ich sie besuchen." Dann schritt er die Brücke entlang zum Haupttor, solange es ihm noch möglich war, das würdevoll zu tun, anstatt die Holzbohlen hinunter zu rutschen.

*

Tanja hingegen trug sich nicht mit der Absicht, sich in irgendwelche Gemächer führen zu lassen, weder präsentabel noch anderweitig. Ihre vorgestreckten Hände tauchten in das schwarze Wasser ein, ihr Kopf folgte und schon schoss sie auf die Wand des Grabens zu. Diese bestand auf beiden Seiten aus nur grob behauenem Naturstein. Tanja traute sich durchaus zu, diesen zu erklettern und den Aufenthalt in diesem ungastlichen Domizil so kurz wie möglich zu halten.

Etwas berührte Tanjas Wade. Sie zuckte zusammen. Noch bevor sie den ersten Schwimmzug ausführen konnte, griff eine Klaue nach ihrem Knöchel. Eine zweite griff nach ihrem Gürtel. Tanja verfluchte im Stillen das lange Kleid, das sie anstelle ihrer Uniform trug. Es verhinderte in Verbindung mit der Dunkelheit hier unten eine wirksame Gegenwehr. Schon hatte sich Tanja in ihrem Bemühen, zu entkommen, mehrfach hin- und hergewunden und die Orientierung verloren. Wo war oben, wo unten, wo die Felswand? Sie wusste es nicht mehr. Welches den Wassergraben bewohnende Tier auch immer sie da gepackt hatte, es zwang sie in eine bestimmte Richtung. Tanja ruderte mit ihren Armen – und fand plötzlich, dass ihre Hand die Wasseroberfläche durchstieß. Einen Moment später folgte ihr Kopf.

Die Frau holte tief Luft. Sie fühlte sich auf die Füße gestellt, aber noch immer nicht losgelassen. Keuchend strich sie sich das triefende Haar aus dem Gesicht. Sie wollte ihre Hände ausschütteln, doch jemand packte sie fest an den Unterarmen. Tanja erkannte, dass ein Zweibeiner vor ihr stand: Der junge Merxeton.

„Bestien, hm?" knurrte der Jugendliche.

„Das... war nicht so gemeint", entfuhr es Tanja.

Merxeton zuckte die Achseln. „Spielt keine Rolle. Outis hat Perses einen eindeutigen Befehl erteilt. Wenn er den nicht befolgt, aus welchen Gründen auch immer, bekommt er größeren Ärger, als ich zulassen kann."

Merxeton zog an Tanjas Handgelenken. Tanja zerrte in die Gegenrichtung.

„Los, komm mit!" befahl er. „Ich weiß, wo die Gästezimmer sich befinden."

Doch Tanja hätte es niemals an Bord der *Mir IV* geschafft, wäre sie nicht kräftig und gewandt genug gewesen, um einen Teenager abzuschütteln. „Mach dich nicht lächerlich!" fauchte sie. „Du kannst mich niemals festhalten!"

In der Tat rutschten Merxetons Hände bereits von ihrem triefnassen Unterarm ab. Dennoch grinste Kronos Bote, als besäße er eindeutig die Oberhand in diesem Kampf.

„Das muss ich auch gar nicht", erwiderte er. „Jedenfalls nicht lange..."

Tanja breitete ruckartig ihre Arme aus. Merexeton wurde nach hinten geschleudert. Taumelnd, bemüht, sein Gleichgewicht zu wahren, vermochte er die Gefangene nicht mehr aufzuhalten. Tanja warf sich herum und wollte erneut durch den Graben schwimmen. Doch wiederum stellte sich ihr jemand in den Weg.

‚Ja, trifft sich denn ausgerechnet heute hier der gesamte griechische Götterhimmel?!'

Die fremde Person war weiblichen Geschlechts, hochgewachsen und wies elfenhafte Züge auf. Sie trug einen Bikini aus Muschelschalen, der die Vorzüge ihres Körpers mehr betonte als verdeckte. Obwohl die Frau nicht älter als Merxeton wirkte, verrieten ihre Augen, um welch uralte Macht es sich handelte.

„Styx…?" wisperte Tanja.

Die andere kicherte.

„Darf ich vorstellen?" kam es von Merxeton. „Oiolyke, die legitime Tochter unseres Kerkermeisters Briareos. Und damit natürlich ein gern gesehener Gast in diesem Haus."

Oiolyke stuppste Tanja spielerisch gegen die Brust. „Merxeton Hermes-Sohn", rügte sie dann den jugendlichen Badegast. „Als ich sagte, ich wünsche mir ein aufregendes Date, da meinte ich das mehr in Bezug auf die Wege von Mann und Frau, wenn du verstehst!"

„So lass sie uns schnell hineinbringen, dann haben wir die Grotte für uns allein!" beeilte sich Merexton vorzuschlagen.

Oiolyke nickte. Ihre Finger strichen rhythmisch über das Wasser. Sogleich entstanden Wellen, die sich dem Willen der Meernymphe beugten. Aus der Wasseroberfläche heraus erhoben sich Arme, nicht dunkel, wie das Wasser im Graben wirkte, sondern klar und durchscheinend. Die Hände dieser Arme griffen nach Tanja. So oft sie auch auswich, so viele dieser fluiden Tentakel sie mit ihren eigenen Händen zerschlug, so unerbittlich wuchsen neue nach. Am Ende stand die Frau gefesselt im Wassergraben. Sie wurde in Richtung der Grotte gedreht und vorangetrieben.

Oiolyke zwinkerte dem jungen Merxeton zu. „Ich kann auch sanft… außer natürlich, du magst es so!" verriet sie ihm.

Kronos Bote schluckte hart, für einen Moment dankbar dafür, gerade in kaltem Wasser zu stehen.

Die Nymphe und ihre Gefangene passierten den Jüngling auf dem Weg ins Trockene. Oiolyke hauchte ihm die Andeutung eines Kusses auf die Lippen. „Du stehst treuer zu Zeus Geschlecht, als wir alle glaubten, das gefällt mir. Meine Belohnung wird dir gefallen, mein Freund!"

„Siehst du, Tanja?" flüsterte Merxeton traurig. „Du hattest schon Recht. Bestien trifft es ganz gut."

*

Tanja bekam kaum mit, wie sie durch die Grotte ins Innere der Festung und dort angelangt in eine Gästesuite gebracht wurde. Sie wusste, sie hätte auf mögliche Fluchtwege achten, an die Vernunft ihrer Entführer appellieren und vielleicht ein wenig jammern und betteln müssen, doch was sie stattdessen tat, war, sich in ihre Innenwelt zurückzuziehen. Wie betäubt lies die Frau alles über sich ergehen, was die Bewohner der Unterwelt für sie planten.

Perses brachte ihr ein Badetuch und trockene Kleider. Er sorgte dafür, dass die alten Gewänder gewaschen und getrocknet wurden und servierte der Gefangenen kleine Häppchen auf einem Tablett. Dazu reichte der Diener einen süßen, klebrigen Saft, bei dem es sich jedoch nicht um Nektar handelte.

Der Halbtitan sah zu, wie Tanja an dem Getränk nippte und minutenlang an einem Keks knabberte, ohne den Blick zu heben. Die Frau saß dabei auf der Kante eines mit dicken Polstern bespannten Stuhls aus – wie sollte es anders sein – Finsterwurzelholz, als ob sie jeden Moment aufspringen und davon laufen wolle. Ihr Atem ging flach, doch ab und zu konnte man ein Schniefen hören…

Perses stand neben dem Tisch, bereit, Tanjas Glas nachzufüllen oder Krümel vom Tischtuch zu fegen, wie es ihm in seiner Bedienstetenrolle zukam. Schließlich brach er das Schweigen: „Ich muss mich für meinen Schüler entschuldigen. Merxeton lag so viel an dieser Verabredung, seiner ersten überhaupt."

„Und ich habe sie ihm zerstört?" unterbrach Tanja den Diener zynisch. „Ich bin gut darin, romantische Geschichten kaputt zu machen."

Perses schüttelte den Kopf. „Ich vermag nicht einzuschätzen, wieviel dem Jungen an Oiolyke als Person liegt. Nicht viel, fürchte ich. Sie ist seine Trophäe, das Objekt seiner männlichen Selbstbestätigung. Ich glaube, irgendein Mädchen hätte ihm genügt."

„Wie schade, dass Outis nicht ebenso anspruchslos ist."

Perses musste lachen! Doch dann trat er einen Schritt auf die Gefangene zu und hockte sich neben sie. „Aber im Ernst", bat er, „es ist mir wirklich wichtig. Wenn du Merxeton etwas vorzuwerfen hast, weil er dir nicht geholfen hat, dann mach es bitte mit mir aus. Denn ich habe ihn ausgebildet."

„Er ist ein Teenager und wollte einfach vor dem Mädchen in einem guten Licht dastehen." Tanja winkte ab. „Sein Verhalten ist verständlich."

„Aber ist es auch verzeihlich?" forschte Perses. „Die Umstände unserer Gefangenschaft korrumpieren uns, ehe wir es uns versehen. Versucht man dann, festzustellen, wen denn nun die Schuld trifft, kommt man irgendwann am Ende einer langen Kette beim Chaos an. Es scheint so, als hätten wir uns nach all der Zeit noch immer nicht vollständig daraus befreit."

Bevor Tanja sich eine Erwiderung auf diese Behauptung einfallen lassen konnte, öffnete sich die Tür. Herein trat Outis.

Mit dem Anblick des Olympiers löste sich die Starre, die von Tanja Besitz ergriffen hatte. Der Galgenhumor verlies sie, um durch ehrlichen Zorn ersetzt zu werden.

„Du!" zischte sie. „Dass du es wagst, hier vor meinen Augen zu erscheinen! Was willst du? Mich quälen? Meine ehelichen Pflichten einfordern? Noch sind wir nicht verheiratet und werden es auch nie sein!"

Outis hob wie entschuldigend seine in Handschuhen aus dünnem, weißen Leder steckenden Hände. „Ich war ein wenig zu stürmisch, das gebe ich zu. Aber doch nur aufgrund meiner tiefen Gefühle für dich, Tanja!" erklärte er. „Wir werden Mann und Frau, das war von der ersten Sekunde an klar, obwohl wir uns dessen da noch nicht bewusst waren. Nun habe ich unser Schicksal eher erkannt und akzeptiert als du, na und? Ich kann mich in Geduld üben."

Outis trat ein wenig näher. Er setzte seine Schritte vorsichtig, als prüfe er, wie weit er sich seiner Beute nähern durfte, ohne sie in Panik zu versetzen.

Eine Hand hielt der Olympier offen ausgestreckt, mit der anderen deutete er aus dem Fenster der Suite. „Das Reich meines Vaters hat so viel zu bieten! Lass mich dir Orte zeigen, die du dir in deinen schönsten Träumen nicht ausmalen konntest!"

„Danke, aber ich habe bereits den einen gesehen, der nicht mal in meinen Alpträumen vorkam."

Outis ballte seine Linke zur Faust, als er begriff, dass er so hier nicht weiterkommen würde. Er bedeutete Perses durch eine Kopfbewegung, ihm zu folgen und verlies den Raum wieder.

*

Als sich die Tür erneut öffnete stand Tanja mit dem Rücken zur Tür am Fenster des Raumes.

„Elysium ist wunderschön am Abend", meinte sie. „So schön – und so fern."

„So empfindet Prinz Outis, wenn er dich ansieht", erwiderte Perses.

Tanja fuhr herum. „Nanu? Stehst du plötzlich auf seiner Seite?"

Hades Diener schloß die Tür mit einem Schlenker seines Fußes. In den Händen hielt er ein kleines Tablett, auf dem drei wassergefüllte Karaffen standen.

Perses antworte lediglich ausweichend: „Nein. Aber bevor man sich über etwas eine Meinung bilden kann, muss man diese Sache erst zuerst objektiv betrachtet haben. Andersherum ist es in der Regel zum Scheitern verurteilt."

„Hast du noch mehr solche Einsichten zu teilen?!"

Perses nickte. Er stellte das Tablett ab, zögerte aber lange, bevor er es losließ und sich wieder aufrichtete. Der Diener seufzte. „Der Prinz hat irgendwo ein wenig Geduld aufgetrieben. Weißt du, Outis ist kein Pirschjäger wie Eros, er bevorzugt es, die Unterwelt mit Fallen zu verminen und sich in der Zwischenzeit, bis das Wild hineinläuft, anderweitig zu unterhalten. Was ich damit sagen will, ist, seine Geduld hat eng gefasste Grenzen. Bekommt er nicht, wonach es ihn verlangt..."

„...wird er es sich mit Gewalt holen. Ich weiß."

Von einem Brett unter der eigentlichen Tischplatte nahm Perses ein Trinkglas aus reinem Bergkristall. „Das ist ihm ebenso bewusst wie dir. Um zu vermeiden, dass es zum Äußersten kommt, sendet dir meines Herrn Sohn daher diesen Trank als versöhnliche Geste."

Für einen Moment schien es, als wolle Perses aus einer der Karaffen einschenken, doch dann stelle das Glas einfach nur auf dem Tablett ab.

„Das ist Lethewasser", erklärte er. „Outis ist davon überzeugt, dass er deine Zuneigung gewinnen könne, wenn ihr beiden euch unbefangen träfet. Wenn du dich nicht mehr an seine Welt erinnertest... Dieses Wasser kann ein solches Vergessen bewirken."

Tanja warf ihren Kopf in den Nacken. „Wieso erscheint er dann nicht hier, um mit mir zusammen mit diesem Lethe-Wasser anzustoßen? So erscheint mir sein großzügiges Angebot dann doch ein wenig einseitig!"

Perses nickte. Er trat an das Fenster, an dem Tanja gestanden hatte. Die Menschenfrau gesellte sich zu ihm. Eine Zeitlang starrten beide nur vor sich hin. Nach einer Weile drehte Tanja ihren Kopf. Sie glaubte, ein Geräusch gehört zu haben, ein Seufzen oder eine andere unbewusste Lautäußerung des Halbtitanen. „Na?"

Perses schüttelte den Kopf. „Es ist nichts."

Tanja zuckte die Schultern. „Schade. Ein lösbares Problem wäre mal eine nette Abwechslung gewesen."

Perses deutete hinunter in die Stadt. „Ich dachte daran, dass das Lethewasser bei mir nicht funktionieren würde", erklärte er. „Ich bin ständig von Personen umgeben, die mich aus meinem früheren Leben kennen. Von ihnen würde ich alles erfahren, was ich vergessen hätte. Ich könnte mich zwar nicht mehr daran erinnern, besäße aber weiterhin das Wissen um die Ereignisse."

Tanja musterte den Elsyier. „Würdest du denn dein Leben vergessen wollen?"

„Manchmal erscheint es verlockend, den Hass loszuwerden", gab Perses zu. „Aber das ist es ja gerade, was unsere Kerkermeister von uns wollen: Dass wir resignieren und uns in alles fügen, was sie uns bestimmen."

„Hm."

„Dein Leben wäre anders", wagte der Halbtitan einen Vorstoß. „Du wärst keine Verbannte wie wir, sondern die Prinzessin des Hades. Outis liebt dich aufrichtig."

„Nicht bedingungslos."

„Du doch auch nicht", entgegnete Perses.

„Ich bin mir nicht einmal sicher, ob ich ihn überhaupt liebe."

„Oh, aber ganz Elysium glaubt das!" Der Diener kehrte zum Tisch zurück, auf dem die Wasserflaschen standen. Er öffnete den Mund, um etwas zu sagen, doch Tanja kam ihm zuvor: „Wieviele Monate deines Dienstes bekommst du dafür erlassen, mich zu überreden?"

„Einen – von den Jahrhunderten, die du mir erst eingebrockt hast!"

„Jahr... bitte was?!"

„Jahrhunderte!" zischte Perses, nun ganz und gar nicht mehr so leutselig wie noch Augenblicke zuvor. „Das ist eine Zeitspanne von zehn mal zehn Jahren und das noch mehrfach, falls du es nicht verstehst! Eine längere Zeit, als dein Leben in der Oberwelt währt." Perses hob eine der Karaffen an ihrem Hals an. „Ein einziger Schluck genügt normalerweise, um einen Menschen seiner kompletten Erinnerungen zu berauben. Ein Schluck – und ein einziges „Ja" an Hades Sohn macht dich unsterblich! Willst du das wirklich wegwerfen? Wieviel Zeit hast du wohl noch vor dir? Sechzig Jahre? Siebzig? Das klingt doch selbst für eure Ohren kurz! Die Prinzessin des Hades hingegen könnte ewig leben!"

Perses Uminterpretation des Lethewassers zu einem indirekten Trank des ewigen Lebens hätte seine Wirkung nicht verfehlt, wäre sie nicht ausgerechnet von einem unsterblichen Wesen in der Unterwelt der Mythologie ausgesprochen worden. Doch seit ihrem Unfall hatte Tanja die Schatten gesehen, eingesehen, dass es die Götter tatsächlich gab und gelernt, dass das Jenseits aus vielen anderen Bereichen neben dem Tartaros bestand. Ihr Kopf wusste genau, dass es nach dem Tod des Körpers weiterging, wenngleich der Rest von Tanja sich dennoch scheute, aus dem Fenster zu springen und dabei zu riskieren, sich den Hals zu brechen. Obwohl die Angst vor dem Sterben nicht aus ihrem

Geist gelöscht war, wirkte die Verlockung ewigen Lebens nicht mehr so zuverlässig auf die Frau wie sie es dereinst getan hätte.

Perses musste schon stärkere Geschütze auffahren – und das tat er.

„Ewige Jugend, Tanja, die Ewigkeit im Vollbesitz deiner Kräfte verbringen zu dürfen! Nicht als Schemen oder substanzlose, transzendente Erinnerung, die dem Konzept der Freude bestenfalls intelektuelles Interesse entgegenbringt! Ich spreche nicht von einer bloßen Weiterexistenz, sondern von richtigem Leben!"

Tanja verschränkte ihre Arme.

„Also ein Schluck – und danach stehe ich hier im Raum, ohne meine Erinnerung, ohne das Wissen um die Verrücktheit dieser Welt unter der Welt, und ihr könnt mir erzählen, was immer ihr wollt, wer ich sei und was ich hier täte?"

Perses schmunzelte. „Nicht ganz. Zum einen hat sich Outis keine dumme Frau als Braut ausgesucht. Du würdest es sofort merken, versuchten wir, dir eine allzu offensichtliche Lügengeschichte aufzutischen. Zum anderen hattest du ja bereits Kontakt zu anderen Häftlingen des Tartaros. Die Geschichte muss schon stimmig bleiben, darf deren Erinnerungen nicht widersprechen." Noch immer lockte Perses mit der Karaffe. „Du wirst Tanja Förster bleiben. Du wirst dein gesamtes Wissen über die Steine und den Ozean zurückerlangen, nein, in einem Maße erweitern, dass dir in deiner alten Heimat nie möglich gewesen wäre!"

„Dann habt ihr auch nichts gekonnt. Sobald ich erfahre, wie ich hierhergelangt bin, werde ich Outis erneut bitten, mich nach Hause zu begleiten."

„Nein." Perses Stimme klang bemüht hart. „Denn ich werde dich darüber ‚aufklären', wie schrecklich dein Leben in der Oberwelt war. Du wurdest von deinen Eltern abgelehnt, hattest keine Freunde, dein Arbeitsverhältnis war eine einzige Qual und um auf die *Mir* zu gelangen, musstest du einen großen Teil deiner Ersparnisse in Bestechungsgelder investieren."

Tanja musste unwillkürlich lachen. „Trägst du nicht ein wenig dick auf?"

Perses schüttelte den Kopf. „Ich bin es gewohnt, eine Schulklasse zu führen. Ich kann die Reaktionen meiner Gegenüber gut lesen und meine nächsten Worte danach ausrichten, was ich sehe. Du wirst von mir erfahren, dass du selbst Outis um den Lethetrunk gebeten hast, um alles zu vergessen, was geschehen ist. Tja, vielleicht sage ich dir auch, dass ich dagegen war, es aber nun zu spät ist. Das wird sich herausstellen."

„Und wenn das Aufklärungsgespräch schlecht läuft, gibt es gleich noch einen Nachschlag vom Wasser?" höhnte Tanja. Perses Erwiderung lies ihr die Sprache wegbleiben: „Solange du nicht getrunken hast, wirst du überhaupt nichts bekommen, weder Vorspeise, noch Hauptgericht und schon gar keinen Nachschlag oder ein Desert. Noch nicht einmal normales Wasser."

Ernüchtert lies sich Tanja an der Wand neben dem Fenster zu Boden sinken. Sie zog die Beine an, schlang ihre Arme um die Knie und vergrub ihr Gesicht darin.

„Ich hätte mir etwas in der Art denken müssen", nuschelte sie.

*

Tanja saß auf dem Bett in ihrem Quartier-Gefängnis. Es handelte sich um ein Himmelbett, dessen Vorhänge so weich nach unten flossen, als seien es Wolken. Legte die Frau den Kopf ein wenig schief, erschienen ihr die Stoffbahnen eher wie ein Wasserfall. Doch was immer sie sich gerade vorstellte, das Bett lies es wahr werden. Dachte Tanja an Wolken, spürte sie eine leichte, warme Brise auf ihrer Haut, phantasierte sie einen Wasserfall, konnte sie sein Rauschen hören.

„Wie schön", dachte die Gefangene. Doch dieser eine Bruchteil einer Sekunde genügte, um eine neue Assoziation Gestalt annehmen zu lassen: Die Vorhänge verwandelten sich in Gitterstäbe einer Kerkerzelle. Tanja stieß einen erschrockenen „AH!"-Laut aus, als sie sich plötzlich eingehaust fand. Sie kroch zum Rand des Bettes, streckte ihre Hände durch die Zwischenräume der Stäbe und rief nach Perses.

Der Sohn der Nymphe hatte die ganze Zeit über am Fenster gestanden und in die nStadt hinunter geschaut. „Rüttle an den Stäben", riet er der Menschenfrau nun, ohne sich umzudrehen.

„Meinst du, das bringt…?" begann Tanja. Gleichzeitig umfasste sie die Eisenstäbe. Sie lehnte sich mit ihrem ganzen Gewicht in die Richtung, in die sie zog. Die Gitter gaben nach und Tanja fiel auf den Rücken – nur, dass sie nun keine Eisenstäbe mehr, sondern einen der Vorhänge in ihren Händen hielt. Die Frau fühlte sich wie eine in einem Wollknäul verwickelte Katze.

„Besser?" erkundigte sich Perses, noch immer ohne hinzusehen.

„Etwas peinlich, aber, ja, besser", antwortete Tanja.

„Alles, was man nicht kennt, kann verwirrend auf uns wirken", meinte der Diener. „Das heißt aber jetzt nicht, dass du alles kennenlernen solltest! Die Ehe mit Outis jedenfalls nicht, das sehe ich jetzt ein!" fügte er hinzu, um Missverständnisse gar nicht erst aufkommen zu lassen.

„Danke, Perses."

Tanja befreite sich aus dem Vorhangstoff.

„Und nun? Wie geht es jetzt weiter?"

Perses drehte Tanja den Kopf zu, ohne sein Fenster zu verlassen.

„Erzähl mir was! Themis hat von Eros gehört, dass die Menschen uns beinahe vergessen haben. Welche Geschichten erzählt ihr euch stattdessen in deiner Heimat?"

„Äh… wie soll uns das helfen, aus unserer jeweiligen Lage zu entkommen?"

„Nur sehr indirekt, wenn überhaupt. Worte haben Macht und Geschichten, Tanja, können Dinge mit uns anstellen. Vielleicht fällt mir etwas ein, wenn ich eine unbekannte höre."

„Ich erinnere mich gerade nur an eine, weil darin ein Mädchen vorkommt, das gegen seinen Willen verheiratet werden soll. Aber der Hauptheld ist der Sohn eines armen Fischers. Eines Tages kommt ein Edelmann und will das Kind dem Stiefvater abkaufen. Das Pferd des Adligen kann sprechen. Es vertraut dem Jungen, weil es sieht, dass dieser wie es selbst aus dem Norden kommt. Es erzählt ihm, dass sein Herr ein grausamer Mann ist und sie beide besser fliehen. Ja, und dann stellt sich heraus, dass der Junge in Wirklichkeit ein lange verschollener Königssohn ist und er wird ein Held."

Perses lächelte. „Das hast du schön erzählt", meinte er. „Ich erinnere mich nun, die Fortsetzung gelesen zu haben.. Die, wo der Edelmann einem Bauern dessen Jungen abkauft. Der wird oft geschlagen, aber so oft nun auch wieder nicht, denn er wird nicht alt. Der war kein Königssohn, dem hat sich kein sprechendes Pferd anvertraut und der wurde auch nicht gerettet!"

„So ein Buch gibt es nicht!" platzte Tanja heraus.

„Das sind Geschichten, die wir Titanen unseren Kindern erzählen. Solange sie sich ereignen, wieso sollte sich jemand mit deinem kleinen Prinzen freuen?"

Tanja wollte sich auf die Seite drehen und den Häftling des Tartaros ignorieren. Doch sie fand, ihm eine Antwort schuldig zu sein. Immerhin befand sich Perses auch durch ihre Schuld in dieser Lage. Also dachte sie ernsthaft über die Frage nach. „Vielleicht, weil er erlebt hat, wie es sich als armer Junge lebte und ein besserer König wurde als einer, der das nicht durchgemacht hat?"

Perses zuckte zusammen. „Du hast eine Art, mit Worten umzugehen, in deiner Unschuld, die einen ins Herz trifft", erklärte er. „Vielleicht begreifst du gar nicht, was du gerade gesagt hast."

Nach einer kurzen Pause fuhr Metis Sohn fort: „Ja, vielleicht ist es unter diesem Gesichtspunkt wirklich besser gewesen, dass mein kleiner Bruder nicht Zeus und Metis zu Eltern hatte, sondern Menschen."

„Dein kleiner… was?! Du verdrehst alles! Du biegst dir die Welt hin, wie du sie sehen möchtest!"

Zu Tanjas Überraschung widersprach Perses nicht. Ganz im Gegenteil nickte er heftig. „Natürlich! Aber weißt du auch, warum du mir das vorwirfst? Weil Zeus erfolgreich damit durchkommt und ich nicht. Dabei tut er nichts anderes, aber sobald jemand damit erfolgreich ist, wird es als legitimer Zustand wahrgenommen."

Tanja machte sich auf eine weitere, ausufernde weltanschauliche Diskussion gefasst, doch da torkelte Perses plötzlich in den Raum hinein. Etwas hatte ihn in den Rücken getroffen und warf ihn nun zu

Boden. Tanja vermochte dieses Etwas zu nicht erkennen. Sie glaubte, eine weitere Person im Raum zu spüren, ihren Atem zu hören, obwohl sie wusste, dass das nur Einbildung sein konnte. Aber hatte nicht Eros in der Höhle des Tantalus ihre Sinne geschärft?

„Eros!" rief Tanja aus, als der Geflügelte plötzlich mitten im Zimmer stand.

„Du hier?" wunderte sich auch Perses. Er richtete sich in sitzende Haltung auf und blickte den Titanen neugierig an.

„Haha!" lachte der Unterweltjäger. „Ich habe Hades heute ‚versehentlich' angerempelt, als er mit seiner Tarnkappe durch die Stadt flanierte. In Wirklichkeit habe ich ganz genau gewusst, dass er da lang lief. Tja, und dabei habe ich ein paar der Hundehaare abgerissen und mir einen Trank daraus gemixt."

„Der Auszug aus Anubishundehaaren wirkt als Unsichtbarkeitszauber?" vergewisserte sich Perses. Eros zuckte die Achseln. „Es hat mit denen funktioniert, die ich von der Kappe gestohlen habe. Du müsstest dir schon ein paar Originale besorgen, um damit zu experimentieren. Jedenfals hält die Wirkung nicht lange an, wie du siehst."

Tanja schaute zu Boden. „Dein sprechendes Pferd ist gerade eingetroffen, Perses", meinte sie. „Eros ist hier, um dich zu retten."

Der Geflügelte schüttelte den Kopf. Er schritt auf das Himmelbett zu. Mit einer unwirschen Bewegung schlug er die Vorhänge zur Seite, als nähme auch er sie als Gitterstäbe wahr, die Tanja einkerkerten. „Ich bin hier, um dich zu befreien", stellte der Titan klar.

„Wirklich?" Tanja riss ihre Augen weit auf.

Eros nickte. „Themis hat uns berichtet, was im Palast vorgefallen ist. Nun ja, wir sind uns alle einig, dass du den Olympier letzten Endes doch heiraten wirst – aber nicht so! Nicht durch Zwang!"

„Ich werde nicht…! Weder ‚letzten Endes' noch sonstwie!" empörte sich Tanja.

Eros hielt ihr seine Hand hin. „Die Nacht ist schön, bedenkt man, dass sie auf der Erde der Tag ist", grinste er. „Perfekt, um sich draußen weiter zu streiten, anstatt in der muffigen Villa eines Unterweltherrschers!"

Tanja ließ sich von dem Bett herunterziehen. „Okay..."

Perses hatte inzwischen eines der Gläser mit Lethewasser gefüllt. Er hob es wie zum Toast. „Ich trinke das aus, sobald ihr draußen seid", erklärte der Diener. „Dann kann ich morgen früh wahrheitsgemäß angeben, von nichts zu wissen."

Tanja war sich dieses Plans nicht so sicher. „Die werden aber doch begreifen, dass du absichtlich deine Erinnerung gelöscht hast!"

„Vielleicht denken sie, ich wurde dazu gezwungen. Egal, Hauptsache, ich kann keine belastende Aussage tätigen. Das verschafft euch einen Vorsprung, während die Olympier hier zurückbleiben und versuchen zu denken."

Eros lachte! „Na dann zum Wohl, mein Freund!"

Der Unterweltjäger blickte aus dem Fenster. „Keine Wachen, die ich übersehen hätte", sprach er leise zu sich selbst. „Keine Passanten... in Ordnung, Tanja, du kannst kommen!"

Eros breitete seine Arme aus. Doch die Menschenfrau war nicht willens, sich erneut in die Umarmung eines dieser Wesen zu begeben. Tityos und Outis hatten ihr mehr als genügt.

Eros presste die Lippen aufeinander. „Hm. Versuch, deine Arme von hinten um meinen Hals zu schlingen – ohne mich zu erwürgen!" schlug er vor. „Dann trage ich dich huckepack."

Tanja probierte es aus. Zwischen den Flügeln des Titanen fand sie genug Platz, sich von Eros auf dessen Rücken tragen zu lassen.

„Ich weiß, ich bin albern..."

„Ja, bist du", erwiderte Eros, anstatt, wie es Thorsten oder Wolodja getan hätten, mit „Nein, bist du doch gar nicht!" zu widersprechen. „Oft genug", fuhr der Geflügelte fort, „Aber nicht in dieser Sache. Ich kann das verstehen."

Tanja kniff die Augen zusammen, als Eros auf das Fensterbrett stieg und sich abstieß. Höher und höher schraubte sich der Geflügelte, dann ging es wieder abwärts. Die beiden überwanden den Graben und schließlich berührten Tanjas Füße wieder festen Boden. Sie öffnete die Augen.

„Komm!" forderte Eros seinen Passagier auf. „Unsere Flucht vor deinem Verlobten beginnt gerade erst!" Hand in Hand eilten sie durch die Straßen Elysiums.

„Er ist nicht mein Verlobter!"

„Haha! Der Widerspruch kam spät, meine Liebe! Und ich sage, er ist es. Du magst es nicht wollen, doch hier unten setzen die Gesetze der Olympier die unseren jederzeit außer Kraft. Nach dem Recht unserer Kerkermeister seid ihr beiden rechtskräftig verlobt."

Eros zog Tanja hinter sich her in eine Seitenstraße. Die beiden beobachteten, wie ein einzelner Passant an ihnen vorbei lief. Eros wartete noch eine Weile, dann erst bewegte er sich wieder.

Ernst sah er Tanja an. „Das muss dir immer bewusst sein, Tanja: Was dir unfair vorkommt, unmenschlich, ist im Tartaros Gesetz und die Olympier verfügen über die Mittel, es auch durchzusetzen. Wir legen uns mit Wesen weitreichender Macht an. Wir…"

„…wir könnten scheitern, ja, das ist mir bewusst."

„Gut."

„Warum hilfst du mir überhaupt?"

Eros musste nicht lange überlegen. Er hatte sich diese Frage bereits selbst gestellt und es gab nur eine Antwort:

„Als du buchstäblich in unser Leben einbrachst, hielt ich dich zuerst für eine Belastung. Du warst fremd, hast mir kein Wort geglaubt und hieltest dich für so überlegen… Aber ich glaube, genau das ist es, was mich zu dir zurückgezogen hat. Du wusstest nichts über verzauberte Münzen, Titanen oder Olympier. Das ist irgendwie befreiend. In deiner Gegenwart fühle ich mich weniger wie ein Gefangener."

Tanja seufzte. „Mir hat Outis dieses Gefühl gegeben, und nun schau, was daraus geworden ist!"

Eros schüttelte heftig den Kopf. „Nein, Tanja! Ich weiß, dass du mich nicht so hintergehen wirst, wie er dich. Du kannst es überhaupt nicht!"

Tanja grinste. „Du meinst wohl eher", korrigierte sie, „die Alternative gefällt mir noch weniger!"

„Hahaha!" lachte Eros, als sei bereits alles wieder ins rechte Los gerückt worden. Er erinnerte sich an die erste gemeinsame Reise durch die Tunnel der Unterwelt. Jede schöne Stunde stand ihm wieder vor Augen und keine der schlechten. Unwillkürlich breitete er die Arme aus, wollte sie aber rasch wieder an den Körper anlegen, als er begriff, was er tat.

Doch Tanja trat auf den Geflügelten zu. Sie schob Eros Arme wieder zur Seite und umarmte ihn.

„Danke, Eros! Alles wird gut! Das glaube ich ganz einfach!"

*

Auf der Flucht – das bedeutete nicht nur, Hades Villa entkommen zu sein und sich nun irgendwo in der Stadt vor dem ungeliebten Verlobten zu verbergen, sondern, Elysium und den ganzen Tartaros hinter sich zu bringen. Das war es, worauf Tanja Förster die ganze Zeit über ihr Hoffnungen gesetzt hatte, doch nun, da die Reise bevorstand, ängstigte sie der Gedanke.

Eros schien Tanjas Gefühle aus ihrem Gesicht abgelesen zu haben.

„Ich wäre auch nervös, wenn ich nur in einem Flatterhemdchen aus Olympierhand durch die Unterwelt wandern müsste", bemerkte er. „Deswegen habe ich zwei Ausrüstungspakete in der Nähe von Midas Wechselstube hinterlegt."

„Worauf warten wir dann noch? Auf zum Goldesel!"

Tanja lief voran, Eros folgte ihr gelinde verwundert. Er hatte erwartet, dass Tanja nicht viel mehr als die zehn Meter um ihr Gästehaus herum kennen würde. Doch so zielstrebig, wie sie durch die Straßen Elysiums lief, musste er davon ausgehen, dass die Menschenfrau zumindest die wichtigsten Routen durch die Stadt kannte. Und so war es auch. Tanja war nicht blind und taub für ihre Umgebung gewesen und hatte sich auf ihren Spaziergängen mit Outis jede einmal gelaufene Strecke eingeprägt. Selbst die ständige Dunkelheit schreckte sie nicht mehr. Natürlich legte sich die Finsternis auf das Gemüt, begünstigte depressive Zustände und strengte die Augen über das gewohnte Maß hinaus an. Aber genaugenommen war das nichts anderes, als sie es aus Höhlen, Bergwerken oder der Tiefseee kannte.

Nach und nach realisierte das auch der Unterweltjäger. Die Menschenfrau hatte sich nicht verändert. Sie hatte lediglich zu ihrem eigentlichen Wesen zurückgefunden. Eros freute sich darauf, diese Persönlichkeit kennenzulernen.

Unbehelligt erreichten die beiden das Flussufer und die Wechselstube.

Eros warf einen Blick über die Schulter. Er schaute zurück in Richtung von Hades Residenz. Die Turmvilla überragte die meisten Gebäude, die sich in der Nähe befanden. Ihre Fenster waren dunkel, keinerlei Aktivität war zu erkennen. Offenbar hatte noch niemand Alarm ausgelöst.

„Alles klar", wisperte er zu Tanja. „Bis jetzt jedenfalls."

Das Wasser des Styx schlug in ruhigen, gleichmäßigen Wellen gegen die Uferbefestigung. In der Mitte des Flusses dümpelte Charons Kahn. Der Fährmann stand ein wenig vornübergebeugt, die Stakestange locker in seiner Hand haltend. Für Tanja sah es so aus, als hielte Charon Zwiesprache mit der Flussgöttin. Ihre Betrachtung des Fährmannes wurde unterbrochen, als Eros ihr ein Bündel vor die Füße warf. „Hier! Robuste Kleidung, ein wenig Proviant und ein paar Kletterhilfen für jene Stellen, an denen ich dich nicht tragen kann. Für den Fall, dass wir mal getrennt werden sollten, hast du auch deine eigene Zunderdose und noch so einige nützliche Kleinigkeiten."

Tanja bückte sich. Das Ausrüstungsbündel bestand aus einem Rucksack, einem zusammengerollten Seil aus Spinnenseide und einer Felldecke. Eros hatte nichts Überflüssiges eingepackt, aber auch nicht an Gepäck gespart, nur, um seine Begleiterin zu schonen. In einem zusätzlichen Päckchen fand sie ihre alte Uniform von der *Mir IV*. Gerührt faltete Tanja den Stoff auf – und stellte fest, dass es sich nicht mehr nur um solchen handelte. Eros hatte ihre Kleidung nicht nur aus dem Gästehaus entwendet, sondern darüberhinaus gereinigt, repariert und dabei gleich ein wenig verbessert. An verschiedenen Stellen hatte er Flicken eingesetzt, an anderen dickes, teilweise mit Nieten besetztes Leder hinzugefügt.

„Damit bist du gegen Stürze und die Bisse der schwächeren Monster geschützt", kommentierte er. „Ich wollte dir das Gewand zurückgeben, sobald du zu deiner Heimreise aufbrichst. Heute ist es soweit."

„Danke, Eros!"

„Und hier ist noch etwas…" Der Unterweltjäger löste ein kurzes Schwert von seinem Gürtel und reichte es Tanja mit dem Heft zuerst. „Obwohl ich natürlich hoffe, dass du es nicht brauchen wirst, solltest du dich mit der Handhabung vertraut machen."

Eros hatte vorgehabt, die Waffe selbst zu benutzen. Doch der „neuen" Version Tanjas traute er zu, selbst etwas zu ihrer Verteidigung beizutragen.

Tanja griff nach dem Kurzschwert. Es kam ihr bekannt vor. Genaugenommen kannte sie es sogar. Aber das konnte doch nicht sein…?

„Ist das Prinz Outis Schwert?"

Eros nickte. „Hab ich mir heute besorgt, kurz bevor ich dich abholte."

„Du hast Outis Schwert gestohlen?!"

„Ja. Ich habe schon seine Braut gestohlen, da fällt die Waffe gar nicht mehr ins Gewicht." Eros grinste, als er fortfuhr: „Outis will dein Ehemann sein, also muss er schon mal anfangen, dich zu beschützen. Sowohl auf dem Weg durch die Unterwelt als auch vor sich selbst. Durch dieses Schwert erfüllt er seine Pflicht, ohne, dass wir seine Anwesenheit ertragen müssen."

„Und ich dachte, Perses sei der Philosoph unter euch", erwiderte Tanja schmunzelnd.

Eros legte das Schwert in Tanjas rechte Hand. Er führte ihre linke darüber und schloss dann beide um den Griff. „Es ist verpönt, Einhandschwerter mit zwei Händen zu führen, und Themis würde mich vermutlich dafür einsperren, dass ich es dir erlaube", meinte er. „Sie will von Anfang an alles korrekt lehren. Meiner Meinung nach kommt es eher darauf an, dir das Überleben zu ermöglichen, also drisch ruhig mit beiden Händen auf den Gegner ein. Auf diese Weise verstärkst du die Kraft deiner Angriffe ein wenig."

Eros führte Tanjas Arme in einer einfachen Angriffsbewegung. „Dann bewegst du die Füße so hier, zum Ausweichen..."

Tanja folgte Eros Anweisungen, doch dann drehte sie sich auf einem Fuß um, packte Eros mit der linken Hand an dessen Jagdhemd und hielt mit der rechten das Schwert waagerecht vor ihren Körper. Eros brachte seine Unterarme hoch und schlug Tanjas Hand weg. Sie sprang zurück, er zog blitzschnell sein Jagdmesser und setzte nach. Anstatt zu parieren, tänzelte Tanja zur Seite. Etwas verwirrt starrte sie dann auf ihre Waffe.

„Du bist wieder dran!" rief Eros.

„Ja, weiß ich. Ich bin mir nur unschlüssig – Stechen oder Schlagen?"

„Geht beides mit einer Klinge dieser Länge."

Eros steckte sein Messer wieder ein. Er musterte Tanja von oben bis unten.

„Du bevorzugst also Themis Methode?"

Die Frau schüttelte den Kopf. „Nein, genaugenommen ist es die meines Onkels Wassil. Er hat mir das mit den Händen auch schon erklärt, als er mir Schießen beibegracht hat. Ich habe recht ruhige Hände, das stellt sich wohl von ganz allein ein, wenn man stundenlang im Labor steht und weiß, dass die kleinste falsche Berührung mit dem Finger eine Boden- oder Gesteinsprobe ruinieren kann."

„Mhm, das habe ich nicht gewusst, dass du schon Erfahrung im Kämpfen oder Jagen hast."

Tanja strich sich eine Locke aus der Stirn. „Nein, Erfahrung würde ich es nicht nennen. Aber, ja, ich habe die erste Berührungsangst mit einer Waffe schon in der Oberwelt abgelegt. Schwieriger war es, die Scheu vor dieser fremden Welt zu überwinden."

„Angst ist die größte Gefahr hier unten", bestätigte Eros. „Vorsicht und Respekt sind es, die wir uns aneignen sollten."

Erfreut, eine willigere Schülerin in Tanja zu finden, als er befürchtet hatte, erklärte Eros der Frau, was es mit der Blutrinne von Outis Schwert auf sich hatte. Er eröffnete ihr, dass sie das Blut einer Kreatur, in der es steckte, in die Klinge saugen und wieder ausspeien konnte.

„Wie genau setze ich das in Gang?"

„Du musst es wollen. Dein Körper macht den Rest von alleine… glaube ich."

„Du bist dir selbst nicht sicher?!"

Eros zuckte die Achseln. „Das ist einer der Punkte, in denen mir vor Augen geführt wird, dass ich kein echter Titan bin, sondern mir nur ihre Gestalt ausgeliehen habe", meinte er. „Viel wichtiger ist ohnehin die Frage, wie wir über den Fluß gelangen. Ich habe meine Münze, du hast keine. Charon wird dir die Überfahrt verweigern, also müssen wir ihn irgendwie dazu bringen, seine Prinzipien zu brechen. Was würdest du bevorzugen: die Gewaltlösung oder eine List?"

Zum ersten Mal seit ihrer Bekanntschaft fragte der Unterweltjäger die Menschenfrau um ihre Meinung. Er bezog sie in seine Planung mit ein. Eros war, das wusste Tanja, nicht der Typ, der aus Höflichkeit fragte, oder um ihrem Ego zu schmeicheln. Er meinte es ernst und würde jeden Vorschlag überdenken.

„Du könntest einfach mit ihm reden", sagte Tanja. „Er hat doch selbst eine Geliebte auf der Erde! Er wird verstehen…"

Eros unterbrach Tanja sofort. „Woher weißt du das?" fragte er aufgeregt.

Tanja berichtete, was sie an jenem Tag erlebt hatte, als Outis sie zum Picknick ausgeführt hatte. „Er hat mich explizit nach einer Frau aus der Oberwelt gefragt", bekräftigte sie am Ende ihrer Rede noch einmal.

„Dann ist es also wahr", flüsterte Eros. „Nun ja, warum auch nicht."

Der Geflügelte nahm seinen Rucksack auf und schritt näher an die Anlegestelle heran. Tanja folgte ihm. Eros winkte dem Fährmann zu. „Heda, Fährmann!" rief er. „Hol über!"

Unfähig, einer solchen Aufforderung zu widerstehen, ob er die Überfahrt nun erlauben oder ablehnen würde, steuerte Charon sein Boot auf die Pier zu. Die ganze Zeit über stand Eros mit einem überlegenen Grinsen im Gesicht da.

„Grüß dich, …'Schwager'", sagte er, als Charon endlich angelegt hatte.

„Du verwechselst mich, Liebesgott", erwiderte der Fährmann. „Ich bin Charon. Ich habe keine Schwester, an die du dich ranmachen könntest."

„Stimmt! Aber ich habe eine und wenn du nicht möchtest, dass jedermann in Elysium von deinem Verhältnis zu ihr erfährt, wirst du mir und meiner Begleiterin eine Gratisfahrt gewähren."

Tanja vermochte sich keinen Reim auf diese neue Eröffnung zu machen. Anstatt mit überflüssigen Fragen zu bohren, fügte sie lieber hinzu: „Stilschweigen gegen Stillschweigen! Du wirst auch niemand davon erzählen, dass du uns über den Fluß gebracht hast."

Charon starrte die beiden nur finster an.

„Ach komm schon, tu´s für Gaia", forderte Eros den Fährmann in flötendem Tonfall auf.

Charon holte mit seiner Stange aus. „Du!!!"

Eros zuckte nicht einmal mit der Wimper. Der andere würde es nicht auf einen Kampf ankommen lassen. Eros war älter als Charon und hatte die Jahre, die er dem Fährmann voraus hatte, nicht damit verbracht, Nektar und Ambrosia zu schlürfen, sondern Lebenserfahrung zu sammeln.

„Ich kann dich zwingen, entweder mit Worten oder mit Gewalt. So oder so, ich bekomme, was ich will und werde die Folgen tragen müssen", meinte Eros. „Ich gebe dir diese Chance eigentlich nur, weil ich dich nicht verletzen möchte."

„Also gut", lenkte Charon an. „Kommt an Bord!"

Tanja und Eros bestiegen das Boot. Kaum hatten sie Platz genommen, legte Charon auch schon ab. Die Fähre trieb mit der Strömung, aber mit jedem Stoß mit seiner Stange manövrierte Charon sie auch näher an das andere Ufer heran.

Als das Boot die Mitte des Flusses erreicht hatte, hielt der Fährmann in seiner Tätigkeit inne. Eros sprang von seiner Bank auf!

„Ruhig, Jäger!" sagte Charon. Er streckte seine Hand aus, die Handfläche nach oben. „Ich möchte nur den Fahrpreis kassieren."

„Aber du hast doch zugestimmt…!" protestierte Tanja.

„…euch kostenlos zu transportieren, ja. Gepäck ist allerdings nicht inklusive."

Eros schnaubte! „Na, solange es kein Obolus sein soll", murrte er. „Hier hast du, du jugendlicher Gierschlund!"

Charon lies sich mehrere Münzen aus Eros Geldbeutel in die Hand zählen. Sobald es zu viele wurden, um sie festzuhalten, schloss er die Finger und die Geldstücke verschwanden. Ein ums andere Mal vollführte Charon diesen Trick, bis Eros „Wieviel denn noch?!" fragte.

„Alles, was ihr habt."

Frustriert klatschte Eros den Beutel in Charons Hand. Der Fährmann schloss seine Finger aufs Neue und reichte Eros dann den nun schlaffen, vollständig geleerten Beutel zurück.

„So leicht mache ich es dir nicht", erklärte Charon. „Ohne Geld wirst du die Unterstützung der Schatten nicht kaufen können."

„Hatte ich auch nicht vor", log Eros.

Er nahm wieder Platz und beobachtete stumm, wie der Bootsführer weiter mit seiner Stange arbeitete.

Hundert Arme

Wieder einmal wanderten Eros und Tanja über die Asphodeloswiesen. Obwohl sie sich beim ersten Mal auf dem Weg in eine sichere Zuflucht befunden hatten und diesmal den Gefahren der Unterwelt entgegensahen, fühlte sich Tanja Förster leichter ums Herz als auf ihrer ersten Reise. Vieles vormals Fremde war ihr nun vertraut und ihr Widerstand gegen die Unlogik dieser Welt hatte sich gelegt. Im Nachhinein fand die Frau, dass sie kurz nach ihrem Unfall ihre Wissenschaftlerinnennatur verraten hatte. Eine wahre Gelehrte jammerte nicht herum, wenn sie auf etwas stieß, dass sich mit ihrem bisherigen Weltbild nicht vereinbaren lies, sondern erforschte das neue Phänomen gründlich. Der Tartaros und Hades Reich widersprachen den Naturgesetzen nicht, sondern Tanjas Verständnis der selben war einfach nicht ausreichend. Was nützte es, der Welt zu sagen, dass sie sich so nicht verhalten dürfe? Die Welt war, wie sie nun einmal war und es oblag der Wissenschaft, sie zu beschreiben, zu analyisieren und die Ergebnisse anderen zu vermitteln. Nicht mehr aufrechzuerhaltende Thesen mussten verworfen und durch neue ersetzt werden.

Und so entlockte es Tanja nicht einmal einen kleinen Ausruf der Überraschung, als Eros während ihrer gemeinsamen Flucht einen Grashüpfer auflas und sich mit dem kleinen Wesen auszutauschen schien. Erst nachdem sich die beiden voneinander verabschiedet hatten, erfuhr die Menschenfrau von ihrem Begleiter, dass das Tier weiblich und in Wirklichkeit eine Titanin war. Das erklärte die Sprachfähigkeit. Dass sich das kleine Tierchen aber auf den Weg nach Elysium machte, also einen Obolus bei sich tragen musste, der viel größer als sein Körper war, nun, auch dafür gab es eine Erklärung. Tanja kannte sie bloß noch nicht.

Doch nicht nur Tanjas Weltbild, auch etwas sehr Konkretes hatte sich während ihres Aufenthalts in Elysium verändert: „Die Olympier wissen nun um das Geheimnis des Tunnels, der aus dem Tartaros herausführt", meinte Eros während einer Rast.

Tanja senkte den Kopf. „Meine Schuld."

„Nein, Kronos Schuld. Das Gerücht vor den Ohren eines Olympiers zu bestätigen und auch noch die genaue Position auszuplaudern! Wieso musste er dir auch unbedingt gefallen wollen!"

„Während du es auf das Gegenteil anzulegen scheinst", grinste Tanja.

„Ja, schlimm, nicht? Dich zu retten… wie garstig von mir."

Der Geflügelte klang weniger vorwurfsvoll als früher, sogar ein klein wenig humorvoll. Oder, so fragte sich Tanja, bildete sie sich das nur ein?

„Wo befindet sich der Ort?" hakte Eros nach. „Ich muss ja langsam mal erfahren, wo es überhaupt hingeht!"

Tanja versuchte, sich die Karte des Titanenherrschers zurück ins Gedächtnis zu rufen, doch es wollte ihr nicht gelingen. Doch was an dem Tag gesprochen worden war, hatte sie nicht vergessen. „Der Ausgang liegt in der Nähe eines Baumes", erklärte sie. „Kronos nannte ihn Menthe."

„Ich weiß, wo das ist." Eros strich nachdenklich über das Asphodelosgras. Ein paar darin versteckte Blumen, die an Löwenzahn erinnerten, konnten daraufhin gar nicht anders, als ihre Samen auf die Reise zu schicken. Sie vervielfältigen sich von selbst, kaum, dass sie einmal in die Luft gestiegen waren. In einem Schneeschauer aus Pusteblumenschirmchen sitzend, lachte Tanja.

Eros schüttelte seine Hand aus. Er wirkte dabei wie jemand, den man bei einer Inkontinenz ertappt hatte.

„Was weißt du über diesen Baum?"

„Dass es derselbe ist, von dem dir Menoitios an seinem Stand erzählt hat: die Nymphe, die Persephone verzaubert hat, damit Hades sie nicht vergewaltigen konnte. Nun, Menthe ist Persephone in verdrehter Weise dankbar für die Bewahrung ihrer Unschuld. Als Torwächter ist sie perfekt geeignet. Sie lässt keinen Titanen oder anderen Feind der Olympier passieren."

„Wieso schickt Kronos mich dann zu ihr?"

„Weil dein Schicksal das der Menthe wiederholt. Wie der Vater, so der Sohn, könnte man sagen. Wenn wir Menthe alles wahrheitsgemäß erzählen, dann wird sie dir helfen."

Tanja fing einige der Schirmchen auf. Sie betrachtete sie und stellte fest, dass es sich tatsächlich um Löwenzahn handelte. „Kronos wusste aber doch noch nicht..." Tanja pustete und schickte die Samen durch Pusten erneut auf die Reise. „...dass Outis mich festhalten würde?"

„Ich bitte dich, Tanja! Ganz Elysium konnte sehen, wie der Prinz und du euch angeschmachtet habt! Kronos musste – wie wir alle – davon ausgehen, dass er dir in nächster Zeit einen Antrag macht. Hat er gewusst, dass du ablehnen würdest? Ich weiß es nicht. Eigentlich haben wir dich schon als die Prinzessin des Hades gesehen... Aber es gehört keine große Kunst dazu, zu erraten, wie Outis im Falle einer Zurückweisung reagieren würde. Jeder von uns hätte das vorhersagen können, ohne der Gott der Zeit zu sein."

Eros erhob sich. Er räumte das Gepäck zusammen und reichte Tanja ihren Rucksack. Die Rast war beendet.

„Vielleicht kennt Kronos die wirklich Zukunft", überlegte Eros laut. „Wir sind uns da unsicher. Ich meine, er ist der Gott der Zeit, daher sollte ihm Präkognition zu Gebote stehen. Doch unser Herrscher liebt es, als pubertierender Jugendlicher aufzutreten. Er spielt mit uns, führt uns an der Nase herum, will uns gleichzeitig seine Überlegenheit beweisen und unsere Anerkennung gewinnen. Aber eines kann er perfekt in diesem Zustand: Seine Geheimnisse wahren."

Die beiden verliesen ihren Lagerplatz. Ein weiterer Gewaltmarsch lag vor ihnen. Eros gab sich keine Mühe, den Rastplatz oder seine Spuren zu verschleiern. Outis wusste, wohin er und und Tanja unterwegs waren. Alles, was er tun konnte, war, dem Verfolger Steine in den Weg zu legen und sobald sie das Tor des Briareos durchquert hatten, wollte er damit beginnen.

Hinter Tanja und dem Geflügelten wuchsen neue Löwenzahnblumen. Sie ersetzten diejenigen, die die Flüchtlinge während ihrer Rast platt gesessen hatten.

*

Tanja und Eros waren die Nacht und den folgenden Tag über gewandert. Nun standen sie vor dem Tor, das der Hekatoncheire Briareos bewachte. Man hätte sagen können, dass es titanenhafte Ausmaße aufwiese, doch nahm sich der einzige Titan in der Nähe, Eros selbst, winzig dagegen aus.

Die Konstruktion aus Stein und metallenen Beschlägen fügte sich passgenau in den Fels ein. An einigen Stellen war es selbst Tanja unmöglich, festzustellen, wo das Werk der Natur aufhörte und das der Handwerker begann.

Allein das Wissen um die Existenz eines Torhüters genügte, um Tanja sich beobachtet fühlen zu lassen. Bei ihrer letzten Durchquerung eines solchen Tores hatte Eros einfach „Kotos, lass uns rein!" gerufen und nach einer Weile waren die mächtigen Flügel vor ihnen aufgeschwungen. Diesmal würde es nicht so leicht sein, hatte doch Hades den Torwächtern befohlen, keinen der Verbannten mehr aus der zentralen Höhle hinauszulassen.

„Sieht er uns eigentlich?" flüsterte Tanja ihrem Begleiter zu. Dieser schüttelte den Kopf. „Ich verfüge in diesem Körper über fünf Sinne, wie alle Titanen. Der Torwächter besitzt einen mehr: Er spürt die Erschütterung des Bodens in seinem Revier, wie es Regenwürmer oder Spinnen tun. Briareos weiß schon seit einer Weile, dass jemand unterwegs zu ihm ist."

Während er sprach, entnahm Eros ein schmales Päckchen aus seiner Umhängetasche. Er faltete es auf und Tanja erkannte die letzten beiden Scheiben der Reiläufersalami aus ihrem Proviant. Eros rollte eine davon zusammen und biss ab.

„Na, seit wann naschen wir denn?" neckte Tanja den Geflügelten.

„Wir…? Ach so, ja…" Eros schob sich die Scheibe vollständig in den Mund und kaute geräuschvoll. Die zweite riss er in der Mitte durch. Er reichte Tanja eine der beiden Hälften. Die Menschenfrau hielt sie für etwas kleiner als die andere…

„Ich brauche Kraft", erklärte der Titan sein Handeln. „Weil ich gleich mich, dich und unser Gepäck durch die Luft schleppen muss."

Tanja schaute nach oben. Von ihrem Standpunkt aus konnte sie keine Öffnung zwischen dem Briareos-Tor und dem Fels des Tartaros erkennen. „Wie willst du da drüber kommen?" fragte sie.

„Gar nicht."

Eros leckte seine Finger ab, wischte sie an seiner Hose trocken und hob Tanja in die Luft.

„Wir fliegen mitten durch."

„He!" entfuhr es der Frau. So kurz, nachdem sie wieder einmal die Essmanieren des Unterweltjägers vorgeführt bekommen hatte, fühlte sie sich nicht unbedingt angetan von dem Gedanken, in engeren Kontakt mit seinem Körper zu treten.

Eros schlug mit seinen Flügeln. Die kräftigen Schwingen trugen ihn und seinen Schützling in die Höhe.

„In diesem Moment verliert unser guter Schließer seine Wahrnehmung von uns beiden", behauptete Eros. „Pass auf!"

Der Geflügelte flog noch ein Stückchen höher und näher auf das Portal zu. Tanja erkannte nun Ritzbilder in dem nur grob behauenen Stein. Die Zeichnungen wirkten primitiv, ähnlich Höhlenmalereien, wenn diese einmal keine Tiere, sondern Personen oder überantürliche Wesen darstellten. Sie stellten vielarmige Gestalten dar, die vergeblich versuchten, sich aus einer Grube zu befreien – die Hekatoncheiren. Ein am Rande der Grube stehender Mann oder Gott füllte das Loch mit Erde und Steinen auf. Einige der Kletterer waren bereits unter dem Schüttgut begraben.

Doch während die in der Grube gefangenen Wesen vergeblich versuchten, dem ihnen zugedachten Grab noch rechtzeitig zu entkommen, arbeitete sich ein Knabe durch einen Tunnel von schräg unten zu ihnen vor. Das Gesicht des Jungen bestand aus einem Strich anstelle des Auges und einem großen, zu einem Lachen gebogenen Mund. Tanja erkannte darin die kindliche Version, ein verschmitzes Grinsen zu zeichnen.

Im nächsten Bild standen der Kabe – nun bereits ein Jüngling - und der mörderische Gott sich gegenüber. Sie brüllten sich an, dabei auf den Boden zu ihren Füßen deutend. An seinen nun deutlich herausgearbeiteten Flügel war der junge Bursche als Titan zu erkennen. An seinem Gürtel hing ein wie ein Halbmond geformter Säbel. Unter der Erdoberfläche fristeten die Vielarmigen ihr Dasein, lebendig, aber für immer eingesperrt.

Im dritten und letzten Bild spielte der ältere Gott keine Rolle mehr. Der geflügelte Jüngling war an seiner Stelle zum Mann gereift.

Doch er konnte sich an seinem Erbe nicht erfreuen, denn ein gut aussehender, athletisch gebauter Achtzehnjähriger in der Rüstung eines Kriegers stieß den Geflügelten mit seinem Fuß von einem Thron. Er schaute dabei nicht einmal hin, sondern hielt den Kopf zur Seite gerichtet. MIt einem Blitz, der aus seinen Augen fuhr, sprengte er ein Loch in den Boden. Dort unten warteten bereits die Hekatoncheiren auf diesen Moment ihrer Befreiung. Nach all der Zeit hatten sich ihre Körper verändert: Die Eingekerkerten trugen nun Rüstungen aus Stein, die wie angewachsen aussahen.

Eros lachte trocken, als er sah, wie intensiv Tanja die Zeichnungen anstarrte. „Geschichte wird bekanntlich von den Siegern geschrieben, aber unsere Olympier sind bereits einen Schritt weiter: Sie *lassen* schreiben. Und wenn die Historiker nicht schreiben können, dann malen sie stattdessen, wie du siehst."

Tanja antwortete nicht. Wesen, die so simpel wie die Hekantoncheiren zeichneten, würden die Geschichte sicher nicht absichtlich falsch wieder geben. Vermutlich handelte es sich wieder einmal um den Blickwinkel - oder allein um die Tatsache, dass Zeus dargestellt wurde – der Eros nicht behagte.

„Briareos!" rief Eros. „Hallo!"

Die Reaktion des Wächters folgte unverzüglich: „Jäääääägeeeer. Ich darf dich nicht herauslassen. Kehre um und suche dir Beute auf den Wiesen."

„Ja, das werde ich auch tun. Aber erst später. Kann ich dir helfen, Hundertarmiger?"

Der Hekatoncheire seufzte tief. Tanja hörte genauer hin. Briareos Stimme kam aus dem Fels zur Linken der beiden. Bedeutete das, dass er dort wachte? Oder nur seinen Kopf hatte?

„Wobei", dröhnten Braireos, „würdest du mir helfen müssen?"

Tanja sah Eros erstaunt an. Bildete sie sich das nur ein, oder klang der Torwächter wie jemand, der tatsächlich ein akutes Problem zu lösen hatte?

Eros zwinkerte der Menschenfrau zu. „Pass auf!" flüsterte er. An Briareos gewandt meinte er: „Du hast jemand ankommen gespürt, aber dann war er plötzlich fort. Nur hast du gar nicht gefühlt, wie derjenige weggegangen ist."

„Das stimmt!" entfuhr es Briareos. „Aber du irrst dich, Jäger. Es waren mehrere Personen."

„Naja, ja, kann sein. So gut wie du kann ich das natürlich nicht wahrnehmen", erwiderte Eros. „Aber vielleicht kann ich dir trotzdem einen Tipp geben."

„Ja, vielleicht. Du bist alt und hast viel erlebt."

„Also ich sage, die Leute, die am Tor waren, sind durch gegangen. Ist ja logisch. Wenn sie nicht mehr hier sind, aber auch nicht umgekehrt sind, dann müssen sie auf der anderen Seite des Portals sein. Sie haben es durchquert."

Ein Zittern ging durch das Portal und den es umgebenden Fels. Unwillkürlich zuckte Tanja zusammen. Eros schwankte ein wenig in der Luft, fing sich aber beinahe sofort wieder.

„Keine Angst", wisperte er Tanja zu. „Er ist nur zusammengezuckt, genau wie du gerade eben."

Briareos erhob seine Stimme! „Wer!" brüllte er. „Wer hat es gewagt! Es ist verboten, die große Höhle zu verlassen!"

„Äh, nein, nicht ganz", bemerkte Eros. „Titanen ist es verboten. Aber das vorhin können keine Titanen gewesen sein. Die sind gelaufen und wir Titanen fliegen ja."

„Da hast du Recht. Aber wer kann es dann gewesen sein? Und wie sind sie an mir vorbeigekommen? Ich bin verwirrt, Jäger."

„Ich auch", behauptete Eros. „Warum schaust du nicht einfach mal nach?"

Daraufhin herrschte lange Stille.

„Denkt er nach?" wisperte Tanja.

„Ich hoffe doch nicht", entgegnete Eros. „Soviel Zeit haben wir nicht!"

Es lag nichts Abfälliges im Ton des Unterweltjägers. Eros mochte den Hekatoncheiren aufgrund ihrer Verehrung des Zeus Verachtung entgegenbringen, nicht aber wegen ihrer intellektuellen Defizite. Hekatoncheiren waren dumm, das war ein Fakt in Eros Weltbild. Doch der Jäger fügte dieser Erkenntnis keine Wertung hinzu. Es handelte sich ganz einfach um eine Eigenschaft der Vielarmigen. Vorurteilsfrei war auch der Unterweltjäger nicht, doch seine Einschätzung einer Person beruhte eher auf den Entscheidungen, die diese trat, als auf ihren Charakteristika.

Nach mehreren endlos lang scheinenden Minuten meldete sich Briareos wieder zu Wort.

„Ich sehe nichts..." brummte er.

„Wirklich nicht?" fragte Eros, bemüht, seiner Frage einen betrübten Unterton zu verleihen.

„Du wolltest mit helfen!" dröhnte Briareos.

Eros nickte heftig. „Ja, dazu stehe ich auch weiterhin! Sag mir einfach, was ich tun soll!"

Der Erdriese holte tief Luft. „Du bist doch der Gott der Sinne! Schau du einfach mal! Ich mache jetzt das Tor ein Stück auf und du sagst mir, ob du jemand dahinter siehst!"

„Ja, ich kanns ja mal versuchen", bot Eros an.

Durch das Tor ging ein Ruck! Tanja war versucht, zurückzuweichen, doch Eros rührte sich nicht von der Stelle.

‚Sind wir nicht viel zu nah am Tor?' schoss es Tanja durch den Kopf. Immerhin hatte sich Kotos nach innen geöffnet! Die Frau fürchtete schon, von den schweren Flügeln erschlagen zu werden, doch nichts dergleichen geschah. Das Briareos-Tor war als Schiebetür konstruiert, dessen Flügel in den Fels hineinfuhren.

„Jetzt!" zischte Eros. „Halt dich fest, als gelte es dein Leben!"

Der Geflügelte beugte sich vor. Er legte seinen Körper in die Waagerechte und schoss nach vorn! Eros Schwingen arbeiteten angestrengt. Das Tor des Briareos war nicht nur hoch, die Flügel waren auch entsprechend dick. Sechs Meter waren zu überwinden, bevor man in Sicherheit auf der anderen Seite stand.

Eros schaffte nicht einmal den ersten davon. „Nein, nicht, Mist, das ist doch nicht…!" schrie er und versuchte, zu bremsen. Tanja begriff nicht, was vor ging. Sie spürte nur, wie der Geflügelte gegen etwas stieß, das sie nicht sehen konnte.

„…waaaaaaaaaahr!" schrie Eros weiter, als er langsam absackte. Mit einer Hand hielt er noch immer Tanja fest und sicher, mit der anderen versuchte er, sich in der Luft festzuhalten.

Es sah lächerlich aus, doch schließlich bekam der Unterweltjäger etwas zu fassen. Ein Ruck ging durch seinen Körper und die beiden Flüchtlinge baumelten in der Mitte des Tunnels.

Tanja streckte ihre Hand aus. Sie berührte eine zarte, seidige Substanz. Fasern spannten sich von einem Türflügel zum anderen. Sie verliefen kreuz und quer und dazwischen existierten Zwischenräume.

„Ein unsichtbares Netz?!"

„Ja. So hauchdünn, dass es für das Auge jedes körperlichen Wesens außer mir nicht mehr wahrnehmbar ist. Ich habe es selbst erst viel zu spät bemerkt und konnte nicht mehr rechtzeitig anhalten."

Tanja sah sich um. Die Torflügel standen still. Sie öffneten sich nicht weiter, doch Briareos schloss sie auch noch nicht wieder. Stattdessen schob sich eine Hand aus dem Fels, danach ein Unterarm. Finger, beinahe so lang wie ein menschlicher Körper, bewegten sich auf das Netz zu. Tanja stockte beinahe der Atem!

Ein weiterer Arm erschien. Diese zweite Hand schob sich wie eine Wand auf die beiden Flüchtlinge zu. Sollte Eros zurück ins Grasland zu fliehen versuchen, würde ihn diese Hand einfach greifen und umschließen.

Dem Geflügelten war es inzwischen gelungen, mit den Füßen Halt zu finden. Er kletterte nach unten.

Der Hekatoncheire lies sich davon nicht beirren. Er schnippte mit den Fingern der zuerst erschienenen Hand gegen das Netz. Die Stränge schlugen vor und zurück. Diesmal schrie auch Tanja, als Eros den Halt verlor und erneut tiefer stürzte. Doch bereits nach einer Manneslänge stoppte er.

„Mein Fuß...!"

Tanja rutschte noch ein Stück weiter. Sie lies den Geflügelten los und versuchte, selbst Halt an an dem kaum sichtbaren Netz zu finden.

Ihre Finger umschlossen die Fasern, dann trafen auch ihre Fußsohlen Widerstand.

„Okay, alles klar", ächzte sie. „Das ist auch nichts anderes, als im Dunkeln zu klettern, wenn die Lampe ausgefallen ist!" Sich allein auf den Tastsinn verlassend, arbeitete sich die Frau nach oben vor.

Dort, über ihrem Kopf, baumelten ihr Eros Arme entgegen. Der Unterweltjäger hing kopfüber. Sein rechter Fuß hatte sich im Netz verfangen, der Rucksack war über seinen Kopf gerutscht und sein Bogen drückte in den Nacken des Jägers. Hilflos streckte die Finger nach Tanja aus.

Dummerweise galt das auch für Briareos: Der Koloss tastete mit den Fingern nach den beiden Gefangenen, suchte sie im Netz, um sie davon abzulesen wie Staubfusseln. Der einzige Vorteil der beiden bestand in ihrer im Vergleich zu Briareos winzigen Größe sowie der Tatsache, dass der Gefängniswärter sie offenbar lebendig zu fangen versuchte. Briareos hätte sie ohne Mühe zerquetschen können, doch er tat es nicht.

„Das Netz!" keuchte Eros.

Tanja nickte. „Weiß ich!"

Sie berührte nur kurz Eros Fingerspitzen, um ihn ihrer Anwesenheit zu versichern. Dann kletterte sie weiter. Tanja musste sich ducken, als der Zeigefinger des Briareos ihr bedenklich nahm kam. Der Riese spürte den Luftzug. Er hielt inne, doch Tanja kletterte unbeirrt weiter.

Mit einer Hand zog sie Outis Kurzschwert. Sie setzte es eine Handbreit über Eros Fuß an, bemüht, die Stränge des Netztes zu durchtrennen.

Im selben Moment griff Briareos mit zwei Fingern Eros Flügel, so vorsichtig wie ein Kind, das einen Schmetterling fangen will. Tanja hieb wild gegen das Netz!

Briareos hob unterdessen Eros an. Der Geflügelte verzog sein Gesicht vor Schmerz, als sein Fuß oben noch immer feststeckte und unten Briaroes an seinen Flügeln zerrte.

Nun merkte auch der Hekatoncheire, dass sich sein Opfer irgendwo verklemmt hatte. Er hörte auf zu ziehen, hielt Eros aber weiterhin fest.

Tanja arbeitete weiter an dem Netz. Es war ihr bereits gelungen, einen Schlitz hinein zu hacken.

Eros strampelte indessen mit seinem freien Fuß. Mehrfach fürchtete Tanja, er werde sie am Kopf treffen. Doch der Unterweltjäger plante etwas ganz anderes. Er trat gezielt nach seiner Begleiterin aus. Einmal erwischte er sie, das zweite Mal wich Tanja aus, ein empörtes „He, was soll das?" auf den Lippen. Im dritten Anlauf gelang es Eros, die Menschenfrau durch die Öffnung im Netz auf die andere Seite zu stoßen.

Völlig überrumpelt gelang es Tanja nicht, ihren Halt am Netz zu bewahren. Sie fiel und kam unsanft auf dem Boden der Höhle auf.

„Tanja, lauf!" rief Eros. Gleichzeitig zückte er sein Jagdmesser und rammte es Briareos rasch hintereinander in jede Fingerkuppe! Der Hekatoncheire jaulte vor Schmerz! Sein Schrei wurde von den Höhlenwänden zurückgeworfen und verstärkt, so dass Tanja meinte, davon taub werden zu müssen. Sie sah sich nach Eros um. Der Fuß des Geflügelten schien nicht mehr im Netz zu hängen, doch sein Gegner hielt ihn noch immer fest.

Ein Knirschen in den Wänden ließ Tanja zusammenzucken. Das Tor begann, sich wieder zu schließen! Tanja hatte bereits zu lange gezögert, sie musste sich beeilen. Die dicken Torflügel strebten in hohem Tempo aufeinander zu – und sie lief genau dazwischen!

Nur wenige Schritte trennten Tanja von der Freiheit, doch die Strecke erschien ihr unendlich weit. Schaffte sie es nicht, würde sie zerquetscht werden. Briareos schob das Portal unbarmherzig weiter zu. Entweder zählte ein Menschenleben nichts in den Augen des Hundertarmigen oder er hatte entschieden, dass der fortgesetzte Widerstand der beiden Flüchtlinge ihr Todesurteil besiegelt hatte.

Tanja rannte um ihr Leben. Das war etwas anderes, als sich einer ungewünschten Partnerschaft zu widersetzen, und noch nicht einmal mit Tityos Überfall zu vergleichen. Eine erneute Begegnung mit dem Unterweltprinzen oder dem lüsternen Titan erschienen Tanja nun gleichermaßen ihrer derzeitigen Lage zu bevorzugen. Schierer Überlebenswille trieb die Frau voran. Während die Wände näher und näher kamen, fühlte Tanja wie nie zuvor, dass sie lebte. Es wäre ihr schwer gefallen, zu beschreiben, wie es sich anfühlte, sich mit einem Mal ihrer Existenz in aller Deutlichkeit bewusst zu sein. Das Gefühl schloss die Erkenntnis ihrer Endlichkeit ein...

Tanja rannte weiter. Schon vermochte sie ihre Arme nicht mehr zu schwingen, weil der Spalt zu eng wurde. Gleich würde er sich gänzlich schließen und alles, was weicher als Granit war, auf wenige Millimeter zusammenpressen. Tanja setzte alles auf eine Karte, streckte die Hände nach vorn und sprang!

Doch anstatt nun nach vorn zu hechten und außerhalb der Gefahrenzone wieder auf dem Boden aufzukommen, fühlte sie sich empor gehoben.

„Eros...?"

„Nein, natürlich nicht, ich bin die Quellnymphe Logries!" erklang die vertraute Stimme des Geflügelten. Der unverhohlene Spott mehr noch als die Stimmlage verrieten Eros als den Sprecher.

‚Er hat überlebt!' frohlockte Tanja und fühlte sich nun nicht nur im Wortsinn, sondern auch in ihrer Seele, als würde sie gerade schweben.

*

Tanja wurde noch ein paar Meter weiter getragen, dann setzte ihr Retter sie ab.

Eros blickte der Frau in die Augen. „Du hast dafür gesorgt, dass ich die Sinne in diesem Körper noch länger genießen kann", sprach er, unendlich gerührt, aber auch wenig überrascht, dass ausgerechnet jemand wie er das zu einem Menschen sagen musste. „Also, in anderen Worten, du hast mir vorhin das Leben gerettet."

„Ich... oh, nein! Das darf doch nicht wahr sein!"

Eros runzelte die Stirn. „Sag bloß, du bereust es?" Ehrliche Empörung darüber, wie man ihn nicht würde retten wollen, stand dem Unterweltjäger ins Gesicht geschrieben.

Tanja deutete über seine Schulter hinweg. Eros drehte sich um. Nun sah er ebenfalls, was Tanja zu ihrem Ausruf bewegt hatte: Keine Reue angesichts ihrer Rettung des Titanen, sondern die Vorgänge in seinem Rücken. Über die gesamte Höhe der Wand schoben sich Vorsprünge aus dem Fels. Schon bald waren sie länger als breit und in der Lage, sich zu krümmen. „Das sind noch mehr Finger!" ächzte Tanja. Eros konnte nur stumm nicken. Er schob Tanja von sich, in den Gang hinein, der in den ungezähmten Teil der Unterwelt führte. Egal, wo sie herauskommen würden, alles war besser, als sich hier gefangennehmen zu lassen! Briareos hatte sie zerquetschen wollen, als sie sich im Tor befunden hatten, er würde auch diesmal keine Gnade walten lassen.

Eros und Tanja setzten sich in Bewegung. Fort, nur fort von hier!

Die beiden Flüchtlinge hatten erst wenige Schritte hinter sich gebracht, als Briareos seine ersten Hände vollständig aus dem Fels befreit hatte. Sie schossen nun ungehindert auf die beiden zu. Doch die Fliehenden waren klein und schlugen Haken, während Briareos Hände plump waren. Mal griffen sie ins Leere, mal streiften sie Tanjas Rücken, so dass diese schreien musste. Schließlich gab der Hekatoncheire es auf, seine Opfer zu greifen zu versuchen. Er führte einen Schlag über die gesamte Breite des Tunnels aus.

Eros und Tanja wurden zu Boden geschleudert. Wie betäubt blieben sie liegen, unfähig, sich zu rühren. Tanjas Körper schmerzte von oben bis unten und in ihrem Kopf dröhnte ein ganzes Orchester. Eros tastete nach seinem Bogen, prüfte, ob das Holz zersplittert war und fand seine Waffe intakt. Dann erst warf er Tanja einen ebenso prüfenden Blick zu wie vorher dem Bogen.

Waffe und Begleiterin waren noch intakt, doch aufatmen konnte der Titan noch lange nicht. Was Tanja bisher entgangen war, ließ Eros erschaudern. Briareos hatte seine Hände zu Fäusten geballt und hieb wahllos auf den Boden ein. In dem Wissen, die Flüchtlinge zu Fall gebracht zu haben, musste er sie nur noch erwischen – und das würde er, früher oder später.

Eros richtete sich auf. Auf dem Höhlenboden knieend feuerte er einen Pfeil nach dem anderen ab. Der Schütze zielte nicht auf die Fäuste, sondern auf die aus den Wänden ragenden Arme und die Handgelenke des Riesen. Etwas traf er immer: Haut, Fleisch, Muskeln. Doch wenn seine Pfeile präzise trafen, Sehnen oder Adern verletzten, dann krümmte sich der entsprechende Arm und Briareos zog ihn zurück.

Unterdessen hatte sich auch Tanja aufgerappelt. Wann immer Eros einen der Arme zum Rückzug zwang, nutzte sie die Gelegenheit, weiterzulaufen.

Eine weitere Hand kaum auf sie zu, offen, bereit, die Menschenfrau mit einer einzigen Ohrfeige wie ein Insekt an der Wand zu zerschlagen. Eros feuerte drei Pfeile gleichzeitig ab! Einer fiel sofort zu Boden, die beiden anderen trafen ihr Ziel. Sie bohrten sich in die Gelenke zwischen den Fingergliedern des Mittel- und des Ringfingers.

Briareos schrie vor Schmerz. Er hob die verletzte Hand und umfasste sie mit einer gesunden. Dann zogen sich beide in die Wand zurück.

Eros sprang auf. Er holte Tanja ein, dann ergriff er ihre Hand und sie rannten weiter. Die beiden duckten sich unter einer dritten Hand durch.

Briareos brüllte etwas in seiner eigenen Sprache. Eros lachte erst, dann versteinerte sein Gesichtsausdruck.

Schwitzend und hochrot im Gesicht sah Tanja zu ihrem Begleiter. Was hatte er gerade erfahren müssen? Sie sollte es gleich selbst sehen…

*

Briareos Arme verschwanden wieder im Fels. Der Hekatoncheire hatte entschieden, dass seine Gegner zu flink und zu clever waren. Doch genau für diesen Fall hatte ihm Hades ja ein Helfer zur Verfügung gestellt. Ein ganzes Rudel davon lagerte stets in der Nähe des Tores.

Tanja und Eros hörten das Heulen, ein vielstimmiger Gesang, der „Zur Jagd, zur Jagd!" verkündete. Zuerst schoss Tanja „Wölfe!" durch den Kopf, doch dann erinnerte sie sich daran, wo sie sich befand. Die Kreaturen, die in den Tunneln der Unterwelt ihr Lied anstimmten, konnten mit sich selbst zweistimmig heulen, verfügte doch jedes Mitglied des Rudels über zwei Köpfe. Die Höllenhunde hatten sich auf die Fährte der Flüchtigen gesetzt!

Eros blieb stehen. Er griff nach Tanjas Hand, um sie ebenfalls zum Anhalten zu bewegen. Der Unterweltjäger lauschte kurz. Innerhalb von einer einzigen Sekunde hatte er die exakte Position jedes einzelnen Hundes ausgemacht. Er kniff die Augen zusammen, atmete tief durch und rief dann: „Hier entlang!"

Eros zog Tanja hinter sich her, einige Meter zurück in den Tunnel, aus dem sie gekommen waren. Hier bog er in einen Seitengang ein.

Das Scharren von Krallen auf Steinboden und das Hecheln aus halb so vielen Kehlen wie Pfoten ertönte hinter den Flüchtlingen. Schon kamen die ersten Hunde in Sicht. Instinktiv drehte sich Tanja nach den Verfolgern um, obwohl das keine gute Idee war, wenn man sich auf der Flucht befand, erst recht in einer Umgebung, in der es explizit verboten war, den Kopf zu drehen, weil man sonst aufgrund von Gesetzen, die älter waren als die menschliche Vernunft, das Recht auf die Weiterreise verwirkte. Die Menschenfrau erhaschte ihren ersten flüchtigen Blick auf ausgewachsene Höllenhunde. Ihre Leiber waren massiv, die Gliedmaßen muskulös. Die größten Exemplare erreichten die Ausmaße einer Deutschen Dogge und je älter ein Tier war, umso deutlicher war der Rotschimmer in seinem Fell zu erkennen. Die beiden Leithunde wiesen regelrechte feuerrote Fellbüschel auf und ihre Augen glühten wie die Schmelze in einem Hochofen.

Der Abstand zwischen Hunden und Flüchtlingen schrumpfte zusammen...

„Sie sind schneller als wir!" rief Tanja.

Eros nickte. „Ich weiß." Er blieb erneut stehen, blickte die Menschenfrau über seine Schulter hinweg an und zwinkerte ihr zu. „Aber nicht schneller als ich!" behauptete der Geflügelte. „Komm, steig auf! Auf meinen Rücken, wie in Hades Turm!"

Ohne zu zögern folgte Tanja der Aufforderung. Eros trug nun schwer an zwei Rucksäcken und einem lebendigen Gepäckstück. Wesentlich schneller als die Höllenhunde würde er nicht sein... doch dieser winzige Vorteil mochte genügen.

Die Verfolger hatten aufgeholt, als Eros Tanja huckepack genommen hatte. Noch befanden sie sich nicht in der Reichweite, um nach ihren Opfern zu beißen. Die ganz vorn laufenden Tiere sprangen dennoch in die Luft, schlugen mit ihren Tatzen und rissen ihre Mäuler auf. Sie bissen nur in leere Luft.

Doch die Hunde in der zweiten Reihe waren klüger. Sie überholten ihre ungeduldigen Rudelgefährten, liefen noch ein paar Meter und stemmten dann ihre Pfoten auf den Boden. Sie reckten ihre Köpfe ruckartig nach vorn, sperrten ihre Mäuler weit auf und atmeten aus.

Eine gewaltige Feuerlohe züngelte aus jedem Rachen! Die Flammen rasten auf Tanja zu. Ihre Ausläufer versengten Eros Flügel und verschmorten das Leder von Tanjas Rucksack an. Das Wasser in ihrem Trinkschlauch begann zu kochen. Der Behälter blähte sich auf, bis er platzte. Siedenheiß ergoß sich das Wasser über Tanjas Uniformhose.

„Halt... durch..." ächzte Eros. Seine Schwingen arbeiteten angestrengt. Tanja erkannte, dass der Titan schwerer zu kämpfen hatte, als er durchblicken lassen wollte. Seine Flügel mussten noch von Briareos Griff vorhin schmerzen.

Langsamer als erhofft kamen die beiden voran. Doch Eros war nicht bereit, aufzugeben.

„Hängst du bequem, Tanja?" presste er heraus.

„Ja, alles in Ordnung", antwortete die Frau.

‚Wieso setzt er mich nicht ab?' fragte sie sich. ‚Ich bin doch nur eine Belastung für ihn!'

Mitnichten wäre es ihr eingefallen, Eros diese Frage zu stellen, immerhin stand ihr Leben auf dem Spiel. Doch für sich selbst gestattete Tanja sich, sie aufzuwerfen.'Ohne die zusätzliche Last durch mich würde er entkommen. Bedeute ich ihm etwas? Betrachtet er sich als meinen Freund? Und ich? Ich benötige einen Beschützer im Tartaros. Fühle ich mich besser dadurch, dass Eros dieser Beschützer ist? Ach, was! Er will nur dem Olympier eins auswichen. Outis, meine ich.'

Von Tanjas Gedanken ausgeschlossen bleibend flatterte Eros weiter unter der Tunneldecke entlang. Der Abstand zu den Hunden vergößerte sich langsam, aber stetig. Die zweite Salve ihres Feueratems erreichte die Flüchtlinge schon nicht mehr.

Tanja lies ihren angehaltenen Atem aus der Lunge. Eros zuckte zusammen.

„Ach, das warst nur du!" lachte er dann. „Ich dachte, schon wieder so ein Hund..."

„Ja", seufzte Tanja. *„Nur ich."*

Eros ging nicht auf die besondere Betonung ein. Entweder er stimmte Tanjas Selbsteinschätzung zu oder es war ihm schlicht und einfach egal.

*

Tanja lehnte ihre Kopf gegen das weiche Haar des Unterweltjägers. Sie war so erschöpft, dass es sie nicht mehr abstieß, wie fettig ungepflegt dieses Haar war. Ihre Arme waren so verkrampft, dass sie den Griff um Eros Brust schon gar nicht mehr bewusst aufrechterhalten musste. Doch im letzten Moment, bevor ihr auch noch die Augen zufallen konnten, gewahrte die Frau einen weißlichgrellgelben Schimmer. Vier glühende Punkte waren in der Dunkelheit vor den Fliehenden erschienen. Weitere Farben wurden sichtbar: orange, grellrot und sogar blau, immer vier von einer Farbe und stets zu Paaren. Schmelzöfen, Brennerflammen, und Lagerfeuer. Höllenhundaugen! Und Eros flog mitten in sie hinein oder jedenfalls geradewegs auf sie zu!

„Hast du die vorhin nicht gehört?!" fauchte Tanja.

Eros gab etwas Unverständliches zur Antwort. Er bremste seinen Flug ab, lies seine Beine aus der Waagerechten ein wenig herunterhängen, ohne allerdings zu landen. So schwebte er aufrecht vor den Hunden.

Die Tiere gingen kein Risiko ein. Es handelte sich um die Schlauesten der Meute. Sie hatten diese Beute erfolgreich beschlichen, wussten um die Gefährlichkeit des Unterweltjägers und liesen es nicht auf einen Kampf Klauen gegen Klinge ankommen. Stattdessen holten sie tief Luft. In ihren Körpern zündete der Sauerstoff in einer verheerenden Reaktion und der Flammenatem entlud sich gegen die beiden Zweibeiner.

Tanja schrie, bis sie glaubte, gleichzeitig heiser und taub werden zu müssen. Doch Eros wich im allerletzten Moment aus und schwirrte auf die Wand zu seiner Linken zu. Erst jetzt fiel Tanja auf, dass es sich um eine T-Kreuzung handelte. Eros verschwand in einem leicht abfallenden Gang, während die Höllenhunde ihre tödlichen Flammen spuckten. Das Jaulen in ihrem Rücken verriet Tanja und Eros, dass die Hauptgruppe, die sie verfolgt hatte, mittlerweile ebenfalls die T-Kreuzung erreicht hatte und gerade die volle Stärke des Feueratems ihrer Artgenossen abbekam.

Der neue Tunnel war enger und finsterer als die „Haupt- und Nebenverkehsstraßen", durch die ihre Flucht Tanja und Eros bis jetzt geführt hatte. Viele solcher Gassen der Unterwelt hatten die beiden bereits auf ihrer Reise zum Dorf der Schatten passiert. So manche davon konnte mit ebenso unliebsamen Überraschungen aufwarten wie eine großstädtische Gasse.

Der Gang war flacher als der andere, die Decke zu niedrig für Eros, um zu fliegen.

„Ich muss landen!" erklärte er bereits nach einer kurzen Wegstrecke.

Eros Füße berührten den Boden. Tanja rutschte von seinem Rücken. Ihre Armmuskeln, die Handgelenke und Finger taten höllisch weh, doch sie klagte nicht.

Eros schob die Frau hinter sich.

„Halt Abstand, aber beweg dich nicht zu weit fort!" ordnete er an. Dann nahm der Unterweltjäger seinen Bogen vom Rücken. Er pustete auf das Holz, als wolle er die Holzkohle in einem Grill zum Brennen bringen. Und nichts anderes hatte der Titan gerade getan: Seine Waffe flammte über ihre volle Länge auf, lediglich einen kleinen Griff für Eros lassend.

„Diese Biester sind nicht immun gegen ihre eigene Medizin", meinte Eros. „Unsere Verfolger sind rettungslos verbrannt." Er löste den Verschluss seines Köchers, klappte den runden Deckel hoch und griff hinein. „Die vier, die Feuer gespuckt haben, sind natürlich noch kampffähig", knurrte er. „Aber mit vieren werden ich fertig."

Tanja nickte, unfähig zu sprechen. Ihre Hand fuhr zu Outis Schwert, das in seiner adamas-beschlagenen Scheide an ihrem Gürtel hing. Wie sie es in einem Film gesehen hatte, lockerte die Frau die Klinge ein wenig, um sie später schneller ziehen zu können. Eros bemerkte es und lächelte wohlwollend.

Der Schütze schien eins mit sich selbst zu sein, als er den ersten Pfeil einlegte und die Bogensehne zurückzog. Tanja hingegen konnte kaum die Strukturen ihrer näheren Umgebung erkennen, geschweige denn die Kreuzung, von der sie gekommen waren. Sie hörte nur das Kratzen der Klauen und ein weiteres Geräusch, das sie nicht identifizieren konnte.

‚Hufgetrappel? Doch nicht etwa Hades Quadriga?! Nein, die würde hier nie durchpassen. Was dann? Klingt wie… Klapperndes Geschirr? Besteck? Irgendwo ein lateinamerikanisches Instrument?'

Eros erkannte lange vor Tanja, was da zusammen mit den vier Hunden auf sie zukam.

„Aides, du Narr!" hauchte er entsetzt.

Die Kreaturen waren leichter und schneller als die vier Höllenhunde und überholten diese mühelos. Sie waren furchtlos, hatten sie doch das Schlimmste bereits hinter sich. Am Allerwenigsten fürchteten sie Eros Pfeile oder die Pfeile irgendeines anderen Jägers.

Bar jeglichen Fleisches, von einigen verbrannten Fetzen einmal abgesehen, jagten skelettierte Höllenhunde den Gang entlang auf die Flüchtlinge zu. In ihren leeren Augenhöhlen glühten noch immer die verschiedenen Flammenfarben. Die im Feuerhauch ihrer vier Artgenossen umgekommenen Tiere hielten auch nach ihrem Tod unbeirrt an ihrer Mission fest.

Eros lies seinen Pfeil von der Sehne schwirren, ohne zu zielen.

„Der Junge ist ja abartig…" wisperte er. Dann warf er sich herum und stieß Tanja vor sich her, tiefer in den schmalen, niedrigen Gang hinein.

‚Das ist das Ende', schoss es Tanja durch den Kopf. ‚Das Ende, das Ende, das Ende.' Der Satz lief in einer Endlosschleife zum Rhythmus ihrer Füße.

„Du wirst deine Existenz als Schatten wenigstens als Outis Braut verbringen", keuchte Eros in Tanjas Rücken. „Aber ich verliere mit diesem Körper meine Sinne! Mein ureigenstes Wesen!" Die Vorstellung musste den Urgott ebensosehr schrecken wie einen Menschen der Tod, begriff Tanja.

„Noch ist es nicht soweit!" rief sie.

In blanken Schädeln steckende Höllenhundzähne schnappten nach den beiden. Irgendwo weiter unten in dem Gang rumpelte etwas.

Eros lachte. Es kam mehr wie ein Krächzen aus seiner Kehle, sollte aber eindeutig fröhlich gemeint sein. Tanja vermochte sich nicht vorzustellen, wieso. Ein letztes Mal beschleunigte der Unterweltjäger seinen Lauf. Er packte Tanja bei der Schulter und zerrte sie zu Boden.

„Was…?"

Nebeneinander rutschten die beiden durch den Tunnel. Tanja erkannte vor sich eine weitere Kreuzung, diesmal kein T, sondern den Kreuzungspunkt zweier Tunnel. Eros und die Menschenfrau kullerten über die Kreuzung hinweg in das gegenüberliegende Gangstück.

Das Rumpeln verstärkte sich, schien nun direkt hinter den beiden zu erklingen. Dann hörte man ein Schaben und Knirschen und danach nur noch gedämpft das klägliche Jaulen der Hunde. Sie ließen ihrem Unmut darüber, dass die Beute entkommen war, freien Lauf.

Eros blieb mehrere Sekunden lang bäuchlings liegen, seinen Kopf auf elnen angezogenen Arm gebettet. Tanja schloss daraus, dass vorerst keine Gefahr mehr bestand. Auch sie versuchte, zu Atem zu kommen. Doch das Heulen der Höllenhunde hinderte sie daran, sich wirklich zu entspannen. Die Menschenfrau beugte sich über ihren Begleiter. „Jäger…?"

Eros rollte sich auf die Seite. „Schau dich um!" forderte er Tanja auf. „Hinter uns!"

Die Menschenfrau erhob sich. Sie lief auf die Kreuzung zu, fand aber lediglich eine Sackgasse vor. Sie streckte ihre Hände aus. Tanjas Finger tasteten über den Fels. Eine glatt polierte Oberfläche versperrte ihr den Rückweg sowie den Hunden den Weg zu ihren Opfern. Nach und nach begriff Tanja, was sie da vor sich hatte: eine riesige Kugel lag direkt auf der Kreuzung. Sie verschloss den schmaleren Gang vollständig.

„Das ist das Werk des Sisyphos", erklärte Eros. „Ich wünschte, ich könnte ihm dafür danken."

„Das war Rettung in letzter Sekunde!" entfuhr es Tanja. „Aber muss der Ärmste diese Kugel nicht ständig vor sich her schieben? Wir sollten uns beeilen, von hier wegzukommen!"

Eros nickte. „Du hast Recht."

Ermattet, aber gleichzeitig euphorisch über ihr glückliches Entkommen, setzten sich die beiden Flüchtlinge wieder in Bewegung.

„Du hast es gut!" lachte Eros, nachdem sie ein paar Schritte gelaufen waren. „Ich muss das Ganze auf dem Rückweg nochmal durchmachen!"

Tanja suchte Eros Hand und drückte sie fest. Weder die Frau noch der Titan mussten sprechen. Sie beide wussten, dass es keine Rückkehr für den Unterweltjäger geben würde. Mit seinen Taten hatte er sein Aufenthaltsrecht in Elysium, wenn nicht gar sein Leben, endgültig verwirkt. Eros war nun ein Gesetzloser im Tartaros.

Die fünfzehnköpfige Hydra

Trotz allem, was Tanja Förster auf ihrer Reise bereits durchlitten hatte, jagte ihr der Anblick von Schemen noch immer die meiste Furcht ein. Weder Tityos lüsterner Blick, noch Outis besitzergreifende Liebe, auch nicht die riesenhaften Fäuste des Briareos oder die Höllenhundskelette konnten sich damit messen. Der größte Schrecken ging von den humanoiden Schatten aus. Der Gedanke, dass sie einmal Menschen gewesen sein sollten, ihre konturlosen Gesichter und Körper, überhaupt alles an ihnen, dass einem Menschen so sehr ähnelte und doch so abgrundtief fremd war, verstörte die Frau zutiefst.

Eros und Tanja waren auf ihrem Weg zu Menthe auf eine Gruppe Schatten getroffen, Bergleute, die sich auf dem Heimweg in ihr Dorf befanden. Es stellte sich heraus, dass diese Menschen bereits von den Ereignissen in Elysium Kenntnis hatten, wenn auch nicht von den allerjüngsten.

Ihr Anführer packte seine Spitzhacke fester. Er trat auf Eros zu.

„Was machst du hier? Hieß es nicht, dass die Titanen den Aufstand geprobt hätten und nun für immer hinter den Toren der Hekatoncheiren eingesperrt blieben?"

Einige seiner Begleiter bildeten Gesichtszüge aus. Tanja zwang sich, ihren Blick nicht abzuwenden. Was sie in den Gesichtern der Toten las, kannte sie selbst nur zu gut: abgrundtiefe Enttäuschung. Hatte man sie womöglich falsch informiert, fragten sich die Schemen? Würde den Titanen, die sie nur als Monster aus ihrer Mythologie kannten, etwa wieder erlaubt werden, durch die Tunnel zu streifen und die Menschen zu plagen?

Tanja wusste es besser, wusste, dass den Häftlingen das Tartaros nichts daran lag, die Schemen zu quälen. Sie mochten die Menschen, ob nun tot oder lebendig, nicht sonderlich, verachteten sie als Werkzeuge der Olympier oder aufgrund ihrer Beschränktheit, doch sie zogen keine Befriedigung daraus, sie leiden zu sehen. Doch Tanja wusste, wie schwer sich Vorurteile nur bekämpfen liesen. Daher schwieg sie zu dem unausgesprochenen Vorwurf.

Eros hob die Arme ein wenig. „Mensch!" meinte er dann, ein nachsichtiges Lächeln auf den Lippen. „Die Götter stehen nicht in der Pflicht, euch über alles zu informieren, was in ihrem Reich vorgeht! Meine Anwesenheit hier steht in keinerlei Zusammenhang mit dem Aufruhr vor einem halben Jahr."

Auf einen Wink ihres Anführers begannen die Bergleute, einen Ring um die beiden Eindringlinge zu ziehen. Sie hielten Hacken, Schaufeln, Hämmer und Eimer in den Händen. Nichts davon war eine richtige Waffe, doch jedes Objekt durchaus in der Lage, einem Lebewesen schmerzhafte Wunden zuzufügen.

Eros deutete mit seinem Kopf auf Tanja. „Ich eskortiere diese Menschenfrau aus dem Hades", erklärte er. „Sie gehört nicht hierher. Die Ordnung muss gewahrt bleiben."

Doch so leicht lies sich der Vorarbeiter der Bergleute nicht abfertigen. „Da ist mehr", sagte er Eros auf den Kopf zu. „Du verschweigst mir etwas!"

„Herrje, natürlich, Mann!" rief Eros aus. „Es soll ja nicht gleich der ganze Tartaros davon Wind bekommen!"

„Wovon?!"

Eros wand sich ein wenig, als ringe er mit sich, die Antwort zu geben oder sie zu verweigern. Angesichts der auf ihn gerichteten Waffen blieb ihm allerdings gar nichts anderes übrig. Die Schatten wussten, dass dieser Unterweltjäger vermutlich mühelos mit ihnen allen fertig geworden wäre. Eine Attacke gegen seine menschliche Begleiterin allerdings konnte bereits eine zuviel für diese sein, weshalb Eros keine riskieren durfte. Daher wähnten sich die Toten in der besseren Position.

„Sie hat versucht, Prinz Outis zu verführen", seufzte der Geflügelte. „Hades ist empört, was man ihm auch nicht verdenken kann. Jetzt fürchtet er, sein Sohn könne auf die Avancen der

Sterblichen eingehen. Tötete er sie, bliebe ihr Schatten im Tartaros, also muss Tanja weg von hier und das so schnell wie möglich. Damit Outis sie vergessen kann. Klar soweit?"

„Nein!" Tanja klammerte sich an Eros. „Bitte trenn mich nicht von meinem lieben Outis!" flehte sie. „Lass mich doch einfach bei diesen guten Menschen! Deinen Auftrag hast du doch erfüllt, ohne dich finde ich den Weg nach Elysium niemals mehr zurück…"

Eros angewiderter Gesichtsausdruck angesichts Tanjas weinerlichen Tonfalls war nicht gespielt. „Vergiss es!" fuhr er ihr über den Mund. „Ich schaffe dich bis ganz zur Oberwelt, ob du willst oder nicht!"

Die Bergleute entspannten sich ein wenig, soweit man das von Toten behaupten konnte. Nach einer kurzen Konversation untereinander boten sie dem Geflügelten an, ihn eine Weile zu begleiten. „Wir kennen sichere Wege durch die Unterwelt, wissen, wo sich geschlossene Tore und wo die Lagerstätten von Kampen befinden."

„Danke, vielen Dank! Das wäre wirklich hilfreich."

„Pft", machte Tanja. „Outis wird mich dennoch finden. Ich weiß, dass er mich liebt!"

„Wenn das so sein sollte, dann nur, weil du ihn verhext hast!" brüllte Eros. Er stieß Tanja zu Boden. „Sprich schon! Hast du es getan? Und wie?"

„Ich sage gar nichts!"

„Ich fürchte, die Lage ist ernster, als wir alle dachten", überlegte Eros laut. „Falls Prinz Outis liebestrunken hier angerauscht kommen sollte… Der Ärmste wüsste ja gar nicht, dass Hexenwerk für seinen Zustand verantwortlich ist!"

„Sorge dich nicht!" versicherten die Menschen dem Geflügelten. „In diesem Fall weisen wir ihm einen falschen Weg."

Eros gab sich unschlüssig: „Nun ja, ich weiß nicht. Den Prinzen einfach anlügen? Aber wenn es doch zu seinem Besten ist…"

„Ihr Monster!" klagte Tanja „Wie könnt ihr nur so herzlos sein?"

Eros stieß seiner vermeintlichen Gefangenen die Stiefelspitze in die Seite. „Sei einfach still!"

„He!" protestierte Tanja, obgleich sie den Tritt kaum gespürt hatte. Ein einziges Mal hatte der Titan Rücksicht auf sie genommen.

„Oder es gibt einen Knebel!" drohte Eros.

Tanja schwieg. Zum einen wollte sie den Bogen nicht überspannen, zum anderen befürchtete sie, dass der Unterweltjäger es tatsächlich tun würde, um die Scharade noch echter wirken zu lassen. So zog sie lediglich einen Schmollmund und wehrte sich ein wenig, als Eros sie auf die Füße zerrte.

„Los, vorwärts!" knurrte der Unterweltjäger. „Und keine Tricks!"

*

Da die Toten fest der Meinung waren, noch immer Nachtschlaf zu benötigen, verzögerte sich der Aufbruch der beiden Flüchtlinge um einige Stunden. Zuerst kehrte die Gruppe in ihr Heimatdorf zurück. Tanja musste die Zeit dort in einem Käfig verbringen und auch Eros musste sich, da er sein Nachtlager nicht bezahlen konnte, mit einem Platz an einer Hauswand begnügen. Dort hätte ihn das Dach der Hütte vor Regen geschützt und ihm Schatten gespendet. Da es in der Unterwelt weder das eine noch das andere gab, blieb die Geste sinnentleert. Erschöpft streckte sich der Geflügelte aus, während Tanja diese Erleichterung verwehrt blieb. Sie war nur in der Lage, an den Gitterstäben herab zu rutschen und mit angezogenen Beinen in ihrem engen Gefängnis zu hocken.

„Gute Nacht", flüsterte sie. Irgendwo auf dem Planeten würde es schon zutreffen...

*

Am nächsten Morgen begann der Marsch durch die Unterwelt. Drei kräftige Bergleute und ein Kundschafter begleiteten Tanja und Eros. Für eine Weile beschäftigte sich Tanja damit, herauszufinden, ob es sich bei letzterem um einen zierlich gewachsenen Mann, eine Frau oder einen Jugendlichen handelte. Wie es wohl wäre, einen Pseudo-Körper zu besitzen, der sich allein dem eigenen Selbstverständnis beugte? Konnte man sich durch Willenskraft größer oder schlanker machen als man im Leben gewesen war? Aber das setzte voraus, dass man mit vollem Bewusstsein weiter existierte und nicht, wie es die Schatten taten, in einem Dämmerzustand oder auf ein, zwei Kernelemente ihrer Persönlichkeit reduziert. Hatten der Tod und ihre makabere Gesellschaft ihren Schrecken gerade ein wenig verloren, so stand er Tanja am Ende ihres Gedankenspiels wieder in aller Deutlichkeit vor Augen. Dennoch war nicht abzuleugnen, dass die Anwesenheit der Schemen einen Gewöhnungseffekt mit sich brachte.

Tanja trottete neben ihnen her und versuchte zu verdrängen, dass ihr Anführer ihr eine Leine um den Hals gelegt und diese dem Geflügelten in die Hand gedrückt hatte.

Eros fand sich zwar nicht in der Rolle eines Gefangenen wieder, doch schien er nicht weniger scharf bewacht zu werden als die Menschenfrau.

Die ganze Zeit über mussten die beiden Flüchtlinge so tun, als könnten sie sich nicht ausstehen und verachteten einander. Tanja hatte erwartet, dass es ihnen leicht fallen würde, entsprach es doch der Wahrheit. Stattdessen ertappte sie sich immer wieder dabei, dass ihr Gedanken oder Fragen durch den Kopf gingen, die sie gern mit dem Unterweltjäger geteilt hätte. Eros seinerseits drehte viel zu oft den Kopf nach seiner „Gefangenen". Als Gott der Sinne hatte er es nicht nötig, sich derartig auf seine Augen zu verlassen. Die Schatten fanden nichts Auffälliges an diesem Verhalten, da es dem entsprach, dass einer der ihren in derselben Lage an den Tag gelegt hätte. Was man selbst tat, wurde grundsätzlich als normal definiert, abweichendes Verhalten selbst einer Mehrheit als fremd und damit in seiner Richtigkeit anzuzweifeln.

Während dieser einsamen Stunden dachte Tanja des öfteren an Outis. Wann immer es eine schwierige Stelle zu überwinden galt, wäre der Prinz an ihre Seite getreten, um ihr zu helfen. Eros hingegen erschien zuverlässig an solchen Passagen, von denen er annehmen musste, dass Tanja dort Hilfe benötigte. Auf die Idee, ihr einen Auf- oder Abstieg zu erleichtern, den sie aus eigener Kraft meistern konnte, verfiel der Unterweltjäger nicht. Doch da Tanja noch immer über die

Verbesserung ihrer Sehfähigkeit verfügte, musste Eros nur selten eingreifen.

Outis aber, der Zuvorkommende, war weit weg und holte er die beiden ein, dann nur mit feindseligen Absichten.

„Outis, warum hast du es soweit kommen lassen?!" dachte die Frau. Erst, als ihr einer der Schatten einen Schubbs versetzte, realisierte sie, laut gesprochen zu haben.

„Wir sollten uns noch mehr beeilen!" rief der Bergmann Eros zu. Dieser grinste in sich hinein. „Nichts lieber als das", gab er zur Antwort.

*

Nichtsdestotrotz musste die Gruppe schon bald nach dem Zwischenfall rasten. Der Kundschafter führte seine Gefährten zu einer Höhle, die durch lange Reihen von Stalagmiten in beinahe an kleine Kammern anmutende Kompartimente geteilt wurde. Tanja erinnerte das Ganze an die verrottenden Reste der Mauern eines verlassenen Dorfes.

Eros blieb zögerlich im Eingang der Höhle stehen. „Seid ihr sicher, dass wir diesen Ort gefahrlos betreten können?" vergewisserte er sich bei seinen Begleitern. „Ist das nicht eine Kampenbrutstätte?"

„Die Kampen meiden diesen Ort seit einer Weile. Ihre letzten Eier hat die Sphinx vertilgt."

„Die Sphinx!" Eros Augen leuchteten wie die eines Jägers, dem eine besonders edle Beute vor den Bogen gewandert kam. Eine, die ihm bisher wieder und wieder entkommen war. „Habt ihr sie gesehen? Sagt schon! In welchem Zustand befindet sie sich? Ist sie ein Schatten? Oder ist etwas Wahres an den Gerüchten, dass sie sich lebendig in die Unterwelt gestürzt hat?"

„Sie ist tot", meinte der Kundschafter. „Das macht sie nicht weniger gefährlich."

„Oh." Eros lies sich in einem der Räume zwischen den „Mauerresten" nieder. „Wie schade! Nun ja, ich wusste es ja eigentlich schon. Die Spuren, die ich verfolgte, gehörten zu keinem lebendigen Wesen."

Tanjas Leine wurde an einem Felsbrocken befestigt. Die Schemen bauten ein Gestell auf, in das sie einen Kessel einhängten. Darunter schichteten sie Brennmaterial auf. Neben ein wenig Holz bestand es vornehmlich aus den getrockneten Exkrementen der Unterweltbewohner.

„Die Sphinx hat sich ein anderes Revier gesucht", meinte der Kundschafter während der Vorbereitungen für die Mahlzeit. „Früher oder später werden daher die Kampen hierher zurückkehren, doch wir rechnen damit, noch ein paar Monate von ihnen verschont zu bleiben. Der Rastplatz ist sicher."

Eros nickte. Er sah den Schatten dabei zu, wie diese einen dicken Eintopf mit Wurstelnlage kochten. Alles, was sie dazu an Werkzeugen und Besteck benötigten, mussten sie mit sich führen. Niemand verfiel auf den Gedanken, einfach die Form der eigenen Hand zu verändern, damit sie einen Kochlöffel oder ein Messer bildete. Der Urgott fragte sich, ob er eine Schuld daran trug. Übten die von ihm initialisierten Sinne eine derartig starke Wirkung auf Lebewesen aus, dass diese auch nach ihrem Tod noch in dem gefangen blieben, was ihnen ihre fünf Sinne im Leben als ihr Ich vorgegaukelt hatten? Ihre festgelegte Körperform? War es Abhängigkeit oder doch eher nur Gewohnheit, die die Schemen sogar dazu bewegte, Kleidung zu tragen und Kämme zu benutzen? ‚Ich würde meinen Körper vermissen, würde er zerstört', überlegte Eros. ‚Schmerzlichst. Aber das eine weiß ich: Die Chance, alles auszuprobieren, was in dieser neuen Form denkbar ist, könnte ich nicht vorübergehen lassen!' Aber vielleicht war es das ja, was andere Seelen taten, jene, die nicht an den Hades und Zeus Vorstellung von Gerechtigkeit gebunden waren. Möglicherweise erforschte der Dichter, Hexametras Vater, just in diesem Augenblick seinen neuen Zustand, unbeschwert und frei.

Als die Schatten ihm signalisierten, dass die Mahlzeit fertig war, füllte Eros zuerst einen Teller für die Gefangene. Mit dem Essen trat er auf sie zu.

„Hier, Tanja!"

Die Menschenfrau nahm den Teller entgegen. „Was ist das?"

„Linseneintopf mit Blutwurst von der Nashornkampe."

Tanja schüttelte im ersten Impuls ihren Kopf! Linseneintopf! Ausgerechnet hier, am Ende der Welt, sollte es so etwas Normales geben? Da sie nicht wissen konnte, wie Eros die unwillkürliche Reaktion aufnahm und nicht unhöflich erscheinen wollte, hob die Frau ihren Kopf und sagte: „Danke, Eros."

Tanja blickte dem Urgott in die Augen. Zum ersten Mal nahm sie bewusst war, dass der Untwerweltjäger auch eine Augenfarbe hatte. Zum ersten Mal schien es von Bedeutung, sie zu kennen. Eros Augen waren braun, viel dunkler und tiefer als Outis hellgraue.

Tanja lächelte.

‚Wieso vergleiche ich die beiden ständig miteinander? Ist doch nicht so, als ob ein Wettbewerb zwischen ihnen laufen würde…'

Eros erwiderte das Lächeln.

‚Ich könnte hier ewig so hocken. Das wird wohl daran liegen, dass sie eine Fremde ist. Für einen von uns, die wir den Kosmos aus der wirbelnden Urleeere geschaffen haben, geht vom Fremden immer eine Faszination aus.'

Eros legte eine Scheibe Dauerbrot auf den Rand von Tanjas Teller. Die Scheibe verrutschte, die Frau griff danach, doch der Geflügelte war schneller. Gleichzeitig bekamen sie das störrische Brot zu fassen. Ihr Finger berührten einander. Tanja schaute Eros an und Eros schaute Tanja an. Als ob das alles sei, was es zu erreichen gäbe, und es somit keine Notwendigkeit für weitere Aktionen bestünde, starrten sie sich einfach nur an.

„Pass auf!" rief da einer der Schatten. „Nicht, dass du ebenfalls von ihr verzaubert wirst!"

Eros wich zurück. Erst nach ein paar Schritten lies er die Brotscheibe los. Sie fiel zu Boden, unbeachtet. Sekunden später zertrat sie der Stiefel des Bergmanns, der sich nun zwischen „Gefangene" und „Bewacher" drängte.

KLATSCH! Der Tote versetzte Tanja brutal einen Schlag direkt ins Gesicht. Durch die Wucht des Schlages wurde Tanja zu Boden gestoßen.

„Sie hat nicht… sie kann das gar nicht!" entfuhr es Eros. „Lasst sie in Ruhe!"

Erschrocken hielt der Geflügelte inne. Er hatte sich verraten!

Doch die Schemen begriffen nicht, was Eros unabsichtlich verraten hatte. Sie antworteten mit schallendem Lachen auf seinen Ausbruch!

Die meisten von ihnen mussten jung gestorben sein, denn ihre Körper waren die von Männern auf dem Höhepunkt ihrer Schaffenskraft. Nur einer wirkte älter. Im Gegensatz zu den anderen würde er nicht durch eine der vielen Gefahren, die der Bergmannsberuf mit sich brachte, umgekommen sein, sondern einen friedlichen Alterstod gestorben sein. In der Unterwelt hatte er einfach seine einstigen Routinen wieder aufgenommen...

Dieser Schatten legte Eros nun verständnisvoll seine Hand auf die Schulter. „Ja, unter dem Zauberbann sprichst du natürlich so", meinte er. „Du streitest ab, dass sie dich verhext hat, weil das Teil der Verzauberung ist. Komm erstmal wieder zu dir, und ich wette mit dir, dann wirst du ganz schön wütend sein!"

An seine Kameraden gerichtet befahl der Mann, Tanja eine Augenbinde umzubinden.

„Äh, ja", stotterte Eros. „Dafür habe ich ja treue Gefährten wie euch, die auf mich aufpassen..."

*

Nachdem Tanja vorgeführt bekommen hatte, wie hart ein substanzloser Schatten noch zuschlagen konnte, hegte sie neu erwachten Respekt vor den Fähigkeiten – wenn auch nicht der Einstellung – ihrer Bewacher. Stumm tat sie, was von ihr verlangt wurde, gab keine Widerworte und hielt die Kolonne auch nicht durch Widerstand auf. Die Schatten hielten das Verhalten der Gefangenen für die ganz natürliche Reaktionen einer eingeschüchterten Person. Insgeheim freute sich Tanja allerdings, einen Grund gefunden zu haben, eine solch scheue, verängstigte Person darstellen zu können, bedeutete es doch im Endeffekt, dass die Gruppe schneller vorankam.

Wie bereits die vergangenen Tage über befand sich Eros zwar nah bei ihr, wechselte aber kein Wort mit Tanja, das über ein Kommando hinausging. Ab und zu saß er mit dem Rücken zu ihr am Lagerfeuer und starrte irgendwohin. In solchen Momenten glaubte die Frau, dass auch der Geflügelte es vermisse, offen reden zu können. Nüchtern betrachtet handelte es sich um einen geringen Preis für die Sicherheit der beiden Flüchtlinge. Ohne die Hilfe der Menschen hätten sie mehr als einmal kämpfen müssen. Auch hatte deren über Jahrhunderte ununterbrochen fortgeführte Bergmannstätigkeit neue Tunnel in der Unterwelt geschaffen, die weder Kronos in seinem Palast noch Eros kannten. Andere Passagen wiederum waren unsicher geworden und in Zukunft zu meiden.

„Stört es deinen Bruder Tartaros eigentlich nicht, wenn die Schemen in seinem Leib herumhacken?" fragte Tanja eines Tages vorlaut. Eros schüttelte den Kopf. „Nicht weniger als dich deine Darmbakterien stören", erwiderte er. „Und jetzt behellige mich nicht weiter mit deiner Neugier!"

Schroff wandte sich der Jäger ab. „Ich habe noch zu tun", erklärte er den Schemen. „Muss Vorräte aufstocken."

*

Zwei Tage später trennten sich die Wege der Schemen und des Unterweltjägers.

„Du kommst besser mit der Zauberin klar als am Anfang unserer Reise", lobte der ältere Bergmann Eros. „Wenn du nie die Augenbinde vergisst, sollte eigentlich nichts schiefgehen."

Wortreich rechtfertigten die Schatten, weshalb sie nun umkehren mussten. Tanja hörte kaum hin und auch Eros nickte nur pflichtschuldig.

*

Zusammen wanderten sie weiter. Kaum waren die Schatten außer Sichtweite, riss Tanja die Augenbinde herunter. Gleichzeitig durchtrennte Eros die Schlinge um ihren Hals mit seinem Jagdmesser. Hastig begann er zu sprechen:

„Tanja, wegen vorgestern, das mit den Darmbakterien, ich wollte die Diskussion nicht so schnell abwürgen, aber dafür hatte ich ja jetzt zwei Tage Zeit, mir jeden einzelnen Aspekt der Sache genau zu überlegen und ich finde…"

„Halt, halt halt!" unterbrach Tanja den Redeschwall ihres Reisebegleiters. Sie stopfte die Binde und den Rest des Seils in ihren Rucksack, damit niemand die Flüchtlinge aufgrund der Abfälle, die sie in der Unterwelt hinterließen, verfolgen konnte. Dieses Verhalten war ihr in den vergangenen Tagen zur Gewohnheit geworden. Wassil der Forstwart wäre sicher stolz auf seine Nichte gewesen. Tanja freute sich darauf, ihn wiederzusehen. Mehr noch fühlte sie Erleichterung, der Gefangenschaft entkommen zu sein, die nur von Eros Seite her gespielt war, aber sehr wohl echt, was die Schatten anbetroffen hatte.

„Eros!" lachte Tanja. „Wir können endlich wieder offen miteinander sprechen, ohne uns verstellen zu müsse, da werden wir doch bestimmt ein appetitlicheres Thema als ausgerechnet dieses finden!"

Der Geflügelte fiel in das Lachen ein. Einem Impuls folgend, umarmte Tanja ihn. Eros lies es sich nicht nur gefallen, er erweckte den Eindruck, als sei es ihm sogar angenehm. Zum ersten Mal seit der Durchquerung des Briasreos-Tores konnte er entspannen, aufatmen. Sein Kinn lag auf Tanjas Kopf, die Hände weit genug oben an ihrem Körper, um gar nicht erst als Bedrohung infrage zu kommen.

Was ihnen während all der Zeit, die sie zusammen verbracht hatten, nicht gelungen war, hatten die Tage der Trennung vollbracht: Die beiden waren Freunde geworden. Vielleicht, so überlegte Tanja, ging es dabei gar nicht darum, immer dieselbe Meinung zu vertreten oder die gleichen Dinge zu mögen. Unter Umständen genügte die bloße Anwesenheit des anderen. Doch gerade, als sie sich in diesem Gefühl sonnen wollte, fiel der Frau wieder ein, was sich aus ihrer Freundschaft zu Outis entwickelt hatte. Sie wollte die Umarmung beenden und die Reise fortsetzen, musste aber feststellen, dass sie es nicht konnte.

„Eros?!" rief sie, doch der Geflügelte war unschuldig an ihrer Lage. Tanja wurde nicht festgehalten, sie war im konkreten physischen Sinn unfähig, sich zu bewegen.

„Ich…" begann Eros, doch gleich darauf ging seine unschuldige Frage in ein Knurren über: „Was geht hier vor? Ich kann mich nicht bewegen!"

„Doch! Meine Arme und Beine fühlen sich wie gelähmt an. Aber unsere Köpfe können wir bewegen, wir sprechen und atmen", erwiderte Tanja. „Und ich glaube, unsere Darmbakterien krabbeln fröhlich weiter, oder was immer sie da drin tun."

Trotz des Ernstes der Situation prusteten die beiden über diese Bemerkung. Das Lachen erfüllte seinen Zweck: Sie schöpften Hoffnung und den Willen, nach einem Ausweg aus ihrer Lage zu suchen.

„Ja, du hast Recht. Meine Sinne stehen mir in vollem Umfang zu Gebote."

Eros konzentrierte sich. Er lauschte und ab und zu zuckten seine Nasenflügel, als nehme er Witterung auf. Tanja vernahm gerade einmal den ersten Ansatz eines fernen Flügelschlagens, als der Unterweltjäger bereits durch zusammengepresste Zähne verkündete: „Es ist die Sphinx!"

Tanja wunderte sich nicht schlecht über den Tonfall. „Ist das nicht das Wesen, das allen Rätsel stellt? Eine intelligente Kreatur! Mit intelligenten Wesen kann man verhandeln, ihnen erklären…"

Eros schüttelte den Kopf. „Sie ist dem Wahnsinn anheimgefallen, nachdem ein Sterblicher sie besiegt hat. Niemand weiß, wie sie in jeder gegebenen Situation reagieren wird. Und damit meine ich, wirklich Niemand! Nicht einmal sie selbst!"

„Ist es wirklich so schlimm?"

Eros wollte aus seiner Erfahrung mit diesem Wesen heraus antworten, doch er besann sich eines Besseren. In dem Wissen, wie befremdlich die Verhältnisse in seiner Heimat auf Tanja wirkten, eröffnete er ihr: „Sie ist die Enkelin des Tartaros, über beide Großeltern väterlicherseits meine Großnichte, die Halbschwester des jungen Korykios, und außerdem so eine Art Patin aller Höllenhunde, die uns gehetzt haben, da Kerberos und sie denselben Vater teilen."

Tanja starrte Eros sekundenlang an, dann meinte sie: „Du hast Recht. Sie IST verrückt. Mit so einer Verwandtschaft kann das gar nicht ausbleiben."

Die beiden gefangenen Zweibeiner schwiegen. Von den Zauberfesseln der Sphinx gebunden, blieb ihnen nichts anderes übrig als abzuwarten.

*

Das Geräusch der Schwingen wurde lauter. Es erklang nun direkt über den beiden. Tanja blickte nach oben. Aus einem in die Decke des Tunnels mündenden Schacht erschien ein Schatten. Zuerst diffus, mehr Wolke als Umriss eines Lebewesens, breitete sie sich aus. Doch kaum hatte der Schemen die Engstelle überwunden, formte er sich wieder zum Körper eines Löwen. Die Sphinx bildete ihren Frauenkopf aus und entfaltete ihre Schwingen. Sie waren mit dünnem Fell besetzt und glichen denen einer Fledermaus, nicht den Raubvogelschwingen eines Titanen.

Die Sphinx senkte sich zu ihren Gefangenen herab. Sie streckte ihre Beine vor, spreizte die Pranken weit auseinander und fuhr ihre Krallen aus! Eros funkelte das Monster trotzig an, Tanja jedoch vergrub ihren Kopf unter seinem.

Die Sphinx riss ihr Maul auf!

„Rah!" brüllte Eros. „Hau ab! Verschwinde! Du hast keine Ahnung, welche Macht ich gegen dich entfesseln kann!"

Die Sphinx bewegte ihren Kopf ruckartig. Ihr Maul stand noch immer weit offen, die Zähne entblößt. Doch ein Begleitgeräusch der Drohgebärde ließ Tanja und Eros stutzen. Es klang wie „wuah - oah – a!". Mit einem Klicken schlossen sich die Kiefer des Monsters wieder. Gleichzeitig zog es seine Klauen wieder ein. Eros blinzelte. Die Sphinx schwebte noch immer über seinem Kopf. Sie blickte auf ihre Beute herab und schüttelte ihre Mähne. Der Unterweltjäger begriff, dass er nichts anderes als das Gähnen und Strecken einer gerade erwachten Katze beobachtet hatte! Auch Tanja stieß erleichtert ihren angehaltenen Atem aus.

Nun setzte des Monster zur Landung an.

„Das muss nichts heißen", unkte Eros. „Sie kann uns immer noch töten wollen."

„Wieso so misstrauisch, Jäger?" erhob die Sphinx das Wort. Ihre überraschend feminin klingende Stimme wurde bei jedem Wort von einem unterschwilligen Schnurren begleitet. Tanja war sich nicht sicher, ob Großkatzen schnurren konnten. Tiger vermochten es nicht und Wassil hatte ihr auch einmal erklärt, woran das lag. Die Sphinx allerdings setzte sich über menschliches Wissen hinweg, indem sie ihre Stimme nun zu einem Brüllen erhob.

„Was hat sie gesagt?" wisperte Tanja.

„Nichts. Das war nur ein Brüllen."

Die Shinx tappte auf Eros und Tanja zu. Sie umkreiste die beiden – einmal, zweimal, dreimal. Bei jeder Runde peitschte ihr Schwanz. Die Quaste berührte mal den Jäger, dann wieder die Sterbliche.

„Ihr wirkt gestresst", meinte sie schließlich. „und solltet rasten. Ich lade euch ein!"

Als ihre Gefangenen nicht reagierten, lockte die Löwin sie weiter: „Kommt schon! Ich erzähle euch auch eine Geschichte!"

„Geschichte?" Eros lachte abfällig. „Diese Frau hier steckt im abstrusesten Abenteuer, das sie sich vorstellen kann! Was könntest du ihr da noch erzählen?"

Die Sphinx neigte ihren Kopf zur Seite. „Na dann zur Abwechslung eine langweilige, banale", schlug sie vor. Das brachte Tanja zum Lachen. „Wie geht es dir?" fragte sie. „Eros hat mir erzählt, dass du selbst unter großem Stress stehst?"

„Der Jäger muss es ja wissen, immerhin war er mehrfach hinter meiner Haut her!"

„Da wusste ich noch nicht, dass du wirklich tot bist", verteidigte sich Eros. „Jedenfalls noch nicht mit Gewissheit. Und du, Tanja, geh nicht auf sie ein! Diese Frau ist gefährlich!"

„Aber ich möchte mich setzen!" klagte Tanja. „Lass uns die Einladung annehmen!"

„Wenn wir uns wieder bewegen können, hauen wir ab!" raunte sie ihrem Begleiter zu. Eros blieb skeptisch, doch schließlich gab er nach.

Die Sphinx deutete mit ihren Pranken auf eine Nische im Fels, die ihr als Rastplatz geeignet erschien. Eros und Tanja stimmten zu, sich dorthin zu begeben.

Sofort lies der Zauberbann auf ihren Armen nach und die zwei konnten sich aus ihrer Umarmung lösen. Doch anstatt nun wieder die volle Kontrolle über Körper zurückzuerlangen, mussten die beiden erleben, wie sich ihre Füße ganz von selbst bewegten. Tanja wollte nach ihrem Titanenschwert greifen, Eros seinen Bogen spannen, doch es blieb bei dem Vorsatz. Die Sphinx erlaubte lediglich ein Schwingen der Arme im Rhythmus des Gehens.

Vorwurfsvoll bemerkte Eros: „Siehst du? Die Sphinx lässt sich nicht austricksen!"

„Es tut mir leid…"

Nachdem die Sphinx dafür gesorgt hatte, dass ihre Beute gesittet in der Nische Platz nahm, schwang sie sich erneut in die Luft. „Ihr müsst hungrig sein! Ich fange euch etwas zu essen, damit ihr Kraft sammeln könnt!"

„Kraft wofür?" entfuhr es Tanja.

Eros Antwort beschränkte sich in einem einzigen Wort: „Mast."

*

Als die Sphinx zurückkehrte, trug sie eine frisch getötete junge Kampenschlange in ihren Klauen. Diese Mahlzeit lies sie zwischen ihre Gefangenen fallen.

Die Löwin lies sich neben den beiden nieder und begann, ihre Pfoten zu lecken.

„Und nun?" Eros betrachtete die tote Schlange. „Ich kann meine Hände nicht bewegen!"

„Immer mit der Ruhe", schnurrte die Sphinx. „Habt ihr denn gar keine Manieren? Erst wäscht man sich, wenn man heimkommt, dann wird aufgeräumt und erst dann gegessen."

Was das Monster darunter verstand, demonstrierte es Eros und Tanja sogleich: Unter dem Zauberbann der Sphinx legten sie ihre Rucksäcke ab, trugen sie zur Seite und legten ihre Waffen daneben.

Dann kehrten sie in die Nische zurück, wo sich ihre Körper wieder ganz von selbst hinsetzen. Nun allem beraubt, womit sie der Sphinx gefährlich hätten werden können, erlaubte diese ihnen, Arme und Oberkörper frei zu bewegen. Eros stellte allerdings fest, dass ihm seine Schwingen nicht gehorchten.

Wütend packte der Titan die tote Schlange und schleuderte sie nach der Sphinx. „Roh kann ich die nicht essen!"

„Oh, so undankbar? Verschmähst du mein Geschenk? Dann gibt es eben erst morgen wieder etwas." Die Sphinx brachte ihren Kopf so nah an Eros Gesicht, dass der Geflügelte zurückzuckte. Er konnte ihren Raubtieratem riechen. Die Löwenfrau schleckte ihrer Beute mit der Zunge über das Gesicht. „Ihr werdet essen", versprach sie. „Entweder der Hunger treibt euch, oder..."

„Oder du, ist klar", knurrte Eros.

Angewidert wischte er sein Gesicht halbwegs trocken, währen die Sphinx mit einem Satz auf die Kampenschlange sprang. Sie biss in den Kadaver, schob dann ihre Pfote darunter und warf ihn in die Luft. Der Schlangenleib wurde umhergewirbelt. Diesmal versuchte die Sphinx, ihre Mahlzeit in der Luft zu schnappen. Obwohl das Tier bereits tot war, schaute Tanja weg, während die Sphinx damit spielte. Das Schmatzen ihrer Bewacherin verriet ihr schließlich, dass die Vorstellung vorüber war.

Befriedigt tappte die Sphinx zurück in die Felsnische. Sie platzierte ihren mächtigen Löwenleib zwischen den hilflosen Gefangenen, so dass es aussah, als kringle sich die Familienkatze im Schoß eines Ehepaars ein. Innerhalb von Sekunden war sie eingeschlafen.

*

Eros wartete einige Minuten ab. Der Kopf des Monsters lag in Tanjas Schoß, während der Schwanz der Sphinx sich um seinen Körper wand. Die Menschenfrau gab keinen Laut von sich, wagte nicht einmal zu blinzeln, während der Unterweltjäger sich langsam vorbeugte. Eros streckte seine Arme vor, seine Hände näherten sich dem Hals des Monsters... schlossen sich darum. Im selben Moment fuhr die Sphinx herum! Sie drehte sich um hundertachzig Grad und fauchte! Die ausgefahrenen Krallen ihrer Hinterpfoten schrammten über Tanjas Uniformjacke knapp unterhalb ihrer Kehle.

„Ahhhhhhh!"

Gleichzeitig schrie auch Eros auf. Das Monster hatte ihm eine Ohrfeige verpasst. Blut troff von seiner Wange.

„Nur ein Kratzer", meinte die Sphinx. „Aber wie ich sehe, meine lieben Gäste, ist euch langweilig. Das kann ich nicht zulassen. Spielen wir ein wenig!"

Das Monster setzte sich so, dass es sowohl den Jäger als auch die Menschenfrau im Blick hatte. „Ich weiß auch, was", erklärte es schadenfroh. „Marionettentheater!"

Eros senkte den Blick und seufzte tief. Tanja riss vor Schreck den Mund auf, doch kein Laut entschlüpfte ihr.

„Du..." die Sphinx schaute Eros an, „...bist Zeus und die da ist... hm, Hera?" Die Katzenaugen des Monsters fixierten Tanja. Es schüttelte den Kopf. „Nein, zu langweilig. Vielleicht besser Metis... Du kennst doch die Geschichte ihrer Liebe, nicht wahr?"

Tanja schluckte hart. Sie begriff, dass die Sphinx alles mit ihnen tun konnte: Sie sich lieben lassen, gegeneinander kämpfen... sich gegenseitig töten, wenn es soweit wäre, dass die Sphinx sie verspeisen wollte.

„Geschichte?" Eine Erinnerung stieg an die Oberfläche von Tanjas Geist. „Du hattest uns eine versprochen!" rief sie rasch dazwischen.

„Jaaaa, genau! Das habe ich ja!" Die Sphinx beugte sich vor, streckte ihre Arme aus, hob gleichzeitig den Hinterleib an und streckte ihre Krallen aus. Beinahe erwartete Tanja, dass sie sich nun an der Höhlenwand aufrichten und daran kratzen würde, doch nichts dergleichen geschah. Mit wechselnder Tonlage, mal flüsternd, mal überkippend, erzählte die Sphinx ihre Geschichte:

„In alten Tagen töteten Heroen die fünfzehnköpfige Hydra! Ohja, ohja, das taten sie! Den ersten Kopf schlug die Schwertklinge ab, so schnell, dass man die Bewegung kaum sah. Klar war nur, dass nicht! Ich sage: Nicht! Die Hand des Sängers Miracules sie führte." Die Sphinx schüttelte wie belustigt ihren Kopf. „Nein, nein, gar nicht!"

Eros schlug unwillkürlich seine Hand vor die Stirn, Tanja verschränkte ihre Arme vor dem Körper. Die beiden konnten nur ausharren und abwarten, wozu sich diese Angelegenheit entwickelte.

„Ja, dieser Sänger", fuhr die Sphinx fort, „der begnügte sich nicht mit dem Besingen von Heldentaten, er focht sie selbst aus! Zu seiner kleinen Schar gehörte auch ein Philosoph und auch der begnügte sich nicht mit einem Dolch.

Dem Monster gegenüber trat nun der heldenhafte Seefahrer, eine mächtige Axt in seinen Händen. Akis sprang vor, an des Seefahrers Seite, seinen Dolch gezückt!"

Sichtlich stolz auf diesen Spannungsbogen reckte die Sphinx ihre Löwenbrust.

„Was singt der Sänger, was singt der Sänger?" trällerte sie. „Natürlich die Geschichte seines Sieges!" Sie nickte mehrfach mit dem Kopf. „Habens alle überlebt, die kleinen Heroen. Das unterscheidet sie von euch. Ihr werdet nicht überleben. Ach, ihr seid so liebe Gäste!"

Die Sphinx leckte sich über die Lippen. Tanja sah die unnatürlich spitzen Reißzähne in ihrem Mund deutlich.

„Ihr habt doch keine Angst vor mir, oder?" erkundigte sich die Sphinx. „Weil ich verrückt sein soll?" Ein Laut, halb Löwengebrüll und halb menschlicher Schrei entschlüpfte ihrer Kehle. „Haltet ihr mich etwa auch für wahnsinnig?"

„Du bist so geistig stabil und so klar bei Verstand wie Kronos in seinem Palast in Elysium!" beeilte sich Tanja zu versichern. Das schmeichelte der Kreatur offensichtlich, denn sie nickte zufrieden und fuhr mit ihrer Erzählung fort:

„Ja, das waren Helden, wie sie man zuvor und danach selten sah! Der Stallbursche allein trennte drei Köpfe der Hydra ab, der große Tassos sogar derer fünf!

Der Speerträger verteidigte seine Freunde tapfer, lenkte den Zorn der Kreatur auf sich. Er zerstörte vielleicht weniger Köpfe als der Philosoph, doch dafür mehr als Spyros."

Die Sphinx verlieh ihrer Stimme einen weinerlichen Anstrich, als sie fortfuhr:

„Verzweifelt fochte Lambros, der Ärmste, der kein Seefahrer war und noch unter der Seekrankheit von der Anreise litt. Vielleicht hätte ihm ein Schwert geholfen, doch er hatte keins, denn jeder der fünf wollte einzigartig in der Wahl seiner Waffe sein."

Übergangslos wurde die Erzählerin wieder fröhlich: „Aber am Ende obsiegten die Helden, und das ist schön! Jeder hatte eine andere Anzahl Köpfe abgeschlagen, bis sie alle, alle ab waren!"

Tanja rang sich ein „Das war eine schöne Geschichte" ab, Eros hingegen meinte: „Etwas verwirrend."

„Was für ein Pech für dich, denn wenn du nicht verstehst, wirst du dich nie befreien können!" grinste die Sphinx.

Eros hob den Kopf. „Ist deine Geschichte etwa ein Rätsel?"

Die Löwendame tätschelte Eros verletzte Wange. Der Unterweltjäger presste seine Lippen fest aufeinander und kniff unwillig die Augen zu. Die Sphinx legte ihre Pranke auf seinen Kopf. „Richtig erkannt!" lobte sie. „Oder geraten? Ihr seid zu zweit, also stelle ich euch zwei Fragen! Beantwortet sie richtig und ihr dürft gehen. Antwortet ihr falsch, sterbt ihr sofort und zwar jeder durch seine eigene Hand! Ihr habt Zeit bis... hm, bis ihr verdurstet seid!"

Tanja lies den Kopf sinken. Dasselbe Ultimatum hatte ihr bereits Outis in Hades Festung gestellt. Es schien so, als liese sich das einem zugedachte Schicksal nicht umgehen.

„Stell deine Fragen", bat Eros resigniert.

Die Sphinx tat ihm den Gefallen:

„Wer führte den Bogen und wie hieß der Gärtner?"

„Also willst du wissen, wie der Name des Gärtners lautete, der den Bogen führte?"

„Nein!" mischte sich Tanja ein. „Das muss nicht notwendigerweise dieselbe Person sein!"

Eros schob die Sphinx von sich. „Ich muss nachdenken", erklärte er ihr. An Tanja gewandt meinte er: „Es kam kein Bogenschütze in der Geschichte vor!"

„Vielleicht haben wir es nur überhört?"

„Ihr habt nicht richtig hingehört?!" empörte sich die Sphinx.

„Doch, doch das haben wir!" versicherte Tanja. „Es war eine tolle Geschichte, ehrlich gesagt würden wir sie sogar gern noch einmal hören!"
Geschmeichelt begann die Sphinx ihre Erzählung erneut.
Diesmal fertigte sich Tanja Notizen von allem, was sie hörte, an. Die Gefangenen waren zwar ihrer Reiseausrüstung beraubt worden, doch hatte die Sphinx drauf verzichtet, ihre Kleider zu durchsuchen. Tanja führte immer Stift und Notizzettel in ihrer Jacke mit. Ein wenig wehmütig strich sie über den Kugelschreiber und die grellgelben Papierchen. Doch es half nichts, nur von Zuhause zu träumen, würde sie nicht dorthin zurückbringen.

*

Die Geschichte der Sphinx war beendet. Ein drittes Mal würde sie sie nicht wiederholen. Tanja war sich sicher, alle relevanten Informationen mitgeschrieben zu haben. Immerhin hing ihr beider Leben davon ab.
Die Menschenfrau überflog ihre Aufzeichnungen stumm. „Wir wissen, dass es fünfzehn Köpfe waren, und kein Held dieselbe Anzahl abgetrennt hat. Neun sind schon weg, fehlen noch sechs", fasste sie zusammen. „Also müssen noch zwei und vier Köpfe abgeschlagen worden sein. Schau, das ergibt eine Reihe! 1,2,3,4,5!"
Tanja riss den ersten Zettel von ihrem kleinen Block, legte ihn beiseite und legte eine Tabelle auf dem nächsten Blatt an. Das Ergebnis ihrer Arbeit zeigte sie Eros:

	Name	Beruf	Waffe
1			Schwert
2			
3		Stallbursche	
4			
5	Tassos		

Der Unterweltjäger schaute skeptisch auf die Schriftzeichen. Nachdem Tanja ihm vorlas, was es zu sehen gab, erschloss sich dem Urgott zwar das lateinische Alphabet, doch was diese fremden Zeichen codierten, ging über das Verständnis dessen, der so lange als Jäger gelebt hatte.

„Das ergibt keinen Sinn", beschwerte sich Eros. „Ein Dolch schwingt sich schneller als ein Schwert, aber wenn es darum geht, den Hals einer Hydra zu durchtrennen, sollte ein Schwert bessere Ergebnisse bringen! Dennoch hat der Schwertkämpfer nur einen Kopf abgeschlagen. Dieses Schwert muss von einem richtig schlechten Kämpfer geführt worden sein!"

Die Miene des Unterweltjägers hellte sich auf. „Ich sage, das war der Gärtner!"

„Nein…" Tanja schien nicht überzeugt von der Logik ihres Begleiters. „Bei solchen Rätseln spielt das keine Rolle. Das ist ein reines Ausschlussverfahren." Sie klopfte mit dem Kugelschreiber auf den Block. „Pass auf! Miracules der Sänger hat zwei oder vier Köpfe."

Eros lächelte verschmitzt. „Wenn du das sagst…"

Erneut löste eine Bemerkung des Jägers, die sie früher zur Weißglut gebracht hätte, Heiterkeit in Tanja aus. Kein Auslachen, sondern das zahme, zivilisierte Gemeinsam-Lachen, das Freunde enger aneinander band. Es lies so vieles leichter und sogar auswegslose Situationen bewältigbar erscheinen.

„Abgeschlagen, meine ich! Von der Hydra. Alle anderen Nummern in der Reihe sind ja schon mit Name oder Beruf belegt und es wird explizit gesagt, dass der Sänger nicht derjenige ist, der nur einen einzigen Kopf abgeschlagen hat."

Vor Eros Augen begann Tanja, die Informationsbündel in ihrer Tabelle hin und her zu schieben. Sie behandelte sie, als handle es sich lediglich um Teile einer Vase, die wieder zusammengesetzt werden mussten. Schwerter, Krieger, Namen, alles schwirrte durcheinander, abgelöst von jeglicher Lebenserfahrung. So seltsam erschien das dem Gott der Sinne, dass er wie ein kleiner Junge neben Tanja saß. Beinahe fühlte er sich an die Urleere erinnert.

Tanja selbst schien ebenfalls nicht glücklich mit ihrer Systematik zu sein. Unwirsch zerknüllte sie ihr aktuelles Blatt und begann ein Neues.

Die Sortierung nach Köpfen hatte ihr nicht weitergeholfen, daher versuchte dien Frau einen neuen Ansatz.

Während Eros beobachtete, wie Tanja ihre zweite Tabelle anlegte, ging ihm auf, dass er es mitnichten mit dem Chaos zu tun hatte. Der Geschichte der Sphinx wohnte eine Ordnung inne, die lediglich verborgen war. So also sah es im Verstand des Monsters aus. Ob man zu diesen tiefen Schichten vordringen konnte? Dem Verstand wieder zu seinem Recht verhelfen? Möglicherweise. Eros hütete sich allerdings davor, eine geheilte Sphinx als seine Verbündete oder auch nur harmlos zu betrachten. Sie wäre noch immer ein Raubtier, das tat, was in seiner Natur lag: Reisende zu verschlingen. Ob nun verrückt oder nicht, das Ergebnis blieb dasselbe.

Unterdessen hatte Tanja ihre neue Tabelle vollendet:

Name	Beruf	Waffe	Köpfe
Akis		Dolch	
	Seefahrer	Axt	
		Schwert	1
Miracules	Sänger		

„So, das sind die gesicherten Informationen", meinte sie. Nach kurzem Nachdenken ergänzte sie Lambros Namen in der Tabelle. Da der ja nicht das Schwert geschwungen hatte und auch kein Seefahrer gewesen war, blieb nur noch die letzte, bisher leere, Zeile für ihn übrig.

„Und dann haben wir auch gleich Tassos, wegen der Anzahl der Köpfe. Die Kombination Name-Kopf passt nur an eine einzige Stelle!"

Tanja schrieb:

Name	Beruf	Waffe	Köpfe
Akis		Dolch	
Tassos	Seefahrer	Axt	5
		Schwert	1
Miracules	Sänger		
Lambros			

Eros studierte Tanjas Notizen auf der Suche nach den fehlenden Informationen. Ein Stallbursche hatte drei Hälse durchtrennt, dem Speerträger waren weniger Köpfe als dem Philosophen zum Opfer gefallen, aber mehr als einem gewissen Spyros, und der Philosoph hatte nicht mit einem Dolch gefochten.

„Also ist Lambros der Philosoph..." murmelte Eros. Tanja notierte die Erkenntnis. „Für den Stallburschen bleibt nur Akis übrig", dachte sie laut. „Damit haben wir auch den Namen des Schwertkämpfers: Spyros!"

Ein Blick auf ihre Tabelle verriet Tanja, dass bei den Berufen an einer Stelle eine Lücke klaffte. „Da muss ‚Gärtner' rein!" triumphierte sie. „Also ist Spyros der Gärtner!"

„Sag ich doch die ganze Zeit über, dass der Gärtner am schlechtesten abgeschnitten hat", erwiderte Eros. „Weil er eben nicht mit dem Schwert umgehen konnte!"

Tanja blickte von ihrer Schreibarbeit auf. „Wir haben es!" flüsterte sie.

„Ja!" stimmte Eros zu.

Die Frau hob ihre Hand. „Das ist etwas, das dir deine Analyse meiner Sprache nicht verraten hat", kündigte sie an. „Eine Geste, die wir in so einer Situation ausführen... ach, verflixt, das klingt viel zu verkopft! Mach´s einfach nach!"

Tanja holte aus und noch bevor Eros sein „Ihr ohrfeigt euch vor Freude?" über die Lippen kommen konnte, schlug die Menschenfrau in seine der ihren entgegenkommende Hand ein.

In Großbuchstaben trug Tanja dann die Lösung der ersten Frage in ihr Schema ein:

Name	Beruf	Waffe	Köpfe
Akis	Stallbursche	Dolch	3
Tassos	Seefahrer	Axt	5
Spyros	GÄRTNER	Schwert	1
Miracules	Sänger		
Lambros	Philosoph		

„Wir lautete noch mal die zweite Frage?" fragte sie dann.

„Wer mit dem Bogen gekämpft hat."

„Moment, das haben wir gleich! Der Philosoph hat mehr als der Speerkämpfer und der wiederum mehr als Spyros..."

„Keine Kunst, mehr als Spyros zu haben!" grinste Eros.

„Lambros hat vier Köpfe abgeschlagen und Miracules zwei – und zwar mit einem Speer."

Eros nickte heftig. Das Ganze war ihm zwar noch immer suspekt und er würde sich nie damit anfreunden können, aber er verstand das System nun wenigstens.

„Da die Waffe des Lambros nicht genannt wird, bleibt für ihn nur der Bogen übrig!" sagte er.

Tanja legte Zettel und Stift zur Seite. Sie wollte sich an die Höhlenwand anlehnen, doch vermochte sie die Wand nicht mit dem Rücken zu erreichen. Die einzige Entspannung bestand darin, ab und zu den Oberkörper strecken zu können. Doch zu schlafen würde zur Qual werden. So kurz vor dem Entkommen begriff Tanja erst vollständig, was für eine grausame Zeit vor ihrem Tod auf die beiden gewartet hatte.

„Willst du...?" fragte die Menschenfrau Eros.

Der Jäger schüttelte den Kopf. „Nein. Diesmal hast du uns beide gerettet."

„Aber es ist deine Welt."

„In der die Menschen öfter als uns lieb ist, die Helden sind!"

Eros legte Tanja die Hand auf die Schulter. „Komm schon! Sie beißt..."

„…nicht?"

„Oh doch! Sie beißt und kratzt und brüllt, aber in dir hat sie ihren Meister gefunden! Das solltest du nie vergessen!"

Tanja schluckte hart. Die Sphinx ruhte ein wenig abseits ihrer Gefangenen. Sie hatte noch nicht mitbekommen, dass diese ihr Rätsel gelöst hatten.

„Äh… Sphinx? Heda!" rief Tanja.

Die geflügelte Löwin erhob sich. Gemessenen Schrittes tappte sie auf vier Pfoten in die Nische. „Ich höre? Was wollt ihr? Essen? Oder doch lieber aufgefressen werden?"

Tanja straffte ihre Gestalt. „Der Bogenschütze hieß Lambros und der Gärtner Spyros!" warf sie dem Monster entgegen.

„Hmmmmmm. Ihr seid gut."

Erwartungsvoll starrten Eros und Tanja die Sphinx an. Tanja spürte ihr Herz vor Aufregung bis in den Hals klopfen. Am Ende würde die Sphinx ihr Versprechen im letzten Moment brechen?! Doch das Wesen war an Regeln gebunden, deren Einhaltung allein ihm seine Macht garantierten. Beinahe ohne Zutun des Monsters löste sich der Zauberbann, unter dem Tanja und Eros standen, auf. Die beiden Gefangenen spürten ein Kribbeln in ihren Beinen. Tanja wand sich unter ihren eingeschlafenen Füßen. Sie blieb sitzen und lachte Tränen der Erleichterung dabei.

Eros hingegen sprang sofort auf. Er eilte zu dem Ausrüstungsstapel, warf Tanja Outis Schwert zu und schlang seinen Köcher um die Hüfte. Die Bogensehne hängte er sofort ein, zog einen Pfeil aus dem Köcher, hielt die Waffe aber noch locker vor seinem Körper, ohne sie zu spannen.

„Habe ich euch schon von meinen Schätzen erzählt?" warf die Sphinx da in den Raum. „Mit eurem Verstand wäre es ein Leichtes, sie zu gewinnen. Ja, wenn ihr verliert, müsstet Ihr sterben, aber diese Gefahr besteht nicht. Ja, ich wünschte mir sogar, ihr würdet es sein, die mir meinen Hort abringen. Ich könnte mir niemand Würdigeren als euch zwei vorstellen, das Gold und die magischen Waffen zu bekommen!"

Tanja trat an Eros Seite. Das also war die eigentliche Falle! Das erste Rätsel war absichtlich leicht gehalten, um die Opfer in Sicherheit zu wiegen und zu verführen, das zweite in Angriff zu nehmen.

Eros schüttelte den Kopf. „Danke, nein. Wir haben alles, was wir brauchen."

„Aber du kommst doch mal wieder? Du musst wiederkommen!"

Eros schüttelte stumm den Kopf. Tanja warf sich ihren Rucksack über die Schultern und lief ohne ein Wort des Abschieds, aber auch ohne ihrer Wut Ausdruck zu verleihen, an der Sphinx vorbei. Eros folgte ihr.

Noch lange verfolgte das frustrierte Brüllen der Sphinx die beiden durch die Gänge.

„Ich kriege euch schon noch!" schrie das Monster. „Und dann werdet ihr darum betteln, mein Rätsel lösen zu dürfen!"

Die geteilte Unsterblichkeit

Zum ersten Mal seit langer Zeit schliefen Eros und Tanja wieder entspannt und unbeobachtet, vorausgesetzt, man dachte die hunderte von Augenpaaren, Schnauzen und Ohren der Unterweltraubtiere weg, die beständig auf der Suche nach Beute waren. Hautpsächlich war es daher Tanja, die schlafen durfte, während sich Eros mit kurzen Ruhephasen begnügte. Nur ungern gab der Gott der Sinne den Wachdienst an seine Begleiterin ab. Tanja vermutete, dass sich auch bei Eros ein Gewohnheitseffekt eingestellt hatte, der mit seinem Titanenkörper einherging. Der Urgott glaubte nur, im Schlaf in seiner Wahrnehmung eingeschränkt zu sein. Während der ersten und der zweiten Reise hatte sie Eros bereits mehrfach lange vor sich selbst oder den Schatten der Bergleute auf etwas reagieren sehen, das kein körperliches Wesen schlafend hätte wahrnehmen können. Daher fühlte sich die Frau vollkommen sicher, wenn es an ihr war, die Umgebung im Auge zu behalten. Sie wusste ja, dass der schlafende Unterweltjäger in Wirklichkeit viel aufmerksamer Wache hielt als sie es jemals können würde.

Während einer dieser Rastpausen wand sich Eros unruhig auf seinem Lager hin und her. Tanja war sofort klar, dass die Unruhe von seinen Träumen ausging, nicht von etwas, das sich in den Tunneln der Unterwelt abspielte. Sie setzte sich neben den Jäger. Minutenlang war sie versucht, seinen Schopf zu streicheln oder die Federn seiner Schwingen gerade zu richten, doch minutenlang konnte sie sich nicht dazu durchringen.

„Da..." ächzte Eros im Schlaf und dann noch einmal dieselbe Silbe, gefolgt von unverständlichen Äußerungen. Vielleicht handelte es sich um eine Sprache, die Tanja nicht einmal dann verstanden hätte, wenn der Geflügelte deutlich gesprochen hätte. Nur eines war klar: Um das russische Wort für „Ja" konnte es sich beim besten Willen nicht handeln.

Als die Qualen des Schläfers sich verschlimmerten, rüttelte Tanja sanft an seiner Schulter. Nun kam Eros ein vollständiger Name über die Lippen: „Daphne!" Gleichzeitig erwachte er, fuhr von seinem Lager auf und schrie erneut: „Daphne!" Entsetzen stand in seinen braunen Augen zu lesen, doch sie verrieten auch, dass der Unterweltjäger noch nicht wieder vollständig bei Sinnen war. Eros schlug um sich. Als er Tanja zu fassen bekam, hielt er inne. Flehentlich blickte er der Menschenfrau in die Augen.

„Apollon, bitte! Hilf ihr!"

Irritiert schüttelte Tanja den Kopf. Sie sprach kein einziges Wort. Eros packte sie fester, schüttelte sie durch und rief wütend: „Herzloses Olympiergeschmeiß!"

Erst nach einer Weile dämmerte dem Urgott die Erkenntnis, was er gerade tat, wo und vor allem wann er sich befand: Von seinem bisherigen Geisteszustand aus betrachtet weit in der Zukunft.

Wie in Zeitlupe lies Eros Tanja los. „Es tut mir leid!"

Die Frau zuckte die Achseln, als wolle sie „Schon gut sagen". Während sie ihre Uniform zurechrückte, fragte sie: „Wer war Daphne?"

„Eine Nymphe. Sie war eine begnadete Jägerin. Ich habe lange nicht mehr an sie gedacht."

„Wieso jetzt?"

„Wer weiß. Wer versteht schon Träume?"

„Euer, wie hieß er nochmal? Morpheus? Gott des Schlafes?"

„Morpheus, hm. Nun, Hypnos hatte drei Kinder und eines Tages..."

Allzu bereitwillig lies sich Eros darauf ein, Tanja eine Geschichte aus der Vergangenheit ihrer Gastgeber zu erzählen. Mit jedem Wort wurde seine Rede sicherer, nahmen die Augen einen sanfteren Ausdruck an und seine Stimme wurde weicher. Ohne es zu merken - denn hätte sie es gemerkt, Tanja hätte sich dagegen gewehrt - schlummerte die Menschenfrau ein. Eros streckte sich Rücken an Rücken mit ihr auf den ledernen Decken aus.

Was hätte er ihr sagen sollen, fragte sich der Jäger, während er darauf wartete, dass sich Morpheus auch seiner erinnerte. Lange Zeit hatte Eros die Stadt Elysium beschützt und versorgt. Er mochte die Gesellschaft der Titanen, die ihm die liebsten Kreaturen des Kosmos waren. Doch in all den Jahrhunderten, die er mit ihnen verbracht hatte, hatte sich der Jäger an niemanden gebunden. Er beharrte darauf, seine Ruhe zu brauchen und es lag nicht in der Natur der Titanen, jemandes Wesen zu hinterfragen oder umzukrempeln. Jene wie Menoitios verwehrten sich strikt dagegen, sich zu ändern, was immer die Welt ihnen entgegenhielt. Möglicherweise hatten die Konservativsten unter den Geflügelten sogar Kronos Kindermord hingenommen, weil das ihrer Ansicht nach eben in Kronos Wesen lag.

Zu seiner eigenen Überraschung stellte Eros in seinem schläfrigen Zustand fest, dass seine Titanenfreunde in ihrer Festgefahrenheit den Olympiern glichen. „Haben wir damals das Chaos so sehr gefürchtet, dass wir es mit der Ordnung übertrieben, die wir allem, was folgte, mitgaben?" fragte er sich. Dass der Jäger darauf in dieser Nacht keine Antwort mehr finden würde, war ihm selbst klar. Doch die Frage lenkte wunderbar von dem ab, was eigentlich in ihm vorging: Eros besaß nun wieder jemand, der ihm etwas bedeutete, jemand wie Daphne. Aber das konnte er Tanja natürlich nicht gestehen. Und bevor er soweit kam, dieses „natürlich" zu hinterfragen, war der Gott der Sinne bereits wieder eingeschlafen.

Während sein Geist mit Hypnos Konversation hielt, nahm Eros Körper seine Wächterpflichten ernst.

*

Nach dem Aufwachen – Tanja hatte für sich selbst beschlossen, diesen Moment als „Am nächsten Morgen" zu etikettieren – wanderten die beiden Flüchtlinge schweigend nebeneinander her. Doch etwas war anders. Immer wieder meinte Tanja, etwas aus ihren Augenwinkeln zu beobachten, Bewegungen in den Tunneln wahrzunehmen. Seit reichlich einer Stunde war zusätzlich das Tappen nackter Füße auf Stein zu hören.

Nachdem sie die Vorgänge eine Weile beobachtet hatte und sich sicher war, sie sich nicht einzubilden, wandte sie sich damit an Eros. Der Geflügelte lächelte wohlwollend, als er Tanjas exakte Formulierung hörte. Die Menschenfrau fragte weder „Siehst du das auch?", noch erklärte sie, dass da etwas sei, nein, sie erkundigte sich einfach: „Wie lange geht das schon so?"

„Seit fast zwei Tagen", gab Eros Auskunft.

„Muss ich mir Sorgen machen?"

„Das entscheiden deine Instinkte unabhängig davon, wie meine Antwort ausfiele."

„Stoffel", brummte Tanja. Eros mochte bereits nach dem ersten Hören eine neue Sprache beherrschen, doch dass man manche Wahrheiten besser für sich behielt, hatte der Urgott erst noch zu lernen.

„Kannst du dir vorstellen, wer uns da verfolgt?" fragte die Menschenfrau leise. „Jemand Unsichtbares? Etwa Hades?"

„Nein. Der misst seiner Kappe zwar großen taktischen Wert bei, aber er würde uns nicht mehr hinterherschleichen, nachdem er uns einmal aufgespürt hat. Hades würde auf seine Autorität pochen. Was immer es ist, diesem Wesen ist die Heimlichkeit schon vor langer Zeit zu einer Lebenseinstellung geworden, einem Teil seiner Identität."

Eros Worte schienen den unsichtbaren Beobachtern zu schmeicheln, denn sie zeigten sich daraufhin offener. Nun ließ sich erkennen, dass es sich um zwei verschiedene Gestalten handelte. Sie wiesen deutlich menschliche Proportionen auf, doch ihre Körper waren so substanzlos wie die der Bergleute.

Eros schmunzelte. „Dachte ich es mir doch! Ganz normale Schatten!"

Nun begriff auch Tanja. Der Unterweltjäger hatte „Lebenseinstellung" und „geworden" gesagt, konnte sich also nicht auf tierische Bewohner der Unterwelt bezogen haben.

„Jaaaaaaa!" meldete sich einer der beiden Schemen zu Wort. „Wir sind Schatten und haben euch beschattet!"

„Hahahahaha!" lachte der andere. Die Stimmen beider klangen eher wie die von Raubvögeln, die durch eine Laune der Natur (oder eines weiteren Abkömmlings der Urgötter) sprechen gelernt hatten. Sie erinnerten Tanja an die Sphinx, wenngleich weniger überschnappend.

Eros blieb stehen. Er lehnte sich gegen die Wand der Höhle, die die Flüchtlinge gerade durchquerten. „Schau, Tanja, ist das nicht spannend? Wir sehen Schatten, die sich ihrer Natur bewusst sind! Das sind keine toten Menschen mehr, die etwas nachspielen, das sie einmal waren, sondern eine völlig neue Spezies!"
Ermutigt vom Interesse des Titanen an ihnen kamen die beiden Schatten näher heran. Sie liefen leicht gebückt, jederzeit zur Flucht in die entgegengesetzte Richtung bereit. Doch selbst ohne diese Haltung, so erkannte, Tanja, waren diese Schemen viel kleiner als jene, mit denen sie es bisher zu tun gehabt hatte. Nicht nur das, ihre Gestalten waren zierlicher und ihre Köpfe… waren sie nicht ein wenig zu groß für die Körper?
Ein ums andere Mal versicherten sich die beiden Schatten ihrer gegenseitigen Anwesenheit, während sie auf die Lebendigen zustrebten. Es sah so aus, als müssten sie sich Mut machen.
Tanja öffnete den Mund, Eros nickte, noch bevor sie ihre Erkenntnis in Worte fassen konnte: „Das sind ja Kinder!"
„Verständlich", meinte der Jäger. „Kinder begegnen ihrer Umwelt mit einem offenerem Geist und größerer Rücksichtslosigkeit als Erwachsene. Aber wir neigen dazu, ihnen mehr nachzusehen, weswegen es nur wenige im Tartaros gibt, obwohl die meisten Menschen im Kindesalter sterben."
Das Duo war nun auf weniger als zwei Meter herangekommen. Wie auf ein geheimes Kommando hin sprangen die Schatten Tanja gleichzeitig an! „Buh!" riefen sie.
Tanja gluckste, doch das Lachen erstarb in ihrer Kehle. Denn während der Bewegung begannen die beiden Schatten Details auszuprägen. Ihre Arme und Finger wurden länger, die Füße breiter und ihre Körper wiesen nun eine Textur auf, die sich bei näherem Hinsehen als Fell entpuppte. Vollständig, wenn auch weiterhin ohne Farbe, standen die Schatten vor den beiden Reisenden. Einer stützte sich vornübergebeugt auf seine Fingerknöchel, der andere kletterte behände an Eros herauf und befingerte neugierig dessen Schwingen.
„Eher eine sehr alte Spezies", kommentierte Tanja. „Es sind Affen. Schimpansen, wenn man es genau nehmen möchte."

Der auf Eros sitzende Affe reckte seine Arme mehrfach triumphierend in die Höhe. Zwischen seinen Fingern hielt er stolz eine ausgemauserte Feder aus Eros linkem Flügel, die er seinem Kumpan zeigte.
Das andere Tier sprang keckernd auf der Stelle auf und ab. Sein Keckern wurde von schrillem Quieken unterbrochen und schließlich ging es in eine Art Melodie über. Zu seiner eigenen Musikuntermalung führte der Schimpanse einen wilden Affentanz auf.
Das Ganze hätte überaus niedlich gewirkt, hätte nicht der zweite Affe versucht, den Tanz auf Eros Schultern nachzuahmen und wären da nicht der in einem Sprechgesang vorgetragene Text gewesen:

„Da braucht ihr hier nicht rumzugaffen,
ihr seht schon recht:
Ja, wir sind Affen!
He, ho, glaubt man das?
Affen haben den ganzen Spaß!
Soll´n and´re sich den Menschenstress machen,
Affen haben viel mehr zu lachen.
Wir sind Aaaaaaaaaaaaaa-fen!"

Der Sänger verbeugte sich. „Mit Doppel-F", erklärte er. „Also Affen. Kurzes A, außer im Lied. Aber wir haben viel mehr zu bieten, als ein zweites f..." Der Affe zwinkerte schelmisch. „...und kurz ist bei uns sonst auch nichts!"
Peinlich berührt schwieg Tanja, während die beiden Affen eine Einladung an die Reisenden aussprachen. Eros blickte grimmig, ging jedoch vorerst auf das Spiel ein.
„Dann fühlt euch als Gäste..."
„...der Kerkopen", vollendete Eros den Satz.
Die beiden Affen schauten sich an, dann pfiff der auf Eros sitzende durch die Zähne.
„Er ist schlau!" bemerkte er, dabei mit dem Finger auf den Kopf des Geflügelten tippend. „Der hier, meine ich." Dann tippte er sich selbst gegen die Brust. „Und der natürlich!"
Der Affe hüpfte von seinem unfreiwilligen Klettergerüst herunter.

„Ich bin übrigens Akmon, und der da ist Passolos, mein lieber Bruder", stellte er sich und den Tänzer vor. „Wir haben schon einen Gast bei uns, aber ich glaube, den behalten wir lieber."

„Einen Gefangenen? Wen?" verlangte Eros zu wissen.

Passolos gab bereitwillig Aufkunft: „Kastor und Polydeukes, oder jedenfalls einen von beiden. Kadeukes, glaube ich…"

„Nein, Polytor!" fiel Akmon lachend ein.

Passolos nahm Eros an die Hand und Akmon Tanja. „Im Ernst, wir wissen es nicht", erklärte Passolos. „Aber wen interessiert das schon? Die sind doch ohnehin austauschbar."

Tanja runzelte die Stirn. „Pollux, oder?" fragte sie. „Kastor und Pollux, das sind zwei Arten von Atommüllbehältern, benannt nach der Mythologie!"

„Pollux?" wiederholte Akmon. „Das klingt lustig."

Passolos nickte. „Ja, so wollen wir unser Spielzeug nennen." Eros hinter sich herziehend, wandte sich der Affe Tanja zu: „Du bist ein Mensch, stimmts? Du gibst allen Namen!"

„Ja, sie muss Adam sein!" fiel Akmon ein. Er zog an Tanjas Hand. „Komm mit, Adam!"

„Und du auch, Eva", forderte Passolos Eros auf. „Adams Freunde sind auch unsere Freunde!"

*

„Und mit wem bekommen wir es wirklich zu tun?" fragte Tanja den Unterweltjäger, während sie den Brüdern durch verschlungene Gänge zu ihrem Lager folgten.

„Kastor und Polydeukes wurden von derselben Mutter geboren, haben aber unterschiedliche Väter", erklärte Eros. „Polydeukes ist Zeus Sohn, Kastor derjenige von Ledas legitimen Gatten. Im Leben waren sie Abenteurer, die sich jeder Herausforderung gemeinsam stellten. Eines Tages provozierte Kastor Idas, einen Seemann, und in seinem Zorn erschlug dieser ihn. Daraufhin ermordete Polydeukes Idas Bruder. Daran kann man sich gut merken, wer von beiden der Olympier ist – nur ein Volk im Universum hält an einer so merkwürdigen Logik fest."

„Wie ging es weiter?"

„Polydeukes war am Boden zerstört, nicht aufgrund seiner Tat, sondern seines Verlustes. In einer Anwandlung von väterlichen Gefühlen bot Zeus dem Mann Unsterblichkeit an. Polydeukes fühlte sich zuerst verspottet. Sollte er sein Leid in alle Ewigkeit ausdehnen? Doch dann fand er einen Weg, sein Geschenk mit dem toten Bruder zu teilen. Abwechselnd verbrachten sie beide gemeinsam einen Tag im Hades und einen im Olymp. Der Haken an der Sache war, dass dieser Zustand nur solange aufrechterhalten werden konnte, bis der Alterstod Polydeukes einholte.

Nun, das ist lange her. Mittlerweile ist die Lebensspanne der beiden abgelaufen und sie durchstreifen die Unterwelt in Form von Schemen. In dieser Form sehen sie absolut identisch aus, wie eineiige Zwillinge. Obwohl sie eigentlich nicht zum Tartaros verurteilt sind, kommen sie manchmal hierher. Sie sind auf diesen einen Wesenszug festgelegt, Abenteurer zu sein. Männer wie Outis."

„Und wie du!"

Eros fuhr auf: „Ich habe nichts mit Outis gemein!"

„Doch", schmunzelte Tanja. „Du hast alles, was ich an ihm schätzte. Und mehr!"

Eros drehte Tanja den Kopf zu. „Mehr?" fragte er zweifelnd.

„Mehr gute Eigenschaften", nickte Tanja, „und mehr Unsitten! Du bist…"

„Wundervoll", grinste der Geflügelte. „Klingt jedenfalls so."

„Haha! Sagen wir, du bist komplexer, als ich dir zugetraut hätte."

Wie, um Tanjas Erkenntnis zu widerlegen, erwiderte Eros in seiner Unterweltjäger-Manier: „Ich merke mir davon, dass das was Gutes zu sein scheint."

*

Die vier erreichten das Lager der Kerkopen. Es handelte sich um eine geräumige Höhle, in deren Boden sich mehrere Löcher befanden. Genaugenommen handelte es sich um veritable Schächte und durch diese Schächte konnten die Affenbrüder jederzeit in die darunter

verlaufenden Tunnel spähen. In den Fels gehauene Treppenstufen führten zu weiteren Räumen ober- und unterhalb des Bodenniveaus der Höhle, doch diese Kammern blieben den Gästen verschlossen.
Kaum im Räuberlager angekommen, stellte es sich heraus, dass es sich bei den Kerkopen mitnichten nur um die Brüder Passolos und Akmon handelte, sondern eine ganze Räuberbande sich hier versammelte hatte. Sie alle hatte der Fluch der Götter in Affen verwandelt. Passolos stellte seine Gefolgsleute vor: Olus, Eurybatus, Sillus, Triballus, Aclemon, Andulus, Atlantus, Candulus und Atlas. Atlas war der Kleinste und Frechste, was die anderen jedesmal aufs Neue belustigte.
„Auf seine Weise ähnelt er dem großen Atlas", vertraute Passolos Tanja an. „Er war schon im Leben unsere Stütze und oftmals hätten wir ohne ihn nicht gewusst, wie es weitergehen sollte."
Die Menschenfrau nickte bedächtig. Diese Räuber mochten eine Aufgedrehtheit demonstrieren, die an die Sphinx erinnerte, doch im Gegensatz zu echter Geistesgestörtheit handelte es sich um eine Charaktereigenschaft, die die Kerkopen unter Kontrolle bringen konnten, vorausgesetzt, sie entschieden sich dafür. Doch offenbar wollten sie wie eine Affenhorde leben.
„Ich weiß, was du jetzt denkst. Ich wäre nie so alt geworden, könnte ich keine Gesichter lesen", eröffnete Passolos der Frau. „Überleg mal: Kannst du einen Fuchs verurteilen, der ein Huhn stiehlt? Einen Affen für seine Tollheiten? Tiere sind frei von Schuldfähigkeit, absolut frei!"
„Moralisch gesehen muss ich dir zustimmen. Aber ich würde einen Zaun um meinen Hühnerpferch errichten und die Flinte... den Bogen bereithalten", erwiderte Tanja.
Passolos lachte herzlich!
„Weil du gerade vom Pferch sprichst..." meinte er, in den hinteren Teil der Höhle weisend.
Dort stand auf einer etwas erhöhten Plattform ein Käfig. Als Boden diente der blanke Fels, die Gitterstäbe waren eng zusammenstehende Stalagmiten und als Dach hatten die Kerkopen die Knochen minderer Unterweltmonster verbaut. Hier und da schlossen solche Knochen auch Lücken zwischen den Tropfsteinen, wo diese nicht eng genug gewachsen waren, um den Käfig vollständig zu machen.

Der Affe Triballus schritt vor dem Käfig auf und ab. Er trug einen kurzen Speer über seiner Schulter und warf immer wieder prüfende Blicke in den Käfig hinein. Nach einer Weile hielt er inne. Gleich einem Schauspieler, der von der Bühne herab ins Publikum spricht, verkündete er von der Plattform aus, dass der Gefangene ihm leid täte.
Tanja konnte nicht viel von dem Käfiginsassen erkennen, zumal nun auch noch Klein-Atlas auf die „Bühne" sprang. Der Schimpanse formte seine Hand zu einem Werkzeug, einer langen Nadel mit einem gebogenen Ende. „Hier, ich hab ´nen Dietrich!" bot er dem Wärter an. Triballus griff nach der Nadel. Er zerrte daran, doch der Dietrich löste sich nicht von Atlas Körper. Beide Kerkopen lachten brüllend.
„Nein, heute wird das wohl nichts mit der Befreiung!" kreischte Triballus. Dann hüpften beide gleichzeitig von der Plattform, einem anderen Mitglied ihrer Bande die Rolle dess Wärters überlassend.

*

Eros saß indessen am kalten Feuer der Kerkopen. Da Affen als Nichtmenschen kein Feuer benutzten, liesen auch die in Affen verwandelten Diebe das ihre kalt. Dennoch hatten sie überhaupt erst einmal eine Feuerstelle errichtet.
Das Gebilde erfüllte seinen Zweck. Entweder, ein Gast der Diebesbande wunderte sich über den Widerspruch, oder er setzte sich ohne derartige Gedanken an das Feuer und wartete auf die erste warme Mahlzeit der Gastgeber. So oder so, ein solcher Gast wäre abgelenkt...
Einer der Affen baute sich vor Eros auf. Vorwurfsvoll dreinschauend gab er dem Unterweltjäger dessen Geldbeutel zurück.
„Kannst ruhig was reintun", meinte Eros.
Indigniert schleuderte der diebische Geselle dem Geflügelten das Leder ins Gesicht.
„Ja, glaubst du denn, ich hätte dich das stehlen lassen, wenn noch was drin gewesen wäre?" fragte Eros. Der Affe neigte den Kopf. Er zuckte die Schultern. „Jaaaa?" fragte er dann lausbübisch. Und dabei blieb es.

Das Bubenstück war gelungen, die Neugier befriedigt, und anstelle von Groll über die ausgebliebene Ausbeute erwachte Neugier auf etwas anderes in dem Tier. Gemeinsam mit zwei Artgenossen untersuchte dieser Kerkope ein Diadem, das die Bande ihrem Gefangenen „Pollux" abgenommen hatte. Das Klirren der einzelnen Kettenglieder hielt sie lange beschäftigt.
Eros beobachtete das Treiben der Schemen amüsiert. „Wenn Zeus erfährt, wie sehr die Kerkopen ihre Strafe genießen, wird er ausrasten!" Der Geflügelte lachte. Ganz offensichtlich gefiel ihm der Gedanke.
„Aber es sind Gauner. Sie haben Strafe verdient!" Tanja wies auf den Käfig auf der Erhebung. „Stattdessen piesacken sie unschuldige Reisende und genießen hier die Zeit ihres Lebens!"
„Eine angemessene Strafe, sicherlich, aber keine, wie sie sich die Olympier ausdenken", lenkte Eros ein. „Und wenn Lehre aus dem Fehlverhalten gezogen wurde, ist Strafe überhaupt unnötig!"
„Na, davon sehe ich hier aber nichts", kommentierte Tanja das Geschehen, das sich vor ihren Augen abspielte. Die Kerkopen waren dazu übergegangen, ihren Gefangenen mit einem dünnen Stöckchen zu stechen und zu kitzeln. Ab und zu stach ihm einer das Holz an die Stelle des Kopfes, an der sich bei einem Lebenden das Auge befunden hätte. Schaden erlitt der Schemen dadurch nicht, doch er empfand denselben Schmerz, den die Folter einem lebenden Körper zugefügt hätte.
„War auch nicht auf die Affen bezogen", erwiderte Eros.
„Kronos?"
„Hm."
„Aus seiner Sicht stellt es sich so dar, dass er euch durch seine Tat beschützen wollte", verriet Tanja ihrem Reisebegleiter.
„So?" Eros lächelte erfreut. „Das genügt mir zu wissen – vorerst." Der Jäger wies auf ein Sammelsurium an Speisen, die ihre Gastgeber vor dem Duo aufgetischt hatten. „Komm! Iss etwas!"
Durch Diebstahl, Tauschhandel und Sammeln hatten die Kerkopen ein umfangreiches Büffet zusammengetragen. Verteilt auf steinerne Tabletts, Spieße aus Finsterwurzelholz und lederne Unterlagen lockten

allerlei Obst- und Fleischsorten, dazu Brot, ein merkwürdig grauer Käse und zusammengerollte Blätter, die von den Kerkopen mitsamt ihrer mysterösen Füllung gekaut wurden.

Das Fleisch war roh, doch den restlichen Speisen sprach Tanja dankbar zu. Sie kniff die Augen zusammen, wann immer ihr Reisebegleiter nach einem Fleischstück griff, es mit seinem Jagdmesser zerteilte und dann so wie es war durchkaute.

„Von dem Wein würde ich nichts nehmen", riet Eros der Menschenfrau. „Er riecht, als hätte man ihm ein schlafförderndes Pulver beigemischt. Halten wir uns lieber an unsere eigenen Wasservorräte!"

Tanja nickte mit vollem Mund.

„Dann gebt mir den Wein!" meldete sich eine männliche Stimme zu Wort. Sie klang rau und kratzig, als hätte die sie produzierende Kehle seit mehr als einem Tag keine Flüssigkeit mehr bekommen. „Bitte! Ich könnte eine friedliche Nacht wohl gebrauchen."

Tanja hielt in ihrer Mahlzeit inne. „Pollux!" flüsterte sie.

Ein Kerkope mit dem Namen Aclemon, der derzeitige Gefängniswärter, schlug mit seinem Unterarm gegen die steinernen Gitterstäbe der Zelle. „Ruhe da drin!"

Doch Akmon hatte den Gefangenen gehört und schlenderte nun auf seinen Käfig zu. „Na, hoi?" fragte er herausfordernd. „Bist du etwa kein Intelligenzwesen? Sonst wüsstest du ja, dass du tot bist und kein Essen mehr benötigst!"

Tanja sprang auf, eine Geflügelkeule in der Hand, die sie dem verdutzen Eros aus den Fingern gerissen hatte. „Das sagt mir der Richtige!" rief sie. „Ihr schlagt euch doch selbst die Bäuche voll!"

„Äh, nee, da verwechselst du was", widersprach Akmon. „Wir sind nicht tot, wir sind Affen!"

„Tote Affen", korrigierte Eros.

Während um sie herum eine von ausschweifender Gestik und dem einen oder anderen Sprechgesang untermalte Diskussion darüber ausbrach, wer denn nun genau was war, schlich sich Tanja zu Polluxs Zelle.

Der Gefangene schwebte auf die Stäbe zu. Er umfasste sie, ebenso unfähig, sie einfach zu durchdringen, wie es Tanja in der Suite in Hades Villa gewesen war.

„Ich habe den Tod bereits hinter mir, der als das Schlimmste bezeichnet wird", krächzte Pollux und es klang erbarmungswürdig in Tanjas Ohren. „Aber eine Ewigkeit ohne Würde, nur verspottet und gefoltert zu werden, das flößt mir Furcht ein!"

Tanja presste eine Orange durch die Stalagmiten hindurch. „Hier, nimm!" forderte sie den Insassen der Zelle auf. „Akmon hat insofern Recht, dass Eros und ich unser Wasser selbst benötigen. Aber die hier enthält Saft, den du trinken kannst."

„Danke!" Pollux drückte ein Lock in die Schale der Orange, hielt sie über seinen Mund und presste den süßen Saft heraus. Danach zerriss er die Frucht gänzlich und kratzte auch noch das Fruchtfleisch heraus. Tanja begab sich indessen zurück an die kalte Feuerstelle.

„Die Schimpansen haben den Krieg erfunden, die Götter die Freude daran und die Menschen die Rechtfertigungen dafür!" behauptete Passolos gerade.

Klein-Atlas winkte ab. „Wir brauchen keine Rechtfertigung für irgendetwas!" rief er. „Aber wir haben gern Freude!"

„Oh!" Akmon schnippte mit den Fingern. „Dann sind wir wohl Götter!" Einen Moment lang strahlte der Schimpanse, dann sackte seine Gestalt zusammen und er zog eine enttäuschte Fratze. „Ich möchte aber lieber ein Affe sein", maulte er.

Passolos tätschelte seinem Bruder das dunkle Fell. Er erwischte dabei einen Floh, den er zerdrückte und sich in den Mund steckte. „Darfst du auch! Wir Götter dürfen alles sein, was wir wollen. So wie Zeus. Der hat sich auch in einen Vogel verwandelt, um an eine heiße Braut ranzukommen."

„In was für einen Vogel?" fragte Akmos neugierig.

„In... äh, in einen Schwan. Ja, genau, ein Schwan war's."

„Das ist langweilig."

„Aber Schwäne", grinste Passolos, „haben einen langen, biegsamen... Hals. Der dabei sehr kräftig ist, jaja."

„Lang und kraftvoll?" mischte sich Eros ein. „Sicher, dass es Zeus war, den ihr gesehen habt? Ich würde eher sagen, eine Kurzschwanzente trifft es eher."
Die Affenschar hüpfte vor Vergnügen auf und ab.
Tanja wurde die Angelegenheit zu dumm. Sie breitete ihre Decke am Rand der Höhle aus, zog sie sich über den Kopf und murmelte: „Weckt mich, wenn euch die Evolution eingeholt hat."
Während die Affen noch überlegten, ob es sich lohne, sich von einer Göttin dieses Namens einfangen zu lassen und sich auch der Unterweltjäger nicht schlüssig zu sein schien, versuchte Tanja zu schlafen.

*

Die Menschenfrau hatte noch immer nicht in den Schlaf gefunden, als sich ihr Eros zugesellte. In respektvollem Abstand zu seinem Schützling rollte er sich in die eigene Decke.
Eine Weile fummelte er an dem Leder herum, als bereite es ihm massive Probleme, damit umzugehen. Als Tanja dem Jäger nicht den Gefallen tat, ihn anzusprechen, brach Eros von sich aus das Schweigen: „Herrje, ich weiß ja, wie unreif diese Banditen sind, aber manchmal ist es genau das, was man braucht, um weitermachen zu können. Morgen warten schon wieder Felsspalten und Kampen aller Art auf uns!"
Tanja sagte nichts.
„Und sie haben dich nicht gezwungen, mitzumachen, das musst du zugeben! Das ist nicht die Art der Kerkopen."
„Naja, ja schon", meinte Tanja. Sie richtete sich auf und gähnte. „Dennoch bin ich misstrauisch. Kronos hat mich nicht direkt vor ihnen gewarnt, aber der Begriff ‚Kerkopen' fiel im Zusammenhang mit den Gefahren der Unterwelt."
„Wir sind hier sicher", bekräftigte Eros wie bereits am Nachmittag. „Das sind erklärte Feinde des Zeus und sie mögen uns. Sie halten mich für einen Titanen."

„Aber ziehen sie nicht auch jegliche Ordnung durch den Kakao? Besudeln sie nicht dein eigenes Werk? Eros! Du spielst den Jäger doch nur! In Wirklichkeit bist du ein Urgott! Ein Mitbegründer des Kosmos!"
„Danke, dass du mich daran erinnerst, an der Entstehung solcher Bestien wie Uranos, Kronos und Zeus mit schuldig zu sein!" bellte Eros. Sofort danach erschrak er über seine eigene Heftigkeit. Doch geschehen war geschehen und zurücknehmen konnte er seine Worte nicht mehr.
Tanja musterte ihren Begleiter. Hatte sie gerade ein weiteres Geheimnis des Unterweltjägers gelüftet? Schämte er sich dermaßen, dass er der Welt nur noch mit Zynismus begegnen konnte? Aber was geschehen war, lies sich nicht mehr ändern, ebenso wie Eros verbaler Ausbruch gerade eben. Man konnte lediglich die Zukunft gestalten.
Tanja beugte sich näher zu Eros herüber. Sie appellierte an ihn, nicht zu ihren Gunsten oder gegen die Kerkopen die Waffe in die Hand zu nehmen, sondern Pollux zu Hilfe zu kommen.
„Lass mich nur eine Nacht durchschlafen, ohne Monster und Heldentaten, ja?!" gab der Unterweltjäger zurück. „Wir diskutieren das morgen aus!"

*

Am nächsten Morgen, der sich wie stets durch die Heimkehr einer Reihe von Göttern in die Unterwelt definierte, weckte lautes Geschrei die Reisenden und die Kerkopen.
„He! Hallo!"
„Pollux!" erkannte Akmon, was ihm eine Kopfnuss und ein belustigtes „Ach, nee, du Klugscheißer!" von seinem Anführer einbrachte.
Sichtlich verwirrt kam Triballus auf allen Vieren auf die beiden zugelaufen. „Ich dachte, er heißt Passolos?" wunderte sich der Affe.
„Akmon meint den Gefangenen. Den haben wir Pollux genannt."
„Ach so." Jetzt erst erinnerte sich der Kerkope an den Käfiginsassen.
‚Eines Tages vergessen sie ihn womöglich' schoss es Tanja durch den Kopf. ‚Oder sie glauben, ihn gerade gefunden zu haben. Möglicherweise sehen sie einen Eindringling in ihm, was weiß ich. Eros

muss einfach etwas unternehmen! Ich würde es selbst tun, wenn ich genau wüsste, wie diese Bande tickt...'
„Ich will meinen Bruder sehen!" rief Pollux unterdessen. Nichts Flehentliches lag mehr in seiner Stimme. Obwohl seine Kehle schon wieder ausgetrocknet war, bediente sich der Schatten eines forderndern, gar befehlenden Tonfalls. „Holt ihn her!"
„Warum?" Passolos hüpfte auf die Erhebung. „Der kann dich nicht befreien!"
„Soll er ja auch gar nicht", murmelte Pollux.
„Wie bitte?"
„Äh... nichts."
Die Kerkopen bildeten nun einen Halbkreis um den Käfig. Sie spürten instinktiv, dass hier etwas Interessantes vor sich ging.
Auch Eros und Tanja näherten sich dem Ort des Geschehens.
Pollux, vom Anführer der Affenbande bedrängt, eine Erklärung seiner seltsamen Aussage zu liefern, druckste herum.
„Was ist los?" verlangte Passolos ein ums andere Mal zu wissen. „Als unser Gefangener hast du zu tun, was wir dir sagen und ich befehle dir zu sprechen!"
„Naja," lies sich Pollux schließlich aus der Nase ziehen. „Er ist mein Halbbruder. Ich will das mit ihm teilen."
Passolos lugte in den Käfig hinein. Dort lagen lediglich ein paar Apfelsinenschalen. Die konnten es schwerlich sein, die der Gefangene zu teilen wünschte. Der Schimpanse kratzte sich am Kopf.
„Teilen? Wovon redet er?" Er fuhr zu den beiden Gästen herum. „Wisst ihr etwas darüber?"
Eros schüttelte den Kopf und auch Tanja konnte nur die Achseln zucken.
„Mit denen würde ich es auch nicht teilen!" erklärte Pollux.
„Ja, was denn bloß?" entfuhr es Klein-Atlas. Das brachte die Affen für eine Weile zum Schweigen. Wenn nicht einmal der Denker der Bande weiter wusste, wie sollten sie es dann verstehen?
Eros übernahm es, für die Kerkopen weiterzufragen. Nach einer ganzen Weile, und unterstüzt durch Tanja, die dem Gefangenen eine

weitere Frucht als Belohnung in Aussicht stellte, gab Pollux nach. Er erklärte „Wie lustig es hier drin ist."
„In einem Käfig?" Passolos konnte kaum fassen, was er da zu hören bekam.
„Was soll daran toll sein?" fiel Klein-Atlas ein.
„Warst du schon einmal in einem?" forschte Pollux.
„Nö."
Pollux nickte verständnisvoll. „Na, dann kannst du es auch nicht wissen, ist ja klar."
Nun mischte sich ein anderer Affe, der dicke Olus, ein. „Mich haben sie mal in eine Grube geworfen, als ich noch kein Affe war. Mit so nem Gitter. In einer Stadt."
Pollux winkte ab. „Das ist etwas ganz anderes. Da waren die Gitter doch bestimmt oben!"
„Ja, warn sie…" Olus war baff. Das war aber auch ganz schön kompliziert!
Die Kerkopen diskutierten hin und her, doch am Ende führte kein Weg an der Erkenntnis vorbei, dass ihr Gefangener Recht hatte. Keiner von ihnen hatte jemals in einem aus Stalagmiten und Knochen gefertigten Käfig mitten in einer Räuberhöhle gehockt. Je tiefer ihnen diese Einsicht ins Hirn sickerte, umso hibbeliger wurden die Affen. Das konnte doch nicht sein, dass jemand ihnen, der Kerkopen, etwas vorenthielt!
Passolos zog das Gatter auf. „Raus!" knurrte er.
Pollux tat einige zögerliche Schritte. Er blickte nach draußen, sah sich um und setzte sich dann wieder hin.
„Was ist denn jetzt noch?" zlschte der Anführer der Kerkopen. „Los, raus mit dir! Du bist frei!"
„Üm-üm." Pollux weigerte sich, den Käfig zu verlassen, bevor er ihn nicht seinem Bruder vorgeführt hatte. Doch an diesem Punkt war die Geduld der Affenbande am Ende. Sie wollten nun auch endlich die wundervolle Erfahrung machen, die Pollux lange genug ausgekostet hatte! Zu dritt zerrten Akmon, Triballus und Klein-Atlas den Gefangenen aus seinem Käfig. Unsaft stießen sie ihn zu Boden und drängten sich selbst in das enge Gefängnis.

„Wir zeigen es deinem Bruder später", grinste Passolos. „Vielleicht!"
Dann musste er sich beeilen, ebenfalls noch einen guten Platz zu erhaschen.
Sämtliche Kerkopen überschlugen sich, um in den Käfig zu gelangen. Sie prügelten sich um das Vorrecht dazu.
Als alle Platz gefunden hatten, warf Eros die Tür hinter ihnen zu.
Pollux rappelte sich auf. Er strich seine imaginäre Kleidung glatt, rückte einen nicht vorhandenen Gürtel zurecht und schritt dann auf den Titanen zu.
„Danke! Das hat vortrefflich geklappt, obwohl ich anfangs ja so meine Zweifel hatte."
„Du hast…?" wunderte sich Tanja.
„Ihm diesen Trick vorgeschlagen?" Eros nickte. „Als du geschlafen hast."
Pollux suchte alles zusammen, was die drei auf ihrer weiteren Reise benötigen würden. Als er fertig war, verlies er die Höhle, ohne die Kerkopen eines letzten Blickes zu würdigen. Auch Eros schickte sich zum Verlassen dieses Ortes an.
Tanja zögerte, sich den Männern anzuschließen.
„Das sind schlaue Biester, die befreien sich schon selbst", lachte Eros. „Im Leben waren sie alle geschickte Diebe."
Tanja setzte sich in Bewegung. Das letzte, was sie von den Kerkopen hörte, war Passolos Aussage „Es ist un-, äh, außergewöhnlich.". Der Anführer der Affenbande wollte nicht zugeben, dass er seine Lage überaus unbequem fand. Und so tat jeder vor allen anderen so, als sei es das Wundervollste, das ihnen zugestoßen war, und wer anderer Meinung sei, dem fehle einfach die geistige Reife, solch ein Erlebnis gebührend zu würdigen.

Die Rache des Unterweltjägers

Das Jagdrevier der Sphinx lag hinter den Flüchtlingen, Pollux - der sich im Übrigen als Kastor herausstellte – hatte die Gruppe längst wieder verlassen und die beiden gingen davon aus, in den nächsten Tagen jenen Lebensbaum zu erreichen, der das Tor aus dem Tartaros markierte. Tanja war guten Muts, doch hütete sie sich, ihre Gedanken zu weit in die Zukunft schweifen zu lassen. Jeder Moment der Unaufmerksamkeit und der Tagträume konnte das Ende bedeuten. Mit jeder Stunde bewegte sich Tanja selbstverständlicher und sicherer durch den Lebensraum, dem zu entkommen sie anstrebte. Eros, der sonst nie mit seiner Meinung hinter dem Berg hielt, sparte mit bissigen Kommentaren. Dass er sich diese aus Höflichkeit verkniff, konnte sich die Menschenfrau nicht vorstellen. Offenbar fand der Unterweltjäger einfach nichts mehr an Tanja auszusetzen.

Doch gerade, als Tanja sich diese Tatsache bewusst machte, lenkte sie etwas von der Beobachtung ihrer Umwelt ab. Sie glaubte, Stimmen zu hören, was sich leicht als aufgeschnapptes Gespräch in einiger Entfernung hätte interpretieren lassen, wäre nicht eine dieser Stimmen eindeutig die des Eros gewesen. „Durch den Hades... in die Oberwelt..." – was sagte der Jäger da? Und wieso lief er gleichzeitig neben Tanja her, ohne den Mund zu bewegen?

Tanja musterte ihren Begleiter aufmerksam. Sie stellte fest, dass Eros ab und zu blinzelte. Andeutungsweise schüttelte der Geflügelte den Kopf, als versuche er, unangenehme Assoziationen zu verscheuchen.

Bilder stiegen vor Tanjas geistigem Auge auf, Gesichter und Orte, die sie nie zuvor gesehen hatte. Immer stärker überlagerten die Szenen die eigentliche Umwelt. Eros trat in ihnen auf, doch jedesmal, wenn sein Gesicht auftauchte, sah es Tanja wie in einem Spiegel oder in einer Reflexion. Verwirrt durch die Vorgänge griff sie nach Eros Hand – und bereute es sofort!

Unvermittelt fand sich Tanja in einem Wäldchen wieder. Direkt vor ihren Füßen mündete ein Bach in einen kleinen Waldsee. Sie konnte gut ihre Sandalen erkennen, da sie sich gerade ohne es beschlossen zu haben niederbeugte. Tanjas Hände tauchten in das klare Wasser ein – sie spürte es nicht, konnte dafür allerdings ihre männlich behaarten Arme deutlich erkennen, Arme und Hände, die sie mittlerweile gut kannte. Letzte Zweifel, um wen es sich handelte, wurden ausgeräumt, als Tanja die Spiegelung mächtiger, aus „ihrem" Rücken wachsender Adlerschwingen im Wasser erblickte.

Eros!

Die Menschenfrau wusste plötzlich, wieso sie all dies erlebte. Eros hatte kurz nach ihrer Ankunft im Tartaros ihre Sinne geschärft. Zumindest hatte die Frau es so empfunden. Genaugenommen hatte der Urgott seinem Schützling einen Teil seiner Sinne geliehen. Über diese Verbindung erlebte Tanja nun eine Vision mit, die sich eigentlich in Eros Kopf abspielte. Gleichzeitig wusste sie, dass es sich bei dieser Vision um eine lebhafte Erinnerung des Häftlings der Unterwelt handelte. Doch wodurch wurde sie ausgelöst? Und wieso gerade diese? Würde sich Eros als Tanjas Führer nicht bereits vorher an Details aus seinem Leben erinnert haben, und wenn es nur die Weiterreisemöglichkeiten an einer Weggabelung waren? Nie zuvor hatte Tanja miterlebt, aufgrund welcher Erfahrungen Eros ihre Route durch die Unterwelt plante. Sie befürchtete Einfluss von außen, ohne die Möglichkeit, etwas dagegen unternehmen, ohne Eros auch nur eine Warnung zukommen zu lassen. Den Ereignissen hilflos ausgeliefert blieb ihr nichts anderes übrig, als dem Verlauf der Erinnerung zu folgen.

Obwohl die Menschenfrau das Geschehen aus Eros Perspektive erlebte, blieb sie von seinen Gefühlen ausgeschlossen. Sie spürte nicht, was er spürte, nicht die Erde unter seinen Füßen oder die feuchtigkeitsschwangere Luft. Noch nicht einmal sein Griff um den Bogen übertrug sich auf Tanjas Handflächen. Sie spürte unverändert ihre eigene Kleidung sowie den Rucksack auf dem Leib und ihre Finger ertasteten nur die Hand ihres Reisegefährten, eine gelinde verstörende Situation. Tanja hütete sich allerdings, Eros Hand loszulassen. Unter gar keinen Umständen durften sie einander verlieren, wo sie schon nicht zu sehen vermochten, was um sie herum wirklich geschah.

In der Vision erhob sich Eros nun wieder, nachdem er sich gewaschen hatte. Kurzzeitig verdeckte das Innenfutter seines Jagdhemdes Tanjas Sichtfeld, dann erhaschte sie einen weiteren Blick auf die Reflexion im Wasser.

Eros wirkte unverändert im Vergleich zur Gegenwart, weder sah er jünger aus, noch verhielt er sich anders. In seinem Rücken wechselten zwei Begleiter des Unterweltjägers Worte. Tanja vermochte ihrer leisen, verhaltenen Rede zu entnehmen, dass die drei gerade den Tartaros verlassen hatten. Zeus hatte es ihnen nicht nur erlaubt, sondern sogar befohlen.

Was würde Eros in diesem Moment fühlen, in dem er seinen Kopf in Richtung der Baumkronen reckte, hinter denen der Himmel durchschimmerte? Tanja blieb es verschlossen und sie war froh darüber. Nach der demütigenden Gefangenschaft bei der Sphinx auch noch seine privatesten Gefühle unfreiwillig teilen zu müssen, wünschte sie dem Unterweltjäger unter keinen Umständen.

Eros wandte den Kopf. Ein lockenhaariger Junge trat aus dem Wald in sein Blickfeld. Er ähnelte dem Boten Merxeton frappierend, war allenfalls ein klein wenig jünger. Doch wo dem jungen Titanen Unsicherheit ins Gesicht geschrieben stand, blitzte diesem Jüngling der Schalk in den Augen.

„Ihr werdet bereits erwartet. Folge mir, Jäger!" forderte der andere Merxeton, bei dem es sich um Hermes handeln musste.

Innerhalb eines Blinzelns wechselte die Szenerie…

*

Eros schritt die Treppe hinauf, die vom allerletzten öffentlich zugänglichen Hochplateau einer Felsenlandschaft zu deren höchsten Gipfel führte. Vom Erdboden aus war dieser Gipfel bestenfalls zu erahnen. Der Olymp war ständig wolkenverhangen, mal düster wie das Auge des Orkans, dann wieder hell und freundlich. An solchen Tagen ähnelten die Wolken tatsächlich wolligen Schafen und wer auf der Treppe den Halt verlor, durfte damit rechnen, sanft emporgetragen zu werden.

Obgleich die Olympier sich als eigene Sippe verstanden, gehörten sie doch zur selben Spezies wie ihre Vorgänger. Biologisch gesehen handelte es sich bei den meisten Bewohnern des Berggipfels um Titanen oder Titanenmischlinge. Sie verfügten über tragfähige Schwingen, leisteten sich jedoch den Luxus der verzauberten Wolken, teils aus Bequemlichkeit, teils, um bei ihren Gästen Eindruck zu schinden. Erst an dritter Stelle rangierte die Sicherheit der flugunfähigen Besucher des Olymps.

Dumuzid, ein vergöttlichter Sterblicher, der seiner neuen Familie unbequem geworden war (die genaue Reihenfolge der beiden Ereignisse war Eros nicht bekannt), genoss derzeit bei den Olympiern Asyl. Er hütete diese himmlische Herde als einer von mehreren Hirten. Der Neugott winkte Eros zaghaft zu, unsicher, ob sich der Urgott noch an seine Zeit im Tartaros erinnern würde.

Eros Begleiterin, eine Titanin von fünfzehn Lebensjahren, machte sich einen Spaß daraus, absichtlich von der Treppe zu fallen. Wie man ihr berichtet hatte, schwirrten tatsächlich zwei Wolken herbei, um die Verunfallte aufzunehmen und ihr als Transportmittel zu dienen.

„Artemis!" herrschte Eros das Mädchen an. „Wenn du Zeus so unter die Augen trittst, reißt er dir die Flügel aus und schmeißt dich so tief runter, dass es dort keine Wolken mehr gibt!"

„Na und?" antwortete die solcherart Gerügte. „Wir kommen doch von noch tiefer, wo es erst recht keine gibt!"

„Ich gehe davon aus, dass du lebendig dorthin zurück möchtest."

Soeben hatte Artemis ein Loch in ihre Wolke gestampft und sich durchfallen lassen, um auf ein anderes Wolkenschaf zu wechseln. Nun hielt sie in ihrem Spiel inne. Die heranwachsende Titanin kannte die Schemen der Verstorbenen in ihrer Scheinexistenz. Der Gedanke, sich deren Kolonne anschließen zu müssen, ernüchterte sie sofort. Artemis entfaltete ihre Schwingen, hob von der Wolke ab und manierlich schloss sie sich wieder dem Älteren auf der langen Treppe an.

Die beiden bewältigten die letzten Meter und standen nun auf dem Gipfel. Eros erinnerte sich kaum an seine früheren Besuche an diesem Ort. Als erste Bewohnerin hatte Taube sich hier ein permamentes Domizil errichtet. Die Königin der Titanen wollte dem Himmel so nah wie möglich sein. Eine Generation später hatte Uranos diese erste Residenz zu einer Festung ausgebaut. Mauern aus gebrannten Ziegelsteinen füllten damals den Raum zwischen Verstrebungen aus Stahl, wo sich früher Glasfenster befunden hatten.

In Kronos Regierungszeit war die Bausubstanz verwittert, da der Gott der Zeit viel eher im Tal anzutreffen gewesen war. Seinen Herrschersitz hatte der Titan lediglich als Gerichts- und Repräsentationsgebäude genutzt. Noch während Kronos´ Regierungszeit mussten daher einige der Nebengebäude aufgrund von Vernachlässigung abgerissen werden. Schließlich hatte Zeus die alten Fundamente überbaut. Dabei hatte Kronos jüngster Sohn darauf geachtet, hier und da Reste der einstigen Gebäude durchschimmern zu lassen. Es galt, nicht nur seinen Sieg über die Elterngeneration herauszustreichen, sondern auch die Traditionslinie seiner Dynastie zu betonen.

Im Gegensatz zu den früheren Generationen lebten die Olympier tatsächlich hier oben. Viel mehr Personen als einst bevölkerten den Olymp und verrichteten hier ihre Alltagsgeschäfte. Nicht nur der Gipfel, auch der Hang und selbst das Innere des Berges beherbergte Wohn- und Schlafstätten, Experimentierstuben, Laboratorien, Handwerkshäuser, Schwimmbäder, Sportplätze, Arenen, Menagerien, Küchen und alles, was das Leben lebenswert machte. Beinahe erschien es Eros, als bewege er sich durch eine Stadt, die noch dazu Elysium in den Schatten stellte. Die alten gläsernen Fassaden hatten wieder Einzug gehalten. Allerorten spannten sich Kuppeln oder Spitzdächer aus diesem Material über die Gebäude, die wiederum nur aus wenigen silbernen, goldenen oder gemauerten Pfeilern bestanden, zwischen denen sich weitere Glaswände erstreckten. Die Privatsphäre der Bewohner wurde teils durch Vorhänge, teils durch raffinierte Verspiegelungstechniken geschützt. Öffentliche Gebäude zeichneten sich durch einen schlichten, wenig verspielten Stil aus und ließen die Mosaike und Malereien vermissen, mit denen die Olympier ihre Residenzen individuell gestalteten.

Die Stadt auf dem Olymp wirkte mehr aus einem Guss als Elysium, doch nachdem er einen großen Teil davon gesehen hatte, fand Eros das weniger bedauerlich, als er gedacht hätte. Titanen, die ihre Gemeinsamkeiten subtiler auszudrücken pflegten, hätten sich sicher nicht mehr hier oben wohlgefühlt, doch als einer der ältesten Entitäten des Kosmos zollte Eros dem Werk der Olympier Respekt.

*

Zeus empfing den Häftling des Tartaros nicht in seinem Palast, sondern in dem uralten Amphitheater, in dem Eurynome ihren Titanenkindern das Fliegen beigebracht hatte. Damals war Eros noch nicht als Titan aufgetreten. Erst später, nachdem er sich für seinen geflügelten Leib entschieden hatte, hatte er sich hier darin geübt, mit seinem Titanenkörper umzugehen. Ja, an diesem Ort hatte Eros der Gott der Sinne Fliegen gelernt – in mehr als einer Hinsicht.

Artemis bemerkte den verträumten Zug, der Eros Züge umspielte, vermochte ihn aber nicht zu deuten.

„Gehen wir weiter", meinte der Urgott lediglich.

Sie erreichten die oberste Sitzreihe und den breiten Rand, der sich an diese anschloss. Eine wiederum gläserne Wand umlief das Halbrund. In diese Wand waren Fensteröffnungen geschnitten. Artemis blieb stehen. Sie streckte ihren Körper und spähte durch eines der Fenster. Einen wissenden Gesichtsausdruck zur Schau stellend, schloss sie sich dann Eros wieder an.

Dieser wusste, was das Mädchen gesehen hatte. Während des Krieges hatte dieser Ort Zeus als strategisches Zentrum gedient. Von hier aus ließ sich der gesamte Erdball überblicken – aber eben nur der. Das Innere der Erde und die Weite des Weltraums blieben auch einem auf dem Olymp positionierten Späher verschlossen. Andere Göttergeschlechter besaßen die Kontrolle über ähnlich machtvolle Orte.

Eros näherte sich Zeus so gesittet wie möglich. Höfliche Zurückhaltung und Selbsterhaltungstrieb, nicht aber Respekt, hielten seine Zunge im Zaum und liesen seinen Titanenkörper eine Verbeugung ausführen.
Der Götterherrscher würdigte Eros´ Auftreten keines Kommentars. Eine viel größere Faszination ging von dessen jugendlicher Begleiterin aus. Das Mädchen war schlank, aber dennoch überaus feminin und mit Reizen ausgestattet, die auch einen Zeus beeindrucken würden, stünden sie erst in voller Blüte. Ein Panzer aus Kampenschuppen, lederne Leggins und ihr zu einem wenig kleidsamen Zopf geflochtenes langes Haar verschleierten Artemis Schönheit derzeit.
Gegen Interessenten an ihrer Jungfräulichkeit, die weniger mächtig als Zeus waren, schützten Artemis zwei Höllenhunde, die sie wie Jagdhunde begleiteten. Auf dem Rücken trug die Göttin einen aus Kampenleder gefertigten Köcher und einen Zyklopenbogen. Auf den ersten Blick erschien sie als eine wahre Göttin der Unterwelt – und Zeus gefiel, was er sah.
„Tritt näher", forderte er das Mädchen auf, wobei seine Flügelspitzen zuckten. Artemis blickte fragend zu Eros, dann gehorchte sie. Der Götterherrscher beugte sich auf seinem thronartigen Sessel vor. Er hob Artemis Kinn mit den Fingern an und blickte ihr in die Augen.
„Du bist schön, mein Kind", sprach er leise. Ohne das Mädchen loszulassen sammelte Zeus Energie in seinen Fingerkuppen. Ehe Artemis begriff, was geschah, entlud sich Elektrizität aus den Fingern des Olympiers! Kronos Sohn packte Artemis Hals und hielt sie fest, während sie um Luft rang und unter den Schocks zuckte.
„Meinen nächsten Befehl führst du aus, ohne erst bei einem Verbannten nachzufragen, ob du es tun solltest!" donnerte Zeus.
Artemis sackte zusammen.
„Ist das verstanden worden?!" setzte Zeus noch einmal nach.
„Ja... ja, Herr", keuchte die Jugendliche.
Zeus streckte seine Hand nach einem der Pfeile aus, die aus Artemis Köcher ragten. „Den Bogen hast du bei den Einäugigen eingetauscht?" wandte er sich an Eros.
„Teuer genug", bestätigte der Unterweltjäger.
„Und die hier? Das sind doch keine normalen Pfeile!"

Sichtlich stolz auf seine Gehilfin gab Eros Auskunft: „Ihr eigenes Werk. Diese Pfeile müssen nicht haargenau treffen, denn sie übertragen schwere Krankheiten."

„Also langsamer, unausweichlicher Tod", überlegte Zeus laut. „Äußerst praktisch für einen ungeübten Schützen wie auch in Situationen, wenn wirklich nichts schief gehen darf."

Eros schüttelte den Kopf. „Sein Siechtum gibt dem Opfer Zeit, zu bereuen!" widersprach er. „Im Gegensatz zum Blattschuss kann es noch gerettet werden!" In Elysium kamen diese Pfeile zum Einsatz, um gegen Kriminelle vorzugehen und den klügeren Unterweltmonstern die Lektion zu erteilen, sich von den Weiden im Umland der Stadt fern zu halten. Nur ein einziges viehstehlendes „Monster" lies sich davon nicht abschrecken, weil es sich von selbst verbot, die magischen Pfeile gegen dieses Wesen einzusetzen: Zeus illegitimer Sohn Hermes.

Zeus lachte, leise und abwertend.

„Sie ist deine Tochter, Unterweltjäger?" erkundigte er sich dann.

„Es sind Zwillinge, wie so oft bei den Göttern", meinte Eros, ohne auf die eigentliche Frage einzugehen. „Und hier kommt der Jüngere…"

Artemis Bruder erweckte den Eindruck, sich soeben aufs Heftigste mit einem Gleichaltrigen geprügelt zu haben. Eigentlich kam dafür nur Hermes infrage, dessen Namen der Jugendliche lautlos mit den Lippen formte, als er Eros passierte. Der Unterweltjäger deutete ein Nicken an. Genau wie seine Schwester war auch dieser Junge mit Pfeil und Bogen bewaffnet. Finster, spöttisch dreinblickend, stand er vor Zeus. Erneut zuckten dessen Flügelspitzen, doch diesmal nicht von der Erregung, sondern vor Schreck. Doch auch die Gesichtszüge des Jungen entgleisten. Wo vorher noch die typische Überheblichkeit seiner Spezies gestanden hatten, zeigte sich nun ungläubiges Staunen. Zum ersten Mal in seinem jungen Leben blickte der Jägerlehrling in sein Ebenbild, ohne dazu einen Spiegel zu benötigen. Ähnlicher als seine Mutter, als sogar seine Schwester sah ihm nur noch der Götterkönig!

„Es sind Letos Kinder", bemerkte Eros. „Artemis und Apollon."

Niemand musste Apollon erklären, was unausgesprochen blieb. „Warum hast du uns das nie gesagt?!" herrschte er Eros an. „Du hättest es uns sagen müssen!"

Artemis hatte sich unterdessen aufgerappelt. „Ja", ergänzte sie. „Wir dachten, du wärst es!" Enttäuschung schwang in der Stimme des zur jungen Frau heranreifenden Mädchens mit. Die Tochter des Götterkönigs zu sein, erfüllte sie nicht halb so sehr, wie die Tochter des Mannes zu sein, der ihr alles beigebracht hatte, den sie in jeder Hinsicht zu emulieren versuchte.

„Er ist nicht euer Vater", winkte Eros ab. „Er ist nur derjenige, der eure Mutter geschwängert hat." Der Unterweltjäger legte seinen Arm um Artemis. Mit der anderen Hand griff er Apollons Rechte. „Zeus hat sie holen lassen", eröffnete Eros den Zwillingen. „Hierher, auf den Olymp, zu seinem Vergnügen! Als er ihrer überdrüssig wurde, musste sie zurück in den Tartaros!"

Zeus Lachen brachte die Glaswände zum Vibrieren. „Und wieso sollte ich das nicht mit einem Häftling des Tartaros tun dürfen?" erkundigte er sich, nicht lauernd oder fordernd, sondern leutselig. „Ich darf es mit jedem Freien! Die Reaktion Heras ist ohnehin stets dieselbe, so dass es wirklich keine Rolle spielt."

Apollon grinste. Er sah in einer „Ist er nicht großartig?"- Manier zu Eros herauf. Artemis hingegen schien unschlüssig, was sie von der Eröffnung halten sollte. Vielleicht bekam sie ja doch mehr zurück als sie gerade verloren hatte? Sie lehnte sich weiter an Eros.

Dem Olympier und seinen herbeizitierten Gästen gesellte sich Hera zu. Zeus Gattin schwebte auf einem Streitwagen heran, vor den ein adliger Zyklop gespannt war. So unwürdig es Eros vorkam, einem anderen auf diese Weise zu chauffieren, so unbändig war der Stolz, den der Sturmherr verspürte, ausgerechnet Zeus Gattin dienen zu dürfen.

„Kommen wir zu deinem Auftrag, dem Grund, aus dem ich dich herrufen ließ", wandte sich Zeus an Eros, nachdem er seine Gemahlin begrüßt hatte. Hera blieb neben ihm stehen, während Zeus sprach: „Niobe stachelt die Menschen dazu auf, uns Olympier nicht länger zu verehren."

Eines der Fenster zeigte einen der vielen Stadtstaaten, welche die Menschen auf der Erde gegründet hatten. Eros brachte dem Geschehen dort lediglich pflichtschuldiges Interesse entgegen. Es war Perses, der bei jeder sich bietenden Gelegenheit darauf hinwies, wie

schändlich und minderwertig die Menschen seien, in Eros Gedanken spielten sie keine Rolle.
„Sie sind weder Beute noch Gefahr, richtig, Jäger?" fragte Zeus.
„Deswegen existieren die Menschen für dich nicht wirklich."
„So könnte man das ausdrücken."
„Königin Niobe sollte dich aber interessieren. Sie hat behauptet, dass man viel eher sie verehren solle, da sie mehr Kinder als Hera hat. Diese Worte werden auf sie zurückfallen!"
„Das war Sarkasmus", meinte Eros.
„Sollte das eine Entschuldigung sein, Jäger?!"
Zeus streckte seine rechte Hand vor. Zur Faust geballt zog sie Energie aus der Luft an. Blitze rasten in fünf Richtungen davon, als Zeus seine Hand öffnete. Zwischen fünf starken Adern tobten die Gewalten nicht wesentlich schwächer. Der Blitzfächer erreichte Eros, spülte über ihn hinweg und dann schlugen zwei der Blitze in das Amphitheater ein, während die übrigen drei sich scheinbar in der Unendlichkeit des Himmels verloren. Ein Blick durch das Fenster verriet jedoch, dass sie sich als Gewitterfront über den Ländereien der Niobe und ihres Gatten manifestierten.
„Niobe hat wirklich mehr Kinder als ich, das hat mich schon immer gewurmt", lies sich Hera vernehmen, als sei nichts vorgefallen.
Eros stand aufrecht, die Zähne zusammengebissen. Seine Flügel lagen schützend um Artemis, während Apollon es geschafft hatte, rechtzeitig nach oben auszuweichen. Der Junge landete nun wieder neben seiner Schwester.
„Du wirst ihre Anzahl ein wenig ausdünnen", ordnete Hera an.
In diesem Moment wurde Eros bewusst, was viele gern vergaßen: Hera war wie Zeus eine Tochter des verderbten Kronos.

*

Am nächsten Tag:

„Vierzehnmal daneben?!" Apollon konnte es nicht fassen. „Das ist doch überhaupt nicht möglich!"

„Vierzehn Fehlschüsse", bestätigte Eros. „Und da mir Zeus nicht mehr als vierzehn Pfeile übergeben hat, müssen wir unverrichteter Dinge zurückkehren."
Artemis legte den Kopf schief. „Muss das wirklich sein?"
Ein vorzeitiger Abbruch der Mission zog die unweigerliche Rückkehr in die Unterwelt nach sich – wie im Übrigen auch ein Erfolg. Letos Tochter wünschte sich, diesen Moment so lange wie möglich hinauszuzögern. Allein sich im Licht der Sonne aufzuhalten war so wundervoll! „Lass uns noch nicht aufgeben! Wir rasten einen Tag lang und suchen dann einen neuen Ansatz. Ja, ich denke, meine Hunde könnten das allein erledigen!" schlug das Mädchen vor.
Eros schmunzelte. „Hast du schon vergessen, wie dich Zeus bestraft hat, als du gestern auf dem Olymp nicht schnell genug vorgetreten bist? Wir sollten wirklich nicht eigenmächtig handeln..."
Apollon verschränkte die Arme vor dem Körper. „Ich weiß, was los ist!" höhnte er. Zeus Sohn stand Tränenflüssigkeit in den Augen, er musste ständig blinzeln. Als einem in der Unterwelt geborenen Gott waren ihm der weite Himmel und das grelle Sonnenlicht bisher unbekannt gewesen. Doch hatten er und die Schwester sich nicht rasch daran gewöhnt, jedenfalls genug, um zu sehen, wohin sie liefen? Eros aber hatte schon einmal auf der Oberwelt gelebt, ihm hätte nichts hier fremd sein dürfen. Aber was tat der Jäger? Er schoss vorbei! Nicht ein einziges Kind, keinen Jugendlichen und keinen der jungen Erwachsenen aus Niobes Familie hatte er getroffen. Lauthals lachte Apollon seinen einstigen Lehrer aus, der ihm nun so schwächlich erschien. „Kein Wunder, dass wir den Krieg verloren haben!" spottete er. „Wieviele Titanen hast du eigentlich im Krieg erschossen, als du auf den Feind zu zielen versucht hast?"
„Über den Krieg scherzt man nicht!" mischte sich Artemis ein. Sie wollte mehr sagen, doch in diesem Moment rief Eros: „Deckung!"
Wie sie es in der Unterwelt gelernt hatten, huschten die Zwillinge ohne zu zögern in Sicherheit. Gab es innerhalb einer großen Höhle keine Rückzugsmöglichkeit, kauerte sich ein Titan zusammen und nutzte seine Flügel als natürliches Zelt. Genau das taten die drei in diesem Moment auf dem Gipfel des Hügels, der dem Garten von Niobes

Sommerpalast Schatten spendete. Die Zwillinge spähten in die Umgebung, wovor sie sich in Acht nehmen sollten.

„Ack!" ächzte Apollon. Die Bedrohung ging ganz und gar nicht von einerm irdischen Wesen aus, sondern kam aus dem Himmel. Vierzehn Donnerkeile rasten auf die Erde zu. Sie bohrten sich am Rand des Gipfels in die Erde und blieben dort aufrecht stehen, eine mächtige Staubwolke aufwirbelnd. Erst als sich der Dunst legte, erkannten die drei Titanen, dass es sich um vierzehn Pfeile mit breitem Schaft handelte. Die Befiederung stammte von einem Titanen und Eros meinte, die Federzeichnung Prometheus darin zu erkennen. Doch ob der Erfinder sie freiwillig hergegeben hatte oder Zeus ihn für etwas bestrafte, konnte der Unterweltjäger nicht wissen.

Artemis schlug als erste ihre Schwingen zurück. „So ein Angeber", meinte sie kopfschüttelnd und trat auf die Geschosse zu. „Zeus sendet dir frische Munition, Eros, das ist alles", erklärte sie dann. Winselnd kamen nun auch die Höllenhunde zu ihrer Herrin zurück.

„Nein..." Apollon schüttelte den Kopf. „Sieh mal genau hin, Schwester! Das sind zwei Bündel zu jeweils sieben Pfeilen! Ich sage dir, die sind nicht für Eros, sondern für uns bestimmt!"

Artemis zog einen der Pfeile aus der Erde. Sie drehte ihn so, dass die anderen beiden die kleine Schriftrolle sehen konnten, die um den Schaft gewickelt war. Stumm entfaltete Artemis die Botschaft und überflog sie. Dann reichte sie sie ebenso stumm an ihren Bruder weiter.

„Zeus schenkt uns die Freiheit", teilte die Jägerin ihrem Lehrer und vermeintlichen Vater mit.

„...wenn wir den Auftrag beenden, den er dir übertragen hat", ergänzte Apollon und lies den Brief sinken.

Eros schnaubte, als sei das Angebot in seinen Augen nicht wert, es auch nur in Betracht zu ziehen. Die Zwillinge abr grinsten sich an, dann schob Apollon die Botschaft unter den Gurt seines Köchers und gemeinsam rannten sie auf die im Gelände verteilten Pfeile des Prometheus zu.

Eros stand wie angewurzelt daneben.

„Kinder! Lasst das! Die Freiheit steht euch ohnehin zu, einem jeden!"

„Aber wir haben sie nicht", entgegnete Artemis, Pfeil um Pfeil in ihren Köcher sammelnd. „Entschuldige, Lehrer, aber diese „Münze" würden wir gern einlösen. Es reicht nicht, auf sie zu schauen und ihren Wert zu kennen, wir wollen die Ware!"

„Ihr wollt Jugendliche wie euch selbst abschlachten? Gar kleine Mädchen?"

„Nein." Artemis schüttelte den Kopf. „Die Mädchen überlasse ich meinem Bruder. Ich knöpfe mir die Jungs vor."

Erneut öffnete Eros den Mund, doch Artemis war schneller. Stirnrunzelnd warf sie dem Unterweltjäger entgegen: „Was hast du denn? Es sind doch bloß wertlose Menschentiere!" Sie zuckte die Achseln. „Naja, nicht wertlos, aber eben Beutetiere. Außerdem geht es dir geht gar nicht um die Menschen. Du willst nur einen Befehl Zeus´ nicht ausführen."

„Einen Befehl meines richtigen Vaters!" zischte Apollon.

„Ich lehne jede unnötige Tötung ab!" rief Eros. „Ich bin Jäger, ich war ein Krieger und ich kenne den Wert des Lebens! Alles, was wir tun, um zu überleben, führt zum Tod eines anderen Lebewesens! Stünden euch meine Sinne zur Verfügung, ihr hörtet Todesschreie beim Wasserkochen und beim Zähneputzen!"

Artemis stockte. „Deswegen nutzt du nicht dein volles Potential!" begriff sie. „Ich habe mich schon gewundert, wieso der Gott der Sinne bisweilen Dinge übersieht oder überrascht werden kann." Das Mädchen lächelte. Es gab so vieles, das sie noch nicht über den Unterweltjäger wusste. Nun, da sie nicht mehr seine Tochter sein konnte, würde sie ihn womöglich bald auch noch auf ganz andere Weise kennenlernen...

„Jedenfalls lernt man in meiner Lage Respekt und hält Abstand von so manchen Taten", meinte Eros. „Wir müssen essen, da gibt es keinen Ausweg. Den Hasen oder die Karotte, beide Male endet ein Leben, aber für die derzeitige Situation gibt es einen anderen Ausweg!"

Apollon wechselte rasch das Thema: „Apropos Hasen: Der kleine Viehdieb hat einen ganz schön hohen Posten im Olymp. Aber Hermes hat einmal zu oft im Revier der Titanen gewildert. Dafür ziehe ich ihn zur Rechenschaft, sobald ich Vaters Befehl ausgeführt habe. Dann habe ich endlich die Macht dazu! Gefällt dir das besser, Jäger?"

„Wenn er etwas daraus lernt..."

Es handelte sich um die letzten Worte, die Eros an diesem Tag und für lange Zeit mit Letos Kindern wechselte. Der Unterweltjäger stand einfach nur auf dem Hügel und beobachtete das Gemetzel. Nicht nur Niobe verlor an diesem Tag ihre Kinder.

*

Die Vision endete. „Ist es wahr?" platzte es aus Tanja heraus. „Hast du die Familie nur deswegen geschont, um gegen Zeus zu rebellieren?! So, wie Artemis das über die Beutetiere gesagt hat, klang es wie etwas, das sie von dir gelernt hat!"

Eros blickte Tanja flehentlich an. Er zitterte leicht. Als die Zähne des Jägers zu klappern begannen, presste er sie fest aufeinander. Tanja erkannte die Maske mühsamer Beherrschung. Doch was genau ging in dem Geflügelten vor? Verbot er sich zu weinen oder hielt er einen Wutanfall zurück?

Tanja war es egal. Erneut schrie sie ihrem Begleiter ihre Anklage ins Gesicht. Gleichzeitig sträubte sich etwas in der Frau dagegen, was sie tat.

‚Das bin ich nicht, wie kann ich sowas sagen? Er hat seine Ziehkinder an die Olympier verloren, dafür verdient er mein Mitleid!' Nur wollte sich das Gefühl in diesem Moment nicht einstellen... Tanja lauschte in sich hinein. Doch, da war Mitgefühl. Es lag tief verborgen unter einer Schicht von Zorn, Zorn, der hinauswollte. Alles in Tanja drängte dazu, den Unterweltjäger weiter mit seiner Haltung den Menschen gegenüber zu konfrontieren, ihn für jede unterlassene Hilfstat und jeden abfälligen Gedanken aufzuschlitzen und ausbluten zu lassen. Langsam natürlich, und sie würde es genießen!

„Der edle Eros!" ertönte da eine wohlbekannte Stimme. Das Rascheln von Samt, ein leises Klirren wie von einer in einer metallenen Scheide steckenden Schwertklinge und der Widerhall von weichen

Korksohlen auf Fels komplettierten den Eindruck des Sprechers, noch bevor er in Tanjas Sichtfeld trat: Outis!

Der Sohn des Totengottes stand furchtlos mitten im Tunnel. Seine Hand ruhte auf seiner Ersatzwaffe, einem schlanken Degen.

„Beschützer eines jeden Lebewesens! Welch Glück, dass sich keine Zyklopen unter uns befinden, hm?" sprach Outis weiter. „Die könnten ein anderes Lied singen, wenn sie noch lebten."

Tanjas erstem, unwillkürlichen Schreck angesichts des unerwarteten Auftauchens ihres Verfolgers folgte eine weitere Zorneswoge. All die aggressiven Gefühle, die bisher Eros gegolten hatten, standen nun kurz davor, sich gegen Outis zu entladen.

„Tanja... nicht!" wisperte Eros.

„Von dir lasse ich mir gar nichts sagen!" schoss Tanja zurück. „Warts ab, du bekommst auch noch dein Fett weg! Sobald ich mit..." Die Menschenfrau zog Outis Kurzschwert. „...dem da fertig bin! Sein eigenes Schwert wird ihn aufschlitzen! Dafür, was er mir angetan hat, häute ich ihn!"

Rasend vor Zorn stürmte Tanja vor. Ihre Waffe richtete sie wie eine Lanze nach vorn. Outis zog seinen Degen. Mühelos wehrte er Tanjas wilden Ansturm ab und schlug ihre Klinge zur Seite.

„Merkst du denn gar nicht, was hier vor geht?" rief Eros. „Wem wir in die Fänge gelaufen sind?!"

„Ihm!" heulte Tanja, auf Outis deutend.

Der Olympier holte aus. Mit dem Knauf seines Degens schlug er gegen Tanjas Handgelenk, um sie zu entwaffnen. Doch diese hielt das Kurzschwert fest und dachte nicht daran, es fallenzulassen. Sie biss den Schmerz fort und stach nach ihrem Feind.

„Wie bist du überhaupt hierher gekommen?" schrie sie ihn an.

Erneut blockte Outis Tanjas unfokussierten Hieb.

„Nicht aus eigener Kraft..."

Die Kurzschwertklinge traf auf den Degen. Sie rutschte ab. Doch anstatt nun Anstalten zu machen, seine Gegnerin zurückzudrängen, kämpfte Outis um seine Balance. Er stolperte, so dass die Spitze von Tanjas Waffe nun doch noch ihr Ziel finden konnte. Nicht Herz oder Brustkorb, wohl aber den Oberschenkel des Olympiers.

„Üng!", presste Outis durch zusammengebissene Zähne hervor.

Tanja hielt in ihrer Attacke inne. Outis Blut klebte an der Spitze ihrer Waffe.

Erneut gab der Getroffene einen Schmerzenslaut von sich: „Hssssss."

Nun erst bemerkte sie, wie erbarmungswürdig der Olympier aussah. Seine Hose war nicht erst durch ihren Treffer aufgeschlitzt worden, sondern wies bereits mehrere Löcher auf. Die Sohle seiner linken Sandale war zerbrochen, der hintere Teil drohte sich bei jedem Schritt abzulösen. Outis Rüschenhemd hing regelrecht in Fetzen, sein Stirnreif fehlte und jemand oder etwas hatte ganze Büschel seiner Locken ausgerissen. Den ganzen Körper bedeckten Kratzer und blaue Flecken. Überall auf Outis Kleidung klebte getrocknetes Blut.

Langsam lies Tanja ihr Schwert sinken. Outis griff nach seiner Schwertscheide und schaffte es mit einiger Mühe, den Degen wieder darin zu verstauen.

Eros näher an die beiden heran. Der Geflügelte blieb neben Tanja stehen. Prüfend sah er ihr in die Augen. Dann wandte er sich an Outis: „Die Erynnien haben dich gefangengenommen und hergeschleppt, nicht wahr? *Sie* tun uns das an. Sie steigern in uns vorhandene Rachegelüste ins Irrationale."

Eros hatte den Namen kaum ausgesprochen, Outis sein bestätigendes Nicken noch nicht zuende ausgeführt, als die Bezeichneten auch schon erschienen. Drei alte Frauen standen übergangslos in dem Tunnel, für jeden deutlich sichtbar. Eine von ihnen lauerte hinter Outis, die anderen beiden zu Tanjas linker und Eros rechter Seite. Die Haut der Frauen erschien nicht nur in der Finsternis des Tartaros dunkel, sie war tatsächlich pechschwarz. Die Nasen standen weit vor und hatten etwas Schnauzenartiges an sich. Ihr Haar wand sich wie Schlangen auf ihren Köpfen, so dass Tanja im ersten Moment „Das ist jetzt aber die Medusa!" dachte und die Augen zusammenkniff, um nicht dem versteinernden Blick anheimzufallen.

Jemand packte die Frau fest. Lange, dürre Finger schlossen sich um ihren Oberarm, krallenartige Nägel bohrten sich rücksichtslos in ihre

Haut. Eine krächzende Stimme erklang direkt neben Tanjas Ohr: „Diese hier ist eine Sterbliche! Was soll mit ihr geschehen, Schwestern?"

„Fort mit ihr! Sie zählt nicht!" antwortete die hinter Outis stehende Erynnie. Ihre Stimme klang leiser, beinahe wie ein Flüstern, und trug eben darum trotz der geringen Lautstärke besonders weit.

„Wie du wünschst, Alekto", antwortete die Erynnie. Tanja öffnete ihre Augen in dem Moment, in dem die Alte sie unter den Armen packte. Ihre Fledermausschwingen schlugen kräftig und trugen das Paar mit jedem Schlag höher in die Luft.

„Heute geht es allein um Outis", meinte die Alekto Genannte unterdessen mit tiefer Grabesstimme. Deutlich weniger würdevoll krähte die Erynnie mit den Fledermausflügeln, Tanja möge aufhören, in ihrem Griff zu zappeln. Es ging nach oben, höher und höher, fort von Eros, fort von Outis, und vor allem fort von jeglicher Möglichkeit, auf das eigene Schicksal Einfluss zu nehmen...

*

„Lass mich los!" schimpfte Tanja. „Lass mich los, du, du..." Eros hatte die drei Frauen zwar als Erynnien bezeichnet, doch konnte die Wissenschaftlerin den nur kurz gehörten Namen noch nicht korrekt nachsprechen. Sie entschied sich daher für: „...du Monster!" Nicht das Aussehen der drei, wohl aber ihr Verhalten rechtfertigte in Tanjas Augen die Titulierung. Die Schwarzhäutigen verschleppten sie, bedrängten Eros und hatten Outis gefoltert. Doch was am Allerschlimmsten war, dieser Gedanke drängte unerbittlich an die Oberfläche von Tanjas Geist, sie hinderten sie daran, Outis dessen eigene Klinge in seine Männlichkeit zu rammen!

Das Kurzschwert noch immer in der Hand fuchtelte Tanja wild damit herum.

„Ha!" rief die Frau, wobei sie eher auf die Luft als auf die Erynnie einstach. Diese sah in ihrer Gefangenen keine Gefahr. Genau diesen Eindruck zu erzeugen, hatte jedoch in Tanjas Absicht gelegen. Erneut holte sie aus, doch diesmal stach sie ihrer Peinigerin direkt in deren ledrige Flügel. Die Erynnie heulte auf!

„Runter jetzt! Verstanden?!" zischte Tanja. So leicht ließ sich die Kreatur alledrings nicht einschüchtern. Sie steuerte auf eine Stelle in der Wand zu, wo der Fels einen schmalen Vorsprung bildete. Auf diesem gedachte sie ihre Last offenbar abzusetzen. Tanjas Finger krampften sich um ihre Waffe. Sie wollte - nein, durfte! - sich jetzt nicht wie einen schweren Koffer abladen lassen!

Diesmal zielte die Gefangene auf den Hals der Erynnie. In Tanjas Zustand war es ihr bereits egal, was ein Treffer anrichten würde. Die dunkle Vettel hinderte sie daran, ihren Willen durchzusetzen und überhaupt war das ja gar kein richtiges Lebewesen…

Tanja stach zu! Die Erynnie wand sich im Flug, um der Klinge auszuweichen. Ihr Griff um Tanja lockerte sich und die Menschenfrau trat noch einmal mit dem Knie nach. Diesmal traf sie auf Widerstand, wenn dieser sich auch seltsam anfühlte. Es kam Tanja beinahe so vor, als trete sie durch den Körper des Monsters durch, bevor sie auf einen inneren Kern stieß. Die Klauenfinger waren real, auch die Flügel, aber das gesamte humanoide Drumherum stellte sich als eine Illusion heraus. Bei dem Wesen, das die Frau da in ihren Fängen hatte, handelte es sich um eine riesige Fledermaus!

Tanja schrie vor Entsetzen. Gleichzeitig ließ die Erynnie los. Tanja schrie weiter, während sie zu Boden stürzte.

Sie landete weich, lange bevor sie unten angekommen war. Das, worauf Tanja gefallen war, sackte aufgrund ihres Gewichts ein Stück weit ab, doch bereits eine Sekunde später schwebte es in stabiler Lage zwischen dem felsigen Boden und der fernen Höhlendecke.

Tanja blickte in ein Paar dunkelbrauner Augen. Sie lag sicher in Eros Armen.

Die Fledermausfrau schoss an den beiden vorbei nach unten. Sie kam leichtfüßig neben Outis auf. „Na?" spottete sie, wobei ihre Finger über Outis Schultern tasteten. Gleichzeitig schoss es Tanja durch den Kopf, dass es sich aufgrund dieser Klauen doch eher um Flughunde handeln musste – was immer ihr dieser Beweis ihrer Bildung hier im Tartaros nützen mochte.

„Wünschst du dir nicht auch solche Flügel? Dann hättest du jetzt ihr Held sein können!"

„Er ist nicht ihr Held", antwortete Outis düster.

Der Olympier lag mit seiner Vermutung richtig. Tanja fühlte sich nicht gerettet, sondern erneut gefangen. Nur, weil sie diesmal nicht von einem Flughund, der sich mit einem Trugbild umhüllte, sondern von einem etwas verwilderten Schutzengel festgehalten wurde, änderte das nichts an ihrer Hilflosigkeit. Tanja glaubte, sie müsse explodieren. Das Schwert in ihrer Hand und Outis direkt unter ihr ergaben eine Kombination, der Tanja nur schwer widerstehen konnte.

Dabei übten die Erynnien noch nicht einmal ihre volle Macht auf die Menschenfrau aus. Lediglich die von ihnen ausgehende Aura beeinflusste Tanja, da die Kreaturen ihre Präsenz nun einmal nicht unterdrücken konnten. In dieser Tatsache lag ihr Fluch, oder, je nach Betrachtungsweise, ihre Chance. Hätte es in der Absicht der Rachegöttinnen gelegen, Tanja gegen Outis auszuspielen, sie hätte sich dem längst beugen müssen.

Doch deren bevorzugtes Ziel war Eros der Urgott und Unterweltjäger, und dieser kämpfte in jeder Sekunde um seine Selbstbeherrschung.

Alekto, noch immer hinter Outis stehend, öffnete ihren Mund. Ihr Kehlkopf spannte sich und die Nasenflügel vibrierten. Sie schaute dabei intensiv die von Tanja mehrfach attackierte Erynnie an. Unhörbar für Tanja und Outis teilte sie der anderen Göttin etwas mit.

„Du kannst sie hören, nicht wahr? Verständigen sie sich mittels Ultraschallwellen?" fragte Tanja.

Eros musterte sie verdutzt. „Ja, tun sie - woher weißt du das?"

„Schon vergessen?" neckte Tanja. „Gebrannte Keramik stellt nicht mehr die Spitze unseres Technologiebaumes dar!" Das Grinsen wollte sich nicht lange in ihrem Gesicht halten. „Sie sind mir unheimlich", gestand die Frau.

Eros nickte. „Und dennoch kennen sie dieselben Gefühle wie alle Säugetiere. Alekto hat Tisiphone gerade getröstet."

„Wofür?!" platzte es aus Tanja heraus. „Ich bin es, die beinahe in den Tod stürzen musste!"

Die Wut, die sie dabei empfand, deckte sich so gar nicht mit dem Spruch, dass das Gericht Rache am besten kalt serviert würde.

Unbeirrbar und ausdauernd verfolgten die Erynnien ihre Opfer, doch gab es keinen Platz für Planung oder Kalkül in ihrer bevorzugten Vorgehensweise. Ihr erwähltes Werkzeug musste nur einmal aufbrausen, nur seinen aufgestauten Zorn herauslassen. Eros verstand das, denn er war dieses Werkzeug.

*

„Du hast das Eheband in den Schmutz getreten und seine Reinheit geschändet", warf Alekto Outis vor. „Dafür musst du bestraft werden!"

„Nicht von uns", mischte sich die dritte Erynnie ein, die bisher nur passiv dabei gestanden und beobachtet hatte. „Der Jäger ist unser Richtschwert!"

„Ihr dürft es nicht selbst tun und könnt es daher nicht", sprach Outis leise. „Ich weiß."

Tanja richtete sich in Eros Umarmung auf. „Wieso nicht ich?!" rief sie. „Ich bin die Geschädigte! Mich wollte er verdursten lassen, wenn ich mich ihm nicht unterwerfe!"

Stinkend und schweißgetränkt von ihrem Griff lag noch immer das Schwert in Tanjas rechter Hand. Eros schien es nicht zu stören, dass sie denselben Arm um ihn geschlungen hatte, mit dessen Hand sie die Waffe umklamerte. Tanja war abgestoßen davon, sich nicht von der Klinge trennen zu können, konnte sich jedoch nicht entscheiden, was sie für sie symbolisierte.

‚Was genau halte ich hier fest? Outis? Will ich ihn nicht sterben sehen? Oder klammere ich mich an meiner Wut auf ihn fest? Was muss ich loslassen? Was will ich gehen sehen?'

Traurig schaute Outis zu Eros und Tanja herauf. „Lass sie runter, Jäger!" bat er. „Bitte, quäl sie nicht!"

„Ach?" fauchte Tanja. „Spielen wir jetzt den Edelmann? Ja, das konntest du gut in Elysium!"

Mit der linken Hand krallte sich Tanja in Eros Jagdhemd. Sie löste den rechten Arm von der Schulter des Jägers und hing nun an seiner Seite, nur noch von den Füßen des Mannes gehalten. Die um seine Waden gewickelten Ketten dienten ihr als Halt für die eigenen Füße.

Tanja beugte sich vor. Sie umfasste Outis Kurzschwert mit beiden Händen und stürzte sich in die Tiefe! Die Klinge nach unten gerichtet schoss sie auf Outis zu. Der starrte unverwandt weiter nach oben, seine Kehle entblößt, die Augen tapfer geöffnet.

„Verdammte Scheiße", knurrte Eros, als er begriff, dass er den Erynnien in die Falle getappt war. Zwar weigerte er sich standhaft, die Hand gegen Outis zu erheben, doch hatte er Tanja nicht soeben viel zu bereitwillig fallen lassen?

Die Menschenfrau stürzte nun schneller. Outis Hände waren zu Fäusten geballt, die Knöchel traten bereits weiß hervor und der Atem des Mannes ging stoßweise. Doch er wich nicht zurück und gab keinen Ton von sich.

„Angeber!" dachte Tanja. „Großkotz! Friss das hier!"

Die Erynnien falteten zufrieden ihre Fledermausflügel ein, so dass diese nicht meh zu sehen waren. Sie streckten ihre Klauenfinger aus. Tanja spürte, wie sich ihr Griff um das Schwert festigte, wie die Schärfe der Klauen in das Metall überging. Der Geschmack von Blut lag ihr im Mund.

Um Outis Fäuste zuckte winzigste Kugelblitze. „Natürlich", schoss es Tanja durch den Kopf. „Er ist ja ebenfalls ein Olympier..."

Anstatt sich mit seiner Macht zu verteidigen, ließ Outis die Energie einfach nur fließen. Sie umspielte seinen Körper. Tanjas Augen weiteten sich vor Schreck. Nur noch Bruchteile von Sekunden bis zum Aufprall und sie würde mit einer Stahlklinge mitten hinein in eine Starkstromleitung stoßen!

Im allerletzten Moment warf sich die Frau zur Seite. Sie kam hart auf dem Fels auf und meinte, der Aufprall hätte ihr die gesamte Luft aus den Lungen gepumpt. Unter Schmerzen atmete sie wieder ein.

Wenige Schritte von ihr entfernt stand der Olympier, noch immer in seine Aureole gehüllt. Tanja fühlte sich an Menoitios erinnert. Menoitios... Was hatte Eros damals über den Titanen gesagt? Dass ein Blitz in den Brustkorb seine Überheblichkeit nicht geheilt hätte? In Elysium hatte Tanja zustimmend dazu genickt. Eine derartig endgültige Vergeltung, wie sie die Erynnien im Sinn hatten, ließ dem Verurteilten keine Möglichkeit zur Besserung. Und wieviel besser verhielt sie selbst sich nun?

„Outis, lauf!" keuchte Tanja. Ihre Finger tasteten bereits wieder nach dem Schwert, ohne dass sie es verhindern konnte. Weit über ihr stand Eros in der Luft, gegen den hartnäckigsten Feind kämpfend, den er sich vorstellen konnte: Sich selbst.

„Lauf weg!" flehte Tanja. Ihre Fingerspitzen berührten den Schwertknauf. Sie drückten ihn lediglich weiter fort, anstatt die Waffe zu fassen zu bekommen. Doch das zögerte das Unvermeidliche nur hinaus.

Outis schüttelte den Kopf. „Wenn ich dir entkomme, erlegt mich das nächstbeste Monster als Beute. Eines, dem mein Schutzschild nicht mehr bedeutet, als dass es sich die Mühe sparen kann, mich mit seinem Atem zu rösten. Ich bin am Ende. Lieber ein Tod in Würde und in Einklang mit unseren Gesetzen als so eine Flucht!"

„Für einen, der angeblich dermaßen auf dem Zahnfleisch kriecht, hörst du dich noch viel zu gern reden", knurrte Eros.

Tanja hörte es nicht. Sie stand auf. Das Schwert lies sie liegen. Triumphierend starrte sie Alekto, Tisiphone und die bisher unbenannten dritte Erynnie an, als wolle sie sagen: „Mit mir nicht!"

Die Erynnien mochten Monster in Tanjas Augen sein, für Eros und Outis hingegen stellte es sich so dar, dass sie nur die ihnen zugewiesene Funktion ausführten.

Zu dritt sprachen sie auf Eros ein. Der Unterweltjäger müsse nur das Schwert aufheben... oder seinen Bogen spannen...

Mit der Frage „Willst du nicht Rache wegen deiner beschlagnahmten Münze?" riefen sie ihm sein erst kürzlich überstandenes Exil in Erinnerung. „Was wurde dir nicht alles in der Vergangenheit angetan!" - „Ja!" – „Nicht nur um die Taten des Jungen da unten willen musst du zum Schwert greifen. Denk an die Olympier!" - „Deine Kinder haben sie dir weggenommen." – „Egal, wer ihre Eltern waren, du hast sie aufgezogen!" - „Wieso sollte Hades unter diesen Umständen sein Kind behalten dürfen?"

„Nun mach schon!" schrie Outis. „Wenn dir wirklich nichts daran liegt, mich leiden zu sehen, dann lass mich hier nicht länger zappeln und töte mich endlich!"

Eros gab in gleicher Intensität zurück: „Eure Gesetze sind mir scheißegal! Ich wurde im Chaos geboren und ich habe mich schon damals nicht angepasst, sondern meine eigenen Regeln gemacht! Die ersten überhaupt! Ich kann mir jederzeit neue schaffen!"

„Ja, Sohn des Chaos", erwiderten die Erynnien, „das könntest du. Aber was wärst du dann? Wieder ein Teil des Chaos. Also komm schon, erfüll deine Pflicht und töte ihn! Gestalte sein Ende so qualvoll, wie du es dir heimlich wünschst!"

Eros schluckte hart. „Nein. Ich bin auch ein Wesen dessen, was hinter dem Chaos liegt." Langsam sank der Geflügelte zu Boden. „Hades hat es gesagt…"

Eros landete. Er streckte seine Hände aus. „Tanja! Outis! Wir verschwinden von hier!"

Tanja schürzte die Lippen. Es wollte ihr nicht behagen, dass ihr Beschützer den selbstsüchtigen Olympersohn gleichberechtigt einlud. Outis seinerseits zögerte ebenfalls. Eros Rede, obgleich der Jäger sich auf Hades bezogen hatte, erschien wie Hochverrat an den Prinzipien der Götter.

Dem Zögern der beiden war es geschuldet, dass die Erynnien einen weiten Ring um sie ziehen konnten. Ihre dunklen Lederschwingen wieder ausgebreitet näherten sie sich dem Trio.

„Sie brauchen mehr Zeit", meinte Alekto.

Tanja sah sich verzweifelt nach dem Titanenschwert um. Es befand sich nun außerhalb des Kreises. Outis konzentrierte sich auf seine Rüstung aus Blitzen, skeptisch, ob er in einem Kampf zu mehr in der Lage sein würde. Eros wisperte: „Kinder…".

Dann waren die Erynnien bereits über ihnen…

Liebesgott gegen Sohn des Todes

Tanja erwachte in einer finsteren Zelle. In welchem Kerker sie sich und in welchem Abschnitt des Tartaros sich wiederum dieser Kerker befand, vermochte sie nicht zu sagen. Es spielte ohnehin keine Rolle. Ihr Gefängnis war eng und bot nichts, womit man sich hätte beschäftigen können. Es gab nur eine endlose Gegenwart, in der die Zeit stillzustehen schien, der Körper aber weiteralterte.

In Tanjas Fall wurde die zeitlose Langeweile durch einen ewigen Kampf gegen die eigenen Gefühle ersetzt. Hartnäckig hielt sich der Gedanke, dass sie ihre missliche Lage nur Outis verdankte. Da half es auch nicht, sich bewusst zu machen, dass ursächlich ja Helios die Schuld traf. Hätte der Lenker des Sonnenwagens besser aufgepasst, er hätte niemals die *Mir IV* gerammt. Nur – war es denn zwangsläufig notwendig gewesen, dass sich Tanja in dem Unterseeboot befunden hatte? Natürlich nicht. Das Leben bestand aus einer Kette von Ereignissen und Entscheidungen und versuchte man, den ursächlichen Schuldigen an irgendetwas zu ermitteln, kam man am Ende bei Prometheus heraus, der den Menschen beigebracht hatte, das Feuer zu nutzen und damit ihren Ausbruch aus dem Tierreich besiegelt hatte. Natürlich war auch der Titan nur ein Produkt seiner Umwelt, vor ihm waren andere gewesen, bis hin zum Chaos. Es ergab absolut keinen Sinn, hier irgendjemand irgendetwas vorzuhalten. An diesem Gedanken klammerte sich Tanja fest. Er war ihr Hoffnungsschimmer in der Dunkelheit und der Einsamkeit, ein winziges Stück Vernunft in einer Welt, die der Frau zunehmend verrücktere Seiten präsentierte.

Für eine Weile half ihr Gedankenkonstrukt Tanja, die Ruhe zu bewahren. Doch solange sich die Erynnien in der Nähe befanden, würde sie niemals vollständig Herrn über ihre Gefühle sein. Die Rachegelüste, sie sie erfolgreich von Outis abgelenkt hatte, bezogen sich nun auf jedes weitere Glied der Kette bis hin zum Chaos. Wie auch immer Tanja ihr Innenleben zu rationalisieren versuchte, die rasende Wut blieb in ihr erhalten, ohne sich auf ein spezifisches Ziel zu richten. Die Menschenfrau zitterte...

*

„Du beobachtest sie? Megaira?"
Tanja horchte auf! Die Stimme Alektos, dicht vor ihrer Zellentür!
„Ja, Schwester", antwortete Megaira. „In ihr arbeitet der Zorn. Nach ihrem Erlebnis mit Outis wäre sie eine geeignete Kandidatin für unseren Bund, findest du nicht? Dann der Unfalltod ihrer Freundinnen, der verhindert hätte werden können, wenn, ja, wenn Helios den Vorgängen um sich herum ein klein wenig mehr Aufmerksamkeit geschenkt hätte..."
Da sich nun gleich zwei Erynnien ganz in der Nähe befanden, intensivierten sich Tanjas Gefühle. Sie wollte Outis für den Verrat und die Demütigung, die sie durch ihn erfahren hatte, zur Rechenschaft ziehen. Gleichzeitig wollte sie sich auf Eros stürzen, denn der hatte den Olympier vorhin retten wollen! Sie waren alle gleich, die Männer, keiner verdiente Gnade!
Unglücklicherweise hatte sich Tanja ebenfalls vorzuwerfen, wofür sie Eros anklagte, das sie ja im letzten Moment daneben gestoßen hatte. Die Frau war auf sich selbst wütend, sie wollte sich beißen, wollte sich im Kreis drehen, wie eine Katze, die den eigenen Schwanz jagte.
„Ich finde, sie weist beste Voraussetzungen für eine Furie auf", kommentierte Tisiphone den Anblick.

*

„Sobald ich meine Selbstbeherrschung nicht mehr aufrechterhalten kann, bist du tot", ächzte Eros in der benachbarten Zelle, in der die beiden Unterweltjäger untergebracht waren. Dicke Wände aus nur grob bearbeitetem Naturstein trennten die Männer von Tanja. Doch wo die Tür ihrer Zelle ebenfalls aus Stein bestand und nur durch einen Schlitz Licht und Frischluft in die Kammer eindringen konnten, befand sich zwischen den beiden Göttern und ihrer Wächterin nur eine Reihe von Gittern.

„Ich weiß", antwortete Outis. Der Prinz saß in sich zusammengesunken neben Eros. Viel hätte nicht gefehlt, und er hätte sich an dessen Schulter angelehnt. Wozu seine Nähe meiden? Der Urgott war so viel älter und mächtiger als er selbst, Outis würde ohnehin nicht die leiseste Chance haben, sobald sich Eros entschied, das Urteil der Erynnien zu vollstrecken.

Die letzte Stunde über hatte wohl Veranlassung bestanden, diesen Moment zu fürchten, nicht aber, ihn in nächster Zeit erwarten zu müssen. Eros sah in seinem Zellengenossen ein Jungtier, und dann noch ein männliches... nichts weiter als das Verbrauchsmaterial der Natur. Dieser Gedanke weckte sein Mitleid, ein Gefühl, das den Rachedurst vorerst effektiv bekämpfte.

Outis war nicht nur jung, hinzu kam, dass der Olympier verkrüppelt zur Welt gekommen war. Wieso eigentlich, fragte sich Eros? Dass Hades seine Flügel in frühester Kindheit eingebüßt hatte, änderte doch eigentlich nichts daran, dass die genetische Information noch vorhanden war. Über Vater und Mutter hätte Outis eigene Schwingen erhalten müssen. Ausnahmen waren den Titanen nicht unbekannt. So saßen die Flügel sowohl bei Hypnos als auch bei Hermes an höchst ungewöhnlichen Stellen und Hermes hatte seine Mutation außerdem an seinen Sohn Merxeton weitergegeben. Aber gänzlich flügellos? Dachte man genauer darüber nach, konnte es nur bedeuten, dass die Eltern hier aktiv in die Entwicklung ihres Kindes eingegriffen hatten. Indem Hades seinem Sohn vorenthielt, was er selbst nicht besaß, machte er ihn erstens zu seinem Ebenbild und zweitens zu einem Außenseiter unter den Göttern des Olymp. Von Kindheit an hatte Outis die Unterwelt als seinen Spielplatz bevorzugt und die Nähe des Vaters gesucht. Es war praktisch garantiert, dass er einmal seinem Vater in dessen Amt nachfolgen würde, sollte Hades dieser Bürde jemals müde werden. Oh, der Junge leistete sich gewisse Eskapaden, aber im Großen und Ganzen funktionierte er im Sinne seiner Familie. Auch das trug zu Eros Mitgefühl für den Konkurrenten bei.

Dennoch, es war schwer, so schwer, nicht die Hand gegen ein Mitglied der verfeindeten Sippe zu erheben, so schwer! Unter dem Einfluss der Erynnien verlangte es Eros danach, nicht nur, wie Perses es getan hatte, seine Faust in Outis Gesicht zu rammen, sondern den anderen in einen Schatten zu verwandeln.

Schon tasteten Eros Finger nach dem Knochen einer Unterweltkreatur, die an diesem Ort ihr Leben ausgehaucht hatte. Er stöhnte vernehmlich, als er sich dessen bewusst wurde und sich zwang, die improvisierte Waffe liegen zu lassen.

„Wieso tust du dir das überhaupt an?" fragte Hades Sohn.

Eros versuchte sich an einer Antwort: „Weil du ein Kind bist." Diese Aussage streifte lediglich die eigentliche Tiefe des Themas und lies all die Aspekte außen vor, die sich nicht auf Outis, sondern Eros selbst bezogen. Denn der Urgott verweigerte sich den Erynnien in noch viel stärkerem Maß um seiner Selbst willen als Hades Sprössling zuliebe.

„Ein Kind!"

Outis zuckte zusammen, als er die Stimme einer der Rachegöttinnen vernahm. Eros sah auf.

„Megaira."

„Deine Kinder wurden dir entzogen. Und nun kannst du sie nicht mehr zurückbekommen. Vielleicht möchtest du ja etwas ganz anderes?"

„Willst du damit andeuten, ich könne neidisch auf die Olympier sein?!" entfuhr es Eros.

Die Erynnie lies ihre Klauen über die Gitterstäbe fahren. Das entstehende Geräusch drang durch Mark und Bein, wie Kreide bisweilen auf einer Schiefertafel. „Das hast du gesagt", meinte Megaira. Dann ging sie erneut dazu über, den Weggang der beiden Sprösslinge Letos zu beschwören, Zeus Nötigung der Mutter und Outis Wiederholung der Ereignisse, als dieser Tanja festgehalten hatte.

„Ümmm!" wimmerte Outis, den Kopf auf seine Arme gesunken. „Nicht schon wieder. Wir kennen den Sermon doch nun langsam mal auswendig! Erst heute vormittag habe ich das alles in Eros' Vision vorgekaut bekommen!"

Auch Eros wurde es zuviel. Er sprang auf und schlug mit dem Unterarm gegen die Gitter. Sie vibrierten und Megaira ließ überrascht los.

Eros deutete auf den noch immer an der Wand hockenden Outis. „Ich werde es nie in Ordnung finden, was der da getan hat, oder seine Sippe!" rief er. „Aber ich werde keine Vergeltung fordern, diesmal nicht! Das führt nur zu einer endlosen Spirale aus Hass. – Hörst du, Outis? Das muss aufhören!"

Hades Sohn erhob sich. Noch schwankend und jeden Schritt abwägend kam er auf Eros zu. Sein Blick drückte die Verwunderung, aber auch die Freude, des jungen Olympiers aus.

„Dann werdet ihr Titanen euch jetzt endlich unterwerfen?" fragte Outis.

Eros Antwort bestand in einer einzigen, schallenden Ohrfeige.

„Das war kein Racheakt, sondern erzieherisch", teilte der Unterweltjäger Megaira mit. An Outis gewandt sprach er: „Ihr Olympier versteht einfach nicht, dass sich *beide* Sippen ändern müssen. Ihr erwartet immer nur, verlangt und gebt nichts zurück!"

„Das stimmt nicht!" verwehrte sich Outis gegen den Vorwurf. „Gerade meine Familie hat den Menschen zahlreiche Geschenke gemacht..."

„...die jedesmal an eine Bedingung geknüpft waren", fiel Eros dem anderen ins Wort. „oder einen Zweck erfüllten, der euch zugute kam!"

Unbeirrt schüttelte Outis den Kopf. „So funktioniert eine Symbiose nun einmal. Du bist der erfahrenere Jäger von uns beiden, du müsstest das doch wissen!"

Obgleich körperlich mehr mitgenommen, war Outis in stärkerem Maße als der Urgott Herr seines Willens. Es gab nichts, wofür sich Hades Sohn hätte rächen müssen, die Erynnien besaßen ihm gegenüber keinen Angriffspunkt. Eros hatte ihm die Braut entführt, doch hatte deren Einkerkerung höheren moralischen Grundsätzen widersprochen, von denen einige sogar den Olympiern heilig waren.

Eros grinste in sich hinein, als seine Gedanken soweit gediehen waren. Dem kleinen Outis würde seine Erfahrung mit den Erynnien für die nächsten Jahrzehnte Lehre genug sein. Doch da war mehr... Wieso

Kraft verschwenden, gegen einen Feind anzutreten, wenn man ihn stattdessen zum Verbündeten gewinnen konnte? All die Gefühle, die der Urgott nicht zulassen wollte, befanden sie sich nicht einfach nur am falschen Ort?

„Meine Vergeltung gilt nicht diesem Kind hier, das unschuldig an den Verhältnissen ist, in die es hineinwachsen musste", erklärte Eros. „Meine Feinde sind Zeus und seine Gefolgsleute!" Der Urgott spuckte aus. „Ich verschwende hier nur meine Zeit bei euch Vetteln. Lasst mich gehen!"

„Rache willst du nehmen – am gesamten Olymp?" widerholte Megaira. „Wie…" Sie lächelte, leckte sich über die vorderen Zahnreihen. „…superb!"

Von der Tür der benachbarten Zelle traten Alekto und Tisiphone an die Seite ihrer Schwester. „Aber was wird aus Outis Urteil?" gab Alekto zu bedenken.

„Wird nebenbei mit vollstreckt, wenn ich erst loslege", versprach Eros.

Outis blieb der Mund offen stehen, konnte er doch kaum fassen, was er da hörte.

„Du bluffst doch, oder?" wisperte er. „Selbst, wenn nicht, was du vorhast, ist unmöööööööö…"

„Maul halten!" fuhr Eros dem Jüngeren über den Mund. Mit einem Schlag seiner Flügel wehte er ihn gegen die Wand der Zelle. Outis stöhnte, da wurde er bereits wieder von Eros gepackt und zu den Gittern geschleift wie ein Gepäckstück.

„Nun?" wandte sich der Unterweltjäger an die Erynnien. „Wie steht es, meine Damen?"

*

Als Tanja ihre Zelle verlassen durfte, erwarteten sie die beiden anderen bereits wieder vollständig gerüstet. Outis Schwert hing wie ehedem an seinem Gürtel.

„Willst… willst du´s zurückhaben?" fragte er.

Tanja fiel keine passende Antwort auf diese Frage ein. War das die passende Begrüßung für jemand, den man entführt und mit dem Tode bedroht hatte? Jemand, dem man etwas bedeutet hatte und das an irgendeiner Stelle trotz allem noch immer tat? Wie ein kleiner Junge stand der Prinz der Unterwelt vor Tanja. Um wieviel männlicher erschien da Eros, ungeachtet dessen, dass der Titan stank und auf seinem Lederhemd Reste von Fledermauskot klebten.
„Nein. Lass mal. Äh…" Tanja biss sich auf die Zunge, als sie merkte, gerade nicht sonderlich reifer als der Olympier zu klingen.
Eros schob sich an den beiden vorbei. „Lasst uns einfach aufbrechen", forderte er die beiden auf.
Outis reagierte nicht. Er zog sein Schwert und betrachtete die Waffe versonnen. „Das ist eine der Klingen, mit der mein Halbbruder Zagreus getötet wurde", sinnierte er. Den Kopf hebend fügte der Olympier anklagend hinzu: „Von Titanen!"
Hera hatte dereinst den Mordbefehl ausgesprochen, den einige der Häftlinge des Tataros nur allzugern ausgeführt hatten.
Eros packte Outis Handgelenke. „Ich bin keiner!" erinnerte er Hades Sohn. „Du und ich haben gute Gründe, einander zu hassen, aber diese Gedanken, die dir gerade durch den Kopf gehen, geben dir die Erynnien ein!"
„Ja… du hast Recht. Wir müssen hier so schnell wie möglich fort!"
Zu dritt liefen sie durch die Gänge der Erynnienfestung. Keiner sprach ein Wort, den eigenen Gedanken nachhängend.
Fledertiere verschiedenster Arten hingen in traulicher Eintracht von der Decke, doch hier und da lösten sich bereits die ersten von ihren Ruheplätzen. Sie liesen sich fallen und schwärmten aus. Je mehr Tiere zum nächtlichen Flug starteten, umso mehr folgten ihnen in einer unaufhaltsamen Reaktion. Immer wieder streiften Individuen die fremden Besucher. Outis aktivierte seine Blitzrüstung! Die Tiere zuckten zusammen und flatterten hektischer, sobald sie dem Schutzfeld zu nahe kamen, schienen jedoch keinen bleibenden Schaden zu nehmen.
„Ja, haut ab!" zischte Outis. „Sonst kann ich auch anders…"

Eros lachte: „Hättest du dich mal besser vorhin deiner Rüstung erinert, als ich dich im Schwitzkasten hatte! Gegen diese harmlosen Tierchen brauchst du sie nicht!"

„Die Rüstung ist noch neu und ich vergesse wirklich manchmal, dass sie mir zu Gebote steht", murrte Outis. „Dein Einbruch in seine Villa war meinem Vater Grund genug, mir endlich die Blitzkunst weiterzugeben. Aber selbst jetzt wollte er mir nichts Offensives aushändigen. Für die Jagd sei ein Blitz unnötig, behauptet er, und der Krieg sei lange vorbei. Ich solle in Frieden aufwachsen und nicht mit „sowas" hantieren."

„Nur der Einbruch?" hakte Tanja nach. „Nicht meine Flucht?"

Der Olympier nickte. „Eros hat seine Wachen niedergeschlagen, seinem Diener Lethewasser eingeflößt und das Lieblingsspielzeug seines Sohns gestohlen. Lauter ersetzbare Werte, aber die Tat an sich war ein Affront gegen den Unterweltherrscher. Verzeih die Formulierung, Tanja, aber so stellt sich die Angelegenheit für Hades dar."

„Und was hat er mit mir vor?" erkundigte sich Eros belustigt.

„Was hast du mit ihm vor?" konterte Outis.

Weitere Fledermäuse segelten über die Köpfe des Trios hinweg.

„Wir sollten wirklich keine Zeit verlieren", meinte Eros, der Frage ausweichend. „Jedes von den Flatterviechern könnte eine verkappte Erynnie oder eine Furie sein. Außerdem riecht es hier verdächtig nach Harpyie…"

*

Die drei folgten den ausschwärmenden Fledermäusen, die ihnen unbeirrbar den Weg zum Ausgang des Höhlensystems wiesen. Dort bestätigte sich Eros Befürchtung.

Während die Fledermäuse zu Dutzenden durch ein kreisrundes Loch im Boden verschwanden, passierten sie eine Frau, aus deren Armen Federn sprossen.

„Harpyie", murmelte Eros mit einem Anflug von Resignation.

„Ach, Eros, man sollte denken, du hast Nornenblut in dir", meinte Outis kopfschüttelnd.

„Da Nyx den Namen des Vaters nicht preisgeben will, kann ich das nicht ausschließen", zischte Eros durch die Zähne. „Vielleicht hat mein Erbteil ihre Sinne so sehr geschärft, dass die Nornen zukünftige Ereignisse bereits sehen können."

„Oder du hast einfach nur Moira auf dem falschen Fuß erwischt", grinste der Olympier. „Und was tun wir jetzt?"

„Das wüsste ich auch gern", schloss sich Tanja an, die wieder einmal den Anschluss verloren hatte, welche intimen Familienangelegenheiten ihre beiden Begleiter da so selbstverständlich ausbreiteten. Sattelfester in der Mythologie war die Wissenschaftlerin seit ihrem Unfall nicht geworden, doch ein Fakt hatte sich unauslöschlich in ihr Gedächtnis eingebrannt: An irgendeiner Stelle seines Stammbaums war jeder Gott mit jedem anderen verwandt.

Tanja betrachtete die Harpyie genauer. Sie assoziierte eine vage Vorstellung einer Mischung aus Geier und Frau mit dem Begriff und glaubte, sich zu erinnern, dass auch betörender Gesang eine Rolle spielte. Die Realität sah wieder einmal völlig anders aus.

Vor den drei Flüchtlingen saß eine normal proportionierte Frau. Sie ließ ihre Beine in dem Loch im Boden baumeln. Tanja erkannte, dass es sich um helle, wohlgeformte Beine handelte. Anstelle von Härchen spross sich feinster Flaum auf der Haut. Füße und Zehnägel hingegen erinnerten in keiner Weise an einen Vogel, entsprachen viel eher denen einer menschlichen Frau – bis hin zu dem schwarzen Rand unter den Nägeln, der nicht ausblieb, wenn man sich barfuß durch die Unterwelt bewegte. Aus der Hüfte und um die Brüste der Frau wuchsen hellbraunen Federn, oder zumindest glaubte Tanja das auf den ersten Blick. Erst, als die Harpyie sich erhob, sah die Frau, dass es sich um aus Vogelfedern hergestellte Kleidungsstücke handelte.

Die Harpyie strich eine ihrer Locken aus dem Gesicht. Hinten war ihr Haar kurz geschnitten, um die Vogelfrau beim Fliegen nicht zu behindern. Tanja vermutete stark, dass die noch sehr jung erscheinende Frau ihre in die Stirn fallenden Locken absichtlich nicht stutzte, um frech zu wirken – und niedlich, wenn sie ihr Haar beiseite schob.

Während der Armbewegung der Harpyie spreizte sie ihre Flügel. Im Gegensatz zu den Titanen, denen ihre Schwingen aus dem Rücken nahe des Schlüsselbeins wuchsen, bildeten Arm und Flügel einer Harpyie eine Einheit. Sie besaßen allerdings echte, fünffingrige Hände. Die Harpyie lächelte die drei an. Makellose Zähne wurden sichtbar und Tanja musste zugeben, dass die Frau nicht nur einen beinahe perfekten Körperbau, sondern zudem auch überaus attraktive Gesichtszüge besaß. Das machte ihr die Fremde nicht unbedingt sympathischer...

„Sie sieht gar nicht aus wie eine Harpyie", flüsterte Tanja, als nach einer ganzen Weile noch immer niemand etwas sagte. „Sie ist wunderschön!"

„Ich weiß nicht, wie ihr Volk von den Menschen beschrieben wird, aber es handelt sich um ein recht durchschnittliches Exemplar", erwiderte Eros. „Ich kenne sie nicht persönlich."

Die Harpyie grinste. „Wir sind Windgeister", nahm sie das Wort an sich. „Nachkommen der fünf Töchter des Titanen Thaumas. Aber unsere Verwandtschaft mit den Titanen liegt weit in der Vergangenheit. Mittlerweile fühlen wir uns in allen Göttersippen heimisch."

„Eine große Anzahl steht in Zeus Diensten", ergänzte Eros finster. „Manchmal helfen sie Hermes, Seelen in die Unterwelt zu tragen. Sie fühlen sich auch sonst vom Hades angezogen..."

„Gar nicht dankbar für ein bißchen Frischluft in den Tunneln?" neckte die Harpyie Eros. „Gerade du mit deinem feinen Geruchssinn!"

Eros griff in seinen Köcher und legte einen Pfeil ein. Schon war er dabei, seinen Bogen zu spannen, da hob die Harpyie beschwichtigend ihre Hände.

„He, halt mal damit ein, ja? Wir stehen in Zeus Diensten, wie du schon gesagt hast", gab sie zu. „Aber ich habe derzeit keinen Befehl von unserem Herrscher." Sie zuckte die Schultern. „Falls ihr meint, etwas vertuschen oder den ausführenden Flügeln unseres Gesetzes ausweichen zu müssen, ist das eure Angelegenheit. Ich mische mich da nicht ein." Die junge Frau legte den Kopf schief. Sie funkelte die drei schelmisch an. „Obwohl ich schon gern wüsste, was Outis nun wieder vor hat und wie er es geschafft hat, den besten Jäger Elysiums für sein Abenteuer zu rekrutieren."

„Ich habe ihn nicht…" begann Outis. Gleichzeitig beschwerte sich Eros: „Ich bin nicht sein…" „Genaugenommen ist es mein ‚Abenteuer'", eröffnete Tanja der Harpyie.

Diese lachte heiter! „Ihr seid mir eine lustige Truppe", kommentierte sie die Reaktion des Trios. „Es würde mich schon reizen, euch zu begleiten, aber ich habe versprochen, mich um die jungen Mäuschen und Hündchen zu kümmern. Wisst ihr was? Ich helfe euch nach unten. Hier geht es nämlich ganz schön tief runter."

„Du wirst den Aufprall nicht mehr spüren, solltest du irgendwelche Tricks versuchen!" drohte Eros der Harpyie. Er senkte seinen Bogen, hakte die Sehne aus und trat neben Outis. So flink, dass der Olympier nicht einmal dazu kam, zu protestieren, zog er diesem die Titanenklinge aus dem Gürtel. Die Spitze des Schwerts hielt er der Harpyie unter das Kinn. „Die hier findet vorher dein Herz, sei dir dessen gewiss!"

Die Vogelfrau tänzelte einen Schritt zurück. „Na, welchen von euch Hübschen soll ich tragen und wer muss mit dem garstigen alten Eros fliegen?" fragte sie Tanja und Outis. „Ah, ich weiß! Ich nehme die Nymphe."

„Menschenfrau", korrigierte Eros.

Die Harpyie zwinkerte mit einem Auge. „Ich wollte nur höflich sein! Also gut, Menschenfrau, halt dich gut fest! Und du, Prinz, musst mit Eros Vorlieb nehmen. Wenn er dazu übergeht, mich abzustechen, wird er dich natürlich fallen lassen, aber ich glaube, das wird ihm gefallen…"

Tanja zögerte, sich der Vogelfrau anzuvertrauen. Sie erschien ihr nicht wesentlich besser als die Kerkopen.

„Komm schon, das Leben ist viel zu hart für Ernsthaftigkeit!" lachte die Harpyie. Leise fügte sie hinzu: „Und das eines Menschen zu kurz, als dass ich einen in Lebensgefahr brächte."

„Na gut…"

Tanja trat auf die Harpyie zu und umarmte sie. „Vielleicht hätte ich doch lieber Outis wählen sollen", kommentierte die Vogelfrau die plötzliche innige Nähe. „Er ist hübsch, nicht?"
Sie schlug mit den Flügeln und stieg ein Stück in die Luft. „Erschrick nicht, aber wir Windgeister fliegen ein wenig anders als Titanen…"
Was das bedeutete, sollte Tanja sogleich am eigenen Leib erfahren. Eros hätte lediglich in das Loch springen und seinen Fall mit den Flügeln bremsen müssen. Er konnte auch in langsamem Flug perfekt die Richtung bestimmen, in die er zu fliegen gedachte. Im Gegensatz zu dem Titanen bewegte sich eine Harpyie mehr wie ein Vogel: Stets mit dem Kopf voran. Kaum in der Luft, beugte sie sich nach vorn und schoss kopfüber durch die Öffnung im Boden. Tanja wurde ebenfalls herumgedreht. Zu ihren Füßen – oder, ihrer derzeitigen Lage geschuldet, unter ihrem Kopf – tat sich ein riesiger Abgrund auf. Diese Höhle musste noch höher sein, als jene, in der die *Mir IV* gestrandet war. Tanja vermochte den Boden nicht sofort zu sehen. In jeder Höhe zweigten zahlreiche Tunnel von der Haupthöhle ab. In manchen schienen sich Kreaturen aufzuhalten, doch die gesamte Umgebung verschwamm zu einem einzigen grau-schwarzen Streifen. Tanja hörte sich schreien. Sie rief sich zur Ordnung, bewahrte zumindest nach außen hin Ruhe, nur, um erneut und diesmal noch lauter zu kreischen, als der Boden immer näher kam und ihre Trägerin keine Anstalten erkennen lies, sich wieder umzudrehen.
„Aaaaaaaaaaaahhhhhhhhhhhhhhhhhhhhhhh!"
Erst im letzten Moment vor dem Aufprall hob die Harpyie wieder den Kopf, senkte ihre Füße und landete in Hockstellung. Tanjas Knie schrammten über den Boden, doch darüberhinaus kam sie wohlbehalten an.
Die Harpyie lies sie los, dann reichte sie der Menschenfrau die Hand, um ihr aufzuhelfen.
Über den Köpfen der beiden folgten Eros und Outis ihnen nach. Die Harpyie blickte nach oben zu den beiden Männern und dann zurück zu Tanja.
„Hast du dich schon entschieden?" fragte sie.
„Entschieden wofür?"

„Na, macht ja auch nichts", erwiderte die Vogelfrau. „Viel Glück noch mit den beiden, ich muss zurück in die Kinderstube."
„Da gehört sie wirklich hin", bemerkte Eros, als auch er auf dem Boden angelangt war.
Die drei verteilten ihr Gepäck und machten sich auf den Weg, einen für sie geeigneten Ausgang aus der Höhle zu finden. Eros und Outis musterten den jeweils anderen dabei immer wieder abschätzig. Genaugenommen war überhaupt nichts zwischen ihnen geklärt, obwohl sie doch gerade zusammenarbeiteten. Doch wohin immer ihr Weg sie führen würde, zuerst galt es, einen möglichst großen Abstand zur Festung der Erynnien herauszuschinden.

*

Das Trio aus Urgott, Olympier und Menschenfrau wanderte nun schon seit zwei Stunden durch einen zahlreiche Kurven beschreibenden Gang, der keine Kreuzungen oder Abzweige aufzuweisen schien. Tanja fand, dass es penetrant nach Minze röche, hielt sich mit ihrer Beobachtung jedoch zurück.
Seit Tagen herrschte ein Burgfrieden zwischen Prinz, Jäger und unwilliger Braut. Ein gemeinsames Ziel, die Suche nach dem von der verzauberten Nymphe Menthe bewachten Tor zur Oberwelt, vereinte sie.
Outis hielt es für sein Recht, den geheimen Ausgang aus dem Tartaros zu finden, den nicht einmal sein Vater kannte. Doch was würde er tun, wäre dieses Portal ersteinmal gefunden? Tanja glaubte, es zu wissen, doch sie konnte sich eben nicht sicher sein.
Solange der Moment der Wahrheit noch in der Zukunft lag, verhielt sich Outis überaus zuvorkommend zu seiner „Verlobten". Um ihr zu gefallen, trat er sogar erstaunlich menschlich gegenüber Eros auf.
Je weiter die drei dem Gang folgten, umso öfter fanden sie merkwürdige Objekte, die Tanja an Tabletten in Kapselform erinnerten. Sie lagen auf dem Boden verstreut, meist einzeln, seltener zu mehreren. Jede Kapsel bestand aus drei oft unterschiedlich

gefärbten Teilen. Insgesamt zählte Tanja vier Farben, die in den verschiedensten Kombinationen auftraten.

„Das sind Samen der Finsterwurzeln", erklärte Eros. Er hob zwei der Kapseln auf, um sie Tanja zu zeigen. „Aus ihren Komponenten setzt sich alles Leben zusammen."

Als Geologin verfügte Tanja über Kenntnisse komplexer chemischer Vorgänge, sowohl einzelner Labortests als auch der Theorie dahinter. In der Biochemie fühlte sie sich weniger sattelfest. „Vier Farben – sind das etwa die Basenpaare der DNS?" fragte sie, die kleinen Kapseln mit unverhohlener Rührung betrachtend.

Eros schnippte die Samen davon. „Du wirst es genauer nachlesen können, sobald du wieder zu Hause angekommen bist", versprach er. „Wir sind schon sehr nah an unserem Ziel!"

Tanja biss sich auf die Lippen. Vielleicht wollte sie sich ja gar nicht mit einem Fachbuch zurückziehen, wenn sie ihre Freunde wiedersah? Oder vielleicht wollte sie etwas ganz anderes…

*

Die drei wanderten weiter. Bald kamen die ersten Finsterwurzeln in Sicht. Sie wucherten in den Gang hinein, alle aus derselben Richtung kommend. Eros und Outis mussten mehrfach Wurzelstränge beiseite schieben. Bemüht, diese nicht abzuhacken, hielten sie sich länger als nötig mit der Arbeit auf. Hindernisse, die Tanja und Outis kriechend oder kletternd überwinden konnten, stellten Eros vor größere Probleme. Mehr als einmal hielten die beiden ungeflügelten elastische Wurzeln fest, damit ihr Begleiter durchschlüpfen konnte und dennoch musste Eros dabei Federn lassen.

Schließlich erreichten sie eine Höhle, die sich von allen anderen Kavernen unterschied, die Tanja auf dieser Reise durchquert hatte. In noch viel stärkerem Maße als die Asphodeloswiesen war der Boden dieser Höhle von Erde bedeckt. Die Füße der Reisenden, die eben noch blanken Fels berührt hatten, sanken lautlos darin ein. Tanja lächelte. Es fühlte sich gut an, wieder auf weichem Untergrund zu laufen!

Doch wohin sollte sie ihre Schritte lenken? Die gesamte Höhle war von Finsterwurzeln zugewachsen. Sie glich einem Irrgarten. Über den Boden trieben die dreiteiligen Samen, bewegt von einem stetigen Luftzug, dessen Quelle nicht erkennbar war. Der Minzgeruch, der sich die ganze Zeit über nicht hatte verflüchtigen wollen, nahm an diesem Ort überhand.

„Das ist Menthe", erklärte Eros, seine Arme und Schwingen soweit ausgebreitet, wie es ihm die allgegenwärtigen Wurzeln erlaubten.

„Autsch!" entfuhr es im selben Moment Outis. Anklagend deutete der Olympier auf seine Samthose. Das ohnehin schon zerlumpte Kleidungsstück wies einen neuen Schlitz auf. „Dein Baum hat mich gerade getreten!"

„Haha! Ich würde sagen, Menthe erinnert sich an deinen Vater!" lachte Eros. „Verhalte dich ruhig! Ich werde mit ihr kommunizieren."

Wieso der Urgott nicht „sprechen" sagte, wurde Outis und Tanja sogleich klar. Eros suchte sich eine Stelle, in der besonders viele, jeweils dünne Wurzeln, in der Erde steckten. Dort öffnete er seine Hose und schlug sein Wasser ab.

„Es ist ein Baum", meinte Outis, in dem Versuch, seine Abscheu zu überspielen. „Der nimmt Informationen anders auf als wir, fürchte ich..."

Tanja nickte stumm. Die beiden warteten. Unablässig lies der Wind weiter Samen über den Mutterboden und aus der Höhle hinaus rollen. Die Kapseln schienen direkt an den Finsterwurzeln zu entstehen, was Tanja bereits in Eylsium verwirrt hatte. Wenn sie Outis Erklärung damals richtig verstanden hatte, bestand eine Pflanze dieser Art aus zwei Komponenten, der Finsterwurzel im Erdmantel und einem Lebensbaum auf der Oberfläche, von denen die Finsterwurzel ähnlich einem Pilz die eigentliche Pflanze darstellte. Unter welchen Umständen sich ein Lebensbaum bildete, blieb auch den meisten Göttern ein Mysterium.

Eros schaute unverwandt nach oben, dorthin, wo die Tartaroswurzeln im Fels der Höhlendecke verschwanden. Er schien zu lauschen.

Menthe antwortete nicht für das menschliche Ohr hörbar. Bange Minuten lang antwortete sie überhaupt nicht. Dann löste sich ein

Tautropfen von einer Wurzel weit über Eros Kopf. Der Tropfen sank herab. Je näher er kam, umso deutlicher erkannte Tanja die schiere Größe: Genug Wasser, um von Eros mit beiden Händen aufgefangen werden zu müssen.
Der Urgott zögerte nicht lange. Er flog dem Tau entgegen, fing ihn mit zu einer Schale geformten Händen auf und beugte seinen Kopf darüber. Eros trank das Wasser bis auf den letzten Tropfen. Als er wieder landete, trug er einen verträumten Gesichtsausdruck zur Schau.
„Hat sie dir verraten, wo wir das Tor finden und wie es zu öffnen ist?" drängte Outis den Geflügelten.
Eros nickte. „Der Baum selbst ist das Tor!" erklärte er andächtig. Ein Lächeln auf den Lippen wandte er sich an Tanja: „Menthe erlaubt dir, das Portal zu benutzen."
‚Ein wenig gezwungen', fand die Menschenfrau. ‚Es gefällt ihm nicht...'

*

Auch Outis hegte Missbilligung im höchsten Grade für die Entscheidung des Baums und der Einzige, an dem er seine Enttäuschung ausleben konnte, war derzeit Eros. „Du willst sie wirklich gehen lassen?" fuhr er ihn an. „Ist das dein Ernst?!"
„Natürlich! Hast du denn gar nichts gelernt?" schnappte Eros.
„Ich glaube, ich liebe sie..."
Verständnislos schüttelte Eros den Kopf. Er sah den Jüngeren an, als sei dieser ein exotisches Tier, das sich anschickte, das Urmeer zu verlassen, aber vergessen hatte, Lungen und Beine auszubilden.
„Ja, glaubst du denn, ich empfände nichts für Tanja? Als der Liebesgott?" Eros gestikulierte, als wolle er Outis erneut ohrfeigen, wie er es im Kerker der Erynnien getan hatte. „Aber ich verstehe die Liebe besser als du, denn ich kann sie gehen lassen!"
„Gehen?" Tanjas eigene Stimme, schriller, als sie gedacht hatte, jemals schreien zu können. Wieso sollte sie gehen, wenn Eros sie doch liebte? Empfand sie nicht dasselbe? Hatte sie sich nicht nur deswegen zu Outis hingezogen gefühlt, weil ihr der Jüngere als eine kultiviertere Version

der Unterweltjägers erschienen war? Wie sie sich diese Frage stellte, begriff Tanja, dass es der Wahrheit entsprach. In Outis hatte sie ein Idealbild Eros gesehen, wie jede Ehefrau sich ihren Mann manchmal wünschte, eine Fantasie nach dem Motto „Könntest du nicht ein bißchen mehr wie dieser oder jener Filmstar sein". Aber das war nur ein Tagtraum, ihre Liebe galt dem echten Jäger, so, wie er eben war. Nun, da Eros es ausgesprochen hatte, bestand auch für Tanja kein Zweifel mehr an ihren Gefühlen.

Sie trat zwischen die beiden Götter. Outis schenkte sie einen Vergebung erbittenden Blick. Der Junge war nichts weiter als die Fassung eines Spiegels, aus dem der Geliebte ihr entgegenblickte. Sie wandte sich Eros zu, lehnte sich an seine Brust.

„Warum hast du das nicht eher gesagt?"

Eros legte seine Arme um die Menschenfrau. Er schloss die Augen und atmete so entspannt, wie ein Reisender, der endlich wieder in seinem Lieblingssessel ausruhen durfte. Doch der Moment verging. Leise, Tanjas Haar dabei liebkosend, formulierte der Wahl-Titan seine Antwort: „Weil du, wenn du es gewusst hättest, nicht gegangen wärst. Dorthin, wo du hingehörst."

„Ich gehöre zu dir."

„Nein! Ich bin ein Häftling des Tartaros, ein Verbannter, du eine Menschenfrau, geschaffen von den Olympiern aus den Gebeinen unserer getöteten Brüder und Schwestern!" In diesem Moment der innigen Nähe, der Körperlichkeit, schien Eros selbst vergessen zu haben, dass er nicht der Bruder, sondern wenn schon, dann der Großonkel der Titanen war.

„Deine Art vereint das Beste unserer beider Sippen", fuhr er fort, „auch, wenn sie das manchmal vergisst. Du hast ganz einfach etwas Besseres verdient!"

Tanja blieb eine Antwort darauf schuldig. Sie blieb nur weiter an Eros gelehnt stehen. „Ich gehe einfach nicht", dachte sie dabei, in sich hinein kichernd.

„Oh… oh, nein!" ächzte Eros.

„Wie bitte?" Tanja verstand nicht, was nun schon wieder in dem anderen vorging.

„Die Nymphe! Die Nymphe, die in diesem Baum schläft, sie ist aufgewacht!" erklärte Eros mit schreckgeweiteten Augen.

Outis zuckte zusammen. Seine Blitzrüstung manifestierte sich und gewann an Intensität. Sie strahlte heller als jemals zuvor.

Verdutzt sah Tanja von einem zum anderen. „Eine Nymphe! Ist das ein Problem?"

„Ja, weil nämlich..." begann Outis. Doch Eros streckte einfach seine Finger aus und berührte Tanjas Stirn. „Schließ deine Augen und sieh dir an, was ich ‚sehe'!" forderte er sie auf.

Tanja sah... oder besser, Eros sah, und übertrug seine Wahrnehmung auf Tanja. Was der Urgott mit mehr Sinnen aufnahm als Menschen benannt hatten, wurde in ihrem Kopf in visuelle Eindrücke umgesetzt.

Tanja schnappte nach Luft. Nie zuvor hatte Eros seine Eindrücke so unmittelbar mit ihr geteilt. Es wartete noch so viel Neues, das es zu erfahrenghab, so vieles, das die beiden nicht geteilt hatten.

So sehr sie die Erfahrung schätzte, so gern hätte Tanja auf den Anblick verzichtet, der sich ihr durch Eros Sinne präsentierte.

Sie sah ein Lebewesen, das einer Raupe ähnelte, nur dass es anstatt Füßchen winzige Schlangen zur Fortbewegung benutzte. Die Tiere, grellgrüne Vipern, hafteten an ihrem Leib und schienen über pulsierende Äderchen mit dem Wirtskörper verbunden. Tanja verstand sofort, dass der Biss der Raupe das Gift all dieser kleinen Vipern übertragen würde. Sie wusste plötzlich, da sie aus dem Erfahrungsschatz des Unterweltjägers schöpfte, dass es sich bei der Kreatur um eine bizarre Mischform aus Raupe und geschlüpftem Tier handelte. Es vereinte den Fressdrang einer Raupe mit der Beweglichkeit eines erwachsenen Raubtiers. Aus ihrem Rücken wachsende schwarze Flügel hielten das Wesen über dem Boden, so dass die Schlangen während eines Überfalls aus der Luft ebenfalls angreifen konnten.

Aufgrund ihrer Eigenart, ihre Nester zwischen Finsterwurzeln zu bauen, wurde diese Spezies Tartarosnymphe genannt. Die Bewohner der Unterwelt klassifizierten sie als Kampe. Sie spottete allem, was

Tanja über die Natur zu wissen glaubte, aber das würde sie nicht davon abhalten, sich genüßlich über ihre Opfer herzumachen.

Tanja öffnete die Augen. Nun hörte sie ebenfalls das Flügelschlagen in der Höhe.

„Zurück in den Gang...?" fragte Outis, doch er glaubte selbst nicht daran, wusste er doch, dass die Tartarosnymphe sich schneller bewegte als Eros es konnte. Musste er dann auch noch einen oder zwei Passagiere tragen war an eine erfolgreiche Flucht nicht mehr zu denken.

„In diesem Körper bin ich schwächer als das Biest", presste Eros hervor. „Und ich würde ihn nur ungern aufgeben."

„Da bist du nicht der einzige von uns", versetzte Outis. Seine eisgrauen Augen bohrten sich in Eros dunkle. Das Flügelschlagen kam näher, untermalt vom Zischen Dutzender Schlangen.

„Zusammen?" fragte Outis.

Eros nickte.

Dann packte er Tanja am Oberarm. „Jeden einzeln vermag die Kampe zu töten, wenn auch nicht leicht. Aber zu zweit können wir sie besiegen!"

„Ich will euch nicht im Weg stehen..."

„Wirst du auch nicht!" Entschlossen schob Eros die Menschenfrau auf eine besonders breite Finsterwurzel zu, die senkrecht nach oben wuchs. „Weil du diesen Ort jetzt sofort verlässt!"

„Jetzt...?"

„...sofort!"

Eros zog sein Messer. Er schlitzte die Finsterwurzel der Länge nach auf. Eine harzige Flüssigkeit rann aus der Wurzel. Tanja trat einen Schritt zur Seite, um nicht festkleben zu bleiben.

Eros deutete ins Innere der Wurzel. Sie war kreisrund und erreichte den Durchmesser eines hohlen Baums – zwar groß für eine Wurzel, doch überaus beengend. Tanja fühlte sich an Rettungskapseln für verunglückte Taucher erinnert. Sie hatte einige Zeit in solchen Behältnissen verbracht und litt nicht an Raumangst. Dennoch war der Wissenschaftlerin ein wenig mulmig zumute, wenn sie daran dachte, hineinzusteigen.

„Unser Ausgang aus dem Tartaros ist kein Tor und auch kein Schacht, sondern das Innere einer Finsterwurzel, die bis zur Erdoberfläche wächst", sprach Eros hastig. „Du musst hineinkriechen!"
„Aber wird das nicht ewig dauern?"
„Es würde auch ewig dauern, die Pflanze oben durch die Wurzeln hier unten mit Nährstoffen zu versorgen, ein Ding der Unmöglichkeit eigentlich, dennoch lebt der Baum! Vertrau ihm einfach!"
Zögerlich trat Tanja auf die geöffnete Wurzel zu. Die Ränder zuckten, wollten sich schon wieder schließen. So sanft wie es ihm möglich war, schob Eros die Menschenfrau ins Innere der Röhre. Es war eine Berührung, die Tanja nie in ihrem Leben vergessen würde.
Ihre Nase stieß an die Rinde der gegenüberliegenden Wand. Hinter ihr schloss sich die Wunde, die Eros Menthe hatte zufügen müssen. Nur ein winziger Schlitz erlaubte noch den Blick nach draußen. Wie in einem hohlen Baum gefangen, spähte Tanja hindurch.
Dort draußen in der Höhle machten sich die beiden Götter kampfbereit. Outis zog sein Titanenschwert, Eros spannte den Bogen, der sogleich von Flammen umspielt wurde. Ein Ziel und eine Liebe verband die beiden so unterschiedlichen Männer. Sie waren die besten Jäger im gesamten Tartaros, doch auch sie kannten Angst. Furcht vor und viel größere Furcht um etwas trieb sie an, ihr Bestes zu geben. Das Verlangen, Tanja zu beschützen, nicht, sie zu besitzen, brannte in ihnen.
Tränen rannen Tanja aus den Augen und die Wangen hinab. Alles ging viel zu schnell, so vieles blieb ungesagt!

*

Tanja begann ihren Aufstieg. Sich mit dem Rücken abstützend schob sie sich nach oben, wie sie es beim Kaminklettern gelernt hatte. Schon nach wenigen Metern hörte sie Kampfeslärm von unten. Tanja zwang sich, gleichmäßig zu atmen und nicht in ihrer Konzentration nachzulassen.
Nach einer Weile nahm der Druck zu, die Luft wurde dünner und das wenige Licht, das in Menthes Höhle geleuchtet hatte, war schon

nicht mehr zu sehen. Tanjas Blut rauschte in ihrem Kopf, sie meinte, Wellen schlagen zu hören.

„Das ist nur das Blut", sagte sich die Wissenschaftlerin und stellte sich vor, wie sich über ihr eine Falltür öffnen würde. Mitten in Griechenland in einer touristischen Attraktion mochte sie herauskommen, und das in ihrer Aufmachung! Der kurze Lacher schenkte ihr die Kraft, weiterzuklettern. Das Rauschen wurde stärker, ein Blubbern kam hinzu und dann musste Tanja zu ihrem Entsetzen feststellen, dass die Geräusche tatsächlich einen Ursprung außerhalb ihres Körpers hatten!

Aus Richtung Unterwelt schoss eine Schwall Pflanzensaft in die Höhe. Tanjas Füße wurden umspült und durch die Wucht der Flüssigkeit von der Wand gerissen. Unfähig, erneut Halt zu finden, drehte sich Tanja in dem Pflanzensaft, der nun bereits bis an ihren Hals reichte. Sie versuchte, noch einmal Luft zu holen, bevor ihr Kopf ebenfalls in die Flüssgkeit geriet.

Die Pflanzensäfte auf ihrem Weg durch die Gefäße des Baumes trugen sie mit sich fort, nach oben. Tanja konnte ihren Atem nicht länger anhalten. Sie musste ausatmen. Und dann? Die Frau fürchtete, zu ertrinken.

Tanjas Kopf schlug gegen eine Wand, als die Finsterwurzel ihre Wuchsrichtung änderte. Ihr Körper wurde durch die Kurve gepresst und in die Waagerechte gezwungen.

Dann wurde es hell um sie ...

Die Wahrheit

Tanja erwachte auf dem Rücken liegend in einem Krankenhausbett. Die Glieder der Frau waren schlaff, wie nach langer Bettruhe, ganz und gar nicht wie am Ende einer strapaziösen Reise durch eine aus Höhlen und Gängen bestehende Welt. Ihre Nase fühlte sich wund an, als habe sie gerade einen langwierigen Schnupfen hinter sich gebracht. Am Mittelfinger der linken Hand klemmte ein Messegerät, dass ihre Pulsdaten an die über dem Kopfende befestigte Überwachungseinheit übertrug.

Tanja fühlte sich umsorgt, doch nicht geborgen. Sie war allein und blieb es auch, als ein ganzes Aufgebot von Krankenschwestern, Pfleger, Assistenzärzten und sogar eines Psychologen vor ihrem Bett aufmarschierte. Pflichtschuldig gab sie Auskunft über ihre Befindlichkeiten, sprach darüber hinaus nur wenig, sondern hörte lieber aufmerksam zu, was man hier berichtete.

‚Kronos!' dachte Tanja, als ihr Blick auf einen Kalender fiel und sie feststellte, dass seit ihrem Unfall weniger als eine Woche verstrichen war. 'Er hat das so eingerichtet!'

Die Krankenhausmitarbeiter eröffneten ihr, dass sie in ihrem vom Wasserdruck zusammengequetschten U-Boot gelegen habe. Ein Herauskommen aus eigener Kraft sei unmöglich gewesen und überhaupt wäre sie dann ja jetzt tot... Sie beschrieben die Schäden an der *Mir IV* bis hin zu der durch die Kollision aufgeschlitzten Außenhülle absolut korrekt. Lediglich die zerbrochene Fronstscheibe fand keine Erwähnung.

Tanjas zerfetzte Uniform hing an einem Wandhaken neben ihrem Bett, daneben ein Morgenmantel. Der Patientin fiel auf, dass sämtliche von Eros ersetzten Lederteile fehlten.

Irgendwann, während sie so dalag, über ihre Lage nachdachte und dem Schwall der Worte lauschte, fand Tanja es angemessen, sich bei ihren Rettern zu bedanken.

„Sie verdanken Ihr Überleben nicht uns, sondern den Konstrukteuren der Mir", wehrte der Arzt ab. „Wäre die Bordwand stärker aufgerissen worden, hätten die Fenster nachgegeben, dann wäre Wasser eingedrungen und Sie sofort ertrunken. Diesmal waren es nicht die ‚Götter in Weiß', die Leben retten durften."

‚Nicht die Götter', schoss es Tanja durch den Kopf.

*

Irgendwann trat wieder Ruhe ein. Tanja lag in ihrem Bett und ruhte sich von der Visite aus.

Sie versuchte, den Minzgeruch des Lebensbaumes heraufzubeschwören, doch die so gut wie sterile Luft des Krankenzimmers wollte es nicht zulassen.

Immer wieder glitt der Blick der Patientin zu dem Kalender. „Traumstrände der Karibik" stand groß darauf zu lesen. Das Photo des aktuellen Monats zeigte eine Gruppe Touristinnen, die es sich in einem Beachclub gut gehen liesen. Tanja zählte die Tage. Sie verglich sie mit denen, an die sie sich erinnerte... zu erinnern glaubte. Bereits jetzt vermochte sie nicht mehr jede einzelne Stunde erneut zu visualisieren. Das war völlig normal, doch andererseits stellte es ein weiteres Indiz dafür dar, was ihrem Kopf völlig klar war, sich ihr Herz aber nicht eingestehen wollte. Keine Lederteile, keine kaputte Frontscheibe und viel zu wenig Zeit vergangen. Der Radioansager schnatterte irgendetwas auf Russisch, dem Tanja keine Beachtung schenkte. Erst, als wieder die Popmusik einsetzte, horchte sie auf. Von dem englischen Text verstand sie bestenfalls die Hälfte. Tanja war in der Schule stets gut in Englisch gewesen, fand es jedoch problematisch, englische Muttersprachler zu verstehen.

Also kein mystisches Sprachverständnis – und damit auch kein Zusammenstoß mit einem Sonnenwagen, kein Unterweltjäger oder überdimensionaler intelligenter Minzestrauch. Alles nur ausgedacht, inspiriert von hier und da aufgeschnappten Fetzen aus der Popkultur, zu beweglichen Bildern zusammengesetzt von einem Hirn, das mit dem Tod rang. Dass in einem Traum mehr Zeit verging als in der wirklichen Welt war der Frau nichts Neues. Dazu musste man keinen Kronos heranziehen, der die Zeit für sie zurückdrehte.

‚Ja, das ist vernünftig', überlegte Tanja. ‚Ich habe mir das alles nur eingebildet. Es passt ja auch so gut: Der Gott der Sinne und der Sohn des Todes werben um mich. Ich befand mich zwischen Leben und Tod.'

Am Ende hatte sie nicht Eros als Person gewählt, sondern die Sinne, also das Leben.

Tanja lächelte. Ein wehmütiger Beigeschmack blieb. In den nächsten Wochen würden Thorsten und Wolodja höchstwahrscheinlich mit einem nichtexistenten Urgott konkurrieren müssen, bevor sie wieder gänzlich in der Relität angekommen war...

Die Patientin hörte Schritte ganz in ihrer Nähe. Zuerst glaubte sie, jemand hätte ihr Zimme betreten, doch war niemand zu sehen. Vermutlich hatte nur jemand die Tür geöffnet und hineingeschaut, sich aber rasch wieder zurückgezogen.

Tanja schloss die Augen. Sie versuchte, ein wenig zu schlafen, erholsamen Schlaf zu finden, der ihrem Körper die Kraft schenken würde, den die Bewusstlosigkeit ihm entzogen hatte. Eine Weile waren noch die Schritte zu hören, dann klapperte erneut eine Tür. Vermutlich waren draußen auf dem Gang die Pfleger mit dem Bestücken ihrer Wagen beschäftigt.

Dann endlich kehrte Ruhe ein und Tanja seufzte wohlig im Schlaf.

*

Nicht lange, nachdem Tanja zum zweiten Mal an diesem Tag erwachte, öffnete sich erneut die Tür zu ihrem Zimmer.

„Hallo!" grüßte sie schwach. „Wie spät ist es überhaupt?"

Die eingetretene Person, eine Reinigungskraft, warf einen Blick auf ihre Armbanduhr. „Kurz vor Mittag", antwortete sie. „Der Magen knurrt wohl schon?"

Tanja schüttelte den Kopf. „Bin nur neugierig gewesen. Es ist so schön hell."

Sofort presste die Frau ihre Lippen zusammen. Was hatte sie da gerade eben gesagt? Offenbar wirkte der Traum noch intensiver nach, als sie sich eingestehen wollte. Als ob sie die Zeit ihres Komas tatsächlich in lichtloser Finsternis verbracht hätte! Ihr Geist war ausgeschaltet gewesen und hatte daher nicht mitbekommen, dass ihre Augen geschlossen gewesen waren!

Die Putzfrau, eine Frau im späten mittleren Alter, nahm keinen Anstoß an der Formulierung. Sie schien sie auch nicht lächerlich zu finden. Während sie ihrer Arbeit im Raum naching, fiel ihr Blick auf etwas, das sich im Gegensatz zum gestrigen Tag verändert hatte. „Oh, Sie hatten heute bereits Besuch?" wunderte sich die Frau.

„Wieso?"

„Das sehe ich daran, dass Blumen auf Ihrem Nachttisch stehen", erklärte die Reinigungskraft.

Mit einiger Mühe drehte Tanja ihren Kopf. Tatsächlich stand nun dort, wo vorher nur ein Paket Zellstofftaschentücher gelegen hatte, eine Blumenvase. ‚Komisch', dachte Tanja. Sie erinnerte sich gar nicht, dass die Krankenhausmitarbeiter während der Visite Blumen vorbeigebracht hatten?

Die ältere Frau plauderte weiter: „Die sind wirklich schön. Von wem sind sie?"

Tanja betrachtete die Blumen. Es handelte sich um ganz normale Schnittblumen, zwischen denen ein Stück Holz steckte. Neben der Vase lagen noch das zerknitterte Papier und das Band, mit denen der Strauß zusammengebunden gewesen war.

‚Ist das Sandelholz?' überlegte Tanja. Sie richtete sich auf, um das Dekorationselement näher zu begutachten. Maserung und Struktur des Holzes kamen ihr merkwürdig vertraut vor... Aus der Nähe betrachtet sah es sogar wie eine Finsterwurzel aus.

Tanja schob das Papier zur Seite. Es fühlte sich pergamentartig an. Je länger die Frau es in der Hand hielt, umso öfter sah sie Lichtblitze vor ihren Augen. Sie befürchtete, dass sich eine Migräne ankündigte und zerknüllte das Papier unwillig. Als dabei ihre gesamte Handfläche das Material berührte, überlagerte ein Bild die Umwelt. Tanja hörte einen Schrei, sah eine Kreatur, halb Raupe, halb Drache, zu Boden stürzen und hörte das Zischen von hundert Schlangen.

„Ah!"

Tanja lies das Stück Einwickelmaterial fallen. Die Haut der Tartarosnymphe war so ziemlich das letzte, was sie in den Händen halten wollte!

„Oh, sie haben das fallen lassen", lies sich die Putzfrau vernehmen. „Moment, ich räume es gleich weg."

„Äh, nein!"

Im letzten Moment fing Tanja das vermeintliche Papier doch noch auf. Alles in ihr sträubte sich dagegen, diesen besonderen Abfall der Putzfrau zu überlassen. Dieses Material gehörte definitiv nicht in den Papiercontainer!

‚Finsterwurzel', dachte Tanja, auf das kleine Stück Zierholz im Blumestrauß schauend. ‚Wer hätte gedacht, dass ich mich mal freuen würde, eine zu sehen!'

Sie faltete die Haut der Tartarosnymphe sorgfältig zusammen und schob sie in die Schublade ihres Nachttisches.

Kurze Fragmente tauchten auf und gingen wieder unter:

Eros, über dem Kadaver zusammenbrechend, sein Köcher leer, den Flammenbogen wie eine improvisierte Pike haltend. Sein Jagdhemd war auf dem Rücken zerrissen, Kratzer und Bisswunden verunzierten den Rücken des Jägers.

Outis, seine Augenbrauen von der eigenen Blitzrüstung versengt, sich daneben fallen lassend. Sein Titanenschwert troff von einer hellbraunen Flüssigkeit, offenbar dem im Inneren der Klinge umgewandelten Blut der Kampe.

Zwei Hände, die einander suchten, sich berührten. Das Lachen der siegreichen Krieger, aber auch ihrer Erschöpfung. Was die beiden sprachen, konnte Tanja nicht verstehen. Die ihr von Hades verliehene Gabe schien nur in dessen eigener Domäne wirksam zu sein.

Tanja lächelte. Hades. Tartaros. Titanen und Olympier. Liebgewonnene Gefährten, aber auch schreckliche Gefahren, bisweilen konzentriert in ein und der selben Person. Es war also doch real!

„Sie haben gefragt", wandte sie sich an die Putzfrau, „von wem die Blumen stammen!" Tanja schmunzelte. „Von zwei ganz lieben Freunden."

Die ältere Frau hielt in ihrer Arbeit inne. Eine Frau und zwei Männer, die diese mit einer solchen Bezeichnung belegte? Das konnte in der Regel nicht lange gut gehen. Wenn nicht das Mädchen einen wählte und die Freundschaft damit zerstörte, so taten es die Männer selbst.

Vorsichtig fragte sie daher: „Und sind die beiden auch untereinander so liebe Freunde?"

Tanja nickte. „Ich denke, jetzt schon."

Offener Vollzug

Die stellvertretende Direktorin des „Vierte Wand"-Kunstgymnasiums beäugte den vor ihr sitzenden Schüler mit einer Mischung aus Neugier und Misstrauen. „Du kommst also aus dem offenem Vollzug und sollst bei uns zur Schule gehen?"

Der Schüler, ein Teenager von fünfzehn Jahren, nickte. „Genaugenommen bezieht sich das „offen" darauf, dass ich für die Schulstunden aus dem Gefängnis raus darf", stellte er klar. „Sowie für unterrichtsbezogene Exkursionen, denke ich."

Der Pädagogin gingen dutzende Fragen durch den Kopf, doch sie wäre ihrem Titel nicht gerecht worden, hätte sie jetzt „Was hast du angestellt" herausgeplatzt. Im Vordergrund ihrer Arbeit standen die Kinder. Dieses hier klammerte sich so unsicher an ein dickes Lexikon in seinen Armen, dass man glauben mochte, es habe seit Jahrtausenden nicht mehr das Licht der Sonne gesehen. Das war natürlich Unfug, doch an irgendeiner Stelle spukte das Klischee des lichtlosen Kerkerlochs in jedem herum, der neben Abiturienten auch Fünftklässler unterrichtete, die noch gern Räuber und Gendarm spielten.

Die Frau versuchte, einen Blick auf den Bucheinband zu erhaschen. Es gelang ihr, den Titel zu entziffern. „Der Knaur?" fragte sie lächelnd.

„Ja, der ist nützlich für angehende Künstler."

Der Junge nickte. „Mir ist es wegen dem, was über die alten Griechen und ihre Götter drinsteht", erklärte er.

„Interessierst du dich für griechische Mythologie?"

„Ja, das heißt, nein. Ich kann mir nie merken, wer was getan haben soll." Der Schüler strich über das Buch. „Mit geht es eigentlich mehr darum, was man aus diesen Geschichten über die Menschen lernen kann."

„Dann würde ich sagen, dass du hier absolut richtig bist...", meinte die Vizedirektorin. Sie warf einen Blick auf die Schülerakte und beendete den Satz mit: „...Kolja."

Der Junge stieß den angehaltenen Atem erleichtert aus. Jetzt erst nahm er sein Basecap ab. Darunter kamen ein wilder, grellroter Haarschopf und so unnatürlich dunkle Augen, dass die Lehrerin unwillkürlich zurückzuckte, zum Vorschein.

Mit den Worten „Dein Vormund und der Jugend-JVA-Leiter haben bereits unterschrieben, es fehlt nur noch dein Signum in der Schülerakte", schob die Frau dem neuen Schüler den bereits abgestempelten Aufnahmeantrag zu.

Kolja griff nach einem Kugelschreiber. Er studierte kurz die anderen beiden Unterschriften. Einen „W. Luitger" kannte der angehende Kunstschüler nicht, doch er schmunzelte, als er „Hademar Aides" entzifferte. Zumindest hinter diesem Namen verbarg sich eine real existierende Person.

Der Junge drückte die Mine heraus, setzte den Stift an und schrieb: Kolja Wremja.